鴉片戰爭

肆之貳

威撫痛剿費思量

王曉秦 著

穿鼻之戰，英國海軍陸戰隊的 G.N.White 中尉繪，取自湯瑪斯·阿羅姆的《圖說中國》。從畫面上看，英軍艦隊正在海邊轟擊沙角山，山上黑煙滾滾，陸軍從後路向沙角山推進。

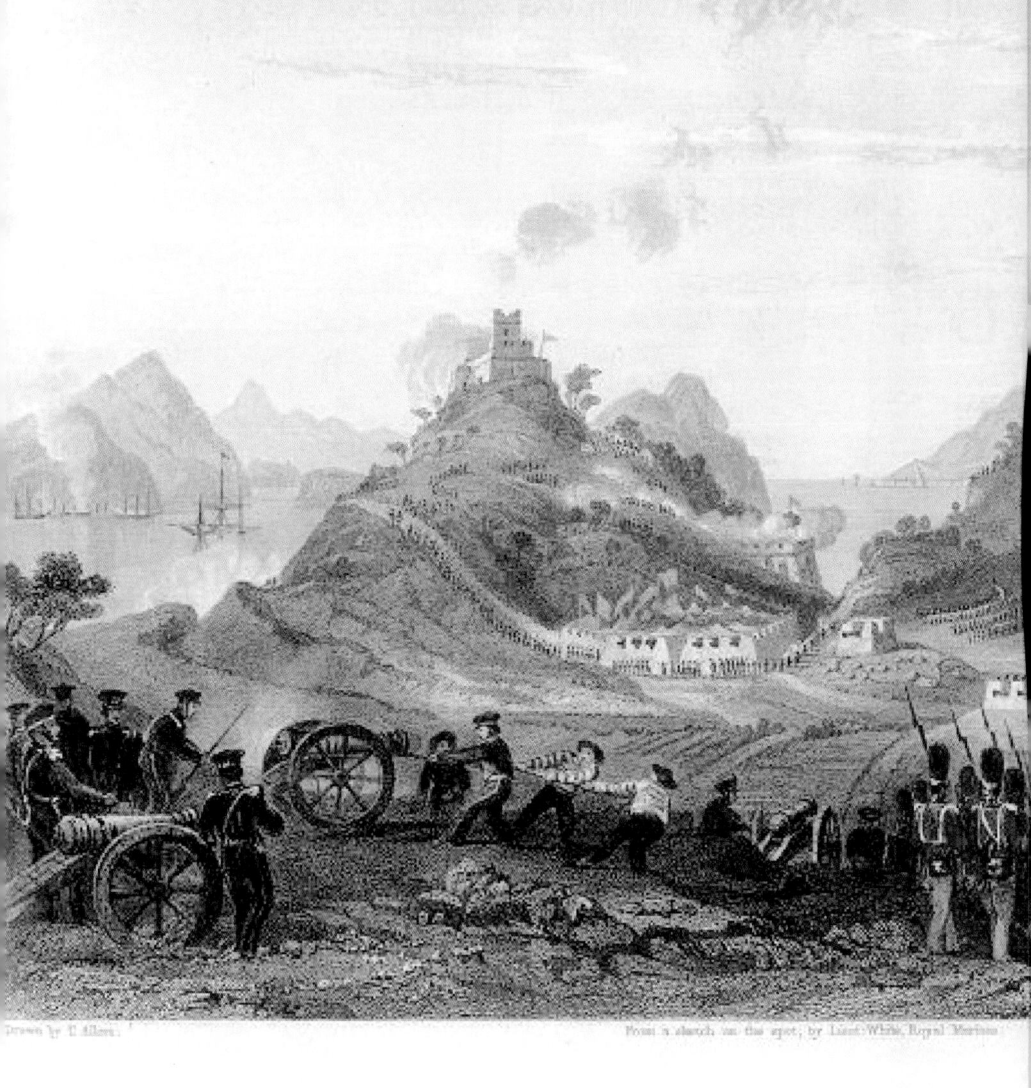

Drawn by T. Allom. From a sketch on the spot, by Lieut. White, Royal Marines.

Attack and Capture of Chuenpee, near

Attaque et prise de Chuenpee près de Canton.

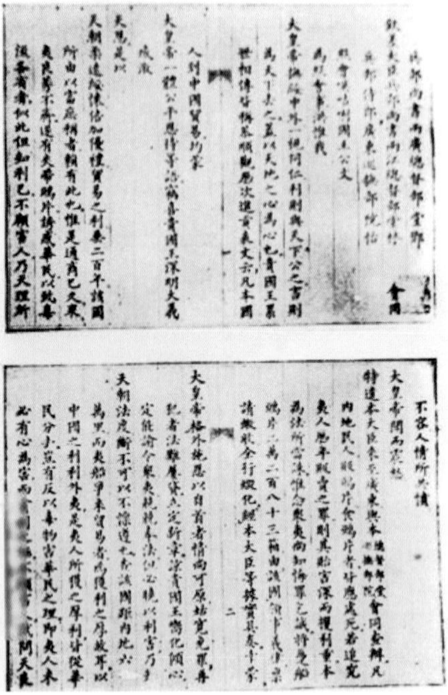

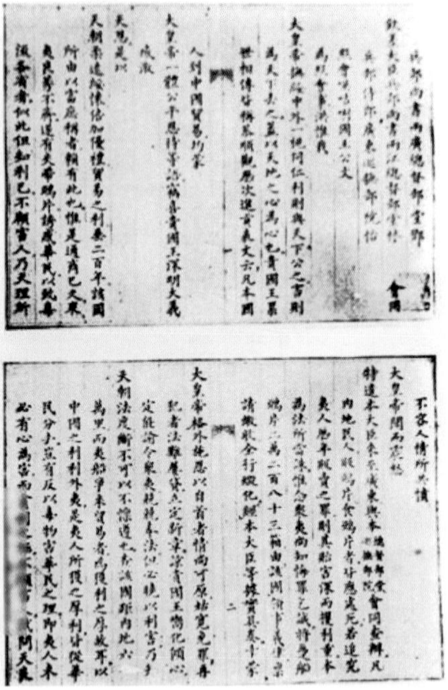

右上圖是林則徐致英國女王的公文底稿，左上圖是刊登在《中國叢報》一八三九年五月號上的英譯文，是裨治文與 R. 托馬合譯的。
兩種稿本有不少差異，比如在中文稿中，鄧廷楨的名字列在前面，英文譯本林則徐的名字列在前面等等。
此外，致英國王公文有兩個底稿，第二稿叫《致英國王照會》，經過道光皇帝審批，措辭更加嚴厲，更強調大清皇帝的至高無上，刊登在《中國叢報》一八四〇年二月號上。

躉船是存儲貨物的海上倉庫，通常存放走私物品。它有裝載貨物的舷梯，但不能獨立行駛，須由其他船拖拽。

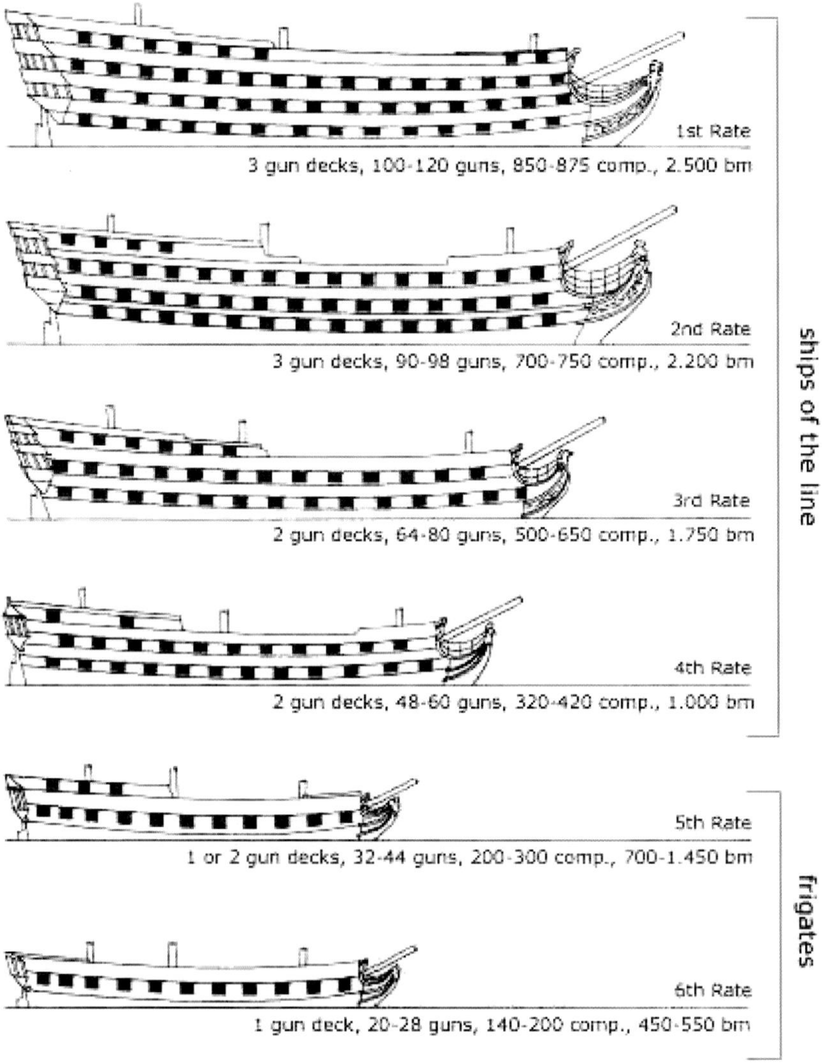

三桅風帆戰艦分級示意圖。英國海軍把三桅風帆戰艦分為六級。一、二、三、四級叫戰列艦，五、六級叫炮艦。

一級戰列艦有三層半炮艙，載炮 100-120 位，乘員 850 人以上，排水量 2500 噸；三級戰列艦有兩層半炮艙，載炮 64-80 位，乘員 500-650 人，排水量 1750 噸；五級炮艦有一層半炮艙，載炮 32-44 位，乘員 200-300 人，排水量 700 噸以上。

鴉片戰爭初期，英國派往中國的遠征軍共有十六條戰艦，含三條三級戰列艦，兩條五級炮艦，八條適合在內河和淺水區作戰六級炮艦的雙桅輕型護衛艦。

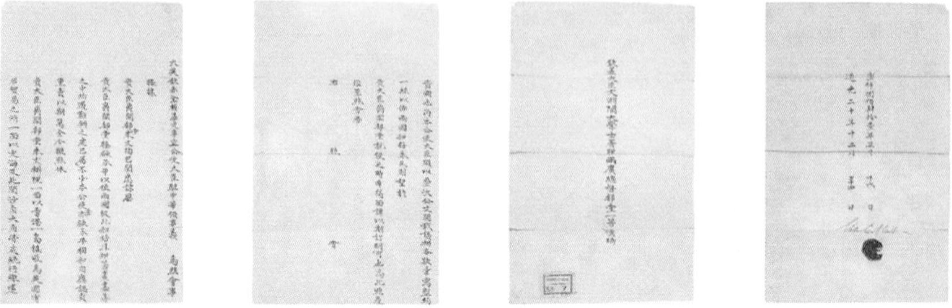

義律致琦善的照會（中文本）。他申明接受香港與交還定海、沙角和大角必須同時辦理：「貴大臣爵閣部堂來文辦理，一面以香港一島為英國寄居貿易之所，一面以定海及此間沙角、大角等處即行繳還貴國也」。其中的「寄居」一詞引起了極大的糾紛。
此照會藏於中國第一歷史檔案館，右上角第四頁上有義律的簽字和手印。

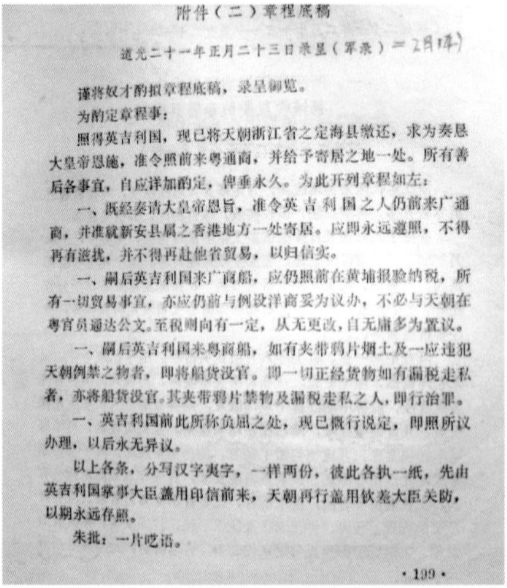

附件（二）章程底稿

道光二十一年正月二十三日录呈（军录）＝2月14）

谨将奴才酌拟章程底稿，录呈御览。

为酌定章程事：

照得英吉利国，现已将天朝浙江省之定海县缴还，求为奏恳大皇帝恩施，准令照前来粤通商，并给予寄居之地一处。所有善后各事宜，自应详加酌定，俾垂永久。为此开列章程如左：

一、既经奏请大皇帝恩旨，准令英吉利国之人仍前来广通商，并准就新安县属之香港地方一处寄居。应即永远遵照，不得再有滋扰，并不得再赴他省贸易，以归信实。

一、嗣后英吉利国来广商船，应仍照前在黄埔报验纳税，所有一切贸易事宜，亦应仍前与例设洋商妥为议办，不必与天朝在粤官员通达公文。至税则向有一定，从无更改，自无庸多为置议。

一、嗣后英吉利国来粤商船，如有夹带鸦片烟土及一应违犯天朝例禁之物者，即将船货没官。即一切正经货物如有漏税走私者，亦将船货没官。其夹带鸦片禁物及漏税走私之人，即行治罪。

一、英吉利国前此所称负屈之处，现已概行说定，即照所议办理，以后永无异议。

以上各条，分写汉字夷字，一样两份，彼此各执一纸，先由英吉利国掌事大臣盖用印信前来，天朝再行盖用钦差大臣关防，以期永远存照。

朱批：一片呓语。

・199・

1841 *Journal of Occurrences.* 63

No. 1. *To Her Britannic Majesty's Subjects.* Macao, 20th January, 1841.

Her Majesty's plenipotentiary has now to announce the conclusion of preliminary arrangements between the imperial commissioner and himself involving the following conditions.

1. The cession of the island and harbor of Hongkong to the British crown. All just charges and duties to the empire upon the commerce carried on there to be paid as if the trade were conducted at Whampoa.
2. An indemnity to the British government of six millions of dollars, one million payable at once, and the remainder in equal annual instalments ending in 1846.
3. Direct official intercourse between the countries upon equal footing.
4. The trade of the port of Canton to be opened within ten days after the Chinese new-year, and to be carried on at Whampoa till further arrangements are practicable at the new settlement.

Details remain matter of negotiation. The plenipotentiary seizes the earliest occasion to declare that Her Majesty's government has sought for no privilege in China exclusively for the advantage of British ships and merchants, and he is only performing his duty in offering the protection of the British flag to the subjects, citizens, and ships of foreign powers that may resort to Her Majesty's possession. Pending Her Majesty's further pleasure, there will be no port or other charges to the British government.

The plenipotentiary now permits himself to make a few general observations. The oblivion of past and redressed injuries will follow naturally from the right feeling of the queen's subjects:—Indeed it should be remembered that no extent of modification resulting only from political intervention can be efficacious in the steady improvement of our condition, unless it be systematically seconded by conciliatory treatment of the people, and becoming deference for the country, upon the threshold of which we are about to be established. The plenipotentiary can only presume to advert very briefly to the zeal and wisdom of the commander of the expedition to China: and to that rare union of ardor, patience, and forbearance which has distinguished the officers and forces of our arms at all points of occupation and operation. He is well assured the British community will sympathize cordially with him in their sentiments of lasting respect for his excellency and the whole force, which he is ashamed to express in such inadequate language.

He cannot conclude without declaring that next to these causes the peaceful adjustment of difficulties must be ascribed to the scrupulous good faith of the very eminent person with whom negotiations are still pending.

(Signed) Charles Elliot, H. M. Plenipotentiary in China.

Circular. To Her Majesty's subjects.

Macao, 20th January, 1821.

Her Majesty's plenipotentiary considers it incumbent upon himself to lose no time in assuring the commercial community that he will use his best efforts with her majesty's government to secure an early and entire advance of their claims for indemnity. And mindful of the interests of parties in India, he will not fail respectfully to move the Right Honorable the Governor-general of India to second these purposes as far as may seem just to his lordship.

(Signed) Charles Elliot. Her Majesty's Plenipotentiary.

左圖：琦善呈報給朝廷的穿鼻條約《章程底稿》，下面有道光皇帝的朱批：「一片囈語。」

右圖：義律在《中國叢報》上發佈的《穿鼻條約》全文及聲明。兩種文稿有不少差異，中文底稿中的「寄居」被譯成了英文 cession to （割讓）。

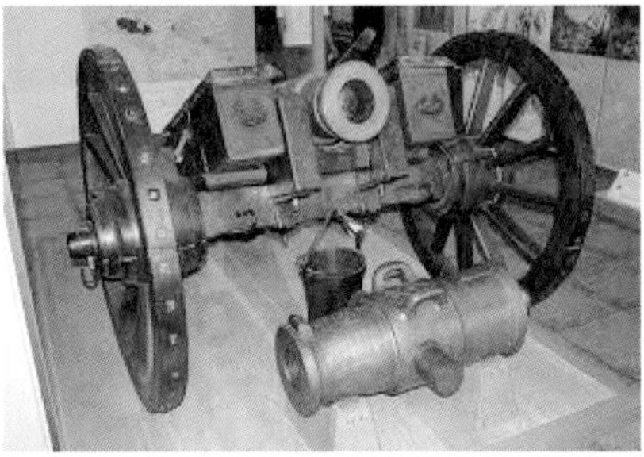

十九世紀上半葉英軍的推輪野戰炮，炮身是銅造，炮架和輪子是熟鐵造，陳列在英國國家陸軍博物館（National Army Museum）。

這張照片說明，在風帆戰艦時代，艦載火炮的炮車是卡在木槽裡的，火炮只能前後伸縮不能左右旋轉，必須靠旋轉艦體調整射角。

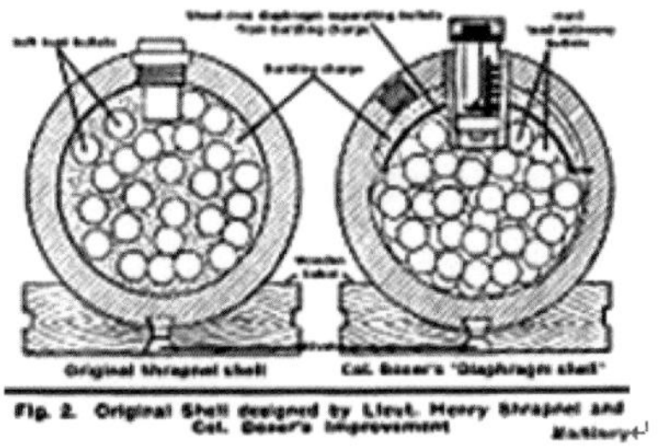

左上圖是施拉普納的畫像，中圖是子母彈剖視圖，右圖是分解圖。

亨利·施拉普納（Henry Shrapnel，1761-1842）是英國陸軍少將，畢生從事武器研究，他在拿破崙戰爭期間發明了一種新型炮彈，他在球型炮彈裡放入大量五十七至一百四十二克重的球形炸彈，球型炮彈在三百米高空爆炸，墜落的小炸彈二次爆炸，藉以殺傷敵兵。此後，他不斷改進其性能，使它能在千米以上高空爆炸，殺傷面積更大。英軍稱之為施拉普納子母彈。這種炮彈是鴉片戰爭的主要武器之一。

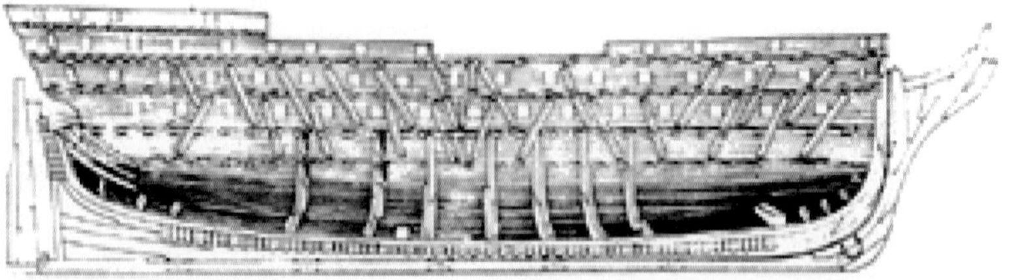

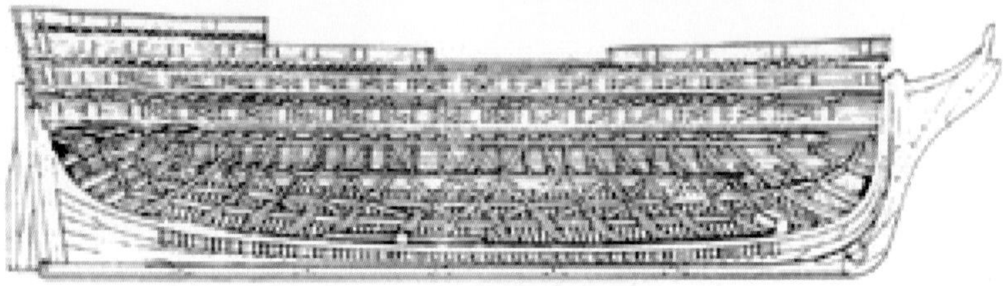

一八〇四年，英國船舶設計師 Sir Robert Seppings 研製出改進型對角線支撐框架，解決了長期困擾大型風帆戰艦的中拱問題，使軍艦能夠安放炸力巨大的火炮，把戰艦的排水量提升到 5000 噸。

上圖是英國風帆戰艦對角線龍骨示意圖。據有關資料，威裡士厘號於一八一〇年始建於印度孟買造船廠，一八一三年下水，排水量 1788 噸，艦長 177 英尺，最大艦寬 48 英尺，配有二十八位 32 磅遠程卡倫炮，十二位 32 磅的短炮，二十八位 18 磅卡倫炮，六位 18 磅短炮，另有六位供海軍陸戰隊使用的 12 磅推輪炮，額設兵員 590 人。

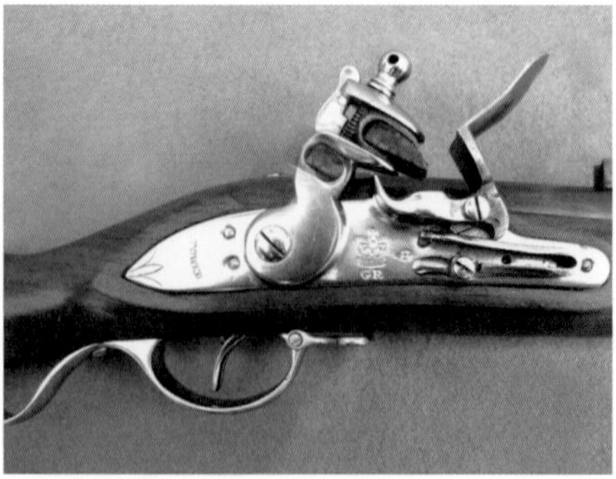

燧發槍是一種老式步槍，槍機嵌著一塊燧石，靠撞擊打火，引爆槍膛內的火藥。這種槍在雨天無法使用。

上圖是布倫威克燧發槍，它是一種前裝槍，槍膛內有兩條來福線，發射球形子彈，一八三七年裝備英軍，1841 年淘汰。在世界槍史中，它是一種短命的產品。

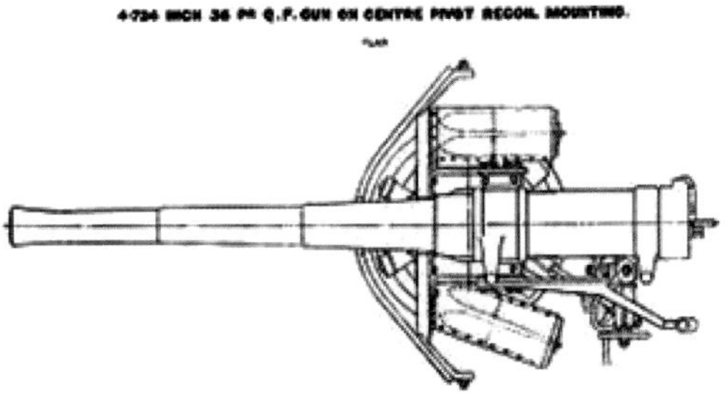

在十九世紀，如何使笨重的火炮俯仰旋轉是一個世界性難題。左上圖是一八一五年 Walkers of Rotherham 製造的岸基旋轉炮，它借助鋼軌使火炮旋轉，安裝在英國的聖瑪威斯城堡。

右上圖是艦載旋轉炮的設計圖，左下圖是實物，它借助鋼軌和機械助力旋轉，需要九人操縱。

右下圖是刊登在一八七三年《倫敦插圖新聞報》（Illustrated London News）上的旋轉炮，只要一人就能轉動炮身。「復仇神號」是最早安裝旋轉炮的軍艦之一。

「復仇神號」鐵甲艦，Henry Colburn 繪於一八四四年， 取自 W. D. Bernard 撰寫的《「復仇神號」在中國》（Nemesis In China）。「復仇神號」是賴爾德家族建造的，在鴉片戰爭中大出風頭。查理．義律說它的戰鬥力相當於兩條戰列艦。

約翰．賴爾德（John Laird，1805-1874）是十九世紀最優秀的船舶設計師和企業家。他解決了鐵板的彎曲工藝和鉚接工藝難題。

一八二九年，賴爾德家族建造了世界上第一條鐵甲船，排水量 60 噸的「Wye 號」。由於鐵對羅盤的磁場影響較大，「Wye 號」無法遠航。後來天文學家 George Biddell Airy 解決了磁場問題，鐵船具有了實用性。

「復仇神號」是賴爾德家族建造的第一條鐵甲軍艦，也是第一條遠航到東半球的鐵甲軍艦。

一七二六年的澳門，取自 James Orange 編輯的《查特爵士藏畫錄：關於中國、香港和澳門的繪畫》（《The Chater Collection：Pictures Relating to China，Hong Kong，Macao》，1655-1860）。
鴉片戰爭前的澳門比現在小，不含望廈、清州和龍田，也不包括潭仔島和路環島，面積只有 2.78 平方公里。根據林則徐於一八三九年的統計，澳門有中國居民 1772 戶 7033 人，葡萄牙居民 720 戶 5612 人，另有寄居的英國人 57 戶。

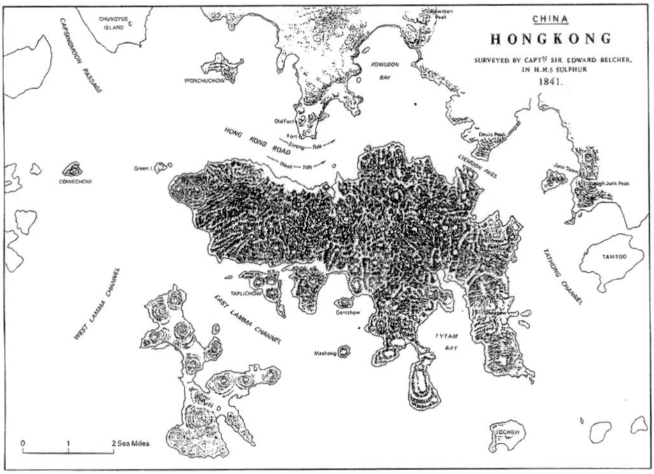

卑路乍在一八四一年繪製的香港地圖，印製於一八五二年，
香港理工大學圖書館藏。這是現存最早的香港地圖。

葛雲飛（1789-1841）畫像，取自舟山市鴉片戰爭紀念館。

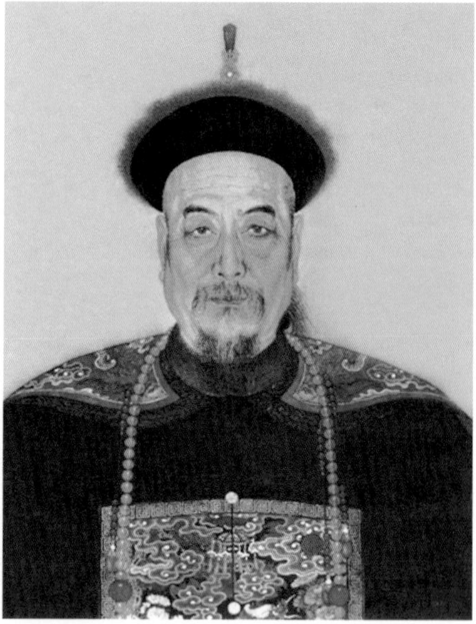

關天培（1781-1841）畫像，現藏於臺灣故宮博物院。字仲因，號滋圃，江蘇山陽縣（今江蘇淮安）人，一八三四年任廣東水師提督。

潘世恩（1769-1854）畫像，江蘇吳縣人（今江蘇蘇州人）。乾隆五十八年（一七九三年）中狀元，累官至軍機大臣。
著有《熙朝宰輔錄》、《恩補齋筆記》等。

郭士立（Karl Friedrich August G tzlaff，1803-1851），又譯郭實臘，普魯士（德國）人，基督教聖公會傳教士、漢學家，一生寫了八十多部（篇）作品，多數與中國有關。

代表作有《中國沿海三次航行記》（1934）、《中國簡史》（1834）、《開放的中國》（1838）、《道光皇帝傳》（1851）等，他還向西方介紹過《三國志》、《紅樓夢》、《書經》、《神仙通鑒》、《衛藏圖識》、《蘇東坡全集》等。

《南京條約》的中譯本即出自他的手筆。

此圖是他的畫像，取自英文版《中國簡史》（《A Sketch of Chinese History：Ancient and Modern》）的首頁，畫像下是他的簽名。

馬地臣畫像，Henry Cousins 繪於一八三七年。
馬地臣（James Matheson，1796-1878）是蘇格蘭人，一八一八年到廣州經商，一八四二年回國，一八五一年因捐鉅資於慈善事業受封為從男爵，1843-1868 年當選為英國下院議員。

推薦序

史學家陳寅恪先生有「以詩證史」說，小說是廣義的詩，亦足證史。王曉秦先生這部新著《鴉片戰爭》，即是充滿詩意的歷史小說。他用如椽大筆，繪形寫神，潑墨重彩地勾畫出一幅鴉片戰爭全景圖：虎門禁煙，英酋遠征，突襲舟山，關閘事變，廣州內河戰火，廈門島上烽煙，浙江鏖兵，長江大戰，斡旋媾和，簽字《南京條約》等等。其場景廣闊，情節跌宕起伏，可驚可怖之衝突，可歌可泣之故事，紛至沓來，讓人不忍釋卷。

人物從中英兩國帝王將相，到鴻商巨賈、煙民海盜，乃至販夫走卒，個個刻畫生動，個性鮮活。

在宏大敘事中，作者激情迸射，長歌當哭，把一部民族痛史演繹得迴腸蕩氣，著實是一部不可多得的文學佳作，讀之不亦快哉。

好的歷史小說不唯文學性強、有可讀性，還必須有史學品質，即可以證史。這就要求作者具有三方面的準備：一要掌握充分的史料，二要目光如炬，有去偽存真的史識，三要獨立思索，對歷史有自己深湛的見解。

王曉秦先生是優秀的學者，研究並講授英國文學，學風嚴肅，已有多部學術著作面世。然其對清末災難頻仍的歷史情有獨鍾，二十年前即有「以詩證史」之夙願，欲揭示大清帝國崩潰之因由，以警後人。於是，傾盡心力廣泛彙集相關史料。

因其嫻熟英文，在國外得到許多國人罕聞的原始英文資料，且多具當時性和真實性，以是，其作品所涉及的時間、事件、人物、文獻、資料、插圖都有案可考，極具信史意義。如本書所配圖片，大多出自十九世紀畫家和參戰官兵之手，另一部分收集於中國、英國、美國、澳大利亞等國博物館和畫廊。這些圖片首次見諸國人，格外珍貴。在攝影尚不發達的時代，它們準確記錄了當時的事件，不獨可以以圖證史，亦可以增加閱讀的興味。本書史料的詳實，於此可窺一斑矣。

更值得稱道的是王曉秦先生的史見。他不崇權威，不墜時風，堅持獨立思索，敢於質疑曾經的歷史成見。在前幾年出版的歷史長篇小說《鐵血殘陽—李鴻章》中，他就洗刷了李鴻章漢奸、賣國賊的惡名。在學界雖有爭議，畢竟打開了一扇自由思索的窗。如今這部百萬字的新著中，思索的空間更大，識辨的問題更多，需要讀者去發現。

小說畢竟不是說教，乃以不說為說，陳述史實，以形象啟人，是禪悟的公案耳。讀這部小說，你會有傳統良史秉筆直書的感覺，這也正是作者的風骨所在。

歷史塵封在史料裡，不是人人願意翻閱；歷史要說的話，不是人人聽得懂；歷史默默地展示自己，不是人人看得透。這段話是作者的感言，猶如《紅樓夢》作者的一歎：都云作者癡，誰解其中味。

甲午戰爭百二十年紀念日於羊城四方軒遵囑　班瀾謹書

壹 明托家族vs大清帝國

轉眼到了九月。倫敦的秋天來得較晚，草木的葉梢還未發黃。外交大臣巴麥尊勛爵和國防大臣馬考雷沿著小道朝官邸走去。由於車輾人踏，小道的路面非常瓷實，像麵筋似的向前延展，小道兩側的草葉擦過腳面，給人一種軟酥酥的感覺。

巴麥尊勛爵的本名叫亨利．約翰．坦普爾，出身自愛爾蘭貴族世家，受過良好的教育，除了英語，還能講一口流利的法語和義大利語。在家族的影響下，他很早涉足政治，加入輝格黨，二十三歲便成為英國議會上院的議員。

他年輕時相貌英俊、風度翩翩，受到眾多名媛的追求，以致於人們戲稱他是「愛神丘彼特」。但是，他鬼使神差地暗戀上考波勛爵的夫人愛米利．蘭姆，一腔情懷不能自拔，苦心孤詣地等了二十多年，一直等到五十五歲，等到考波勛爵去世。一個多月前，他才與心上人終成眷屬。

馬考雷只有三十多歲，平民出身，也是輝格黨的中堅分子，在印度當過政務院參事。他雖然年輕，卻是橫看世界、縱論古今的風雲人物，有置天下大事於地圖之上的胸懷。一年前，輝格黨在大選中獲勝，黨首默爾本勛爵組閣時任命巴麥尊勛爵為外交大臣，馬考雷為國防大臣。

馬考雷關切問道：「巴麥尊勛爵，婚後的日子過得好嗎？」

巴麥尊勛爵一聳肩，「獨身的好處是自由與寧靜，婚後的好處是洗耳聆聽刀叉聲、鍋碗瓢盆聲、女人的嚶嚶聲和孩子的啼哭聲。馬考雷先生，說實話，我過慣了獨身日子，沒想到婚姻生活充滿煩惱和分歧。女人碰到不愉快的事情就淚眼顧盼，楚楚可憐地嘮叨，家庭瑣事更是多如羊毛，反倒讓我不適應。我待在辦公室裡比待在家裡愉快。馬考雷先生，你至今未婚，真讓我羨慕啊。」

馬考雷道：「我是獨身主義者，在我看來，婚姻是愛情的墳墓，談情說愛是挑選墓地，結婚是雙雙殉情，移情別戀是遷墳，偷情則是盜墓。」

巴麥尊勛爵幽幽笑道：「如此說來，我是一腳踏進墳墓的人？」

馬考雷一本正經地點頭，「是的。我曾勸過你，不要急於與一個孀居的女人結婚，但是，既然你一腔情懷地踏進墳墓，也不要急著出來，否則你的夫人會罵我是拆毀墳墓的人。」說罷，頑皮一笑。

玩笑過後，馬考雷問：「巴麥尊勛爵，你請我來有什麼事情？」

「哦，有一個叫威廉·查頓的商人，你聽說過嗎？」

「威廉．查頓？聽說過，他是大名鼎鼎的鴉片之王，在印度名聲赫赫，是名列前茅的大富豪。」查頓—馬地臣商行的總部設在印度孟買，馬考雷在印度政務院工作了四年，對這家商行並不陌生。

巴麥尊說：「幾天前，他要求拜會我，欲反映我國僑商在中國受到的屈辱。」

查理．義律和大批英商被軟禁在廣州商館五十六天，被沒收的鴉片總值達六百萬元，這一消息傳到倫敦後被報界大加渲染，激起了強烈的反映。緊接著，《中國叢報》五月號隨郵船抵達倫敦，《泰晤士報》轉載了林則徐的《致英國女王書》，文中把大清皇帝置於萬國之上，訓導英國女王就像教訓小兒，這封信函同樣被報界渲染成不知天高地厚的軍事挑釁和對英國的羞辱。

巴麥尊道：「義律領事向我詳細報告在廣州發生的事情和鴉片危機。中國的軍事長官林則徐等人公然用軍隊對付手無寸鐵的和平僑商，強迫他們簽署甘結，因為甘結上有危及僑商性命的條款，被義律嚴詞拒絕。」

馬考雷滿臉肅色，「是的，事態很嚴重。我看了《各國商人呈繳煙土諭》的譯文，這份諭令反覆宣示兵威，誇耀他們的大刀長矛，說什麼『水陸官兵軍威盛壯，即號召民間丁壯，已足制其命而有餘……禍福榮辱，唯其自取』。這是赤裸裸的軍事挑釁！」

巴麥尊勛爵在政界頗得人緣，辦事彬彬有禮，但在外交上是有名的強硬人物，一旦英國的利益受到損害，他就會顯示出冷硬、決絕的一面，擺出劍拔弩張、躍馬橫刀的姿態，強悍得令人震撼，「在致我國女王的公開信中，中國皇帝擺出一副萬王之王的姿態，公然要我國向化輸誠，真是荒唐至極！」

馬考雷也同意這點，「而且是用中國軍事長官的名義簽發的，這種行為即使不是宣戰，也滿懷敵意。」

巴麥尊勛爵道：「外交使臣代表著國家主權，對他們不敬，就是對大英國不敬，軟禁我國使臣是對我國尊嚴的傷害。在國際交往中，要麼通過使臣建立公道和友誼，要麼派遣軍隊發動戰爭，別無他途。」

兩人並排踏上官邸的臺階，巴麥尊勛爵接著說：「不過，有一件事情，義律領事做過頭了。」

「哦，哪件事？」

「義律擅自作主，用商務監督署的名義接收全體僑商的鴉片，並承諾由政府在適當時候給予補償。殊不知，動用納稅人的錢補償僑商的損失，必須經過議會批准，這種事情沒有先例。」

馬考雷淡淡一笑，「我倒是讚賞義律領事臨機處置的勇氣，生命的價值畢竟高於金錢。我仔細閱讀過他的報告，不知是有心還是無意，他幹了一件令人拍案叫絕的事情。他用商務監督署的名義將鴉片交給廣東官憲，廣東官憲稀里糊塗開了收據簽了字。這意味著鴉片不再屬於僑商，而屬於我國政府，就法律而言，這無異於中國政府沒收了英國政府的財產！因此，這場糾紛不再是兩國商人之間的糾紛，而是政府之間的糾紛。」

巴麥尊勛爵點頭稱是，「這解釋很有道理，中國官憲不經意間幹了一件愚不可及的蠢事。我國政府本不宜直接介入商人的糾紛，不過，既然那些鴉片是我國政府的財產，我們自然有權索要賠償。」

巴麥尊勛爵掏出鑰匙打開門，「僑商們損失慘重。威廉．查頓是實力雄厚、財大氣粗的商界巨擘，能量大得驚人，他發動曼徹斯特、伯明罕和利物浦的九十六名商人聯名簽署一份請願書，懇請對中國施加報復。據說，他還準備競選下院議員。由此看來，他不僅是成功的商人，還是蠱惑人心的演說家、一呼百應的組織者。我們不妨當面傾聽他的陳述，我把會面安排在今天，請一塊來聽一聽。」

馬考雷道：「我確實想見見威廉．查頓。早在印度時就聽說他不是等閒之輩，是個精力充沛的開拓者、拜金主義的急先鋒，這種人為了財富，不惜背井離鄉，甘冒海上的滔天巨浪驚險，去萬里之外的陌生世界探索、闖蕩。有人不喜歡他們，說他們是強盜大亨或黑暗騎士，但是，你不能指望他們像耶穌的門徒那樣行事，他們畢竟不是傳教士。」

巴麥尊勛爵給馬考雷搬來一把雕花皮面椅子，椅子的四條腿雕成獅爪狀，展手示意請他坐下。

馬考雷坐下後道：「鴉片給我國帶來了巨大利益，但遲早要惹下大麻煩。僑商們不僅向中國出售鴉片，還把大量鴉片運到國內，去年一年就運來九百箱，製造了成千上萬個癮君子。教會和不少在野黨議員反對鴉片貿易。」

巴麥尊勛爵是鴉片貿易的堅定支持者，「我認為鴉片貿易對我國利大於弊。吸食鴉片只是種習慣，就像飲用葡萄酒，保持適度即可。與飲用烈性酒相比，鴉片的害處微乎其微。我們不能因為有人酗酒成癮就發佈禁酒令。」

馬考雷同樣支持鴉片貿易，「是的，中國人濫用鴉片，只能怪他們自己。我還有一個見識——國際爭端沒有是非，沒有對錯，只有立場。當英中兩國發生衝突時，職責所在，我們必須捍衛大英國的利益。」

威廉·查頓按時來到外交部的會客廳。兩個月前，他接到馬地臣的信，獲悉廣州發生驚天事件，廣東官憲以扣押人質的方法沒收了兩萬多箱鴉片，在華僑商損失慘重。商人們一致同意，按每箱鴉片捐資一英鎊的標準籌集經費，委託威廉·查頓在國內商界、政界和新聞界廣為活動，爭取政府支持，訴諸武力，向中國索要賠償，全面打開中國市場。

互致問候後，巴麥尊勛爵打量著這位傳奇商人。一個印度侍者用大托盤端上中國茶壺和幾只中國瓷杯，給他斟滿了茶水。巴麥尊在杯中放一勺糖，用小銀勺攪了攪，推到查頓面前，

「這是你們從中國運來的上等紅茶，我用你們進口的商品招待你。我早就聽說你的大名，你白手起家，在印度和中國奮鬥了三十年，造就一家大型合夥制商行，還在蘇格蘭成立了慈善基金，救濟因重大疾病而喪失生活能力的人。」巴麥尊勛爵與查頓都是蘇格蘭人，因而對這名同鄉抱有好感。

威廉．查頓點頭，「是的，我經商賺的錢，今生今世都花不完，與其帶入墳墓，不如救濟蒼生。」

巴麥尊問：「聽說印度也開始種植茶葉，是嗎？」

「是的。三年前，東印度公司成立了一個茶業研究會，派名叫戈登的傳教士兼植物學家去中國考察。經中國行商伍秉鑒和伍紹榮引見，戈登得以進入福建茶區，帶回茶種。他正在印度的大吉嶺地區試種，但產量很小，無法滿足需求，否則我們沒有必要多走六千英里海路去中國購買茶葉。」

馬考雷問：「查頓先生，據你估計，印度茶葉的產量達到中國的水準，需要多少時間？」

「我不是農藝學家，說不準，假如一切順利的話，需要十到十五年。」

幾句閒話後進入了正題。巴麥尊勛爵道：「你想勸說政府報復中國，是嗎？」

「是的。我是商人，不喜歡戰爭，但中國人妄自尊大，自以為是世界上的第一大國，別的國家都是野性未馴的蠻夷。他們多次汙辱我國僑商，甚至動用軍隊軟禁我國使臣和商民，強迫我們交出在公海上的財產。中國欽差大臣曾經信誓旦旦地說，只要我國商人繳出鴉片就既往不咎，但在僑商們繳出兩萬多箱鴉片後，他卻自食其言，驅逐十六名僑商，包括我的合夥人馬地臣先生和他的侄子。

「按進貨價計算，我國僑商的損失高達六百萬元之巨！有人因此破產，有人因為無法承受巨額虧損而自殺，留下的妻子和孩子無人關照。這種暴行超出我們能忍受的極限！巴麥尊勛爵，我可以毫不誇張地說，你們飲用的每一杯茶，都透著我國僑商蒙受的恥辱！」查頓充分發揮了演說家的才華，講得聲情並茂。

巴麥尊打開筆記本，寫下「賠償煙價」，又抬起頭來問道：「我國僑商沒有直接把鴉片運入中國，是嗎？」

「沒有。我們嚴格遵照政府的指示，只在公海上銷售鴉片，像因義士那樣魯莽的人，僅有一例。」

「聽說你們對中國的貿易制度怨氣沖天。」

「是的。我們的每條商船進入中國內河時都要交納數額驚人的船鈔和名目繁多的陋規。」

「如何交納船鈔？」

鴉片之王竭盡能事地抨擊大清海關的腐敗，「每條商船進入中國內河，中國稅吏都要丈量船的長度，徵收一筆費用。依照粵海關的章程，大船徵三千五百元，中船徵三千元，小船徵兩千五百元。但是，船鈔的徵收權把持在奸胥猾吏手中，他們明目張膽地索要賄賂。你要是不給，他們就從船艄的頂端量到艉舵，小船按中船徵，中船按大船徵，徵得你不堪重負。

「這是種十分可惡的制度，促生了用金錢買通掌權者的社會生態，那是幅醜惡無比的畫面。海關稅吏秉性邪惡，一手執法，一手收取黑錢，每一筆成功的交易都鼓勵著下一筆交易，腐敗的黴菌把一切引向衰敗，像螻蟻潰堤似的磨碎了商民的心靈和良知。法律的底線一俟失守，市場就充滿單向的利益輸送和暗箱操作，充斥著弱肉強食，最終讓所有人失去安全感。醜惡的制度造成了人們的自私、冷漠、旁觀、欺詐，雁過拔毛，敲骨吸髓。在這種制度下，任何正派的商人都身不由己，墮落成無良無恥的賄賂者。」

「還有什麼陋規？」

「名目繁多，入口時開艙有費、押船有費、丈量有費、貼寫有費，出口時放關有費、領牌有費、押船重收費、貼寫重收費，林林總總多達三十多項，頭緒紛紜、冗雜無度，而且不給票據。我們稍一爭辯就會受到訓斥和責罵。

「最可惡的是，這些陋規不是正稅，全都進了私人的腰包。關津胥吏和通事買辦們都想從我們的身上榨取金錢，廣州貿易制度造就了一個前所未見的敲詐系統。他們非法徵收的費用是法定稅款的四倍，在棉花等重要商品上詐取的費用高於正稅十倍。我們強烈要求明定關稅，採用歐洲式的貿易制度。」

巴麥尊在筆記本上記下「明定關稅，取消陋規，重建貿易制度」幾個字。

威廉．查頓接著道：「各種巧立名目的稅費中飽了中國官員的私囊，其中的行傭臭名昭彰。」

「什麼叫行傭？」

「中國朝廷指派行商壟斷貿易，同時又把行商視為可以隨意拔毛的大肥鴨，致使他們經常陷入資金匱乏的窘境。為了應對各種攤派和敲詐，行商們想出一個可惡的辦法，就是向我們徵收一筆額外費用，這筆費用就叫行傭。最初，行傭按貨值的百分之三徵收，但是，百分之三遠遠不能填滿中國官員們貪婪的胃口，行商們被迫把行傭提高到百分之六！」

馬考雷有點兒吃驚，「哦？中國人把聰明用到這種地方，真是駭人聽聞。這意味著中國行商把賄賂款轉嫁到你們身上，進而轉嫁到我國消費者身上，對吧？」

「是的，中國官憲的盤剝使行商們每況愈下，多數行商離破產僅差一步之遙。十幾家行商中只有伍秉鑒家族的怡和行和潘紹光家族的同孚行資財雄厚，其餘的全都負債累累，不得不向我國商人賒銷。迄今為止，廣州十三行連本帶息總共欠了我國二十三家商行三百萬鉅款。但是，伍秉鑒老奸巨猾，利用壟斷權力強迫我國僑商同意掛帳停息，分十六年還清商欠。」

馬考雷嗟呀道：「掛帳停息十六年？這等於賴帳！」

「是的，是賴帳。更有甚者，欽差大臣林則徐打著禁煙旗號，把十六名僑商驅逐出境，致使那筆巨額欠款無法討回。我請求政府替僑商們索要這筆錢！」

巴麥尊也對商欠數額之大感到震驚，「三百萬商欠相當於一個小國一年的稅賦！你們是國家的重要納稅人，政府有責任保護你們的財產和生命安全。你還有什麼要求？」

查頓道：「我們要求取消船鈔、陋規和行傭，廢除行商壟斷制，用自由貿易代替壟斷貿易。」

巴麥尊在筆記本上寫下了「廢除行商，打破壟斷，自由貿易」幾字。

查頓接著道：「我的夥伴馬地臣來信說，中國的欽差大臣以停止貿易相威脅，如果我們不簽甘結，他就永遠關閉貿易大門。」

巴麥尊淡淡一笑，「自古以來，獲取財富有三種方式，第一是戰爭，第二是權力，第三是生產和貿易。用戰爭獲取財富是古老、原始和野蠻的，用權力獲得財富是不義、卑鄙的，用生產和貿易獲得財富是合法、健全的。我們應當把英中貿易置於健全與合法的基礎之上，但要是清政府拒絕，我將向首相提議動用原始和野蠻的手段！

「查頓先生，我不瞭解中國，有個問題讓我十分困惑。我國的紡織品採用紡織機和蒸汽機作動力，效率比手工紡織高一百二十倍，品質更是無可匹比。我國的紡織品運到阿拉伯和印度，加價三倍，依然有很強的競爭力，為什麼在中國沒有銷路？」

「閣下，中國採取的是一口通商制，那是種嚴厲的貿易保護制度。中國朝廷只允許我國商品在廣州一地銷售，廣大中國民眾根本不知道我們的商品物美價廉。為了打開中國市場，我建議政府動用武力，強迫中國皇帝增開貿易口岸。」

巴麥尊仔細詢問：「哪些口岸？」

查頓道：「除了廣州，增開舟山、廈門、福州、寧波和上海等口岸。」

巴麥尊勛爵從櫃子裡取出一幅中國地圖，攤在桌子上。查頓迅速找出那些地點，指給巴麥尊和馬考雷看。

馬考雷疑惑不解，「廈門和福州距離很近，有必要嗎？」

查頓解釋：「中國的茶葉主要產在福建，從廈門和福州起運，可以大大降低運輸成本。」

巴麥尊在筆記本寫下「增開通商口岸：舟山、廈門、福州、寧波和上海」。

馬考雷接著問：「查頓先生，中國的軍力如何？在你看來，我方需要付出多大代價才能達到目的？」

查頓語氣堅決，「中國文明只相當於我國中世紀的水準，他們的價值觀念、軍隊裝備、物質和文化，比我國落後三百年。他們不知道地球是圓的，不知道牛頓力學，更不懂得亞當．斯密的經濟學。他們使用中世紀的鑄模法製造槍炮，不懂怎樣在炮管製造來福線。他們缺乏空氣動力學的知識，戰船和商船只有橫帆，沒有縱帆和三角帆，不懂得如何讓不同形狀的船帆組合在一起相互借力。

「我可以毫不誇張地說，我國的一條戰列艦就足以摧毀中國的全部外海水師，就像摧毀玩具般輕鬆。我認為，派一支精幹的中小型艦隊，佔領一座海島，封鎖中國的珠江、長江和黃河入海口，實施經濟制裁，便足夠逼迫中國皇帝打開國門。」

馬考雷思考片刻，「若從軍事角度與經濟角度看，哪座海島最有戰略價值？」

查頓從皮包裡取出一份地圖，「我帶來一幅海圖，是我們商行的史密斯船長繪製的。史密斯船長退役前擔任過海軍測繪軍官，我相信，這份海圖比海軍部的海圖還要詳細、精確。」他把海圖攤放在桌子上，「我以為，長江入海口位於中國海岸的正中央，上海是最有價值的通商碼頭。舟山群島離那兒最近，北上可以到達北京，南下可以抵達廣州，還是通往日本和朝鮮的中繼站，我們應當在那裡建立一個貿易據點兼軍事據點。」

馬考雷謹慎地說：「查頓先生，派軍隊到一萬七千海里外與東方大國打仗，這個想法很浪漫，但風險也很高。我想瞭解一下，我軍一旦與中國動武，中國百姓會有什麼反應？是像土耳其人那樣，寧可要本民族的暴君，也要把外國入侵者趕走，還是像非洲和澳大利亞的土著那樣，雖然心懷不滿，卻能接受外來文明？」

查頓道：「中國是君主專制國，皇權的存在意味著剝奪臣民的權利。皇帝可以隨意處置臣民，臣民卻無抗辯的權利，更談不上自由和尊嚴。中國臣民是麻木的群氓，而不是有獨立意志的個體。中國百姓在公共政治中沒有說話的權利，也就沒有積極健康的參與意識。如果我們對中國發動戰爭，中國百姓只會冷眼旁觀。甚至有人幸災樂禍，為他們的皇帝倒楣而喝彩。」

巴麥尊勛爵突然插口：「順便問一下，查理・義律是我國派往廣州的領事和商務監督，你對他有何評價？」

查頓道：「義律先生並不贊同鴉片貿易。他辦事有點黏糊糊的，有時像女人一樣心慈手軟。」

「是的。義律先生對鴉片貿易持保留態度，但他忠實地執行了政府的訓令。印度殖民政府的財政負擔很重，鴉片是平衡赤字的合適商品，義律對這點心領神會。如果我晉升他為公使，你認為合適嗎？」

查頓道：「恕我直言，在和平時期義律先生還算合格，但是，他不是戰時外交官的合適人選，在傲慢的中國人面前，他像得了陽痿症一樣硬不起來。對付中國，我們必須派一個強硬的人物，首選是派一頭雄獅，次選是花斑豹或猞猁，無論如何都不能派一隻溫吞的貓。」

巴麥尊沒想到查頓對義律的評價如此之低，「海外公使和領事是我國政府千遴萬選出來的優秀人才，查理・義律畢竟對我國的海外事業有無限的熱情。」

查頓見巴麥尊信任義律，不再多言，只是從皮包裡取出厚厚一沓文件，「巴麥尊勛爵，這是我和馬地臣先生共同準備的資料，涉及中國的海域、航道、物產、兵備、戰略等，謹供閣下參考。」

巴麥尊勛爵鄭重地接過紙袋，翻了一下，那不是一兩個小時就能讀完的。他裝回紙袋，拿起鵝毛筆，在紙袋上寫了一行字「Jardine Paper」（查頓卷宗），「你提供了非常有價值的文獻，我將仔細閱讀它們。我謹代表政府向你和查頓－馬地臣商行的全體股東表示誠摯的謝意。」

威廉·查頓離去後，巴麥尊勛爵問道：「馬考雷先生，你的意見至關重要。你是否同意出兵？」

馬考雷想了想，「這場戰爭的起因不是鴉片，是中國人的傲慢和自命不凡，鴉片只是導火線。我同意組建一支規模適當的東方遠征軍，到中國海疆舉行一場軍事示威，最好有征無戰，或者不戰而屈人之兵。」

巴麥尊又問：「誰適合指揮這場不戰而屈人之兵的戰爭？」

馬考雷提議：「明托家族如何？」明托家族是有名的貴族世家，現任印度總督奧克蘭勛爵、南非兵站司令喬治·懿律少將、駐華商務監督查理·義律都出自這個家族。奧克蘭勛爵是查理．義律的姑表兄弟，喬治．懿律少將是查理．義律的叔伯兄弟[1]。

巴麥尊思索片刻，「兄弟同心，其利斷金。明托家族的人能幹有為、任勞任怨，想來是黃金搭配，妙不可言。」

馬考雷點頭，「是的。明托家族人才輩出，他們兄弟三人合作，足以打敗中國。」

1　明托家族簡表：

吉爾伯特．義律爵士（1722-1777）		
長子——吉爾伯特（1751-1814） 第一代明托伯爵	次子——休．義律（1752-1830） 外交官	三女兒——埃利諾（1818-1858）
次子——喬治．懿律 海軍少將、公使兼遠程軍司令	五子——查理．義律 駐華商務監督、公使	長子——喬治．埃登 奧克蘭伯爵、印度總督

貳 林則徐誤判敵情

從林則徐禁鴉片之日起，廣州就成了多事之地。查理．義律嚴禁英國商人具結，林則徐寸步不讓，不具結就不許英國商船進口貿易。雙方針鋒相對，互不妥協，英商損了利潤，中國損了關稅。英商急，罵義律是笨蛋；行商也急，怨林則徐膠柱鼓瑟、不知變通；林則徐眼見著廣州百業蕭條，更急；義律期盼著英國政府支援，最急。

焦灼煩躁之時，最容易爆發衝突。先是英國水艄在九龍醉酒後聚眾鬥毆，打死了一個叫林維喜的中國村民。林則徐依照殺人者抵命的法條，宣佈夷人在中國犯法必須由中國官憲審判，飭令義律交出兇手。義律宣稱英國人犯法必須按照英國法律審判，拒不交人，雙方牛抵角似的互不相讓。

義律將案情報告給英國政府，林則徐同樣將案情奏報給朝廷。道光聞訊，勃然大怒，認為既然英夷桀驁不馴，索性拉緊自家的藩籬，永遠禁止英國人來華貿易，並將滯留在澳門的所有英國商人及其眷屬驅逐殆盡！林則徐果斷執行。

英國商民倉促逃出澳門，卻無法遠行，因為季風不對，他們的船羈旅在海上，急需淡水和食物。林則徐下令沿海官民嚴陣以待，拒絕英商登岸。幾番交涉不成，英國人不得不強行登陸取水。廣東水師奉命攔阻，英國護商兵船和武裝商船全力掩護，雙方大打出手，在官湧、穿鼻、九龍等地接連爆發多次武裝衝突。海疆局勢一天天惡化，貿易前景一日日黯淡。

朝廷原本任命林則徐為兩江總督，鑒於海防吃緊，做了人事調整，讓林則徐接任兩廣總督，調鄧廷楨出任閩浙總督，將雲貴總督伊里布調往南京接任兩江總督。

轉眼到了第二年春天，來華貿易的外國商船不及往年的三分之一。十三行的生意一落千丈，行商們悲心喪氣、心旌徬徨。

這一天，伍紹榮、盧文蔚和全體行商聚在外洋行公所，圍坐在大條案兩側，豎起耳朵聽錢江傳達林則徐的諭令。行商都是捐買了七品以上頂戴的捐官，錢江只是小小的九品知事，但大家知道他機警聰察、憲眷優渥，沒人敢得罪他。

錢江不疾不徐地道：「諸位老爺，廣東海疆是多事之地，朝廷下令斷絕英夷貿易後，英夷遲遲不肯離去，在官湧、九龍和尖沙咀等地連續挑起事端。林督憲最近去那兒巡視，發現官湧和穿鼻有重兵把守，固若金湯，九龍的防禦卻十分薄弱。他與關軍門反覆商議，決定在九龍增建兩座炮臺，一座在南山腳下，一座在尖沙咀。」

聽了錢江的話，大家立即意識到林則徐要他們捐資助軍。有人緊蹙眉頭，有人唉聲歎氣，有人咳嗽連聲。

錢江沒有林則徐那種權威，只能等大家安靜下來才接著講：「廣東整修軍備抵禦外夷需要銀子。當今皇上以節儉表率天下，向朝廷和戶部要銀子比較難，藩司庫銀吃緊，也抽不出銀子來，林督憲要我找各位商議，請大家出一點兒錢。」

伍紹榮一聲不吭，盧文蔚也不言語。伍元菘忍不住了，率先發問：「請問錢知事，增建兩座炮臺需要多少銀子？」

錢江一手伸出三個指頭，一手伸出兩個，「需要三萬兩千元。此外還要添購五十位海防大炮，總計需要五萬元。」

潘紹光小心問道：「就這些？」

「不，還有。廣東接連發生幾起海疆衝突，關軍門認為英夷船堅炮利、舵深艙高，廣東水師船小皮薄，在海上爭鋒，難免吃虧。他建議再購買一條外國的三桅大兵船，供我軍訓練和仿造。」

潘紹光驚道：「一條外國三桅大兵船，沒有十萬元是買不下來的。兩項合計，至少得十五六萬，這可不是小數！」

潘紹光是僅次於伍秉鑒的富商，錢江以為他在裝窮，哂然一笑，「潘老爺，你家的同孚行手面闊大，拿出三五萬來，還不是小菜一碟。」

碰到這種拔鴨毛的事，潘紹光木偶似的不言語，端起一杯茶慢慢喝。盧文蔚不得不接過話茬，「錢知事，自從中斷英夷貿易以來，生意少了一大半，積壓在各家行商庫房裡的茶葉有九百萬擔之多，家家戶戶的日子都不好過。這麼多銀子，實在力不從心。」

錢江道：「廣東錢緊，這是事實。自從禁煙以來，粵海關稅收減了七成，庫銀不敷度支，林督憲不得不倡議廣東和廣西兩省官員撙節，扣減三成養廉銀用於海防，連繳六年。但這筆錢只能按月抵扣，不能提前支領，所以他才請諸位老爺想官府之所想，急官府之所急，帶頭捐資禦敵，實力卹勳。」

嚴啟昌被沉重的閻王債壓得愁眉不展，一臉苦相，「錢知事，在歷任官憲眼中，十三行是個大利藪，卻不知曉十三行今非昔比，金玉其外，敗絮其中，說不準哪天大風一颳，吹得椽子瓦片滿天飛，傾圮翻倒一大片。眼下這麼困難，督憲大人總不能竭澤而漁吧？別說要十萬，就是要一萬，大家也得咬緊牙關、勒緊褲腰帶。」

行商們立即七嘴八舌附議，聲聲叫難，花廳裡滿是嘰嘰喳喳開了鍋似的嗡響。

錢江見他們不願出錢，平常溫潤可人、風流倜儻的模樣蕩然無存，突然變成跋扈小吏樣，臉色一沉，目光凌厲地盯著嚴啟昌，「嚴老爺，你張口『歷任官憲』，閉口『督憲大人』，好像歷任大憲都想從你身上拔毛。你想對抗憲命嗎？」

嚴啟昌負債累累，本想在伍家人的幫襯下勉強經營了度殘生，沒想到碰上禁煙和停止英商貿易，舊債未去，新債又來，他成了形銷骨立的瘦毛驢，只要再加一根稻草，就會壓斷脊樑骨。

他一咬牙，硬挺著身板站起來，話音打顫，「對抗憲命？我最後悔的就是沒對抗憲命！當年麗泉行、西成行、同泰行和福隆行相繼倒閉，前督憲大人誘逼我家出任行商，我家的四萬兩本金被各級衙門搜刮淨盡，一開張就是負債經營。加上天災人禍，走到現在的田地，再也支撐不下去，哪有錢捐資助軍！錢知事，廣東省不光有總督衙門，還有將軍衙門、巡撫衙門和海關衙門，今天你要七萬，明天他要八萬，後天再加十萬，什麼商人能禁得起如此勒捐！」他把「勒捐」二字說得極重，就像是帶血吐出來的。

這番激烈的抗辯令在場的行商們悚然一驚，生怕他一滑嘴，說出三百萬巨額商欠來。鄧廷楨在任時，把商欠案捂得嚴實，林則徐接任後是否知曉，誰也說不清。鄧廷楨性情隨和，比較好說話；林則徐性情剛烈，絕少通融。行商們不怕鄧廷楨，卻怕林則徐，他要是翻騰起舊帳，十三行就地覆天翻了！

錢江擔心完不成勸捐任務，脖子一挺，硬嘴反駁，「我是勸捐，不是勒捐！」

嚴啟昌做人辦事向來畏畏縮縮、低三下四，今天不知吃了什麼烈藥，居然大動肝火，一拍桌子，「既然是勸捐，何必說我對抗憲命？」

話落，摘下紅纓官帽往條案上一摔，眼眶裡突然湧出兩行熱淚，嗓子有點兒哽咽，「錢知事，你不經商，不曉得商人的苦澀和艱難。我們行商被壓榨得像荒涼的沙漠，再也擠不出一滴油水！我是頭瘦驢，所有血汗被官憲榨得一乾二淨，只剩一把骨頭渣子，捐不起一文錢。這頂七品官帽，是前任官憲逼我出大價錢買的，我戴不起，不戴了！請你帶走，送還督憲大人！」說罷，他一拍屁股，決然地轉身走了。

錢江雖然官小，卻是督憲大人的耳目與喉舌，不是可以輕易頂撞的。伍紹榮和伍元菘趕緊連聲召喚：「嚴老爺，嚴老爺！」

但嚴啟昌頭也不回，踉蹌著步子、號啕著嗓音，出了十三行公所。

錢江好大喜功，急於求成，本想把林則徐交待的事情辦得乾淨俐落，不想敗落到絕死境地的嚴啟昌硬生生地頂撞，一摔官帽走人。花廳裡的氣氛十分尷尬，沉沉寂寂，無人言語。

過了半晌，盧文蔚才咳嗽一聲，緩緩道：「錢知事，有一筆生息款不知道你聽沒聽說？」

「哦，什麼生息款？」

「嘉慶十四年，為了防止夷人滲透，廣東大憲擴編前山營——就是澳門北面那座營寨。兵額增加了，兵餉卻沒有出處，於是派人來，要我們十三行承擔前山營的兵餉。那時是我爹盧觀恒和伍秉鑒老爺共同擔任總商，他們二人合議後決定捐一筆銀子，交給幾家當鋪放貸生息，每年的生息款用於前山營的兵餉，按年核實支銷。屈指算來，這筆款子已經放債生息三十年，應當有所盈餘，不是小數，少說有五萬元，足以修築兩座炮臺。你不妨回去查查。」

伍紹榮接口：「林督憲帶頭捐納三成養廉銀，我們行商也不能不有所表示。我提議，把經營茶葉的三分行傭用於捐資助軍，連捐三年，請諸位老爺議一議。」

行商們全不吭聲。大家都曉得，每年的勒捐多如牛毛，一筆接一筆，這次用生息款和行傭支付了，下一筆攤派就得自掏腰包。

捐資助軍辦到這種田地，再也辦不下去，錢江無奈，只得起身告辭。

伍紹榮和盧文蔚把他送到門口時，錢江一腳踏在門檻上，回轉頭，口氣裡透著不滿，「二位總商，海防一日不可疏虞，林督憲可是等著現銀用的。」

伍紹榮想息事寧人，「錢知事，做生意是要有周轉金的，十三行確實手緊，商人把周轉金捐出去就像農民把種子捐出去，只能坐以待斃。這樣吧，我們怡和行再勒一勒褲腰帶，認捐一條三桅夷船，供廣東水師操練之用。」

錢江沒想到伍紹榮出手如此闊綽，「這話當真？」

「當真。但我也有一事相求。」

「哦，什麼事？」

「方才嚴老爺發火，摔了官帽，這事兒請您多包涵，千萬不要稟報給林督憲，以免落下藐視上憲的罪名。這個……還是息事寧人的好。」伍、嚴兩家是姻親，伍紹榮不願嚴啟昌受到懲罰。

「好說，好說。」錢江拱手告辭，揚長而去。

錢江走後，盧文蔚抱怨道：「五爺，三分行傭是用來清償三百萬商欠的，你捐出去助軍，那筆閻王債什麼時候能還清？」

伍紹榮一臉難色，「眼下朝廷斷了英夷貿易，他們不是沒上門討債嗎？」

盧文蔚搖搖頭，「生意人講求一個信字，那筆債，遲早是要還的。」

這時，一個行丁進來稟報：「伍老爺、盧老爺，美國代理領事多喇納老爺和查理·京老爺求見。」

多喇納是美國商人，與伍紹榮同歲，風度翩翩，是經過大風大浪歷練的人。十七世紀初葉，他的先祖從法國移居美國。他十三歲登船馭浪，十九歲成為家族商船的船長，不遠萬里來中國做生意，成為旗昌商行的股東。他體格健壯，聰明好學，精通商務，熱心公務，不久前被美國政府聘為駐中國澳門代理領事。伍家正是旗昌行的保商，由於多喇納善於交際，與伍秉鑒父子的私交極好。

多喇納與查理·京一起進了花廳，行脫帽斂手禮。伍紹榮和盧文蔚起身行拱手禮，分賓主入座。

多喇納用半生半熟的中國話說：「五爺，我們有件要事，想請求林督憲施恩關照。」

伍紹榮道：「請講。」

「最近我國商船進口，受到貴國海關稅丁的反覆核查，耽誤時間過長，我們想請林督憲簡化手續。」依照大清的海關章程，各國領事致中國官憲的稟帖必須經行商轉呈。

他從皮包裡取出一份漢字稟帖，「據可信消息，英國要對貴國用兵，封鎖珠江口。依照歐美國家的慣例，但凡兩國開仗事涉第三國時，應當事先知會，以免第三國無辜受損。」說著，將那份敝口稟帖遞上。

伍紹榮接了稟帖展讀。

具稟美國代辦領事多喇納，敬稟總督大人台前，各西國之例，凡有一國封一國之港，不許各國之船往所封水港貿易，先行文書通知各國。

現有英國及本國新聞紙來到，內云：英國限於本年五月前後，不許各國之船來粵貿易……因日子無久……懇請早日進（黃）埔開艙。因從前之船多有耽擱……將來所到之船，倘照從前耽擱如此之久，則日子無幾，起下貨物不能速完，而英國巡船一到，定以時日阻止出口，不能回國，血本大虧。求施恩早帶船進口，早日開艙……望總督大人恩准施行。

道光二十年三月二十五日稟

多喇納表面上要求簡化手續早日開艙，實際上是婉轉告訴中國人，戰爭迫在眉睫。

伍紹榮不由得一愣神，「這事從何談起？朝廷斷絕英夷貿易，他們就封鎖海口，不許別國貿易，這豈不是強梁霸道？」禁煙已經讓行商損失慘重，要是英國派兵封鎖珠江口，切斷所有國家貿易，十三行就天塌地陷了！

盧文蔚讀了稟帖同樣心存困惑，抬眼問道：「多喇納老爺，你如何知曉英國人要封鎖海口，對我國用兵？」

多喇納鄭重其事地道：「各國商船到貴國貿易，都會取道新加坡。英國水陸官兵正在新加坡集結，當地的新聞紙多有報導。我向英國領事義律先生求證，他也認可這種說法，這不是傳聞。」他見伍、盧二人不信，又加重語氣重複一遍，「這的確不是傳聞。」

伍紹榮認真地說：「我會把你們的稟帖呈報給林大人，請你們稍候，明天就能給予回答。哦，我也有一件事相求。我想買條三桅兵船，舊船也可以，不知誰肯出售？」

查理·京答：「巧得很，我聽說約瑟夫·道格拉斯有條大船要出售，叫『甘米利治號』，是武裝商船，載重一千零六十噸，三桅九篷，配有十四位火炮，只要增加炮位就可以改裝成兵船。約瑟夫·道格拉斯經營虧損，想就地拋售，不過他是英國人，出售武裝商船必須得到英國商務監督署的批准。貴國皇帝斷絕英商貿易，不知查理·義律會不會批准。」

「甘米利治號」曾經開進黃埔貿易，伍紹榮上過那條船，對它有印象，那是一條九成新的武裝商船。他點頭道：「那艘『甘米利治號』，只要價格合適，我可以買下來。多喇納老爺，要是義律不批准，我想請你用美國商行的名義買下，再轉手給我。我會按公道價格支付一筆中間費。」

多喇納不好直接應下，「此事我幫你諮詢一下。」

伍紹榮道了聲謝，「我會把你的稟帖盡快轉給林督憲。」

錢江返回總督衙署後立即向林則徐稟報：「我剛說出勸捐二字，行商們就跟丟魂失魄似的，容顏之慘澹，言語之支吾，神情之張惶，要多難看有多難看。這個說『錢緊』，那個說『周轉不開』，總之就是不願掏錢。尤其那個嚴啟昌，居然摔了官帽，說戴不起，不戴了！」一面說一面比畫，把行商們的表情渲染得極其生動。

林則徐道：「讓他們出銀子就像拔毛，你一拔他們就疼，哪能不叫喚。但英夷是賴皮水狗，不斷在海疆製造麻煩，廣東海防必須增強，想增強就得有人出錢。廣東廣西兩省文武官員扣交三成養廉銀，連交六年，這也是拔毛，官員們也喊疼，甚至有人罵娘，罵我林某人扒了他們的一層皮。但是國家有難，人人都應當以社稷為重，身家為輕。官員們扣交養廉銀過緊日子，行商們也不能袖手旁觀，也要過緊日子。」

這時，司閽進來稟報：「余知府和伍總商來了，說有要事稟報。」

林則徐嗯了一聲，「叫他們進來。」接著繼續對錢江道：「當官不能怕得罪人，怕得罪人不要當官。我到廣東禁煙得罪了許多人，有人向朝廷告黑狀，但我腳正不怕鞋歪。」

十三行負有將夷人稟帖轉交督憲的責任，但伍紹榮懼怕林則徐，又不善掩飾，每次見林則徐，臉上都掛著不由衷的微笑，一看就是虛情假意。為了避免尷尬，這回他特意拉上余保純一起來。二人一前一後進了花廳，將多喇納的稟帖遞上。林則徐戴上老花眼鏡低頭默讀，余保純和伍紹榮垂手站在一旁。

林則徐初讀一遍覺得匪夷所思，讀過第二遍後站起身來，在青磚地上踱起步子，思忖良久才緩緩道：「此等謊言不過是義律張大其詞，意在恫嚇，不足深論！」

余保純是官場老吏，從不違逆上司，順著林則徐的心思附和：「下官也是這個見識。英國距我大清有六萬里之遙，充其量只能調來兩千兵丁。我廣東一省就有水陸官兵六萬八千。沒有十萬大軍，哪個島夷敢與大清開仗？就算英國是海上牛馬之國，十萬大軍的衣食住行、營帳輜重如何解決？槍炮火藥如何接濟？傷殘人員如何撤回？」

林則徐說：「英國人所恃無非堅船利炮。但除了船與炮，夷兵擊刺步伐都不嫻熟，腿足裹纏，結束嚴密，屈伸皆所不便，一俟上岸更無能為力，一仆不能復起，不僅本朝弁兵能以一當十，即便鄉井平民也足以置其死地。如此度量，其強並非不可制。就算他們處心積慮侵犯我大清，充其量只能在海疆製造一點小波瀾，斷然不敢捨舟登岸，進入內地滋事生非。你說呢，錢江？」

錢江哂然一笑，「卑職也是這番見識。英國乃蕞爾島夷，與大清開仗，無異於蚍蜉撼大樹、螞蟻搬巨石，不自量力。它能吞併印度小邦，但絕不敢以侵凌印度之術窺視大清。」

伍紹榮比林、余、錢三人更瞭解夷情，對多喇納的話雖不全信，卻不敢全不信。他見林則徐如此說話，咽了一口唾沫，不過依舊不吭一聲。

林則徐對他沒有好感，視有若無，自說自話：「美國代辦領事多喇納妄稱英夷將在五月前後封港，不許各國來廣州貿易，實屬荒謬！自從本朝斷絕英夷貿易後，美國商人居間轉運，大獲其利，他卻聽信義律的虛聲恫嚇。這種稟帖理應駁回。錢江，我囑稿，你記錄。」

錢江知道林則徐要口述批諭，撩衽坐在小桌旁，濡筆蘸墨，擺出速記的架勢。

林則徐一面踱步一面醞釀著字句。

批諭廣州府轉諭：

查此次欽奉諭旨，只斷英國一國貿易，其（他）各國遵守法度，仍皆許以通商。唯因近日察看情形，難保別國夷船無代運英夷貨物，是以須待查驗無弊，方能准令開艙。該夷恐延時日，稟懇施恩早准帶船進口，尚在情理之中。乃稟內妄稱五月前後，英國欲行封港，不許各國之船來粵貿易等語，實屬膽大妄言，荒謬已極……且爾美國並非英夷屬國，何至一聞該夷不許船來之言，爾即如此著急乎？如果爾等甘聽英夷指揮，五月前後不敢貿易，天朝官府正喜得以省事，豈此等謠言所能恫喝耶？

……況自英夷貿易既斷之後，該美國夷人所受利益已數倍於往年，何至有虧血本？若竟不知好歹，轉代英夷張大其詞，恐亦自貽後悔而已。原稟擲還！

鄧廷楨當總督時，給夷商諭令的第一行是「批諭外洋行轉諭」，林則徐諭令的第一行卻是「批諭廣州府轉諭」。這一變化雖然細微，卻帶給伍紹榮針扎似的感覺。既然林則徐對他毫不信任，他索性耷拉著眼皮，一聲不響，打定主意不忤逆、不贊參、不解釋、不抗辯，必要時捐資避禍。

林則徐口授批諭，如同當面訓斥美國代辦領事，錢江筆走龍蛇，記得飛快。把最後一個字寫完，筆端一挫，不忘奉承道：「林大人，您的批諭義正詞嚴，有一種居高臨下、睥睨八方、威撫海疆的風範！」

林則徐沒吭聲，臉膛嚴峻得像一塊鐵板。

多喇納婉轉告訴中國人戰爭迫在眉睫，未料林則徐視為謠言和恫嚇，沒有向朝廷發出警報。

參 東方遠征軍

道光二十年五月二十九日（一八四〇年六月二十八日），英國皇家海軍的三級戰列艦「麥爾威厘號」、五級炮艦「伯朗底號」、雙桅護衛艦「卑拉底士號」和火輪船「進取號」舳艫相接，抵達澳門洋面。這支分艦隊是從南非的開普敦開來的。

原南非兵站司令喬治·懿律少將奉命出任印度—中國兵站司令兼東方遠征軍總司令，並與查理·義律共同擔任對華事務全權公使大臣。東方遠征軍由海陸兩支隊伍組成。海軍艦船來自印度、南非、澳大利亞和英國本土，共有十六條戰艦、四條火輪船、一條運兵船，另外租用了二十七條運輸船。陸軍是從馬德拉斯、孟加拉和錫蘭調來的，包括英軍步兵第十八團、二十六團、四十九團，孟加拉志願團和馬德拉斯工程兵隊，水陸官兵總計七千八百餘人。

海上颳著三級風，下著濛濛小雨，天空陰暗，烏雲低低地懸在海面上，一團團、一塊塊地相互擠壓，海浪像群不安分的怪獸升升降降、起起浮浮。

喬治．懿律披著一件藍黑色的雨衣，雨衣被海風吹得鼓脹起來，乍看像隻展翅欲飛的大蝙蝠。他手搭涼棚望向散泊在澳門洋面上的英國兵船，「都魯壹號」三桅炮艦和「羅赫瑪尼號」運輸船掛著半旗。只有艦上的重要人物死去才會掛半旗，懿律生出股不祥之感。

查理．義律乘「路易莎號」縱帆船駛向「麥爾威厘號」，迎接懿律。兩位五年多沒見面，在舷梯口把手擁抱激動了一番。

義律道：「喬治，沒想到你這麼憔悴，瘦了一圈。」

懿律的確憔悴，在海風和烈日的輪番蹂躪下，他的臉膛佈滿皺紋，多日未刮的鬍鬚像叢亂毛。在拿破崙戰爭期間，喬治．懿律是英姿颯爽的海軍少校，現在已經五十六歲，顯示出血氣虧損、老態龍鍾的模樣，聲音亦顯得沙啞，「半年多來我一直在海上漂蕩。外交大臣巴麥尊勛爵和國防大臣馬考雷先生要我親自去倫敦商議組建東方遠征軍事宜。我從開普敦到倫敦，再返回南非，又馬不停蹄趕到中國，連續半年飲食欠佳、腸胃燥結，這種磨難真是一言難盡。」

義律當過海軍軍官，深知海上生活的艱辛，講了一句水兵們常說的話：「海上生活一靠自助，二靠上帝保佑。」

懿律指著懸掛半旗的兵船問：「誰死了？」

義律的目光灰暗，惋惜道：「很不幸，『都魯壹號』的艦長斯賓塞．邱吉爾勛爵和陸軍副司令奧格蘭德少將去世了，還有不少士兵病倒。」

「哦，什麼原因？」

義律回答：「我們的對手叫林則徐。他是個強硬人物，命令中國兵民向沿海所有水井和水源投放大量毒藥。『都魯壹號』的水兵上岸汲取淡水，斯賓塞·邱吉爾勛爵飲用後中毒身亡，不少官兵跑肚拉稀、腹瀉不止。」

懿律有點吃驚，「向水井和水源投毒？這是既害人又害己的方法，不知內情的中國人，尤其是孩子，也可能因為誤飲毒水而死亡。」

義律道：「中國人是個奇怪的民族，他們寧肯與敵人同歸於盡。」

「奧格蘭德少將也是中毒身亡的嗎？」

「不，他死於痢疾。他死後我親自登上『羅赫瑪尼號』檢查。據我看，痢疾源於軍用食品。『羅赫瑪尼號』曾在加爾各答補充淡水和食物，而加爾各答軍需處配發的風乾牛肉又硬又緊又難嚼，士兵們吃第一塊時尚可忍受，吃第二塊時太陽穴就發脹，吃第三塊時，上下牙床像沉重的磨盤，嘎嘎作響，頜骨簡直不堪重負。從登記編號上看，有些牛肉竟然存放了十年之久！」

懿律知道，風乾牛肉是重要的軍用食品，它是用生牛肉、食鹽、八角、花椒、桂皮、大黃等香料製作而成，經過洗曬、整形、發酵、堆疊，存放在倉庫裡。每塊牛肉都有編號，如果無故缺額短數，軍需官會受到嚴厲處分，所以他們寧願把陳放多年的風乾牛肉放在倉庫裡也不肯扔掉。

懿律皺起眉頭，「加爾各答軍需處的風乾牛肉是印度人做的，像木乃伊，別說吃，看一眼都令人感到噁心。軍用食品不是小問題，我將派人調查，對不負責任的軍需官嚴加懲處。」他從南非兵站司令調任印度—中國兵站司令兼東方遠征軍總司令，加爾各答軍需處歸他管轄，但他甫一上任就直接趕往中國，沒來得及去加爾各答視察。

懿律再次眺望「都魯壹號」和「羅赫瑪尼號」，喟歎道：「一個是名門貴胄，一個是名將之星，出征未戰身先死，令人不勝唏噓！」言畢，舉手向「都魯壹號」和「羅赫瑪尼號」遙致軍禮以示哀悼。

義律說：「戰爭尚未開始，先損兩員戰將，這不是好兆頭。有些士兵很迷信，說這是上帝在詛咒為鴉片而戰的軍隊。」

英軍士兵多數來自無知無識的社會底層，容易受到流言蠱惑。懿律久歷戎行，深知流言蜚語一俟傳開，軍心就會動搖，他口氣嚴肅地吩咐：「誰要是膽敢散播流言，搖惑軍心，按軍法論處！邱吉爾勛爵和奧格蘭德少將臨死前有什麼要求？」

「邱吉爾勛爵是虔誠的基督徒，他希望把他安葬在基督教的墓園裡。奧格蘭德少將希望把他埋葬在我軍佔領的第一塊中國領土上。」

「我們要滿足他們的要求，給他們舉行隆重的葬禮。」

懿律和義律踏入司令艙，脫去雨衣，用毛巾擦去頭髮和臉上的雨滴。司令艙空間狹小，二人面對面坐在一張小桌旁。

義律問：「你見到奧克蘭勛爵了嗎？」

「沒有。我在途中耽擱太久，奧克蘭勛爵派人到錫蘭通知我直航中國，不必繞道加爾各答。伯麥爵士和布耳利少將在什麼地方？」伯麥爵士是從澳大利亞調來的海軍準將，被任命為遠征軍的艦隊司令。布耳利少將是錫蘭首府可倫坡的駐軍司令兼第十八步兵團的團長，被任命為遠征軍的陸軍司令。

義律回答：「他們去舟山了。軍隊集結時間過長，再等下去只會耗得師老兵疲。你來前，我與伯麥爵士、布耳利少將商議過，決定提前行動。伯麥爵士率領『威裡士厘號』戰列艦，雙桅護衛艦『康威號』、『鱷魚號』和運兵船『響尾蛇號』駛往舟山，陸軍各團搭乘運輸船尾隨前往。這裡只留下炮艦『都魯壹號』，雙桅護衛艦『拉恩號』、『哥倫拜恩號』，還有『進取號』火輪船，外加兩個孟加拉步兵連，由亨利．士密中校統一指揮，負責封鎖珠江口。」

全權公使兼總司令未到，軍事行動已經開始，讓懿律心裡有點兒不自在。東方遠征軍來自世界各地，按照國防大臣的計劃，應當在四月底於新加坡完成集結，但不同的分艦隊距離中國遠近不一，風信無常，澳大利亞分艦隊三月底就到達新加坡，來自印度和孟加拉的陸軍五月中旬到達中國水域，南非分艦隊剛到，從英國本土派來的分艦隊還在途中。懿律比預定時間晚到兩個月，義律的做法無可指責。

懿律對義律道：「查理，你比我瞭解中國，我比你瞭解軍隊，咱們兩人分一分工，我負責軍事，你負責談判，你看如何？」

義律點頭贊同。

懿律從皮包裡取出兩份文件，「這是巴麥尊勛爵寫的《致中國宰相書》和第三號訓令，是我們的行動綱領。若兩份文件有不一致的地方，以第三號訓令為準。你看一看吧。」

一個月前，郵船就把《致中國宰相書》送到澳門，第三號訓令則是懿律親自帶來的。義律拜讀過《致中國宰相書》，它的前半部指責中國欽差大臣暴力收煙，軟禁並虐待英商，侵犯英商的人身權和財產權，後半部提出賠償要求。因此他先抽出第三號訓令讀了一遍，它涵蓋《致中國宰相書》的全部內容，並將英方的要求具體化為十五條，涉及賠償軍費、賠償英商損失、清算商欠、明定稅則、廢除陋規、廢除壟斷、增開通商口岸、割讓一座海島、兩國平等交往、保護英商身家安全和財產安全等等。

另外，巴麥尊特別指示要先打後談，首先武力佔領舟山，再以舟山為質押物，去大沽口與中國人談判。

義律沉著地說：「《致中國宰相書》和第三號訓令的每一條款都是把利劍，刺在中國皇帝的心頭上。尤其是割讓海島，對任何國家都不是件輕鬆的事情。」

懿律解釋：「巴麥尊勛爵指示，增加口岸和割讓海島可以二選一。如果中國皇帝不肯割讓海島，可以改為增開通商口岸，給予我國商人居留權，並承諾保護他們的人身安全和財產安全。」

義律說：「巴麥尊勛爵小看中國了，他的要求太高，派來的軍隊太少，以七千多水陸官兵逼迫一個近四億人口的東方大國屈服，太困難了。哦，我們的底線是什麼？」

「巴麥尊勛爵口頭指示，假如大皇帝順利接受我方的全部條款，我國政府可以考慮控制鴉片的種植和生產。」

義律的藍灰色眼睛閃過一絲憂鬱，「中國皇帝並不關心他的臣民是否因為吸食鴉片而健康受損，他關心的是白銀外流，白銀外流才是中國禁煙的根本原因。」

懿律補充，「巴麥尊勛爵還說，只要中國皇帝同意開放口岸，大英國政府可以禁止我國商人從中國帶走白銀。當然，所有讓步必須以中國皇帝接受我方的全部條款為先決條件[2]。」

---

2 英方的談判底線見 Costin 撰寫的《大英國與中國》（《Great Britain and China 1833-60》第75頁），或 Clargette Blake 撰寫的《查理・義律——一個派往海外的英國公務員》（《Charles Elliot R.N. A Servant of Britain Overseas》第46頁）。

義律把兩份文件收起，「議院的反應激烈嗎？」

懿律回答：「在野黨反對這場戰爭。在下院表決時，輝格黨僅以兩百七十一票對兩百六十二票的微弱多數通過戰爭提案。反對黨領袖哥拉斯頓勛爵把這場戰爭說成是『鴉片戰爭』，遠征軍的部分官兵也對鴉片貿易有異議。巴麥尊勛爵要求我們淡化鴉片問題。說實在話，我對鴉片也有看法，那種東西害處大於益處，但我是軍人，以服從命令為天職，為了鼓舞士氣，不得不搬演愚人節的把戲，把烏黑的鴉片說得白一點兒。」

義律嗟歎，「是的，一場正義的軍事行動將因為鴉片而受到玷汙。巴麥尊勛爵還有什麼指示？」

「他命令我們不得在《致中國宰相書》的信套上加寫『稟』字，必須以國書或照會形式遞交。」

義律微皺眉頭，「不寫『稟』字，中國官憲是不會接受的。」

「為什麼？」

義律解釋：「我在中國工作多年，至今依舊解決不了這個問題。中國皇帝妄自尊大，至今還生活在四夷來朝的夢幻中。他不許廣東官憲與我們平等往來，商務監督署的所有公文只能通過十三行公所轉呈兩廣總督，信套上必須加寫『稟』字，且不得封口，以示恭順。現任兩廣總督林則徐是塊又臭又硬的頑石、一頭固執的鬥牛。《致中國宰相書》不加寫『稟』字，他會拒收的。」

「那麼我們該如何遞交？」

義律說：「改在其他地方投遞。我已經把《致中國宰相書》抄錄三份，準備在廈門、舟山和天津三地投遞，由那裡的中國官員轉呈中國皇帝。伯麥爵士和布耳利少將去了舟山，我另派『伯朗底號』三桅炮艦去廈門專程投遞國書。第三份由我們親自攜往大沽口遞交。巴麥尊勛爵還有什麼訓令？」

「他要求我們全面封鎖珠江、長江和黃河出海口。我估計，有了這些手段，本次出兵將有征無戰。」

「我軍已經這樣做了。伯麥爵士出發前寫了一封致廣東官憲的公開信，派人登上海灘，插了一塊木牌，把公開信黏在木牌上，告訴中國人我軍正式封鎖珠江口，停止所有貿易。」

林則徐戴上老花眼鏡，展讀新安縣送來的急件。天氣又濕又悶，他不時用手巾擦拭額頭和臉上的汗珠。

新安知縣張熙宇稟報，最近英國兵船陸續抵達香港和澳門水域，總數不下三十條，船上番兵眾多，槍炮林立，估計兵額有六七千之眾。另外，兩天前，有個叫伯麥的夷酋派人上岸，在海灘上插立木牌，附黏一份漢字說帖。他把說帖抄錄附上。

大英國特命水師將帥伯麥為通行曉諭事：

照得粵東大憲林、鄧等，因玩視聖諭「相待英人必須秉公謹度」，輒將住省英國領事與商人等詭譎強逼、捏詞誆騙，表奏無忌。故此，大英國主欽命官憲，著伊前往中國海境，俾得據實奏明御覽，致使太平永承，妥務正經貿易。

……且大憲林、鄧，捏詞假奏，請奉皇帝停止英國貿易之論，以致中外千萬良人吃虧甚重。緣此，大英國主將帥現奉國主諭旨，欽遵為此告示——所有粵東船隻不准出入粵東省城門口，兼嗣後所指示各口岸，亦將不准出入也，迨俟英國通商，再行無阻……又沿海各邑鄉里商船，亦准往來，可赴英國船隻停泊之處貿易無防（妨）。特示[3]。

這份說帖不知出自誰的譯筆，文理不通、詞不達意。林則徐讀了兩遍也沒完全看懂。他挑高嗓音叫道：「梁先生、錢江！」

梁廷枏和錢江正在隔壁簽押房裡議論《粵海關志》的初稿，錢江聽見呼喚，答應一聲：

3 《林則徐集》，第844-845頁，中華書局一九八四年版。

「卑職在！」繞過門檻進了花廳。梁廷枏也趕緊邁著方步，跟在後面。

林則徐道：「你們二位看看這份說帖，揣度一下夷酋伯麥想幹什麼。他居然使用『諭』字，給我們下起命令來！」說著，抖開折扇呼嗒呼嗒地搧風，扇面上有「制怒」二字。

錢江是機要幕僚，經常替林則徐草擬奏稿、諮文和諭令，梁廷枏是精研文字的飽學之士，兩人迅速把伯麥的說帖傳閱一遍。

錢江道：「英夷詭譎，凡事虛張。這份說帖就像出自一個醉鬼，詞不達意、表述不清。卑職以為，夷酋伯麥是想說，他奉英國國主之命到北京告御狀，控告您和鄧大人對英國商人不夠『秉公』，說你們誆騙皇上。他們想恢復通商。後半段的文義混亂，我也讀不懂。」

梁廷枏是咬文嚼字的行家裡手，拿著放大鏡譏諷：「什麼叫『所有粵東船隻不准出入粵東省城門口』？粵東省城就是廣州，但廣州城裡沒有船，所有船都在城外，何來『不准出入省城門口』？文義不通，不通，十分不通！『沿海各邑鄉里商船……可赴英國船隻停泊之處貿易無防』的『防』字錯了，應當寫女字旁的『妨』。既然要封鎖，還說什麼『貿易無妨』？把說帖寫成這個樣子，可笑，可笑，十分可笑！」

錢江又說：「英逆來船三十餘條，就算桅高船大，運載盈多，充其量只能運五六千兵丁，這麼小的軍隊，不過是烏合之眾、跳樑小丑，能在海疆製造邊釁，卻成不了大氣候。泱泱大清有八十萬水陸大軍，以無限之中華與有限之英夷對仗，不獨以十抵一，就是以百抵一，也能將其剿滅殆盡。夷船要是泊在汪洋大海，我軍可以以逸待勞。它要是膽敢闖入內河，一則潮退水淺，二則伙食罄盡，三則軍火不濟，他們就會像海魚登岸，自來送死。依卑職愚見，英夷大股兵船來中國，一是武裝押送鴉片，二是取道天津向皇上遞稟書，懇求恢復通商。」

林則徐哼了聲，「去天津遞交稟書就是告御狀！梁先生，這種事以前有過嗎？」

梁廷枏對歷史掌故一門清，肯定地回答：「有。我在《粵海關志》第二十八卷裡記過。乾隆二十四年，有個叫詹姆士·弗林特的英國商人，中文名字叫洪任輝，因為不滿粵海關浮收稅費去北京告御狀。他由廣州啟程，到舟山時受到水師攔阻，要其回返。他佯言返回，卻繞道北上，最終到達天津大沽口。大沽炮臺的員弁登船查驗時，洪任輝自稱是英國職官，因有冤情，廣東官憲不予受理，所以赴京鳴冤告御狀。他買通大沽和天津的員弁，將狀紙呈送直隸總督方觀承，轉奏給乾隆皇帝。

「洪任輝的狀紙共有四款。其一，控告粵海關監督李永標縱容家人和屬吏敲詐勒索，徵收陋規雜費達六十八種之多。其二，控告行商黎光華拖欠貨款五萬餘元不還。其三，控告廣州官吏不循章程接見夷人，致使家人和屬吏趁機索要高額門包，等於逼人行賄。其四，控訴保商制度弊病多端，延誤外國商船正常貿易。

「乾隆皇帝龍顏大怒，認為洪任輝不聽廣東和浙江官員勸告，擅赴天津告御狀，有辱大清尊嚴，且請人代寫狀紙是內外勾結的行徑。最後，乾隆皇帝命令把洪任輝押回廣州，圈禁於前山寨兵營，圈禁期滿後驅逐回國。那個代寫呈詞的人叫劉懷，被斬首示眾。但是，乾隆皇帝對當時的職官和行商懲罰更重，粵海關監督李永標被罷黜，黎光華的家產被抄查拍賣，用於清理商欠。」

林則徐沒說話。道光派他禁煙時提出兩大要求，一是鴉片要根除淨盡，二是邊釁不可輕開。廣東邊釁接連不斷，林則徐一直輕描淡寫，此番英夷帶兵北上告御狀，意味著邊釁越鬧越大，大到他控制不住的地步。

梁廷枏開口：「這事有點鬧大了。英夷是食肉之民，離了茶葉、大黃就消化不良，有生死之虞。朝廷下令停止英夷貿易，可能有點過頭。辦理夷務不能太絕，總得給人留下一條活路，不然人家非打上門來拚命不可。」

錢江揣測道：「要是英夷赴天津告御狀，說該國久受大皇帝怙冒之恩，以恭順之詞懇請恢復通商，皇上未必懲罰到底，可能會優以懷柔。」

林則徐意識到自己辦砸了差事，隱隱約約有雷霆閃電即將襲來之感——這種襲擊並非來自英夷，而是來自皇上。

道光性本苛察，小錯大懲，輕罪重罰，要是不把事情的原委說清，龍顏大怒之下，做臣子的很可能大禍臨頭！想到這裡，林則徐的心情越發沉重。他吩咐道：「英夷駛往天津，投遞稟書懇請通商的可能性很大。攻掠海疆、製造麻煩則是達到目的的手段。現在有幾件事要辦，其一，我要親自擬稿，把英夷北駛的消息奏報朝廷。其二，錢江，你代我擬一道飭令，發給關天培，命令他在烏湧至大壕頭一帶增添二十條大船，載滿石頭。萬一英國兵船闖入內河，立即填塞河道，斷其歸路。其三，你再擬一道諮文，抄寫六份，飛諮福建、浙江、江蘇、山東、直隸和奉天（遼寧），告訴他們，現在正值南風時，汪洋大海茫無界限，廣東水師無法遏止英逆揚帆北趨。」

戰爭迫在眉睫，林則徐再次作出誤判。他沒有預見這將是場改變大清命運的戰爭，以為只是海疆出現了類似倭寇之亂的邊釁。

肆 勸捐

粵海關衙門的大照壁前停了二十多乘亮轎，七八輛馱車，十多匹走馬健騾，二三百轎夫長隨蹲在陰涼地裡，東一叢西一叢地搧風擦汗、嗑瓜子說閒話，嗡嗡嚶嚶、嘈嘈雜雜地議論著時局。

鹽商許拜庭的轎夫頭目說：「英國兵船把海口封了，我家許老爺急得不行，舌頭起泡，眼睛上火。」

另一個轎夫接過話，「能不急嗎？一下子扣了十四條鹽船，船夫的眷屬們抱著孩子圍了鹽行，哭天抹淚地鬧騰。許老爺是菩薩心腸，講了半天安撫話，每戶發兩個銀圓，才把他們打發走。」

「聽說十三行的伍老爺家花十多萬元捐了一條兵船，叫什麼『甘米利治號』？」

「有這回事。不光買船，還給船配了十位炮，錢花得像流水似的。」

「是不是林督憲逼他捐的？」

「別瞎說。我家老爺捐資助軍從來不小氣。」

「那也是白花花的銀子呀，放在自家的銀庫裡總比捐給官府強吧？」

「你這是以小人之心度君子之腹，我家老爺急公好義，哪像你，窮得連雙草鞋都捨不得買，一枚銅錢掰成兩半花。」人叢裡爆出一片訕笑聲。

另一叢人聚在石獅旁邊瞎侃：「聽說潮州來的十幾條商船讓英國鬼子劫到老萬山，只放一條船入口給官府報信，說不許他們做生意，就乾脆誰也不許做。」

「不是劫了，是徵了。」

「徵了？怎麼徵？」

「英國鬼子精明得很，他們出高價徵用船工和蜑戶，替他們採買跟運送淡水蔬菜，每人每月給六個銀圓！」

「六個銀圓？老天，那可是善價呀！」

「不出善價，誰當漢奸。」

「林督憲把英國鬼子逼急了，搞不好要打仗！」

「聽說夷酋叫伯麥，是英國的兵馬大元帥。」伯麥在新安縣海灘插設木牌，貼了一張漢字告示，他的名字不脛而走，傳得神乎其神，邪乎其邪。

兩天前，豫堃給廣州商人和在籍士紳發了請柬，請他們到粵海關衙門商議捐資助軍事宜，全體行商和鹽商都在邀請之列。海關差役們在天井裡擺了十幾張圓桌，每張桌上放著時令鮮果和涼茶，撐起遮陽華蓋。近百位商人和在籍士紳陸續到來，有的白髮蒼蒼，有的風華正茂，有的精神矍鑠，有的愁眉苦臉，有的穿著官服，有的穿著便裝。但是，不論穿戴豐儉，只要是列入請柬的，都是上得了排場的有錢人。

伍秉鑒、伍紹榮父子和盧文蔚坐在一張圓桌旁。盧文蔚穿一件白紗布汗衫，蹬一雙半舊的千層底黑面布鞋，完全沒有富貴相，苦著臉對伍秉鑒道：「伍老爺，我們盧家撐不住了，拿不出錢捐資助軍。我不想來，卻又怕得罪豫大人，只得硬著頭皮來了。」

他說的是實話。盧家的廣利行有三十多萬商欠，本想藉去年的貿易補回一部分，沒想到禁煙禁得如同暴風驟雨，包圍商館、扣押人質、封港封艙，一直鬧到斷絕英商貿易，致使廣利行舊欠未清，新欠又增。盧家人騰挪不開，焦頭爛額，要不是伍秉鑒借他十萬元周轉銀子，廣利行早就垮了。

伍紹榮安慰道：「豫大人知道你家的難處，你來捧場，他就不會錯怪你。」一面說一面悄悄塞給盧文蔚一張銀票。盧文蔚低頭一看，是張百元銀票，讓他撐面子的。

鹽商許拜庭拄著拐杖進了天井。他年近七旬，骨峭神疏，臉上和手背上長滿了一片片的老人斑。廣東、江西和湖南三省的食鹽全都把持在廣東鹽商手裡，鹽場分佈在高州、雷州和瓊州的三府十縣，但鹽號的總行在廣州。許拜庭是廣東四大鹽商之首，捐買了四品頂戴，累計捐資六七十萬，朝廷誥封他「中儀大夫」。

許拜廷盛年時龍馬精神十足，先後娶了一妻六妾，生了十一個兒子、八個女兒，一個兒子考中進士，六個兒子考中舉人，全家共有六人當官，故而許家人在商界和官場左右逢源，有「廣州第一家」的美稱。與伍家相比，許家除了錢財上稍遜一籌外，其他方面有過之而無不及。伍家雖然比許家富，但沒人在朝中做官，少了一張保護傘，氣勢上差了三分。

雖然許拜庭幾年前就將生意交給兒子打理，現在依然是商界裡的顯赫人物，他一進來，人們紛紛起身，一口一個「許老爺」地講恭維話。許拜庭挪著腳步，慢聲細語和大家打招呼。

他繞了個半場子才瞥見伍秉鑒，趨到跟前拱手行禮，「伍老爺安生。」

伍秉鑒站起身，伸出雞爪似的小手，與許拜庭瘦骨嶙峋的枯手盤根交錯在一起，「安生，還算安生。但是活著活著就老了，走下坡路了。」

許拜庭道：「彼此彼此。我這輩子，少年如猴，活蹦亂跳，中年如牛，負重前行，老年如狗，替子孫後代看家守護。」他環視左右，「咦，你們行商怎麼就來了三四家？興泰行的嚴啟昌怎麼沒來？」

伍秉鑒拉著他的手慢悠悠坐在花梨木椅上，歎了一口氣，引用一句語意朦朧的古詩，「哎……零落成泥碾作塵了。」

許拜庭沒聽清，「碾作什麼塵了？」

伍紹榮代父親解釋道：「許老爺，他懸樑自盡了。」

許拜庭有點兒耳背，伍紹榮又重複一遍。許拜庭愣了愣神，「什麼時候？」

「昨天晚上。」

許拜庭早就聽說嚴家人負債累累，撐不住了，沒想到嚴啟昌竟然自尋短見，他不由得喟然一歎，「曾幾何時，嚴家的興泰行是廣州城裡最大的金銀鋪子，我閨女的陪嫁簪子都是從他家鋪子裡買的。一個金玉綾羅之家，說不行就不行了。」

伍秉鑒貼著許拜庭的耳朵大聲說：「男怕入錯行，女怕嫁錯郎。一場大火，加上驢打滾的商欠，壓彎了他的脊樑。他熬不住，一咬牙，走了。」

許拜庭喃喃道：「以金銀行的頭牌大戶加入十三行，以人財兩空告終……這世道，真是百變難測啊！」

伍秉鑒說：「也好，也好，走了乾淨，走了乾淨。眼不見心不煩，心不煩哪！」

許拜庭這才發現伍元菘也沒來。伍元菘娶了嚴家女兒，估計是料理喪事去了，「難怪沒見你家老六。」

伍紹榮點頭，「散會後，我也要陪爹去嚴家看一看，畢竟是親家。」

許拜庭道：「應當，應當。咦，東興行的謝老爺、同順行的吳老爺，還有其他幾位老爺怎麼不來？」

伍秉鑒緊著壽眉道：「生意蕭條到這種田地，行商們奄奄泄沓，苦苦支撐，恐怕撐得住今年，撐不到明年。粵海關衙門的大紅請柬送上門，不是掉進萬劫不復的深淵，誰敢不來。」

許拜庭年高卻不糊塗，曉得行商們多數是空心大佬，名聲巨大卻沒有真金實銀，一出事就是曇花一現，立即殞落。朝廷的正稅銀不敷用，軍餉、緝私、捕盜、育嬰、賑濟等項開支經常要商人們捐輸，各省封疆大吏在奏折上寫明所有捐輸都是商人「自願」，實際上都是官府攤派的，捐也得捐，不捐也得捐。

鹽商的捐輸是按鹽引攤派的，行商的捐輸銀是按註冊資本金攤派的，只要粵海關衙門給行商和鹽商發請柬，除了要錢，沒別的事兒。哪個商人要是小氣，在國家危難之時一毛不拔，海關監督大人一句話，七十七個稽查口和納稅口立馬就會成為卡脖子口，非得把他卡得死去活來不可，多大的生意也得卡黃了。所以，不是身陷囹圄、瀕臨倒閉的人，不敢忤逆不來。今日行商們多數沒來，看來的確是到山窮水盡的地步了。

伍紹榮道：「許老爺，平常年份，西洋國商人大體購買兩百七八十萬擔茶葉。去年禁煙勢頭大，行商們酌減了三十萬訂貨，只購進兩百五十萬。誰也沒想到因為甘結上的一句話，『貨即沒官，人即正法』，林部堂和義律鬧得勢不兩立。朝廷一怒之下停了英商貿易。我們行商夾在中間，為了少賠錢，只好低三下四，乞求美國商人把茶葉轉銷給英商，但只售出一百六十萬，還有九十萬擔茶葉活生生砸在手裡。這麼大的積壓，還不砸破幾個腦袋？今年恐怕又是風不調，雨不順，全體行商只備了一百萬擔茶葉。武夷山的茶農眼見著綠油油的茶葉漫山遍野，卻欲哭無淚，因為我們不能收，不敢收。

「我萬萬沒想到英夷囂張暴戾到如此地步，竟然開來大幫兵船，封了珠江口。你不是停了他們的貿易嗎？那好，哪國商人都不許貿易，連咱們本國商人也不許。我估計，再這麼折騰下去，到不了年底，十三行就全垮了。金滿箱，銀滿箱，都是一蓬煙，多大的家業，一下子就成了堆枯枝敗葉。」

許拜庭的枯手撫摸著拐杖，彷彿有所頓悟，又彷彿在自言自語：「商人這碗飯不易吃，有同行卻沒有同利。財富這玩意兒，來得快，去得也快，是吧？人生倏忽，從朱門到柴門只有一步之差呀。」

這時，一個差役拖著長聲通報：「欽命二品銜粵海關監督豫關部大人到——！欽命四品銜廣州知府余保純大人到——！」

嘈嘈雜雜的人聲立即消失，天井裡瞬間安靜下來。

豫堃和余保純一前一後走進來，與坐在前排的在籍士紳跟官商們拱手行禮、客套寒暄，然後登上臺階。

豫堃清了清嗓子，「本關部受林督憲委託，請大家共議時局。你們都知道，當下是防夷吃緊之時，林部堂率領通省文武官員將三成養廉銀報效國家，用於海防。最近一個多月，英國兵船連檣而來，封鎖了珠江口，扣押幾十條鹽船和商船，致使十三行和鹽行損失巨大。林部堂頒下憲令，飭令沿海水師陸營弁兵周密防維，為保護民生民瘼起見，商船和民船一概不得出海，以免遭受逆夷暗算。

「不過，這也沒什麼可怕的。夷船夷兵蜂集蟻聚在珠江口，飲水卻得依靠沿岸水井和溪流，只要我們控制住水源，就能卡住逆夷的咽喉。廣東海岸崎嶇漫長，達三千六百里，額設水師陸營兵丁不敷調派，只好借用保甲民壯協防，斬斷英夷與內地不法漢奸的勾串之心。林部堂奏請皇上允准各府縣根據當地情形團練水勇，壯軍威而助兵力。」所謂「團練水勇」就是招募水上民兵。大家一聽就知道局勢嚴峻，全都豎起耳朵靜聽。

豫堃又咳嗽一聲，「本省蜑戶和濱海漁民以採集捕撈為生，新安縣、香山縣、陸豐縣、饒平縣等多有善於泅水，不畏風濤的人。據說，其中的佼佼者能深泅數丈潛伏多時，沉在船底鑿漏敵船，更有能在海底晝行夜伏的人，民間稱之為水鬼。此等人，我如不用，必為夷人所用。林部堂接到稟報，逆夷出高價雇用此等善水之人，為他們爭占水源。利之所在，不免爭趨，唯有反其道而行才能制夷，在我多一水勇，在夷少一奸民。」

一個叫鄒之玉在籍士紳高聲插話：「豫大人，團練水勇固然好，但流弊也多。沿海蜑戶是朝廷的編外之民，大清的癰疽，數量眾多，獷悍成性，要是駕馭不得法，反受其累。」他是三品銜兵部給事中，因為喪父在家丁憂。今日雖沒穿官服，但舉止投足都透著官氣。

豫堃點了點頭，「鄒老爺，你的擔憂也是林部堂和本關部的擔憂。馭人之法，全在管帶之員寬猛相濟、約束有方，所以，在招募之時就得查明親屬，取具保結、編造名冊、發給腰牌，平日勤加操練，隨時稽查，獎優罰劣，才能去其囂張不規之心，漸收約束之效。」

鄒之玉問：「雇多少水勇，給多少薪俸？」

「雇五千水勇，每丁月銀六元。」

天井裡立即響起哄哄嗡嗡的議論聲。月銀六元是少見的高價。綠營兵分守兵、戰兵和馬兵，月銀分別只有一兩、一兩五、二兩，外加額定餉米。西洋錢一元相當於八錢大清紋銀，六元相當於四兩八，這個價碼比馬兵的俸餉還高出一大截！

在座縉紳都是有身分的人，不能隨意喝斥，待人聲漸漸稀落，豫堃才接著說：「月銀六元的確有點兒高，但是，據水師巡兵稟報，沿海蜑戶之所以肯當漢奸，為英夷效力，就是因為英夷出大價，我們給付的月俸要是低了，奸民怎能回心轉意？這只是權宜之法。」

余保純朝前邁了一步補充，「鴉片是根帶毒的芒刺，扎到肉皮裡就會潰爛流膿，但誰也猜不透它會潰爛到什麼田地。這種毒物在廣東紮根太深，盤根錯節、複雜紛亂，清理它難免牽一髮而動全身。說來慚愧，皇上有旨，天下農夫是第一辛苦人，永不加賦。林部堂和怡良大人反覆商議，不能增加農戶的負擔，只好請在座士紳捐輸。支付六元高價是針對英夷出價而定的，國難當前，請大家有錢出錢，有力出力。」

許拜庭把拐杖往地上一蹾，站起來，「豫大人、余大人，我是大清的臣民，不用繞彎子，直說吧，要多少銀子。」他好像是備足銀子來的，話音裡透著股一擲千金的豪氣。

豫堃道：「許老爺，您老人家是忠君報國的名商，每逢官府籌餉、緝私捕盜、賑濟災民，您老人家向來慷慨解囊。這次封海，時間不會長，只要卡住水源，把海灘三里之內的所有水井、水源都投下毒藥，派人看守，英夷折騰不了多久就得退兵，要是不走，要麼吸水受毒，要麼渴死。我說個大數，團練五千水勇，每人月俸六元，短則三個月，長則五個月，英夷就會不戰而退。請諸位量力認捐。」

許拜庭環視在場的縉紳，「我們許家的同聚鹽號有十四條船被逆夷扣在出海口，這種事兒，鹽行不能袖手不管。論財力，許家比不了伍家，論忠孝，許家不輸任何人。銀子都是身外物，常言道『滿桌的佳餚，你得有好牙；滿庫的銀子，你得有命花』，又道『壟地裡刨食的是好漢，病床上數錢的是傻瓜』，對吧？我們許家人不是守財奴，認捐二萬！」

說罷，他拄著拐杖踅著步子登上臺階，從袖口裡摸出一張兩萬元的銀票，炫耀似的展開，出示給大家，然後塞進捐款箱裡。

旁邊一個筆帖式扯起嗓子唱響名字和數字，「同聚鹽行許拜庭老爺認捐兩萬元！」

豫堃擊掌叫好，「許老爺公忠體國，本關部將奏報皇上給予優獎！」天井裡響起掌聲，一開始有點兒零落，很快熱烈起來，暴雨擊棚似的響亮。

伍家是公認的頭號巨富，每次認捐都是他們帶頭，其他商戶跟風，伍家認捐多，就水漲船高；伍家認捐少，其他商戶也相應少捐。

伍秉鑒原想捐三萬，一轉念，對伍紹榮耳語道：「許老爺要表忠心拔頭籌，你報個數，不要讓許老爺難堪。」

伍紹榮心領神會，站起身來道：「朝廷舉兵乃是春秋大義，商戶應當以資財相助。但是大家有目共睹，自去年以來，十三行損失慘重，今天有七八家行商應到未到，不是不願報效，實在是虧損太重，心有餘而力不足。卑職身為十三行總商，替幾家沒來的行商，向豫大人聊表歉意。我們伍家的怡和行也認捐兩萬。」他從袖口裡抽出銀票，邁步上了臺階，展開一抖，投到捐款箱裡。

筆帖式揚聲報數：「怡和行伍紹榮老爺認捐兩萬元！」

在籍士紳和紅頂商人們都是明事理的，依照官銜高下相繼認捐。筆帖式同樣依次揚聲通報。「寶利鹽號周大林老爺捐一萬二！」

「興隆鹽號彭玉海老爺捐一萬！」

「裕景海市行李向前老爺捐五千！」

最後走上臺階的是盧文蔚，他哆嗦著手指，從袖口裡取出一張銀票，滿臉窘態，塞進捐款箱，低頭回到座位上。

筆帖式報出數字，「廣利行盧文蔚老爺捐一百！」

盧文蔚和伍紹榮是十三行的並列總商，一個捐兩萬，一個捐一百，雖然意外，但大家隱約感到盧家的確撐不住了。

排在後面的是在籍士紳，他們不如商家財大氣粗，但同樣要彰顯忠君報國的誠意。筆帖式依次高聲報出姓名和數字。

「在籍兵部給事中鄒之玉老爺捐八百！」

「在籍候選員外郎黃鶴齡老爺捐五百！」

「在籍候選同知麥慶培老爺捐四百！」

「六品軍功在籍千總張振朝老爺捐一百！」

「七品軍功在籍把總古連魁老爺捐五十！」

伍紹榮依次看著眾人的面孔，過了半晌，才對父親耳語道：「爹，這裡面有多少真心實意、多少虛情假意、多少迫不得已、多少逢場作戲，您能看出來嗎？」

伍秉鑒搖了搖頭，輕聲回：「商人要是不捐，官府就會卡脖子；在籍士紳要是不捐，丁憂期滿就別想復出當官。不過無論出於什麼想法，只要捐了，就是為朝廷出真金實銀。」

不出半個時辰，大家捐了十六萬多，豫堃和余保純順利完成勸捐任務。

伍 大門口的陌生人

西曆七月二日，英國遠征軍的先遣隊繞過牛鼻水道，進入舟山水域。先遣隊是由四條兵船、兩條火輪船和兩條運輸船組成的，艦隊司令伯麥準將和陸軍司令喬治．布耳利少將都在這條船上。

伯麥畢業於普利茅斯皇家海軍學校，在拿破崙戰爭期間，參加了墨西哥灣大海戰和特拉法加大海戰，還參加過英緬戰爭。十五年前，他被派往澳大利亞。澳大利亞是塊新開發的不毛之地，人煙稀少，生存條件十分惡劣。他奉命勘測、考察澳大利亞北部和西部海域，繪製詳細的海圖。

伯麥血性耐勞，辦事果斷，思維縝密，是個頗有主見的人。英國政府中有人認為澳大利亞北部是人煙罕見的戈壁灘，不宜建立殖民地，伯麥卻堅持己見，屢歷挫折而不悔，先後在梅爾維爾島和考伯半島建立鄧達斯要塞、威靈頓要塞和埃星頓要塞，為英國的拓土殖民事業立下汗馬功勞。

六個月前，他接到海軍大臣的書面命令，要他出任東方遠征軍的艦隊司令，他立即率領「威裡士厘號」、「都魯壹號」和「鱷魚號」駛往新加坡集結待命，他本人則親自趕往加爾各答拜會印度總督奥克蘭勛爵，商討組建艦隊事宜。

喬治・布耳利是一個六十多歲的老軍官，他也接到通知，要他出任東方遠征軍的陸軍司令。布耳利十五歲從軍，參加過西印度群島戰役、加拿大戰役和印度次大陸的麥蘇爾戰役，具有豐富的登陸作戰經驗。四年多前，他率領英軍第十八步兵團進駐錫蘭（今斯里蘭卡），被任命為可倫坡駐軍司令。

艦隊進入舟山水域後降低了航速。舟山水域海水較淺，列島林立、暗礁叢生，水情十分複雜。它距離大浹江（現在的甬江）出海口很近，大浹江水裹挾著大量泥土和腐殖質流入大海，把一百多里寬的水面染成一片渾黃。在渾濁不清的淺水中行船是非常危險的。伯麥雖然有海圖，卻是商用海圖，遠不能滿足軍事需要。他命令艦隊一面行駛，一面測量水流、水速和水深，探明所有暗礁和沙線，繪製出更詳細的海圖。

海面上有不少中國漁船，不期而至的外國艦隊引起了漁民的注意。多年的航海經驗告訴伯麥，任何國家都不會在情況不明時攻擊外國艦隊。為了不打草驚蛇，他命令全體官兵不得顯示出任何敵意，除非受到清軍水師的攻擊。他要製造一種假象——先遣隊是支迷途的外國艦隊，偶然經過這裡，需要補充淡水和食物。

旗艦「威裡士厘號」是排水量一千七百八十八噸的三級戰列艦，配有七十四位卡隆炮[4]和五百九十名官兵，儼然是座海上城堡。「馬達加斯加號」火輪船更惹人矚目，舟山漁民從來沒有見過冒黑煙的蒸汽機和旋轉的蹼輪，他們遠遠打量著這支奇異的外國艦隊，陌生、懷疑、好奇、驚歎、惶恐，議論紛紛。

舟山地處東海之濱，雖然不是開放口岸，但每年都有日本、朝鮮、荷蘭、琉球、越南和暹羅的商船從附近駛過，一旦天氣驟變，風高浪急，就會駛入港灣躲避海難，或者要求補充淡水和食物。

發現艦隊上的人偃旗息鼓，示以和平，一些膽大的漁民開始接近他們，兜售新鮮水果和蔬菜，艦上的官兵們面帶微笑、比手畫腳，以點頭或搖頭討價還價。漁民們見他們態度和藹、笑容可掬，便放鬆了警惕。

第一天，他們向英軍出售葡萄、蘋果、豆角和南瓜，第二天運去大量雞鴨、鮮蛋、活豬、活羊，那是航海者們最喜歡的新鮮食物。英軍支付的價格遠遠高於當地的市場價，漁民們賺得喜笑顏開，在岸上值守的清軍和漁民同樣放鬆了警惕，完全沒有想到戰爭近在咫尺。

---

4 卡隆是英國的地名，以製造槍炮聞名，在那裡生產的炮叫卡隆炮（carronades），即今稱的臼砲。

在和平的偽裝下，英國軍官們仔細觀察和分析島上的軍事設施，水兵們在暗礁附近和潛流多變的地方敷設浮標。舟山漁民從來沒有見過浮標，滿心好奇地搖櫓圍觀，卻猜不透它們的用途，因為當地漁船吃水很淺，沒有擱淺或觸礁之虞。這一切偵測行動，都是在光天化日之下進行的，明目張膽，井井有條，平靜和諧。

經過兩天勘測後，伯麥和布耳利把衜頭碼頭確定為登陸點。第三天下午，「威裡士厘號」、「康威號」、「鱷魚號」和雙桅護衛艦「巡洋號」相繼駛入衜頭灣，悶聲不響地進入戰位。二十多條運輸船次第駛來，在衜頭灣附近下錨，船上載著三千八百名英印官兵。

直到這時，舟山的官員們才感到不對頭！定海知縣姚懷祥、定海鎮總兵張朝發與本地的文武官員們一起登上城頭，惴惴不安地注視著衜頭灣。定海城位於舟山西側，距離衜頭碼頭僅三里之遙。

張朝發是六十多歲的老軍官，長得人高馬大、虎背熊腰。他原本是臺灣鎮總兵，一年多前，原定海鎮總兵葛雲飛因為父親去世回家丁憂，他轉任定海鎮總兵。

姚懷祥五十多歲，一個月前從象山知縣轉任定海任知縣，對本地民情還不十分熟悉。他滿心憂鬱地說：「張總戎，舟山垂懸海外，八百里海域風波不定，常有日本、琉球和呂宋等國的商船遇風漂來，但是，紅毛番的這麼多兵船漂到本地卻是聞所未聞，我有種不祥之感。你在臺灣見過這麼多外國兵船嗎？」

張朝發狐疑地望著遠方的船隻，「姚大令，外國船遇到風暴漂到臺灣的情況年年有。我在臺灣時，有荷蘭兵船被狂風吹到基隆，要求靠岸買水買糧，還有葡萄牙和呂宋兵船因為風暴迷航，漂到臺灣，請求補充淡水、購買蔬菜。昨天我派了幾個人假扮漁民登船探望，夷兵們很和氣，還請他們喝外國紅酒。我估計是外國兵船被風吹散，迷航了，想在衜頭碼頭上岸，買水買糧買蔬菜，但他們不熟悉水道、不懂漢話，擔心撞上礁石或擱淺在沙灘上，只好瞎驢似的在海灣附近打磨旋。沒想到今天又來了二十多條夷船。」

姚懷祥道：「外國兵船駛入衜頭灣，引起百姓們的種種猜議，咱們還是過問一下吧，以免生出枝節來。」

張朝發同意，「也好。但是朝廷有章程，督撫提鎮大員不得與夷人直接交往。我是鎮臣，只好煩勞你帶幾個人去夷船看一看。」

姚懷祥轉頭對一個中年人道：「全福，咱們去一趟吧。」

全福應聲：「好。」他是定海縣典史[5]，甘肅武威人，濃眉大眼，厚嘴唇厚胸脯，參加過新疆平叛戰鬥，因為作戰有功，晉升為典史。朝廷規定文官不得在家鄉任職，他就被指派

5 典史是負責地方治安的九品文官，通常由武官轉任，相當於現在中國的縣公安局長。

到定海縣。

張朝發則對身旁一個軍官道：「羅建功，你陪姚大令走一趟，要仔細觀察夷船上有多少人馬、多少槍炮，問一問他們有什麼干求。」

羅建功是水師中營遊擊，聞令後靴子後跟一磕，打了一個立正，「遵命！」他右臉有一條疤痕，是與海匪打鬥時落下的刀傷，縫過七針，乍看之下像隻小蜈蚣。

姚懷祥、羅建功和全福一行出了城門，朝衜頭碼頭走去。他們在碼頭換乘水師哨船，駛向「威裡士厘號」。

「威裡士厘號」深艙巨舵，露出水面的船體又高又大，三支粗大的船桅高高聳立，兩側的炮窗全部打開，露出黑洞洞的炮口。姚懷祥和全福從來沒有見過如此龐大的兵船，忐忑不安地仰視著它。

羅建功數了數夷船的炮窗，多達七十四個！他的腦門子上全是詫異，定海水師的大號師船充其量只能安裝八位千斤小炮，同時發炮會震裂船體的卯榫。外國巨艦上有多層炮艙，安裝這麼多位巨炮，同時施放，船體如何承受得起？

幾個英國水兵放下舷梯，把他們彬彬有禮地迎上甲板。

一個身穿黑衣的人站在舷梯口，雙手抱拳行中國禮，講一口福建話：「艦隊司令伯麥爵士和陸軍司令布耳利將軍正在恭候閣下。」此人是郭士立，奉義律的命令擔任英軍先遣隊的通事，他根據補服和頂戴辨識出姚懷祥是舟山的主官。

兩位軍官向姚懷祥行西式軍禮。

「我是遠征軍艦隊司令伯麥。」

「我是遠征軍陸軍司令布耳利。」

姚懷祥行抱拳禮後，仔細打量。伯麥看來五十多歲，中等身材，寬額頭，尖下巴，天靈蓋上的頭髮脫落了大半，就像座禿了一半的小山，兩腮鬍鬚剛剛刮過，泛著黢青。身體很結實，深灰色的眸子閃著矜持。布耳利長著一雙鷹隼似的眼睛，鼻子略帶勾狀，臉頰佈滿捲曲的鬍鬚，穿一身紅色軍裝，黑色圓筒軍帽上有一顆亮晶晶的帽徽。

伯麥和布耳利也在暗暗觀察中國知縣。姚懷祥中等身量，山羊鬍鬚，紅纓官帽上有一顆素金頂戴，補服上繡著鸂鶒。眼神裡隱藏著驚異和困惑，但儀態端莊、鎮靜從容。

姚懷祥道：「本縣想打問一下你們來自何國？」

伯麥回答：「知縣老爺，我們來自英國。」

姚懷祥的心頭一動，英國就是不斷向大清輸入鴉片的國家！他迅速穩住情緒，「請問，你們來舟山是因為海上迷途還是另有所求？」

伯麥回答：「我們有重要事情相商，請。」他一展手，引著姚懷祥等人進入會議艙。

姚懷祥不卑不亢地撩衽坐下，羅建功和全福坐在兩側，幾個隨從站在他們身後。布耳利拿出幾只玻璃杯，斟滿酒，推到姚懷祥、羅建功和全福面前，然後與伯麥並排坐在對面，郭士立則居間翻譯。

姚懷祥看了看玻璃酒杯，酒汁呈綠色。

伯麥解釋道：「這是我國的杜松子酒，請品嘗。」

姚懷祥沒端酒杯，冷靜地問：「請問二位將軍，你們是想就地採買食物和淡水嗎？」

伯麥說：「我們寫了一份公函，本想派人送到貴縣衙門。既然知縣老爺親自登船問話，我們就當面交給你。」

在他頷首示意下，郭士立把一只大信套遞給姚懷祥，上面鈐著夷文紅泥封印。姚懷祥從信套裡抽出漢字公函展讀。

大英國特命水師將帥伯麥爵士、陸路統領總兵布耳利，敬啟定海縣主老爺知悉：現奉國主之命，率領大有權勢水陸軍師前來定海，所屬各島居民，若不抗拒，大英國亦不加害其身家。

舊年粵東上憲林、鄧等，行為無道，凌辱大英國，國主特令正領事義律法辦。現今本國船隻及士兵，一切妥當，不得不行佔據。故此，本將帥統領招老爺投降，必須即將定海所屬與堡臺均降，致免殺戮。如不肯降，便用戰法奪之。

遞書委員，唯候半個時辰。倘諮覆不降，本將帥統領即日開炮轟擊島洲，並率兵丁登岸。特此致定海縣主老爺閱鑒。

廣東禁煙竟然禁出一場戰爭來！首當其衝的居然是定海！姚懷祥如遭五雷轟頂，受驚的臉皮變得煞白，手指尖微微打顫。他把公函遞給羅建功和全福，羅、全二人讀罷，唬得不知所措，眼珠子瞪得溜圓，好像要從眼眶裡蹦出來。

羅建功捏緊拳頭，恨不得一拳打出去，但他身在虎穴，不能造次，只能強壓著憤恨與怒火，「原來你們是來佔領定海的！」

伯麥輕輕搖動酒杯，綠色的酒液在裡頭優雅旋轉。他的眸子閃出不屑和陰冷的寒光，「很抱歉，本司令奉大英國主之命，先禮後兵，勢在必為！」這番舉止貌似文雅，實則咄咄逼人，就像剽悍的拳師向不入流的拳手提出要求，一點兒討價還價的餘地都不給。

會議艙裡的空氣萬分凝重，凝重得讓人喘不過氣來。

姚懷祥穩住情緒，指著公函上的「唯候半個時辰」道：「定海縣及周邊八百里水域是大清國土，版籍俱在，本官奉大皇帝諭令守土保民，出讓縣城事涉民瘼和國家版籍，不是半個時辰能定下來的。」

聽了郭士立的翻譯，伯麥和布耳利不約而同掏出懷錶看了看，與郭士立嘰裡咕嚕說起英語。郭士立拿過漢字公函查看，也講了幾句英語。

最後，布耳利轉臉解釋道：「知縣老爺，這是翻譯錯誤，我們的意思不是半個時辰，是半天。既然你說事關重大，不能馬上決定，我們可以等候。請你明天下午兩點以前，也就是貴國的未時二刻，給我們一個明確回答。」語速並不快，卻飽含殺機，讓人不寒而慄。

伯麥和布耳利敢毫不忌諱地把開戰的時間告訴對手，是因經過偵察與勘測，他們已經摸清清軍的兵力、陣地、戰船數量和火器配置，深信對手沒有任何準備，不堪一擊。除此之外，運載船隊剛剛抵達衢頭灣，也需要半天時間為登陸作準備。

伯麥的眸子閃爍著驕矜和自信，「我們大英國憑藉船炮之利威行天下，不打無把握之仗。我想請你們參觀一下本司令的兵船。如果你們認為能與我軍對抗，不妨試一試；要是覺得無力抗衡，那麼，識時務者為俊傑，貴軍不戰而降，定海軍民可以免受刀兵之苦，生命與財產也能得到保全。」

姚懷祥、羅建功和全福交換了眼神。羅建功頭一次登上外國兵船，負有偵察使命，順水推舟地道：「我倒想借機欣賞一下你們的兵船。」

伯麥微微一笑，「好，請！」他站起身來，引著姚懷祥、羅建功和全福離開司令艙。

到了甲板，伯麥對當值哨兵發下一道命令：「吹集合號！」

號兵把銅號吹得山響，四個鼓手把繃著鋼絲弦子的軍鼓敲得嗒嗒作響，六十個水兵像從船縫裡鑽出來似的，跑步來到甲板，迅速列隊成行，肩上挎著烏黑發亮的燧發槍。

接著，伯麥發出第二道口令：「上刺刀！」

唼唼一陣金屬相撞的鏗鏘聲，水兵們動作齊整，槍管上刺刀聳立，寒光閃閃。這是一場精心安排的表演，意在示以軍威，炫以軍技，不戰而屈人之兵。

姚懷祥腮幫子上的肌肉綳出幾道斜紋，他意識到，這是一支鋒牙利齒的強悍軍隊！

伯麥又道：「姚老爺，請你到駕駛艙看一看。」

姚懷祥一行人在他的指引下進入駕駛艙。伯麥指著一個輪盤，誇耀似的問道：「你們知道這是什麼嗎？」

姚懷祥從沒見過，搖了搖頭，羅建功和全福亦沉默無語。

伯麥回答：「這叫輪舵。它是一種重要的駕駛設備。貴國的船舵安放在艉部，使用垂直舵杆，舵柄轉角小，舵手的視線被甲板的建築物擋住，看不見前方。我們的輪舵安放在船艄，通過連杆和曲柄與艉舵相連，舵手站在船艄視野開闊，照樣能夠輕鬆操縱船舶。」

把輪盤安放在船艄掌控艉舵，聽起來如同天方夜譚，姚懷祥三人不僅沒見過，更沒聽說過連杆和曲軸，臉上一片懵懂。

「請三位老爺到炮艙裡看一看。」伯麥轉身引著他們沿梯而下。炮艙裡的卡隆炮排列有序，每個炮位後面整整齊齊碼放著球形炮子。

一個軍官見伯麥陪著中國人下來，雙腳一磕，發出一道口令：「立正——！」全體炮兵皮鞋一跺，把船板跺得山響。

伯麥拍了拍炮管，炫耀道：「這是我們的艦載滑膛炮，可以發射三十二磅炮子，射程三千五百英尺，炸力一千二百千焦耳，能把你們的炮臺和堞牆炸得粉碎。」

聽了郭士立的翻譯，姚懷祥三人似懂非懂，他們對「滑膛」、「英尺」、「千焦耳」一點兒概念都沒有，但是，他們注意到英軍的炮子比清軍的炮子大得多。

伯麥發現自己在對牛彈琴，換了個較為形象的比喻，「我的意思是，這種炮可以打到你們的城樓上，把它炸得粉碎，而你們的刀矛弓矢、竹槍醜炮卻不堪一擊。」

羅建功壓抑不住內心的好奇，問了一句：「這麼多炮位同時開炮，不怕震裂船體嗎？」

伯麥翻起一塊木板，露出夾層，指著龍骨道：「軍官先生，我們的兵船有雙層船殼，鑄鐵龍骨，採用對角線支撐技術，即使所有巨炮同時施放，船體也不會震裂。而貴國兵船既小又醜，最多只能安放半噸重的小炮。說句不中聽的話，貴國兵船只不過是水上玩具。」

姚懷祥的臉色陰暗，完全被英夷的堅船利炮震住了。他雖然不懂軍事，但知道眼前的紅毛鬼子是群不速之客，一俟大動干戈，比豺狼還要兇殘十倍。羅建功和全福是行伍出身，雖然不懂這些現代兵器的奧妙，但深知自己的軍事實力遠不能與之抗衡，霎時腦子裡一片空白。

伯麥帶領他們返回甲板，指著遠處的海面，那裡停泊有多條運輸船，「知縣老爺，請你看看我們的艦隊，你們的水師無法與我們對抗。今天晚上，還有更多兵船將要到達，我和布耳利將軍誠心誠意期待著你們的明智回答。」

姚懷祥的臉色紅到耳根，鼓起勇氣，義正詞嚴地說：「二位將軍，大清朝的臣民不曾欺負過你們，我定海縣的軍民也沒有傷害過你們，你們若是海上迷途，缺水缺糧，我會把你們當作客人，妥為照料，禮送出境。但是，你們跨海而來，用武力脅迫我們獻城，我們只能把你們視為寇仇！我看到你們堅船利炮、軍威盛壯，知道我們無力對抗，但是，我身為朝廷命官，必須恪盡職守，即使粉身碎骨也在所不惜！」此刻他心裡如同油煎火燒，講得字字酸楚，語語悲切。

伯麥道：「知縣老爺，大英國水陸官兵無往不勝，只有瘋子才敢和我們對抗。我和布耳利將軍不忍心加害於你和定海百姓，才好心相勸，勸你放棄虛妄之想。」他的話冷森森的，讓人心裡發怵。

布耳利掏出懷錶，提醒道：「我們等到明天下午二時，即貴國的未時二刻。屆時戰火無情，炮火之下，連鬼神都無處藏身，請你們三思。」

姚懷祥苦笑一聲，拱手告辭，「二位請留步。明天未時二刻，定海軍民會給你們答覆。」

很快地，姚懷祥一行換乘哨船離去。

伯麥和布耳利撫舷觀看著舟山島，在落日餘暉的照耀下，島上丘陵起伏，風景如畫，田地裡長著綠油油的水稻和番薯，山坡上長滿了茶樹和竹子，衙頭碼頭附近有一個熙熙攘攘的犬馬鬧市，車行轆轆，人煙輻輳。收工回家的男人有的打赤膊，有的戴草帽，有的抽旱煙，有的搭肩膀，東一叢西一叢地說說笑笑，彷彿在議論海灣裡的外國兵船。女人在水池旁的石板上洗涮捶打衣服，無憂無慮的小童扯著風箏蹽腳奔跑，呈現出一派寧靜和諧、其樂融融的景象。

布耳利預感到中國人不會投降，忍不住歎了口氣，「這個地方太美了，除了植物，很像錫蘭的可倫坡。可惜的是，和平終結了，明天下午就會炮火叢集，一片硝煙。」

陸 定海的陷落

天擦黑時，定海城裡的全體文武官員聚在西城門的敵樓上。敵樓裡掛著兩盞米黃色的西瓜燈，光線很暗。軍官們點燃一支松明火把，火把冒著黑煙，發出噝噝吱吱的燃燒聲。海風不疾不徐地吹著，氣溫依然頗高。

姚懷祥臉上冒著油汗，目光裡透出焦灼，講述會見夷酋的經過，由於緊張，語序有點兒混亂，張朝發等人卻沒有一人斥責，皆凝神靜聽。

大門口的陌生人，居然是不期而至的英夷！張朝發和文武官員們大為震驚。

羅建功目睹了英軍船炮精良、軍威盛壯，姚懷祥講完後，他補充道：「二十年前，閩浙兩省水師聯手殄滅了蔡牽和朱賁等海匪，海上只剩下小股蟊賊，舟山水域一向承平。咱們多年沒打過仗，這場仗不打則已，一打就是惡仗，我擔心兵力不足、器械不精。」

他的擔心是有道理的。定海水師鎮共有三個水師營、一個陸營，額設兵額兩千六百，管轄舟山群島的八百里水域，半數弁兵分佈在沈家門、岑港、岱山和嵊泗列島，還有三百有名無實的空額，駐守定海縣和衜頭灣的只有一千二百餘人。英夷少說也有四五千。

水師鎮有四十多條師船和哨船，半數被風浪損毀，在船塢裡維修，六條在岱山巡哨，五條在嵊泗護漁，還有幾條船在岑港和沈家門巡邏，衜頭碼頭只有兩條大號戰船和三條哨船。大號戰船每條配備八位千斤小炮、三十名水兵、十五名船工，哨船僅配備一位千斤小炮、二十名水兵、十名船工，與深艙巨舵三桅九篷的英國兵船相比，它們就像大象群旁邊的一群小毛驢。

在熒熒火光的映襯下，張朝發的臉色十分嚴肅，「舟山不僅是浙江咽喉，也是大清的東海屏障，要是讓英國鬼子占了，浙江、福建和江蘇的所有海口都要受其牽制。養兵千日，用在一時，我們不能坐以待斃，更不能獻城投降！逆夷兵船既高且大，本鎮戰船皮薄炮少，與逆夷在海上爭鋒沒有勝算，本鎮只能揚長避短，利用

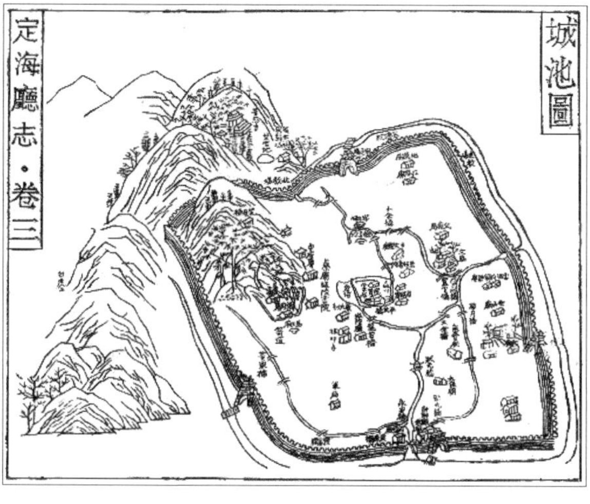

清朝《定海廳志》中的定海縣城池圖。定海城牆是康熙二十八年（一六八九年）修建的，周長一千二百一十六丈，高一丈，寬一丈五尺，有四座城門、三十八個窠鋪。

地形阻擊敵人，不讓他們登陸。中軍遊擊羅建功！」

「有！」

「你立即去衛頭碼頭，通知水兵、帆匠不得回家，立即登船，嚴陣以待！」

「遵命！」

「右營遊擊王萬年！」

「有！」

「你帶三百人去衛頭碼頭構築路障街壘，準備攔阻英夷登陸！」

「遵命！」

「左營遊擊錢炳煥！」

「有！」

「你率領三百人分守東嶽山！東嶽山是舟山的制高點，要是被英夷占了，定海城就會暴露在敵人的槍炮之下。」

「遵命！」

「陸營守備龔配道！」

「有！」

「你率領陸營弁兵與姚大令一起守衛定海城。」

「遵命！」

「典史全福！」

「有！」

「你立即派人通知全縣的保長甲長們疏散老弱居民，組織民壯協助守城。還要知會沈家門、岑港和岱山的巡檢司[6]，要他們馬上組織鄉民保衛家鄉。」

「遵命！」

張朝發咬牙切齒地發出狠話，「各位弟兄，我把醜話說到前頭——誰要是臨陣下軟蛋當孱包，畏首畏尾逃離戰場，別怪我軍法無情！」

他轉過臉，放緩語氣對姚懷祥道：「姚大令，煩勞你盡快將夷情寫成稟報，連同夷酋的招降書，派人送過海去，稟請浙江巡撫烏爾恭額大人和提督祝廷彪大人，火速發兵增援定海。衛頭灣裡的所有兵船都得參戰，我無船可派，只好請你借漁船送信過海。」舟山與大陸相隔四十里，一葦可航。

姚懷祥點點頭，「我是文官，不懂兵法，但身為知縣，必當與定海城共存亡。我會星夜

6 巡檢司是從九品衙門，相當於現在的警察局，只有不便聯絡的島嶼和少數水陸要津才設巡檢司，多數縣衙不設巡檢司。

動員本縣所有民壯，以及全城的保長甲長，叫他們組織青壯年協防，疏散老弱病殘、婦女兒童。」

張朝發說：「姚大令，定海城外的水陸要津我負責，定海城內的防禦你負責，沒有我的手令，你不要打開城門接納任何敗逃的弁兵！」

姚懷祥臉上帶著決然，「我把西、南兩座門堵死，留下東、北兩門疏散百姓。沒有你的手令，我絕不開門！」

不多時，定海城的鐘鼓樓敲響了警鐘。英國鬼子打上門來的消息迅速傳開，弁兵們聞風警動，提著氣死風和牛角燈奔向戰位，巡夜更夫敲響梆子、擊打柝鼓，高喊警號，保長甲長們敲著銅鑼，挨家挨戶通知居民躲避兵燹。定海縣就像炸了窩的蟻穴，男人收拾行李，女人打理細軟，小兒哭哭啼啼，瘟頭瘟腦、胡跑瞎顛，無所適從，全城到處都是人喊聲、犬吠聲和雜沓的腳步聲。

凌晨時分，張朝發與羅建功登上「定字一號」戰船，指揮衜頭灣裡的五條清軍戰船。在敵艦面前，它們像五條又瘦又小的海狗，英國艦隊則是一群張牙舞爪、猙獰可怖的水上大鱷。

天大亮後，英軍的二十一條運輸船相繼駛入衜頭灣，進入預定泊位，船上信旗起降，檣炮林立，船鐘聲、鼓號聲交相呼應，各艦的炮窗全部打開，黑洞洞的炮口瞄準清軍戰船和衜頭碼頭，擺出氣勢洶洶的臨戰姿態。衜頭灣裡的商船和漁船像驚弓之鳥，揚帆搖櫓星散離去。

張朝發雖然作了開仗準備，卻不敢主動出擊，因為兩軍實力相差太大。

伯麥和布耳利信心十足地站在「威裡士厘號」上，靜靜地觀看著清軍的動向。東嶽山是島上的制高點，位於衜頭碼頭後面，碼頭兩側各有一座小炮臺，連同東嶽山上的大炮臺，總計只有二十四位火炮，還不如英軍一條五級炮艦的艦載炮多。在山丘和綠樹環繞之處，手執長矛藤牌、短刀弓箭的清軍進入戰位，如蟻如豆，活動頻繁。舟山守軍顯然不願意拱手讓城，準備頑強抵抗。

伯麥與布耳利掏出懷錶，校準時間。兩點差十分鐘，伯麥發出預備令，「各就各位，準備戰鬥！」

「威裡士厘號」的主桅升起綠色信旗，號兵鼓腮吹響銅號，「康威號」、「鱷魚號」和「巡洋號」立即動作起來。炮弁拔去炮口的防水木塞，填入炮子。運輸船上的水手用滑輪絞車把幾十隻舢板次第吊入水中，每條舢板坐著三十名英國步兵。

午後二時整，「威裡士厘號」升起紅旗，四條英國兵船向清軍戰船和岸上的炮臺一齊開火，炮窗口吐出焦紅的火苗和黑煙，衜頭灣響起穿雲裂石般的炮聲，海面上騰起成排水柱，巨大的衝擊波把人們的耳膜震得嗡嗡作響，碼頭上立即硝煙滾滾，五條清軍戰船剎那間被打中十幾炮。

張朝發立即下令還擊。「定字一號」開火了，但它僅打了一炮就被英軍的炮火湮沒，隨著一聲耳膜全毀的巨響，「定字一號」戛然斷裂，巨大的炸力把一個水兵掀到空中，倒栽蔥似的跌入水裡。主桅斷了，船幫洞穿，船板橫飛，木片四濺。

又一發炮子打來，擊中了張朝發的左腿，緊接著第三顆炮子打在甲板上，巨大的氣浪把他凌空掀起，擦著船舷滾入海中。

羅建功大叫：「張總戎！」話音未落，人已縱身一躍，跳入水中，很快地，連拖帶拽地把張朝發托出水面。幾個水兵趕緊放下杆子，把他們救上「定字二號」。

羅建功渾身透濕，連聲高呼：「張總戎，張大人！」

可張朝發依舊昏迷不醒，濕漉漉地躺在甲板上，戰袍被鮮血染紅。

羅建功環顧四周，轉瞬之間，五條戰船被打爛三條，破木爛板在水裡沉浮漂蕩，落水的兵弁們奮力掙扎，船上的水兵們像受驚的兔子般戰戰兢兢。羅建功從來沒有見過如此兇狠的炮火，知道不是英軍的對手，硬打下去只會全軍覆沒，他急急吼吼下了撤退令。那道命令像走投無路的號叫，蒼涼而悽惶。

兩個帆匠使出吃奶的力氣拉動帆繩，兩名水兵迅速搖動軲轆，拔起船碇。「定字二號」僥倖駛出戰位，搖搖晃晃逃離了戰場。

從沈家門趕來的三條哨船駛到衙頭灣外面，遙見海灣裡炮火叢集，殺聲震天，不敢再前行。恰好見「定字二號」向北逃遁，三條哨船也掉轉船頭，尾隨而去，倆倆惶惶如漏網之魚。

炮擊持續了九分鐘，硝煙散盡後，衙頭灣裡檣倒楫歪，水面上漂著成片的碎木爛板，岸上炮臺全被炸毀。英軍的海軍陸戰隊和步兵乘舢板向海岸前進，在距離海岸線不遠處跳入水中，吶喊著搶灘登陸。

右營遊擊王萬年所率部隊被敵人的艦炮打得暈頭轉向，潰不成軍，撒腿逃跑。左營遊擊錢炳煥率領藤牌兵和長矛兵據守東嶽山，可敵軍艦炮的威力大大超出他們的想像，當上千英軍向東嶽山前進時，清軍像見了鬼似的嚇得不戰自潰。

四十多條舢板把第一批英軍送上岸後返棹接運第二批、第三批……把炮兵、工程兵和十門推輪野戰炮運到岸上。下午五時半，英軍成功佔領東嶽山，並在定海城外一里遠處建立個炮兵陣地。

英軍畢竟是在陌生的國度與陌生的民族作戰，連一份地形圖都沒有，入界宜緩是軍事常識。布耳利登上東嶽山，用千里眼俯視著定海城。這是一座小城，城牆是用花崗岩和磚頭修建的，品質很差，只有部分城牆比較結實，參差錯落的雉堞像狼牙犬齒，經過一百多年的風雨侵蝕，牆體破敗，蒿草叢生，滄桑得像滿臉皺紋的垂暮老人。城頭上有十餘位鐵炮，城外有一道護城河，寬約八公尺，城東有一片平展開闊的稻田，稻田裡注滿了水，限制步兵的行動。布耳利不急於攻城，他命令軍隊停止前進，待偵察兵摸清敵情後再行攻擊。

整整一天，知縣姚懷祥、陸營守備龔配道和典史全福一直在城樓上督率兵民防禦。城牆上除了三百多兵丁外，還有近千名壯丁，他們手持長短不一的刀矛鐵耙，搖著旗幟，敲著鼙鼓，還有人把觀音菩薩的塑像和恐怖嚇人的儺戲面具抬到城上，企圖借助神明的威力嚇退夷兵。

龔配道和全福剿過匪徒、鎮壓過暴民，每次都是短兵相接，大刀對大刀，長矛對長矛，能看清敵人的眉毛和眼睛。這次卻迥然不同，敵炮的兇悍和射程大大超出預想，清軍還沒與英夷照面，成群的炮彈就像火龍一樣凌空飛來，爆炸聲振聾發聵，把清軍炸得七死八活，戰船炸得檣傾楫歪，炮臺炸得磚石飛裂。城上守軍眼睜睜看著水師弁兵一敗如水，他們尚未與敵人交火，已經心驚膽顫，氣量不足了。

天黑前，三千多英軍步兵登上舟山島，在定海城南面和西面安營紮寨。他們見識到清軍的武器和戰鬥力，根本不擔心遭受襲擊。英軍的營盤篝火叢叢，星羅棋布，偶爾有零星的槍聲。

入夜了，姚懷祥把守兵分成兩撥，一撥在城牆上巡邏，一撥在城牆下和衣而睡，更夫們提著燈籠、打著火把、敲著梆子，不絕於耳的是狺狺的犬吠聲。

全福巡邏到半夜回到城門樓上，坐在姚懷祥對面，二人心情複雜地相對無語。過了良久，姚懷祥才抬起頭，「能守住嗎？」

全福反問：「你看呢？」

燭光引來成群的蚊子和小蟲，它們嗡嗡地繞室飛行，一隻蛾子撞到燭火上，撞得燭芯搖搖曳曳，牆上的人影悠悠晃晃。

姚懷祥臉上平靜，心裡卻在翻江倒海。他揮手驅趕蚊子，「我不曉兵事，但上過英船。他們的船又高又大，槍械複雜，炮位眾多，我們打不贏。張朝發和羅建功跑了，敵人的大炮把他們的信心打碎了。」見全福默不作聲，他繼續道：「不是我英雄氣短，是戰事堪哀。依照《大清律》，守土之官與城池共存亡，誰要是棄城而走，不死於敵，必死於法。」

全福的嘴角微微一動，「張總戎生死不明，要是活著，恐怕罪無可逭。我雖然官小，有維護本城治安的責任，要是定海丟了，也不會有好下場。」

姚懷祥點了點頭，「你想怎麼辦？」

全福很鎮靜，「唯有馬革裹屍，以死報國！」

姚懷祥輕聲問道：「你的妻兒還在老家吧？」

全福苦笑一聲，語氣悲涼，「舟山是個好地方，比我老家強多了，我的老家在甘肅武威，窮山惡水。我來這兒，以為交了好運，沒想到是死運。」

姚懷祥大為動情，「定海確實是個好地方，可惜保不住了。」

全福歎了口氣，「幾個月前我給妻子寫信，叫她帶孩子來定海安居。武威和舟山隔著五六千里，女人家出門一次不容易，這麼遠的路得走四個月。沒想到英夷打上門來。保家為民，卑職萬死不辭，但妻子兒女是後顧之憂。我死後，不知誰能關照他們？」

姚懷祥安慰道：「為高堂妻兒牽腸掛肚是人之常情，我也是上有老、下有小的人，但做了朝廷命官，就不能臨危逃退。」

全福的語氣堅定起來，「這是命，我不疑不顧、不懼不悔，與您共同擔任守土之責，共進共退、共榮共辱！」

姚懷祥低頭沉吟：「趁英逆攻城前，你寫封信，派人送過海，我附上幾句，請巡撫烏爾恭額大人關照你的家眷。」

「烏大人官高位尊，哪會想到我這種微末小官。」

姚懷祥溫聲道：「烏大人是好人，會關照的。」

「那就仰仗烏大人的體恤了。」

於是全福藉著燭光，鋪開一張書箋，窸窸窣窣寫了一封絕命書。

……如逆匪來，卑職唯有挺身向前……謹望闕望省叩頭，特將浙字第八十八號定海縣典史鈐記一顆交與家丁，囑卑職遭難後，趨轅代繳。

微末功名，本由軍功捨命而得，今又死於非命，將來查辦陣亡，萬祈垂念職子……得有依賴，實感鴻恩。

再二月間，曾遣人回甘（肅）接眷，計冬初可以到浙（江），到時人地生疏，舉目無靠，更求憲台代辦，請領赴櫬回籍。路費、文書，懇各寅好傾助途資，俾免作他鄉孤魂……

寫罷，他將信放入一只大信套，從口袋裡掏出官印。姚懷祥也取來知縣大印，叫了兩個家丁，「你們二人立即出城去岑港，找一條漁船，把我和全福大人的信送交浙江巡撫烏爾恭額大人。」

把官印交還給上司，意味著知縣和典史下定必死的決心。兩個家丁覿面相覷，苦口勸說主子不要輕生。

全福一擺手，「該死的不會活著，該活著的不會死去。去吧，依照姚大人的命令辦。」

兩名家丁走後，姚懷祥的身子微微打顫，「逆賊倡狂，兵火無情，定海城必破無疑。我們擋不住逆夷，只能盡職盡責地為定海民人做點事。城裡的半數居民來不及疏散，你帶幾個衙役，挨家挨戶勸他們務必趁夜離開！」

全福抱拳行禮，「遵命。」他抄起一把大刀，腳步橐橐下了城樓。

姚懷祥一天兩夜沒合眼，又乏又累又睏，全福剛走，他就倚在椅子上打起呼嚕，再醒來時，已是晨光熹微。

他揉了揉雙眼，走出敵樓，驀然發現，昨天城頭上還鼙鼓喧天、刀矛林立，現在卻是偃旗息鼓，毫無聲息——弁兵們逃得一乾二淨，連影子都沒剩下，只有三四個家丁倚在城牆上，滿臉絕望地看著他。

姚懷祥朝城外望去，一里遠處有個炮兵陣地，十位推輪野戰炮的炮口衝著定海城。數千英國兵經過一夜休整，精神煥發、鬥志昂揚，只等候進攻命令。他又朝城裡望去，街道上人流如注，居民們提著大包小包，惶惶然朝北門和東門逃遁。

在家丁們的催促下，姚懷祥下了敵樓，裹在難民流中，渾渾噩噩地朝北門走去。

北門外有座寺廟，叫普慈寺，寺旁有一個水池，叫梵宮池，那是個半月形的水池，在樹影的蔭庇下，像墨硯一樣呈微黑色。

姚懷祥站在池旁，收攝心神，駐足回望，逃難的人群亂亂哄哄，有人踏進路旁的草叢裡，驚起一片飛蟲。姚懷祥突然聽見撲棱棱一陣響，一隻飛蟲貼著地面俯衝，正好撞在他腳下，只聽噗一聲。他抬腳查看，是隻螳螂，踩癟了，踩得翅折臂斷、肚破顱裂，一條條肉絲與塵土混成泥漿。

姚懷祥的心悸然一動，人命如蟲！

他定了定神，對家丁道：「你們到城門口照料難民，尤其是女人和孩子，不要讓他們慘遭逆夷的蹂躪！」

一個家丁發牢騷道：「老爺，都什麼時候了，您還想著別人！」

姚懷祥的眼圈紅紅的，一臉怒容，「民乃國家之本！叫你去你就去，少囉唆！」

望著家丁們老大不情願地返回城裡，姚懷祥慢慢挪動步子走到梵宮池旁，摘下紅纓官帽，無限憐惜地撫摸著素金頂戴。那是他歷經了十年寒窗、六場文戰才掙來的，凝聚了大半生的心血。他將帽子掛在樹杈上，兩行淚水沿著臉頰往下淌，喃喃自語道：「我愧對皇上，愧對定海百姓！」

他再看最後一眼定海城樓，眼一閉，牙一咬，心一橫，縱身躍入梵宮池中，就像飛蛾撲火、羚羊跳崖，池水裡冒出一串氣泡……姚懷祥歿了[7]。

7　在鴉片戰爭期間，中英雙方對各自的傷亡人數有詳細統計，全都精確到個位數。根據布耳利撰寫的戰報〔該戰報收入 D.Mcpherson 的《在華二年記》（《Two Years in China》附錄 I，第 257-262 頁）〕，英軍在這場戰鬥中零傷亡。又據《欽差大臣裕謙奏為遵旨查明定海死難弁兵片》，清軍在這場戰鬥中陣亡十三人，殘廢二人，輕傷十一人。

柒 綏靖舟山

英軍攻打舟山時有條不紊、秩序井然，就像一次野戰演習，未傷及一兵一卒。但是對英國人來說，舟山畢竟是一座陌生的島嶼，語言、風俗、物理、人情全不熟悉，英軍很快陷入稀粥似的混沌中，連續發生事故。

最重大的事故是旗艦「麥爾威厘號」的傾覆。「麥爾威厘號」戰列艦是全權公使大臣兼遠征軍總司令懿律的座艦，排水量一千七百多噸，艦載官兵六百人，配有七十四位卡隆炮。英軍攻克定海的當天傍晚，懿律和義律便是乘坐這條旗艦抵達衢頭灣。

由於天色朦朧，風大水溜，「麥爾威厘號」一頭撞在暗礁上，龍骨磕斷，檣傾楫歪，船舵幾乎報廢。懿律的胳膊肘挫了一下，幸虧傷勢不重。在工程師們的指揮下，水兵們動用火輪船、滑輪、絞車、撬杠、轆轤等各種工具，費了整整一天工夫，才把這個龐然大物拖到岸旁，像擱淺的鯨魚一樣斜傾在沙灘上。

接下來，要為陸軍副司令奧格蘭德舉行葬禮。

時值盛夏，天氣炎熱，「羅赫瑪尼號」運輸船把奧格蘭德的遺體送到舟山時，屍體已經開始腐爛，散發出難聞的氣味，再也不能擱置。英軍在當地民宅裡找到一具現成的棺材，在東嶽山腳挖了墳坑，安排一場盛大的葬禮。除了值勤的官兵，陸軍各團和海軍各艦的代表全都參加了。

懿律和義律主持儀式，奧格蘭德的棺材覆蓋著英國陸軍軍旗，隨軍牧師念誦禱詞，軍樂隊演奏哀樂，「威裡士厘號」按照死者的年齡鳴放五十七響禮炮，四千多水陸官兵行脫帽禮。這場規模宏大的葬禮驚動了當地百姓和清軍密探，他們在遠處窺視，不敢到附近圍觀。

葬禮一結束，懿律和義律立即召集水陸將領和文職人員開會，地點定在東嶽廟。東嶽廟是座道觀，位於東嶽山的摩崖石後，地處形勝，居高臨下，站在廟前能將定海城和衜頭灣盡收眼底，布耳利的司令部就設在這裡。佔領舟山後百廢待興，許多問題都得開會議定。

郭士立和馬儒翰應邀參加會議，他們是商務監督署的秘書兼通事，是極少數通曉漢語並瞭解中國國情的人。在一個陌生的國度裡，英軍言語不通，像瞎子一樣，沒有他們的參與，英軍隨時可能犯下嚴重的錯誤。郭士立是個不遵守教會規則的人，具有強烈的獵奇心和冒險秉性，喜歡涉足與傳教無關的活動，儘管基督教會不許牧師從事軍事活動，他還是隨軍而來。頭天晚上，義律與郭士立促膝長談，請他擔任定海縣臨時政府的知縣，他應承下來。

郭士立和馬儒翰沿著石版道朝山上走去，邊走邊看山腳下忙碌的英軍。三千多步兵散佈在東嶽山和曉峰嶺之間，幾百頂帆布帳篷沿著山溝星羅棋布，逶迤排列。銜頭碼頭嘈嘈雜雜，三十多條兵船和運輸船散泊在海灣裡，一群水兵和工程兵正在修造棧橋和船塢。中國船舶較小，不需要大型棧橋就能裝卸貨物，也不需要大型船塢保養和維修，英軍的船體較大，需要大型棧橋和大型船塢。在棧橋建好前，水兵們不得不到附近的水井汲水，挑到舢板上，再轉運到兵船上，既耗時間又費周折，佔用了大量的人力。士兵們挑著水桶，絡繹不絕，就像一條條長長的蜈蚣。

東嶽廟外面警衛森嚴，天氣雖然亢熱，兩個當值的士兵們卻軍裝整束，風紀釦一直繫到領口，釘子似的站得筆直。

懿律、義律、伯麥爵士和各艦的艦長們已經到了，他們全都是初次進入中國寺廟，被奇形怪狀的泥胎偶像搞得眼花繚亂，卻不曉得是什麼神祇。他們見郭士立和馬儒翰進了山門，立即請他們解說和翻譯。

東嶽廟頗具規模，伏虎殿、靈宮殿、三清殿、金闕寥陽殿和老律堂一應俱全，大小殿堂飛簷斗拱，雕飾華麗。兩廡原本是道士們的住處，但所有道士都逃走了。

馬儒翰和郭士立走到金闕寥陽殿前，看見門楣上有宋高宗御筆親題的「金闕賡揚，蓬萊福地」八個大字，大殿裡面有一排神龕，第一個神龕旁邊掛著一副大算盤，算盤下寫著「人有千算，天只一算，陰謀暗算，終歸失算」。馬儒翰一面觀看，一面把文字翻譯給懿律、義律、伯麥和布耳利聽。

懿律問：「馬儒翰先生，你認得這些神祇嗎？」

馬儒翰對道教神祇的瞭解不亞於中國人，「偶像崇拜在中國根深蒂固，你們在這裡能看見古迦南人、古希臘人、古羅馬人和古印度人祭拜的所有神祇。中國人有他們的太陽神阿波羅和獵神狄亞娜，有他們的穀神、醫神、風神、雨神、山神、水神，甚至還有灶王神和土地神，可說神祇遍佈天上、地下和水中。這座寺廟供奉的是東嶽泰山君，為百鬼之帥，統領五千八百個小鬼，主管人的生死。」

郭士立也借機炫耀他的漢學知識，「不過，中國人沒有愛神，既沒有丘比特，也沒有維納斯，只有主管婚姻的送子娘娘。」

伯麥略感詫異，「難道中國人不談戀愛嗎？」

郭士立回答：「中國人有婚姻無愛情，他們的婚姻大多由父母包辦，經媒妁撮合。中國人結婚時要在新娘的頭上蒙一塊大紅布，進入洞房前，新郎甚至沒見過新娘，擇偶就像抽籤，抽中什麼樣的女人，全都聽天由命。」

這番解說似是而非、貌合神離，伯麥聽得一臉困惑。

馬儒翰補充道：「道教是一種多神教，它用面目猙獰的神祇和令人生畏的泥塑勸人積德行善。這裡展示的是地獄景象和人死之後的轉生歷程——過奈何橋，登望鄉臺，喝孟婆湯，到酆都城接受閻王的審判，經過判決後，廣積陰德的善人可以重新投胎做人，惡貫滿盈的壞蛋則要發配到十八層地獄，遭受種種酷刑，轉世為畜生。罪過越大，懲罰越重。」

金闕寥陽殿的五彩壁畫描繪了十八層地獄陰森可怖的景象：舂臼獄、刀鋸獄、磔刑獄、血池獄、油鍋獄，冰山獄……牛頭馬面、黑白無常和猙獰小鬼們在閻王的指令下用種種酷刑折磨著劣跡斑斑的人，諸如割舌頭、抱火柱、剝皮亭、揎草楂、犁人鏵、鋸人體、餵毒蛇，觀看者彷彿能聽見哭號慘叫和啾啾的鬼聲。

義律道：「這些壁畫讓人想起威廉·布萊克為但丁《神曲》做的插圖。」

郭士立點頭，「是的。這是中國版的《神曲》，不同的是，《神曲》把地獄分為九層，道教把地獄分為十八層。」

懿律說：「如此看來，中國人的生死觀與中世紀歐洲天主教的生死觀有相通之處。」

義律笑道：「這些魑魅魍魎面目猙獰，要是我們天天在他們的魔影下面生活，恐怕連覺都睡不著。」

觀覽一圈後，陸軍各團的團長們也到了，大家依次坐在東嶽泰山君的泥塑前，開始會議。

懿律和義律坐在中央，伯麥和布耳利坐在兩側。懿律把十個手指插在一起，「諸位，舟山之戰是遠征軍的第一次戰鬥，我向伯麥爵士、布耳利將軍以及全體參戰官兵致敬，你們只用九分鐘炮戰就把中國軍隊趕跑了。」

伯麥驕傲地說：「我們高估了清軍的抵抗力，沒想到他們如此不堪一擊。早知道他們這麼脆弱，只用三分之一的兵力就夠了。」

懿律道：「舟山是我們佔領的第一座島嶼，我們需要一個殖民地，一個讓我國商人和眷屬安居樂業的地方。我們準備向中國皇帝索要一座海島，舟山是首選，它不僅位於中國沿海的正中央，也是連接日本和朝鮮的樞紐。但是，我國尚未對中國宣戰，因此，我們不能把舟山搞得烈火烹油，危機四伏，而是要讓它成為一個平靜和諧的前哨基地。我們要成立一個臨時政府，盡快恢復秩序。我和義律公使商議過，決定聘請漢學家德國牧師郭士立擔任定海知縣，按照我國的殖民法管理這座島嶼。」

郭士立站起身來，打趣道：「承蒙二位公使的信任，本人不勝榮耀，只是沒想到，我這個為上帝服務的人，居然要管理民政。」

義律說：「這是一個重要的職位，只能由精通漢語的人擔任。中國人把知縣叫作親民官或父母官。郭士立牧師，從現在起，你就是定海居民的父母了，與他們親如一家。你長得像中國人，只要拖一條假辮子，穿一身中國官服，戴一頂紅纓官帽，沒人能認出你是德國人。」

軍官們不由得呵呵地笑起來。

待笑聲停歇後，懿律接過話往下講：「第二件事，巴麥尊勛爵指示我們，先揍中國人一頓再談判。我們已經揍完了，現在必須把我們的意圖告訴中國皇帝。由於廣東官憲不接受不加『稟』字的公文，我和義律公使決定將《巴麥尊外相致中國宰相書》在廈門、浙江和大沽三地分別投遞。我命令胞詛艦長去廈門投遞，但沒有成功，他昨天從廈門抵達舟山。下面，請胞詛艦長說明一下投遞文書的情況。」

胞詛坐在伯麥爵士旁邊，他是一個體魄強健的人，寬大的臉龐上長滿了棕黃的鬍鬚，胳膊上的汗毛又濃又重，要不是穿著軍裝，乍看像個賣肉的屠夫。他出身自軍人世家，九歲進入普利茅斯皇家海軍學校，畢業後被派往加勒比海艦隊，參加過馬提尼克島登陸戰和瓜德羅普島登陸戰，十三年前被任命為「伯朗底號」的艦長，此後便官運蹉跎，再也沒有升遷過。

他說話時鼻音很重，甕聲甕氣的，「我奉兩位公使的命令去廈門投遞《致中國宰相書》。『伯朗底號』到達廈門後，我在艦上掛了一面白旗，以示和平，並請傳教士羅伯冉牧師上岸投書。但是，當地清軍頭目說廈門不是開放碼頭，不接受夷書，且所有夷書都必須在廣州通過十三行投遞。還說《致中國宰相書》的信套上沒有『稟』字，他們不能接受。

「第二天，羅伯冉牧士再去交涉，但廈門清軍蠻橫無理，不僅辱罵他，還向他開槍。為了教訓中國人，我下令開炮轟擊清軍。在艦炮的掩護下，羅伯冉牧師再次上岸，在沙灘上插了一根竹竿，把《致中國宰相書》綁在竹竿上，至於廈門官憲會不會把《致中國宰相書》轉呈給中國皇帝，只有天知道。」

胞詛的遭遇在義律的預料之中。義律道：「傲慢的東方龍不肯屈尊傾聽西方雄獅的聲音，在中國人看來，我們的公文不加『稟』字，等於不承認中國皇帝是萬王之王。」

郭士立提議：「遞送《致中國宰相書》是處理兩國關係至關重要的一環，要是武力投遞不起作用，不妨換一種方式，叫中國商人或俘虜把第二份副本送到鎮海或杭州去。」

義律表示贊同，「這是個好主意，可以一試。」

布耳利道：「我軍佔領舟山後應當盡快佔領縣城。但是，二位公使命令軍隊暫不進城，我軍至今仍然在城外紮營，據說這是郭士立牧師和馬儒翰先生的意見。我想問一問二位中國通，這是什麼道理？」

郭士立和馬儒翰主張推行綏靖政策，懿律和義律採納了他們的建議，下令全體英軍駐紮在城外，只派少數士兵守護定海的四座城門，廣貼佈告，要全體居民們不要驚惶，就地安居，英軍將保護他們的人身安全和財產安全。但是，居民們天天在逃亡，三天過去，城裡的人都快跑光了，只剩下少數老弱病殘和窮極無賴，致使定海縣十室九空，淪落為小偷和竊賊的樂園。

陸軍參謀長蒙泰中校舉手示意，「我想說幾句。」此人長著一張窄條臉，唇上留著一抹棕色的小鬍子，身材瘦削。四十多歲年紀的他，是第二十六團的副團長，東方遠征軍成立後，便被任命為陸軍參謀長。

懿律點頭，「請講。」

蒙泰道：「士兵們反映強烈，他們說，我們攻下一座富裕的城市，卻在城外飽受風雨和酷熱的蹂躪，聽任蚊蟲的叮咬，而城裡有幾千套空房子，官兵們強烈要求進城。此外，我們需要民夫修路架橋，如果聽任中國人隨意逃亡的話，我們連工役都雇不到。」

馬儒翰解釋：「蒙泰中校，我以為軍隊不宜進城，軍隊一進城就像野牛闖進瓷器店，一投足、一搖尾，到處都會稀里嘩啦。」

蒙泰不以為然，「我們的軍隊不是野牛，是有嚴格紀律的。」

郭士立支持馬儒翰，「我也認為軍隊暫時不宜進城。不同窩的螞蟻狹路相逢容易發生打鬥，一俟衝突驟起，人們會受到恐懼情緒的支配，幹出不理智的事來。與中國人混居在一起，士兵們不會有安全感，他們會把五十公尺內所有中國人視為敵人，用乖戾、殘忍的方法保護自己。反之，中國人也會這樣想，他們會想方設法殺掉我們！這種恐懼如影隨形，小恐懼小瘋狂，大恐懼大瘋狂，搞不好軍隊就會變得神經質，暴戾無度。我們首先得安撫人心，讓舟山人感到我們是寬容和慈悲的，能與他們和諧相處的。」

蒙泰反駁：「你的慈悲和寬容是教會的慈悲和寬容，與軍人的作風格格不入。在戰爭期間，即使對中國人心懷慈悲，也是用鹽水清洗他們的傷口，他們依然有清晰的疼痛感。戰爭不是溫良恭儉讓的宗教，它是臺絞肉機，被征服的人懼於軍事威懾才不得不屈從，這種屈從是暫時的，只有經年累月才能形成習慣，舟山人經過短暫的震驚後會隨遇而安。我軍官兵長年駐紮在海外，懂得如何與當地人和諧相處。」

義律思考一會兒後表示，「我不想把舟山變成為風聲鶴唳的夢魘之鄉。在外國作戰，攻心為上，攻城為下。我們必須用基督教的教義感化舟山人，讓他們感受到上帝的福音，他們會發現，我們比中國皇帝寬容、善良。」

義律和商務監督署的人都反對進城，布耳利則仍站在軍官這方，「蒙泰中校講述的不僅是他個人的意見，也是全體陸軍軍官的意見。我軍攻克舟山三天了，卻不進城，這是不可思議的！我的士兵把守著定海縣的四座城門，眼睜睜看著居民離城出走，定海縣淪落為小偷和竊賊的樂園！定海的政府垮了，軍隊不進城，定海就沒有秩序。義律閣下，既然你想把舟山變成模範殖民地，軍隊就應當進城維持秩序，有秩序才有居民，有居民才有市場，有市場，軍隊才有吃的喝的，否則我就不得不派人四處採購。在一個敵意四起的陌生之地，採購人員隨時會遭到襲擊，而他們遭到襲擊後，肯定要施加報復，由此形成惡性循環。」

兩種意見針鋒相對，懿律不得不表態。他來自南非，是海軍將領，而陸軍全都來自印度，海陸兩軍協同作戰，難免會有齟齬。懿律不想在進城問題上糾纏不休，他與義律嘀咕了幾句，決定作出讓步，「布耳利將軍和軍官們認為應當進城，那就先派一個團進城。蒙泰中校，既然你主張進城，就派你們第二十六團進城，其餘各團仍然駐紮在城外。」

布耳利又道：「中國人隨時可能反攻，我們必須盡快派人勘測全島繪製地圖，並在東嶽山西側和竹山門一帶建立兩個炮兵陣地。」

馬儒翰皺眉，「竹山門有一大片墳場，中國人敬天法祖，要是動了他們的祖墳，他們會恨死我們，綏靖政策將大打折扣。」

布耳利不喜歡文職人員干涉軍務，把馬儒翰的話硬生生頂了回去，「戰爭就是戰爭，我不能為了中國人的祖墳而犧牲官兵們的安全和性命。我將命令馬德拉斯工程兵[8]把那片墳場平掉，改建成炮兵陣地。」

義律道：「在槍炮面前，舟山人沉默無語，我們窺測不出他們的所思所想。要想得之，必先予之，綏靖中國人的最好辦法是給他們安全和教諭。做這種事情，宗教比軍隊有效。我們要盡快成立一家教會醫院，免費為本地百姓治病，宣傳上帝的福音。」

懿律非常贊成，「是的，我國二百年的殖民史說明了一個真理，輸入劍與火，會遭到反抗和報復；輸入《聖經》和宗教，才能與被征服的人民和諧相處，收穫財富和服務。在定海

8 馬德拉斯工程兵（Madras Engineer Group），又稱馬德拉斯工兵和地雷兵（Sappers and Miners），成立於一七八〇年，由英國人擔任軍官。最初它只有兩個連，後來擴大到三個團，主要從事戰壕、橋樑、道路的修築和爆破，與埋設地雷等工作。在英國統治印度時期，它是英軍的幫手，參加過印度次大陸的所有戰爭，以及埃及戰爭、鴉片戰爭和緬甸戰爭。一九四七年印度獨立後，該部隊保留下來，改稱印度工程兵。

建立一個教會醫院刻不容緩，我們的傳教士要利用治病之機，宣傳上帝的福音和我國的殖民政策，告訴舟山人，我軍將保護順遂的居民，保護來定海貿易的商民。此外，我們有可能向中國皇帝索要一座海島，舟山是首選。各艦各團要挑選出精幹的博學之士對全島進行考察，撰寫出詳細的地形學、氣象學、航海學、動植物和礦物標本報告。」

義律詢問：「布耳利將軍，陸軍有多少隨軍眷屬？」

布耳利答道：「有一百一十名。」

義律說：「眷屬們大都來自社會底層，因為貧窮才屈身下嫁士官。她們經常衣衫不整、面有菜色，要是沒有飯吃，就會像雌貓、母狗一樣無廉無恥，幹出偷矇拐騙的醜事來，給大英國丟人現眼！所以，各團各艦的軍官不僅要約束士兵，還要約束眷屬。」

英國的殖民地遍及五大洲，軍隊散居各地，為了防止他們在異國他鄉狎妓冶遊，英軍規定，服役八年以上的士官可以攜帶眷屬。但問題之複雜，遠非軍規所能涵蓋。

中、高級軍官們待遇優厚，每逢戰事驟起，有能力在和平地區租賃房屋，安置眷屬。士官們則不同，他們的薪水低，沒錢把眷屬送往和平地區，只能冒險讓眷屬隨軍。隨軍眷屬必須簽約，保證服從軍紀，並從事護理傷病員的工作。由於軍隊不能攜帶大量眷屬進入戰區，不得不抽籤決定誰的眷屬可以隨軍。英軍規定只有英籍眷屬才能隨軍，但少數士官娶了殖民地的外國女人，每逢戰事爆發，她們常常淪為棄婦。

伯麥爵士一直沉默，此時才插話，「我聽說陸軍帶了一個印度女人。」

蒙泰中校回報：「確有其事。一個叫比爾的廚師長，把印度未婚妻藏在櫥櫃裡，帶到舟山來。」

懿律面露慍色，「軍隊不許攜帶異國女人，這種事情不能姑息！要是聽之任之，就會不斷發生羅密歐與茱麗葉式的桃色奇聞，情話喁喁，離情萬種，把軍營變成情場。比爾廚師長是什麼軍銜？」

「上士。」

「降為下士，打三鞭子，關三天禁閉！有運輸船返回加爾各答時，把那個印度女人送回去！」

蒙泰道：「遵命。」

懿律接著吩咐：「辛好士爵士率領的英國分艦隊還在途中，他們一到，我們就開始下一步行動。我將與義律公使和伯麥爵士去大沽口，遞交《致中國宰相書》，並與中國人談判。『威裡士厘號』、『伯朗底號』、『窩拉懿號』、『摩底士底號』、『卑拉底士號』與火輪船『馬達加斯加號』要作好隨時揚帆北上開赴大沽口的準備。『鱷魚號』去鎮海投遞《致中國宰相書》的第二份副本，並封鎖大浹江口。『康威號』、『阿爾吉林號』和『風鳶號』開赴長江口執行封鎖任務，並測量當地水情繪製海圖。『麥爾威厘號』損毀嚴重，起碼需要兩個月才能修好。陸軍留在舟山，嚴防清軍反攻。我們離去後，本島民政由郭士立牧師負責，軍務由布耳利少將負責。諸位有什麼問題？」

軍官們齊聲回答：「沒有。」

「散會。」

散會後，郭士立和馬儒翰並排下山，朝衜頭碼頭走去。他們剛到山腳就見一個熟悉、矍鑠的身影迎面走來，那人穿著短衫短褲，身體敦實。郭士立驚歎道：「嗅，馬地臣先生，什麼風把你吹來了？」

「當然是貿易風。」

馬地臣是一個永不休息的商人，他有鷹隼一般銳利的眼睛，獵犬一般敏銳的嗅覺，不論和平還是戰爭，只要有商機閃爍，他能立即嗅到氣味，調動所有的神經和肌肉付諸行動。進貨、倉儲、存貨、簿記、運輸、銷售、滅鼠、滅蟲，他都事必躬親。他是為錢而生，為錢而長，為錢而吃苦，為錢而喋血奮戰的人。

舟山的硝煙尚未散去，他就帶著兩條商船尾隨而來。由於在海風和烈日下駕船多日，他的皮膚呈古銅色，眼角上的魚尾紋像刀刻一般清晰。

他伸出毛茸茸的手，握住郭士立的手，「我聽說你榮任本島知縣了，恭喜。」

「謝謝。我能為你做些什麼？」

「我想申請兩張進港許可證，還想請你派一位引水員。」馬地臣的兩條商船停在銜頭灣外面。他看見「麥爾威厘號」翻倒在海岸旁，立即明白銜頭灣裡暗礁林立，海線複雜，一不小心就會船毀人亡。

郭士立有些犯愁，「舟山的罈罈罐罐都被打爛了，百廢待興，我沒有引水員派給你，也來不及印製進港許可證。哦，你運來了什麼貨物？」

「軍隊最需要的東西，食物。」

「什麼食物？」

「十五頭牛、一百六十隻羊，還有兩噸小南瓜和茄子。」

郭士立面露喜色，「你送來了一場及時雨！軍隊最需要的就是新鮮食物。你是從什麼地方弄來的？」

「大陳島。」

「島民們肯賣給你嗎？」

「當然肯。那些島嶼消息閉塞、民風淳樸，島民們根本不知道英中兩國要打仗，我們可以用微笑和銀幣換來軍隊用刺刀換不來的東西。」

「兩船都是食物嗎？」

「不，還有一船鴉片。」

郭士立面有難色，聳聳肩，作了個誇張的動作，「軍隊需要蔬菜和牛肉，不需要鴉片。」

「鴉片是賣給中國人的。」

郭士立的眉毛一挑，「馬地臣先生，你在給我找麻煩！這場戰爭就是由鴉片引起的，中國人對鴉片恨之入骨！」

馬地臣一本正經地反駁：「不是所有中國人都憎恨鴉片，有些人反而離不開它，像迷戀美女一樣迷戀它。」

「馬地臣先生，我是牧師，是教會派來的神職人員。」

馬地臣微微一笑，「郭士立先生，你現在不是牧師，是大英國委任的定海知縣。」

「天呀！馬地臣先生，你要是運食物，運多少我都給你簽發許可證，至於鴉片，我要是簽了，上帝會詛咒我，教會將開除我的教籍！」

馬地臣嚴肅起來，「鴉片在我國是合法商品，舟山是我國的軍事佔領區，應當採用我國法律。此外，打仗離不開錢，東方遠征軍在中國作戰，不是一朝一夕就能有結果的。郭士立牧師，你計算過嗎，四十多條兵船和運輸船，七千多水陸官兵，每天得消耗多少錢？」

郭士立搖了搖頭，他沒計算過。

馬地臣扳著手指清算，「這麼多官兵要吃要喝，就算每人每天消耗五分之一英鎊，一天就得花費一千二百多英鎊，一年就需要四十五萬英鎊！這還不算槍炮彈藥的費用。據我所知，印度總督奧克蘭勛爵僅預支了三十萬英鎊，這裡與英國有一萬七千海里之遙，遠不濟急，一旦軍費周轉不開，要是不想明火執仗地搶劫，只能發行臨時國債。在中國，誰買你們的國債？只有我們。而我們的錢從哪裡來……」馬地臣就此打住，硬朗的目光逼視著郭士立，彷彿在強迫他按照這條邏輯推導下去。

郭士立猶豫片刻，「好吧，既然我是英國政府的簽約僕人，就與你同流合汙一次。你的船叫什麼名字？」

「『飛魚號』和『飛梭號』。」

郭士立從口袋裡抽出筆記本和鉛筆，草草寫了幾行字，撕下來，遞給馬地臣。

茲允准大英國查頓—馬地臣商行的「飛魚號」和「飛梭號」商船進入衜頭碼頭，引水自雇，風險自擔。

大英國定海縣臨時政府知縣　郭士立

捌 浙江換帥

七月流火，八月鑠金，盛夏的北京天像蒸籠，似烤鍋，亢熱的天氣讓人慵懶得不願動彈，樹間的知了不停地聒噪，像在進行一場刺耳的歌詠大賽。紫禁城裡宮牆壁立，即使偶爾吹來一陣微風，也很難帶來幾許涼意。

軍機處位於紫禁城的隆宗門內，窗戶全都打開了。穆彰阿、潘世恩和王鼎穿著輕薄白紗汗衫，盤腿坐在炕上，一面搖扇子一面批閱各省送來的奏折。一個侍衛在炕沿旁邊放了三桶涼水，讓他們每隔一會兒，就能蘸濕手巾擦一擦額頭和臉上的細汗。

浙江巡撫烏爾恭額用六百里紅旗快遞發來了加急奏折，奏報英夷出動戰船三十餘條與夷兵三四千人，突襲舟山，佔領定海。總兵張朝發身受重傷，被人救起，定海知縣姚懷祥投水自盡，典史全福不屈戰死，定海鎮的水陸官兵大部分撤往大陸。隨同奏折一起送來的還有夷酋伯麥和布耳利的勸降書，以及全福的《殉難遺稟》。

大清有兩千多驛站、七萬多驛卒，各省的奏折、夾片、諮文、提本、公函、邸報全由他們傳向四方。按照通政司的章程，普通驛遞日行三百里，快遞四百里，加急五百里，只有戰爭、地震、黃河決口等突發性重大事件才能採用六百里快遞。驛卒在傳送六百里快遞時背插紅色小旗，沿途所有官紳車馬都得避讓。這種驛遞容易跑傷，甚至跑死驛馬，故而很少採用。

三個軍機大臣接到紅旗快遞後吃了一驚，立即將奏折原件呈報皇上，接著，一面等候旨意，一面議論如何處理這起突發事件。

穆彰阿搖著大蒲扇，「沒想到禁煙鬧出這麼大的動靜。」

潘世恩打開折扇，「據林則徐推測，英夷借南風司令之機揚帆北驅，有兩種可能，一是武裝護送鴉片，二是到天津告御狀，乞恩恢復通商。」

林則徐的奏折是用四百里快遞發來的，比烏爾恭額的奏折早兩天到北京，顯然沒有意識到英夷會動用武力佔領舟山。

王鼎用濕手巾擦去額頭上的汗水，「英夷突襲舟山，這是一著奇、險、驚、凶的棋。但是，英國畢竟是島夷之國，距我大清有六七萬里之遙。他們動用三四千夷兵，充其量只能攻佔本朝一隅，不會形成蛇吞象的奇觀。」

穆彰阿皺著眉頭，「我擔心的是，他們會在海疆鬧出倭寇似的亂局，剿不動，撫不成，理還亂。」

潘世恩輕輕搖動紙扇，「這場邊釁的規模不會小，搞不好真像穆相所言，剿撫兩難哪。」

王鼎隔窗望見首領太監張爾漢朝軍機處走來，「張公公來了，可能皇上有旨意。」

果不其然，張爾漢進了值房，躬著身子道：「諸位爺，待會兒皇上要過來。」

三位軍機大臣立即趿上鞋子、穿上朝服、戴上朝珠。

不一會兒，道光來到軍機處。他沒戴帽子，只穿一件汗紗薄衫，背著雙手，皺著眉頭，身後跟著一個提涼茶、打扇子的小太監。

道光一進值房，三位軍機大臣一起打千行禮。道光擺擺手，「平身。天這麼熱，你們還穿這麼齊整。張爾漢，是不是你叫幾位閣老捂得嚴嚴實實？」

張爾漢有點兒尷尬，「奴才不敢，奴才只是告訴三位閣老，皇上要親臨值房議事。」

穆彰阿出來打圓場，「在皇上面前，奴才們應當正衣冠，以示崇敬。」

潘世恩從涼水桶裡拎出一塊手巾，擰了一把，遞給道光，「皇上，您擦一擦汗。」

道光把烏爾恭額的奏折放在炕桌上，接了手巾，一面擦汗一面道：「區區醜夷如此披猖，竟然突襲舟山、占我定海。定海鎮水陸營兵應變無術，張惶失措，一觸即潰。朕不問便可知，浙江文武平日只知道養尊處優，所以才臨機僨事！」他把手巾還給潘世恩。張爾漢搶先接了，搭在桶架上，再拿一把大蒲扇給皇上輕輕搧風。

穆彰阿見道光怒氣衝衝，覺得應當給舟山守將一點懲罰，「一座縣城僅一天工夫就丟了，總兵張朝發居然逃出來，覥顏苟活，是否按斬監候定罪？」

道光一屁股坐在炕沿上，「你們替朕梳理一下英逆為何攻襲舟山。」

潘世恩回答：「烏爾恭額把夷酋伯麥和布耳利的說帖一起送到北京，夷帖說『舊年粵東上憲林、鄧等，行為無道，凌辱大英國，國主特令領事義律法辦』。據此推敲，英逆是來告御狀，想討個說法，懇請恢復通商的，矛頭直指林則徐和鄧廷楨。」

英國外交文書與大清的照會寫法不同，大清的照會講求義正詞嚴，寫出居高臨下的氣勢，英國文書則講求溫文爾雅，即使勢不兩立，也要彬彬有禮、強話軟說。按照大清文牘的言辭推斷夷人的說帖，完全看不出它含有戰爭的意味。

穆彰阿道：「林、鄧二人辦差向來寬嚴有度，十分慎重，但在某些地方做過頭也未可知，事態不明朗之前，我們不宜妄加揣測。」

道光站起身，背著手在青磚地上來回踱步，琢磨片刻，「看來英夷果然離了茶葉和大黃就大便乾燥、消化不良，天長日久有喪命之虞。朕恩施四海，德被天下，即使對遠方的蠻夷，也不肯輕易絕人於死命。但是，英夷長年向我大清販運鴉片，致使白銀淙淙外流，屢教不改，不斷其貿易，無以遏制其貪慾，不打到他們的疼處，就不肯悔過自新！朕隱忍多年，直至忍無可忍才斷其貿易。據朕看，英夷是狗急跳牆到天津投遞稟書告御狀。乞恩通商是目的，突襲舟山是助其聲威，意在要脅本朝。」

潘世恩道：「皇上聖明。直隸總督琦善現在保定，要不要發一份廷寄，叫他馳赴天津？」

道光點了點頭，「就這麼辦，立即要他去天津佈防。英國兵船到達後，如果情詞恭順，可以向他們宣示天朝制度，告訴他們，互市貿易向來在廣州，天津地近京畿，不准通商。如果英逆桀驁不馴，就立即剿辦。至於投遞稟書……嗯，不論夷字漢字，可將原稟進呈。」

他看了一眼穆彰阿，話鋒陡轉，「張朝發愎諫撤守，喪師喪城，其罪實屬重大，要嚴加懲處。姚懷祥乃一縣之令，他與城池共存亡，捨命赴水，殺身成仁，加一級優恤。典史全福不屈赴死，也要優恤。典史雖是微末弁員，但大清朝就是靠成千上萬個微末弁員鼎力辦差，才造就出承平的局面，要是不優恤、不表彰，就會寒了全國微末弁員的心。著全福加兩級優恤，他的眷屬到浙江後，要妥為安置。你們給烏爾恭額發一份廷寄，要他仔細查尋姚懷祥和全福的妻子兒女，候朕施恩。」

他頓了頓，話頭又是一轉，「你們說說，丟了舟山，浙江文武大員該當何罪？」

穆彰阿道：「浙江巡撫烏爾恭額、浙江提督祝廷彪，乃浙江文武官員之首，責任重大。舟山之敗，他們二人不在現場，卻不能免責。奴才以為，應當交部嚴加議處，革職留用，另擇能員接任。定海鎮中軍遊擊羅建功、錢炳煥、王萬年和陸營守備龔配道，不思堅守，臨陣潰逃，他們雖然不是主將，亦屬有責，應當派員押送到北京，由兵部和刑部鞫實後定罪。」

道光走到西牆前，牆上掛著一幅黑底描金橫匾，上面有「喜報紅旌」四個大字。他凝視片刻後轉過身來，喟歎道：「朕盼的是紅旗喜報，烏爾恭額卻送來了喪報。從驛遞郵戳的日期看，烏爾恭額發折是六月十日（西曆七月九日），但英夷攻打舟山在七日，佔領定海在八日。舟山與大陸一水之隔，半日可達，烏爾恭額當天就應得知戰報，他卻遲報了兩天。這種人，只能當太平巡撫，不能當戰時巡撫，用在海疆，只會誤事！」

王鼎覺得僅憑郵戳就下斷語有點兒匆忙，「據烏爾恭額奏報，定海戰報本應出自姚懷祥或張朝發，但姚懷祥投水身亡，張朝發傷重昏迷，他是接到當地巡檢的稟報後才寫了奏折。」

「巡檢叫什麼名字？」

「據烏爾恭額的奏折說，叫徐桂馥。」

「那就革去徐桂馥的頂戴，永不敘用！」道光的話語裡明顯帶著火氣。

他身居九五之尊，理應俯視大局，但經常事無巨細，親自處置。巡檢是從九品芝麻官，由各省封疆大吏任免。皇上和三位軍機大臣並不知曉徐桂馥是何許人、有多大能耐，如今只因王鼎多說一句話，引起道光的猜忌，他就不假思索，讓一個無名無號的芝麻小官丟了前程。王鼎知曉道光有時受情緒支配，只好緘口不語。

皇上金口玉言，說烏爾恭額「只能當太平巡撫」，穆彰阿立馬察覺把烏爾恭額「交部嚴加議處」的處分太輕，順著皇上的思路，上了一個臺階，「皇上，將烏爾恭額逮問京師如何？」

道光瞟了他一眼，「烏爾恭額身膺封圻，小馬拉大車，心有餘而力不足。他做下禍事，不能置身事外，讓他戴罪留守，等新官上任後再說。」踱了幾步，又問：「查辦浙江的文武大員，得找合適人員接替。你們看誰合適？」

三個軍機商議過，一致認為江蘇布政使[9]程矞采是合適人選。程矞采是宋朝理學名家程顥和程頤兄弟的後代，與林則徐是同年進士。

穆彰阿道：「不知江蘇布政使程矞采是否合適？」

皇上再次坐在炕沿上，「江蘇是臨海之省，臨海之省的布政使不宜動。據朕看，四川布政使劉韻珂辦事結實、沉穩可靠，又當過浙江按察使，熟悉當地物理民情。你們看，讓他接替烏爾恭額是否合適？」

這個提名出人預料。劉韻珂是山東汶上縣劉樓村人，父親是佃戶，窮得無以養家，七歲時被父親送到劉姓地主家裡幹雜活。劉韻珂天資聰穎、手腳勤快，很討主子的喜歡，劉姓地主便讓他陪同自家兒子讀書，沒想到劉韻珂的學業比少爺好一大截，一試考取秀才，二試考取副榜貢生。劉姓地主慧眼識才，將他收為義子，出錢送他去北京國子監讀書。有這種際遇

9　布政使，從二品文官，相當於分管行政的常務副省長。

的人，可謂鳳毛麟角了，不想，劉韻珂的好運還在後面。

嘉慶年間，劉韻珂拔貢朝考一等，以七品小京官錄用，歷任刑部主事、員外郎、安徽徽州知府、雲南鹽法道、浙江按察使、四川布政使等職。總督與巡撫向來由勛臣後代或者進士出身的漢臣擔任，劉韻珂既非勛臣後代，又非進士出身，甚至連舉人的功名都沒有，但不知他觸了皇上的哪根筋，頗得道光賞識，道光多次誇獎他「誠樸練達」、「辦事結實」，屢屢點名提拔他，致使劉韻珂升官升得整個官場目瞪口呆。

雖然意外，但也不可能在這時逆了聖意，穆彰阿立刻附和：「劉韻珂舉止穩重、辦事圓融，皇上燭照明鑒，知其人、識其才。奴才以為，劉韻珂的才智不在程矞采之下，也是替代烏爾恭額的合適人選。」

道光滿意地點頭，「那就讓他遞補浙江巡撫。你們再替朕物色一個人，接替浙江提督祝廷彪。」

穆彰阿思量片刻，「要論武功嘛，本朝第一名將是湖南提督果勇侯楊芳，他有統轄十萬大軍之力。可惜他年近七旬，兩次請求告老還鄉，有『廉頗老矣』之嫌。此外，他沒打過海仗，我們只能退而求其次。」

道光從張爾漢手中接過扇子，自己搧風，「舟山之戰是邊釁，用不著動用老神仙。楊芳年事已高，除非大動干戈，讓他暫時安生吧。」

王鼎提醒道：「福建提督余步雲如何？」

余步雲是四川廣安人，參加過鎮壓川楚白蓮教起義，因功被擢拔為軍官。道光七年，他隨同陝甘總督楊遇春遠征新疆，平定張格爾叛亂，因戰功晉升為貴州提督、繪像紫光閣。道光十三年，他率領貴州兵鎮壓湖南、廣東的苗民和瑤民起義，加太子太保銜，賜雙眼花翎，兩年前轉任福建提督。在資歷、能力和威望上，他是僅次於楊芳的名將。

道光點了點頭，「余步雲精通陸戰，在福建經營兩年，也應知曉水戰。讓他去浙江，朕放心。」

潘世恩提醒：「從北京的廷寄馳驛四川，需時一個多月，劉韻珂晉升封疆大吏，依例要進京請訓，而後才能啟程入浙，來來往往恐怕得耗時四個月，在這段日子裡，浙江省得派得力人員經管。」

道光問：「你有什麼想法？」

潘世恩思維綿密，經常能想到皇上想不到的問題，「臣的意思是，劉韻珂到任前，朝廷最好就近選派一位欽差大臣，總理浙江民政和軍務。」

道光拊掌應和：「這個建議好。你看誰合適？」

潘世恩建議：「臣以為，兩江總督伊里布比較合適。」

道光坐在炕沿上，翹起二郎腿，「穆中堂，你意如何？」

穆彰阿道：「伊里布長年任職於雲南，通曉夷務，剿撫兩手應用自如，半年前由雲貴總督轉任兩江總督，分管江蘇、安徽、江西三省，讓他就近兼管浙江防務，比較合適。」

王鼎微微一笑，「穆相，雲南和貴州之夷是苗夷，是不服朝廷管束的山野之民。英夷是來自西洋的海上巨寇。雖然也是夷，但此夷非彼夷也。」在清朝，「夷」不僅指外國人，也指不服管束的化外之民。

但道光皇帝不以為然，「不論怎麼說，山野之夷和海上之夷都是夷。對付夷人，當撫則撫，當剿則剿，剿撫互用是對付他們的不二法門。伊里布老成練達、應變裕如，就讓他掛欽差大臣銜去浙江料理時局，克期收復舟山。兩江總督一職，暫由江蘇巡撫裕謙署理。」

該議論的都議論了。潘世恩是條理細密的人，他脫鞋上炕，坐在炕桌旁，拿起狼毫蘸上墨汁寫了一份備忘錄。

一、烏爾恭額與祝廷彪交部嚴加議處，革職留用。

二、將羅建功等四名敗軍營將押送京師，交兵、刑二部審訊。

三、巡檢徐桂馥革職，永不敘用。

四、琦善去天津大沽佈防，英夷若有投遞稟帖情事，不論夷字、漢字，將原稟進呈。

五、四川布政使劉韻珂替換烏爾恭額，福建提督余步雲替換祝廷彪。

六、發給伊里布欽差大臣關防，總理浙江防務，克期收復舟山。
七、廷寄林則徐等沿海七省大吏，嚴密佈防，不事張惶。

前六條是道光的諭旨，第七條是他加上的。寫畢，他把備忘錄恭恭敬敬遞上，「皇上請過目。您看有什麼不周全的，臣再補上。」

道光飛快讀了一遍，「很好，就這些。你們軍機處即日編發廷寄，繕寫七份，用四百里快遞送出。」

四百里快遞？王鼎心裡咯噔一聲，覺得這麼大的事情，無論如何應當用五百里加急，但皇上顯然不認為戰爭迫在眉睫，只把英夷襲擊舟山視為海疆邊釁。

道光撩衽起身離去，一隻腳剛邁過門檻，又停住步子，回頭甩出一句話，「林則徐和鄧廷楨這兩個人哪！朕反覆叮囑他們，一要查禁鴉片，務必根除淨盡，二要避免邊釁，以免勞師縻餉。結果呢，禁煙終無濟事，還鬧出這麼多波瀾來！」

三位軍機大臣沒吭聲，只是相互看了一眼。他們隱約意識到，林、鄧二人要倒楣了。

玖 隱匿不報的關閘之戰

「都魯壹號」、「海阿新號」、「拉恩號」、「哥倫拜恩號」和火輪船「進取號」的艦長們，以及孟加拉志願團的軍官們聚在「都魯壹號」的司令艙裡。

英軍的珠江口分艦隊司令亨利．士密個子不高，唇口留著峭拔的小鬍鬚。他咳嗽一聲，「諸位，自從我軍封鎖珠江口以來，廣東清軍一直蠢蠢欲動，妄圖驅逐僑居在澳門的我國商民。根據我方掌握的情報，廣東官憲頒發了懸賞令，表示凡擒獲一名英國人，賞銀一百元，擒獲一名英屬印度人，賞銀五十元。在重利的誘惑之下，中國孬徒貪功邀賞，屢次潛入澳門，僑民們的生命受到嚴重威脅，紛紛要求我軍保護。

「十幾天前，文森特．斯坦頓牧師在海邊游泳時突然失蹤，最初人們以為他不慎淹死，不過根據我方雇用的間諜報告，斯坦頓牧師被掠至廣州。副商務監督參孫先生拜託葡萄牙總督居間斡旋，請他函告林則徐，斯坦頓牧師是和平人士，與戰爭無涉，懇請釋放。但林則徐無視我方要求，拒不放人。

「另據可靠情報，林則徐正向前山寨調兵遣將，很可能突襲澳門。澳門是葡萄牙人的殖民地，也是我國商人的寄居地，更是我軍獲取補給和淡水的重要碼頭，與其讓敵人先動手，不如我們先發制人。我決定，明天下午對駐守關閘和蓮花莖的清軍給予報復性打擊！」

士密把一張地圖攤在小桌上，圖上用紅筆與藍筆添加了具有軍事意義的符號和標記，「請看這張圖。澳門與大陸之間有一條地峽，長約千米，寬約三百米，中國人稱之為蓮花莖。」這個比喻十分形象，地圖上的澳門的確像一朵蓮花，被一枝花莖托出陸地，延伸到海上。

士密用鉛筆指著地圖，「關閘恰好在地峽正中央，是一個盤查過往行人的汛地，平常駐有一百多清軍，現在增加到一千人。他們在蓮花莖上構築一道沙袋工事和兩座沙袋炮臺，架設二十七位火炮。關閘北面是前山寨和西山炮臺，駐有大股清軍。南面是望廈，望廈是澳門同知[10]的佐堂衙門（也是香山縣的佐堂衙門）所在地，有一座寺廟，寺廟旁是望廈炮臺，駐有一汛清軍。蓮花莖一馬平川，無險可守，我軍要徹底摧毀它，讓中國人嘗一嘗施拉普納子

10 同知，官名，低於知府，高於知縣，通常為五品文官。澳門同知的職責是與葡萄牙總督共管澳門。同知衙門設在前山寨，在澳門望廈村設有一個附屬衙門。

母彈和康格利夫火箭的厲害。」

一個軍官問：「望廈炮臺在關閘南面，那裡是葡萄牙總督的轄區，我軍攻打蓮花莖，望廈炮臺的清軍很可能出來增援，要不要轟擊它？」

士密謹慎回道：「為了避免與葡萄牙人發生爭端，我軍不主動攻擊望廈炮臺。但是，如果望廈清軍主動出擊，我軍可以後發制人，摧毀望廈炮臺。」

珠江口分艦隊共有四條兵船、一條火輪船和三條運輸船，外加孟加拉志願兵，總兵力千餘人。由於斯坦頓事件，士密決定開仗，「我軍人手有限，以封鎖珠江口為第一要務，故而，本次戰鬥是懲罰性和震懾性戰鬥。我軍首先炮擊蓮花莖，然後將派海軍陸戰隊和孟加拉志願兵登陸，摧毀那裡的全部軍事設施，天黑以前撤回。明白嗎？」

軍官們齊聲回答：「明白！」

英軍封鎖珠江口後，一千多清軍開赴蓮花莖，還派了八條哨船在附近巡弋，對澳門形成威壓之勢。英軍則針鋒相對，「海阿新號」和「拉恩號」雙桅護衛艦隔著地峽與清軍水師對峙，致使巴掌大的地面重兵雲集，雙方槍對槍，炮對炮，怒目相向達兩月之久，但都很克制，誰也不打第一槍。斯坦頓牧師被綁架後，原本十分緊張的局勢變得更加嚴峻。

吃罷午飯，澳門同知蔣立昂和肇慶協署理副將多隆武來到西山巡視。蔣立昂乘轎，多隆武騎馬，身後跟著幾十個親兵。蔣立昂少年時得過天花，留下一張麻殼臉。多隆武年近六旬，粗線條的臉頰上有一條刀疤，是在新疆平息張格爾叛亂時留下的。

自從英夷封鎖珠江口後，林則徐意識到，澳門是內外潛通、漢奸勾串的地方，前山寨緊臨澳門，戰略地位僅次於虎門，必須派精兵強將鎮守，因而選派了蔣立昂和多隆武。他們一上任就發現前山寨與關閘的間距太大，有五里之遙，不足以控扼蓮花莖。經過踏勘，他們決定在西山修建兩座炮臺，那兒距離蓮花莖不足二里，一俟發生戰事，可以用火炮封鎖蓮花莖。

西山的營兵和工匠們正在休息，幾十頂牛皮帳篷魚鱗片似的散佈在樹叢間，但由於天氣炎熱，兵丁和工匠們不願悶在帳篷裡，打著赤膊，袒胸露背地在樹蔭下休息。兩座炮臺修了一半，一座初具模樣，另一座正在打地基，工地上堆放著大小釬錘和石塊、石料、石版、石

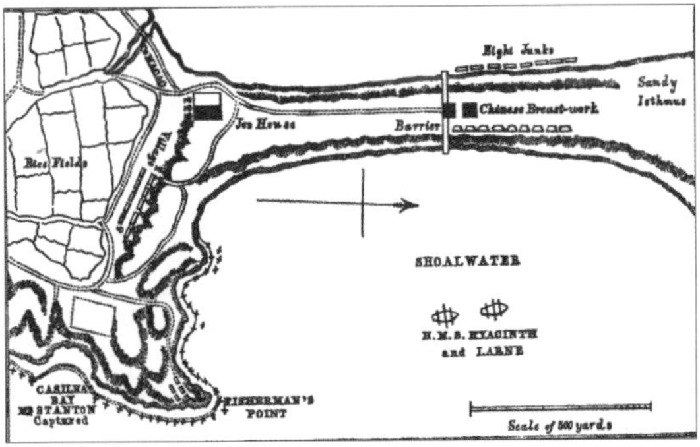

英中兩軍在關閘對峙示意圖（Casilha Bay 卡西拉灣，Mr.Stanton captured 斯坦頓牧師被捕處，Fisherman's Point 漁人角，Rice fields 稻田，Village 望廈村，Jos House 蓮峰廟，Shoalwater 淺水域，H.M.S.Hyacinth and Larne 皇家海軍的「海阿新」號和「拉恩」號，Barrier 關閘，Chinese breastwork 清軍工事，Eight Junks 八條清軍戰船，Sandy Isthmus 沙質地峽）。取自 John Francis Davis 的《中國禮記》（《Shetches of China》, Volume 2）。十九世紀以來，由於澳門和珠海不斷填海擴地，上圖與現代地圖有很大差異。

條。

突然，寮臺上響起「嗚——嗚——嗚！」的螺號，二長一短，又急又促。那是戰鬥警號！官兵們像受驚的鹿群，不約而同朝寮臺望去。

多隆武滿腹狐疑，仰頭衝寮臺吼：「你他娘的吹錯號譜了吧？」

「多大人，海面有大警！」寮臺上的哨兵氣急敗壞，扯著嗓子向下喊，因為用力過度，嗓音變了調。

蔣立昂和多隆武趕緊往山頂攀爬，登上山脊朝海面一望，不由得倒吸一口涼氣——四條英國兵船和一條火輪船正借助南風與漲潮，向蓮花莖前進，兵船上炮窗洞開，信旗變換，火輪船拖著一長串舢板，舢板上滿載著荷槍實彈的英國兵。

多隆武一眼看出這是戰鬥隊形，「大事不好，英夷要攻打蓮花莖！傳令，炮兵上炮位！營兵立即集合！」

哨兵立即吹響集合螺號，寮臺上掛起信旗，西山腳下的營兵們立即整隊集合，前山寨的營兵看見信旗後也迅速行動起來，全速向蓮花莖移動。

西山炮臺尚未完工，僅安放了一位四千斤大炮。二十多個炮兵掙著碎步進入戰位，手忙腳亂地揭去苫布，拔去炮口的防雨木塞，打開火藥庫的石門，搬出炮子，擊鼓傳花似的傳到炮位上。

多隆武道：「蔣大人，你留守西山炮臺，待會兒前山寨的援兵開來，我就率領他們馳援蓮花莖。」說罷，火速朝山下走去。

英國兵船在蓮花莖東面四百公尺遠處拋錨，一字排開，側舷的所有炮窗敞開，黑洞洞的炮口火光閃閃，炮子拖著火光和長煙飛向清軍陣地。清軍開炮還擊，但兩座沙袋炮臺只有二十七位小鐵炮，不及英軍艦炮的三分之一，射程和炸力更是不可相提並論。八條清軍戰船泊在蓮花莖西面，但地峽高出水面一丈多，擋住了一半的視線，清軍戰船只能隔著地峽向英軍盲射，如同揮動鞭子隔山打牛。清軍的炮子落在英軍兵船附近，沒有打中一炮，徒然濺起成片的水花浪柱。

西山炮臺的四千斤大炮試放了一炮，只能打到蓮花莖北端和海灘，打不著英軍軍艦，炮兵們只能望洋興嘆。

蓮花莖的千餘清軍匍匐在地上，他們的長矛大刀派不上用場，只有少數槍兵用抬槍還擊。抬槍是老式火繩槍，射速、射程都很有限，完全打不著英軍，清軍只能乾著急，使不上勁兒。

一串串施拉普納子母彈在空中爆炸，它是專門針對步兵設計的，射出後迸裂出數以千計的鐵丸子，漫天飛舞，橫衝斜刺，發出劈劈啪啪的爆響，如同節日煙火一般。

清軍睜大眼睛望著天上奇觀，沒想到鐵丸子凌空而降，落到地面時再次爆炸，迸裂出數以萬計的碎片。沙袋工事對施拉普納子母彈沒有任何防禦作用，清軍還沒明白怎麼回事，就被碎裂的彈片打得頭破血流、臂斷腿傷。面對陌生的武器，清軍不知道如何防禦、如何躲避，只能匍匐在地上被動挨打。

英國帆兵訓練有素，動作嫻熟，依照號令拉動繩索，借助風勢調整船帆，僅用兩分鐘就把船體扭轉一百八十度，換用另一側艦炮轟擊。炮艙裡的士兵則趁船體旋轉之機推動火炮復位，重新裝填炮彈。

與此同時，甲板上的火箭發射架向清軍打出一串康格利夫火箭，它們發出尖厲的嘯音，拖著長長的火尾，相繼落入清軍陣地，引燃了土木建築和牛皮帳篷。在海風的吹颭下，火苗子東一叢西一叢地燃燒蔓延，形成熊熊大火。不到一小時，沙袋炮臺全被摧毀，八條戰船被打傷三條。

多隆武帶兵趕到蓮花莖北端時發現援軍根本沒有用武之地，英軍艦炮射程之遠、炸力之大，出乎預想，手持長矛大刀的清軍進入地峽只能成為活靶子。此時的炮戰已經持續半個時辰，急促密集，彷彿無窮無盡、無歇無止的炮子在蓮花莖爆炸，粉碎，浮揚，散落。清軍營盤像一條火龍，燃燒，顛覆，抽搐，扭曲，直到毀滅。

這，是一場不對等的戰鬥。

為了減小傷亡，多隆武不得不下達撤退令。清軍聽到金鐸聲後，爭先恐後地撤出蓮花莖，丟棄了全部陣地和火炮。

四點整，在艦炮掩護下，孟加拉志願團的三百八十名英印官兵乘舢板衝向海灘，在關閘南面登陸，進入瞭望廈炮臺射程。望廈炮臺立即開炮轟擊，英軍兵船則針鋒相對，掉轉炮口向南打去，望廈炮臺很快就啞火了。

清軍連敗二里，一直退到西山腳下。那裡是一片雜草叢生的樹林，平日裡樹林蕭索寂寥，只有野狐出沒、烏鴉盤旋，關閘的炮戰把野獸野鳥驚得嘈鳴四散，但沒有走遠，因為牠們的巢穴在那裡。大群潰兵突然闖入，牠們不得不逃得更遠，躲在草木叢間伸頭探腦地窺望。

蔣立昂一直在西山炮臺督戰，炮兵們打出的零星炮子只能射到海灘，對英艦沒有絲毫威脅，徒然浪費炮子而已。蔣立昂見多隆武退到山腳下，開始收拾殘兵，從炮臺走下來。他沒有經歷過戰陣，但深知朝廷法紀森嚴，駐守城寨的文武主官與城寨共存亡，違者以大辟論處。蓮花莖在他的轄區內，他成了丟失城寨的主官！

他心情灰敗、忐忑不安，提著袍角朝多隆武走去，袍子的下襬被樹枝刮出一道三角口子卻絲毫不在意，「多大人，有什麼補救辦法？有沒有？」他自己是一點兒主意都沒有，話音像被風揉搓的粗布，微微打顫，混濁不清。

多隆武渾身是汗，額頭上有一塊發青的瘀血，不知什麼時候磕的。他比蔣立昂冷靜，安慰道：「蔣大人，勝敗乃兵家常事，別著急。」言罷，回首眺望蓮花莖。英軍並不乘勝追擊，而是盡其所能破壞地峽上的工事，能燒的燒，能炸的炸，燒得痛快淋漓，炸得所向披靡。轟轟的爆炸聲震耳欲聾，騰起的濃煙染黑了半邊天穹。

多隆武解開衣領，喘著粗氣，摘下大帽子搧風。

蔣立昂的心懸到了嗓子眼，「我擔心林部堂，他是個冷臉人，要是不趕快收復蓮花莖，他可饒不了我們。」

多隆武腦袋急速運轉，「英夷船堅炮利，步兵軍技嫻熟，光天化日之下沒法收復。要收復，只能夜襲！」

蔣立昂彷彿瞥見一根救命稻草，眼中閃出一絲希冀，「那就夜襲！無論如何要奪回來呀，不然咱們就沒命了！」

上千潰兵和大批援軍烏烏壓壓聚在西山腳下，散佈在草叢樹林溝壑和山坡上，持刀的、拄槍的、背盾牌的，什麼姿勢都有。

這時，潰兵群裡突然響起一聲哀慟。多隆武聽得來了無名火，猛一回頭，厲聲喝道：「誰他娘的號喪？」

一個小兵歪著身子站起來，哽咽道：「多大人，這仗輸得稀里糊塗，還沒跟英國鬼子打個照面，咱們就死了好多弟兄，敗得好慘！小的見大人沒主意，心裡難過。」

見那兵丁只有十四五歲，還是個半大孩子，多隆武的臉上浮起一層臊紅，刀疤又紅又亮。

他乾咳一聲，「男兒有淚不輕彈。英夷船大炮狠，但也不是銅頭鐵臂的怪物。今天晚上，老子領大家打夜戰，把陣地奪回來！」

蔣立昂把全部希望寄託在夜戰上，走到佇列前，揚聲發佈訓令：「今晚夜襲，多隆武大人親自帶隊，我親自擊鼓，給大家助威！」

他不經意間講了一句外行話，引起一片嘲諷。

「夜襲擊鼓？那叫什麼夜襲。」

「夜襲得像山貓子一樣無聲無息。」

「這種官兒還指揮打仗？真他娘的邪氣！」

蔣立昂的臉色通紅，忍住氣自嘲道：「本官不會打仗，但有生殺予奪之權。誰要是當包往回溜，本官就臨陣殺人！凡是不畏生死衝鋒陷陣的，軍官賞十元，士兵賞五元！」

人群裡突然冒出一聲刁鑽的質問：「官庫裡的銀子早他娘的花光了，你拿什麼賞？」

蔣立昂沒看清誰在說話，太陽穴突突直跳，脖子上的粗筋一鼓一縮，「庫裡沒銀子，本官就是賣房賣地，也要湊足賞銀！」

「兩千號人，您賞得起嗎？」又是那個聲音在挑釁。

堂堂五品官被一個無禮之徒當眾責問，蔣立昂的麻殼臉漲得通紅，終於憋不住火氣，「誰說的？站出來！」

見他以威勢壓人，兵丁們不由得懸心驚悸。

可人群中，一個彪形漢子昂然起身，把大片刀往地上一戳，氣鼓鼓地應道：「我說的！」從補服上看，是個外委把總，九品武官。此人長得黝黑粗壯，擼著袖子，兩條胳膊上有刺青，左臂一隻虎，右臂一條龍，油膩的臉上閃著汗光，那把大片刀比普通刀大一號，插在地上簌簌抖動。

冷不丁竄出一個不知高下、不曉尊卑的小軍官，像隻張牙舞爪的螃蟹，蔣立昂恨不得一腳踩扁他，狠狠從牙縫裡擠出話，「你是什麼人？」

那傢伙脖子一挺，「我叫徐二牛。前幾年你在香山當知縣時鬧匪患，你向我們肇慶協借兵除害，我們跟著多隆武大人剿匪。你那時說打了勝仗，每人賞二兩銀子，軍官加倍。我正等著那點兒銀子娶媳婦，領著弟兄們拚死拚活。結果呢，仗打贏了，匪首捉了，卻沒給賞錢，連個逑毛都沒看見。」

兵群裡一陣騷動，有人咯咯笑，有人亂跺腳，有人高聲喝彩，有人講風涼話。

「講得好！」

「不給賞錢，誰肯賣命？」

「徐二牛沒錢娶媳婦，哪肯賣命！」

「就是嘛，誰的命是白給的！」

香山縣鬧匪患時，蔣立昂借兵剿匪，吹牛皮說大話，事後卻不得不食言。不是不想給，是縣庫裡真沒銀子，氣得肇慶協的弁兵們各個罵娘。

蔣立昂一臉尷尬，想發作卻被人揪著小辮子。看得出來，徐二牛是個愛當出頭鳥的刺兒頭，皮裡陽秋替大夥出氣，好幾百兵丁跟著起哄，在這種場合訓斥他，只會把小事激成大亂。

多隆武輕輕拉了拉蔣立昂的袖子，小聲勸道：「蔣大人，我幹的是出兵放馬的營生，看得出徐二牛這小子上了戰場是猛狗，下了戰場是瘋狗。這種混球，您別跟他一般見識，我來對付他，您多包涵點兒。」

說完，朝前邁了一步，扯起嗓子放了一通粗話，「徐二牛，你小子別沒尊沒卑當眾放臭屁！蔣大人撚死你就像撚死個臭蟲！有種你給我把蓮花莖奪回來，你要是死了，我給你白綢裹屍禮送回鄉，修個大墳頭，立塊義士碑，讓你光宗耀祖；你要是勝了，我給你請功，賞五兩銀子，教你體體面面回家娶個漂亮媳婦。要是過年能生下個大胖小子，我再給你送一份百日賀禮！」

多隆武是帶兵老將，懂得如何管帶渾身是刺的兵痞，又斥罵又許願，很快把粗弁武夫們調教得服服貼貼，皆摩拳擦掌、躍躍欲試。

戌時整，蓮花莖上傳來嘹亮的銅號聲，英軍突然整隊集合，朝海岸走去，從容不迫地登上舢板，一路凱歌返回兵船。

多隆武見到一線生機，有點兒興奮，「徐二牛，帶上你的人去看看，看英夷是不是全滾蛋了。」

「遵命！」徐二牛領著三十個兵丁朝蓮花莖走去。

一刻鐘後，他們在廢墟上升起一面龍旗。蔣立昂和多隆武懸起的心終於落地，老天爺救了他們的命！他們二人立即率領五百人馬朝蓮花莖前進。

夕陽西下，西天上的火燒雲像繽紛的血色花瓣，把海面映照得紅彤彤的。多隆武拉著蔣立昂登上坍塌的沙袋炮臺，蓮花莖的工事全被炸毀，二十七位鐵炮的炮耳被鑿斷，成了留之無用，棄之可惜的廢物。

不論怎麼說，蔣立昂覺得懸在頭頂的殺頭刀突然沒了，有種臨危獲救之感，不由得百感交集。他撫摸著廢炮，差一點兒哭出聲來。

多隆武拉了拉他的衣袖，「蔣大人，別忘了，徐二牛等著你的賞銀呢。」

蔣立昂清醒過來，「賞，賞，一定賞！」正四下裡找徐二牛，就看他扛著一塊木牌走過來。

「啟稟多大人，發現一塊木牌，上面有夷文漢字。」徐二牛是個文盲，不知道上面寫著什麼，乾脆直接扛來。

多隆武和蔣立昂接過木牌一看，是英夷的警告。大意是，若清軍膽敢綁架在澳門的英國人，英軍將施加更嚴厲的報復。

多隆武氣得眼珠子瞪得溜圓，唰的一聲抽出腰刀，罵了句：「奶奶個熊！」掄圓臂膀，哢的一聲把木牌劈成兩片。

關閘之戰爆發時，林則徐正在獅子洋校閱水師。關天培親自指揮弁兵和新募的水勇演放火炮，爬桅跳船、拋擲火罐、撒放火箭噴筒，演練持續了整整兩天。

演練剛結束，他們就接到蔣立昂和多隆武的聯銜稟報。蔣、多二人把關閘之戰寫得繪聲繪色：清軍遭到英軍突襲，兩座沙袋炮臺被打爛，二十七位新鑄大炮成了廢銅爛鐵，所有兵房帳篷被燒成殘灰，一百多人傷亡，但全體官兵奮起抵抗，終於反敗為勝，將英夷趕回大海。

林則徐久歷官場，立即讀出蔣、多二人粉飾戰績。他怒火中燒，一掌拍在條案上，「這是欺天大謊！前山寨和蓮花莖駐兵兩千餘人，並非短少，可恨的是，披堅執銳之人，預存棄甲曳兵之想，這等陋習陷溺已深，若不用嚴刑峻法，剎不住此等惡習，穩不住軍心，激發不了膽氣！」

關天培與林則徐是老相識，合作契當，雖是武官，卻精通官場三昧。他把稟報仔細讀了一遍，抬眼道：「林部堂，這事不要急著處理，放一放，放冷了再說。」

「你有何高見？」

關天培分析：「關閘之戰，蔣立昂和多隆武難辭其咎，但只能處分，不能罷免。罷免七品以上文官、五品以上武官必須奏報朝廷，我們一上奏，他們就會倒楣，所屬弁員也會受到牽連。而您是總督，我是提督，恐怕也責有攸歸。」

道光皇帝多威少恩、多張少弛，小眚大罰，大功小賞，恨不得讓臣工們像磨道上的犍驢一樣勤勤懇懇不出差錯。他既握有生殺予奪的無上權力，又以刻薄寡恩、固執吝嗇聞名官場，故而各省的督撫提鎮都畏他三分。

林則徐像被馬蜂蜇了一下，瞬間清醒。這種事只要如實奏報，必然會殃及自身！因為他到廣東前道光皇帝就交代過，鴉片要根除淨盡，邊釁卻不可輕開。關閘之戰，恰好是一場大邊釁！

關天培在官場的漩渦裡歷練得相當老成，深通大事化小，小事化虛之道，「皇上的脾氣，你比我清楚。臣工們只要稍有閃失，不管功勞有多大、官爵有多高、名望有多盛，他都會毫不留情地給予重罰。現在是多事之秋，也是用人之際。蔣立昂和多隆武是從上百官弁裡遴選出來的，熟悉邊情，要是把他們撤走，就得換用生手，邊釁一俟鬧大，生手不一定比他們幹得好。」

林則徐的臉色發黯，「你的意思是隱匿不報？」

「這麼大的事，瞞天瞞地瞞不了人，但奏報有急報和緩報之分。既然英軍退回海上，蓮花莖失而復得，與其重筆描述，委禍於人，不如輕描淡寫。蔣立昂和多隆武雖然會免災，可整個廣東官場也隨之免禍，我們保全了屬官，屬官才會感恩戴德，關鍵時刻效死力。」關天培點到為止，不再深說。

林則徐同樣明白官場三昧，打勝仗、出政績可以誇飾，但誇飾過頭可能招來忌妒。打敗仗、出敗績則不然，誰要是不爽之下和盤托出，非觸大楣頭不可！

官場上講究虛實二字，全心全意辦實事但無虛飾，可能費力不討好，只務虛不務實，又沒有成效，務實過頭，卻可能招惹麻煩。關閘之戰來得猝不及防，虛誇虛說，虛寫虛報在所難免，否則過不了皇上的鬼門關，但虛到何種地步卻極難把握。

廣州與北京隔著萬水千山，一道道山川、河流，就是一重重天然屏障，只要他們二人聯手捂住，北京什麼消息都聽不到。

他思忖片刻後才道：「滋圃兄，沒想到你的官場經文念得比我嫻熟。我姑且聽從，暫不奏報，但下不為例。蔣立昂和多隆武不能免責，否則文武官弁們就會援為先例，逢敵即潰。蔣立昂罰俸一年，多隆武罰俸兩年，降為遊擊！」

拾 大沽會談

大沽口隸屬於天津，距離北京二百六十餘里，堪稱京津門戶。琦善接到廷寄後，立即從保定趕到那裡。

雍正朝時，大沽口駐一個八旗水師營，但北直隸灣（渤海）是內海，沿岸漁家安生本分，很少有當海盜的，從南方各省到天津做生意的船舶也不像廣東和福建那麼多。太平盛世期間，水師營無事可做，久不訓練，船藝荒疏。乾隆皇帝繼位後到大沽口視察，當時的水師營統領英俊年過六旬，老態龍鍾，號令紊亂，錯誤百出，水兵們駕船操演如同喧譁鬧市，甚至有半數水兵不會游泳，惹得乾隆皇帝勃然大怒，將水師營悉數裁汰，此後，大沽口就失去了往日的熱鬧。

大沽營雖然稱「營」，但常設兵丁不足二百，僅比「汛」稍多，他們負責巡哨防盜、檢查船舶、協收關稅。這麼一點兵力駐守兩座空蕩蕩的大炮臺，承平時期過於平靜，一有戰事，卻不敷調用。

英夷在舟山盤桓二十天後才揚帆北上。琦善從容不迫地從保定府調來了一千督標，從正定府調來八百鎮標，從河間府調來二百協標，三路援軍風馳電掣開到大沽口，迅速構築起一道防線。他們在白河（海河）口打造木筏，附以重錨，鋪設了兩條大排鍊，嚴防夷船闖入內河。天津道陸建瀛[11]飭令兩岸居民強化保甲立牌互保，對駛入河口的商船和沙船嚴查證照，擺出一副臨戰的架勢。

在陸建瀛的陪同下，琦善登上大沽口的北炮臺，用千里眼眺望著海面。半個月前，夷酋懿律率領八條英國兵船和運輸船駛抵大沽口，派人投遞了《巴麥尊外相致中國宰相書》，要求朝廷派秉權大臣去英國兵船商談有關事宜。琦善將《致中國宰相書》馳驛北京，八天後，朝廷發來廷寄，要他在大沽口與夷酋商談有關事宜。琦善派白含章乘哨船去英國艦隊的停泊處，約期會商。

白河水悠悠汩汩地流淌著，裹挾著巨量泥沙，積年累月的沉積使海床佈滿了軟泥，形成一片接一片的沙洲。為了防止落潮時擱淺，英國艦隊散泊在距河口八里遠的海面，只派幾條舢板測量水情，繪製海圖。

兩座炮臺年久失修，外面有模有樣，裡面卻是一團敗絮，抬槍火炮鏽跡斑斑。為了掩飾

11 道，官名，高於府低於省，又稱道台或道員。陸建瀛（1792-1853）是道光二年（一八二二年）的進士，一八四〇年五月任天津道，後來升任雲南巡撫、雲貴總督、江蘇巡撫、兩江總督等職，一八五三年被太平軍所殺。

破損之相，琦善不肯在炮臺裡接待夷酋，他命令兵丁在炮臺前建造一個小型水門寨，準備在寨子裡會見英國使臣。

五六百兵丁和民壯正在水門寨裡幹活，他們用幾百根木樁和蘆席圍起一片三十丈長、十五丈寬的地面，在中央搭建了兩座高大華麗的帳篷，帳篷是用上百張優質牛皮製成的，一座帳篷是為琦善準備的，另一座是為英國使臣準備的。帳篷裡鋪著氍毹，帳篷外豎起紅旌長幡。此外，他們還在大帳篷對面搭了幾頂小帳篷，它們是為兩國隨員和衛兵準備的。為了讓英國公使的座船直接駛到水門寨，兵丁和民壯們還挖了一道壕溝，修築一座棧橋。

琦善放下千里眼問陸建瀛：「陸大人，大沽至山海關的五百里海疆都得防範稽查。那些地段的情形如何？」

陸建瀛道：「下官親自去葛沽口和北塘口督促當地營縣嚴密防維，凡是能行船的河道都用釬釘暗樁堵塞，只留一個出口供漁家小船行駛。下官還命令沿海各縣團練民壯，發放刀槍弓箭，以濟兵額不足。」他是道光二年的進士，有名的博學之士，當過上書房行走和南書房行走。所謂「行走」指本職外的兼職，「上書房行走」是本職外兼給皇上講課，「南書房行走」是給皇子們講課。有「上書房行走」職銜的臣子是天子近臣。三個月前，道光突然任命陸建瀛為天津道，放他出京，他沒當過地方官，更沒帶過兵，英軍突然兵臨大沽口，他有點兒手忙腳亂。

琦善道：「陸大人，本爵閣部堂聽說你辦過一件風雅趣事。」

陸建瀛有點詫異，「您指哪件事？」

「聽說你打過太子爺？」

陸建瀛一臉窘色，「豈敢，是坊間誤傳。當今皇上有七個兒子，都在南書房讀書。五阿哥奕誴性情皮頑、語雜市井，是最難管教的。有一次我給阿哥們講《資治通鑒》，五阿哥輕慢師道，一會兒撓癢癢，一會兒搔腳背，一會兒耍玻璃球，一會兒玩彈弓，我忍無可忍，一怒之下把他按在杌子上，用戒尺照他的屁股打了幾下。」

琦善呵呵一笑，「本朝是密匣立儲君，誰也說不準哪位阿哥繼承大統。要是五阿哥當了皇上，你可就犯了毆打皇上的彌天大罪，要倒大楣的。」

陸建瀛淒淒一笑，「下官打過也後悔，心裡忐忑。沒想到皇上和皇后親自召見下官，齊聲誇我打得好，還叫五阿哥當場給我下跪賠禮。」

琦善呵呵笑道：「陸大人，你真書生氣。在官場上辦差講求一慢二看三通過，在皇上身邊辦差更得放眼十年、二十年。你看人家潘世恩潘閣老，一朝狀元三朝元老，辦事多穩重，那才是天子近臣的楷模！本爵閣部堂辦差向來講究遲速有別，凡是有把握的事，雷厲風行，絕不拖延，沒把握的事則要小心翼翼，馳驛北京請皇上定奪。」他指著海面上的英國艦隊，「你看那些英國兵船，像一群張牙舞爪、渾身帶刺的蝦兵蟹將，如何捕捉，如何烹飪，用哪顆牙咬他們，我全沒把握，還擔心被反咬一口，怎麼辦？只能請皇上裁決。」

陸建瀛緊著眉，「英夷投遞文書時動了許多心思。依照本朝章程，外國國王致大皇帝的文書必須寫上『表』字，外國職官致本朝封疆大吏的公文必須寫上『稟』字，以示高下尊卑。英國使臣別出心裁，在信套上寫了『照會[12]』二字，有僭越之嫌。」

琦善點頭，「英夷不肯屈尊，僭用『照會』是要爭平等。要不是皇上說不論夷人投遞的稟帖是否加了『稟』字都得立即呈報，本爵閣部堂就會將其擲還。我派人把夷書送到北京後皇上並未駁回，這意味著他默認了『照會』二字，並要我設法羈縻英夷，避免擴大事態。」

陸建瀛猶豫一會兒後道：「下官有個見識，不知妥當不妥當。」

「哦，什麼見識？」

「用『稟』字還是用『照會』，不是文字遊戲，一字之差，事關國體。英夷武力叩關，強行議事，據下官看，朝廷的姿態有點軟。」

「你有何高見？」

陸建瀛作了一個砍脖子的動作，「擺一場鴻門宴。藉英國使臣登岸之機，捉了他們，以

12　清代總督致番屬國國王的公文叫照會。鴉片戰爭後，照會成為外交公文的代稱，並沿用至今。

他們為人質，逼迫他們退還舟山！」

琦善呵呵一笑，「陸大人哪，皇上的旨意是隨機應變，上不失國體，下不開邊釁。你的建議有點兒書生氣，扣押人質既失國體，又容易激起邊釁。」

大炮臺上共有二十位炮，其中六位是假炮，是陸建瀛叫木工造的，塗了黑漆，為的是虛張聲勢，讓英夷產生大沽有備的假象。琦善看了看木炮，沒說話，繞過去，走到一位鐵炮前，拍了拍炮身，檢查上面的銘文，「這位炮是乾隆六年造的，快一百年了。你再看英夷的兵船，那幾條船至少載有二百位炮，真要對仗的話，我們非吃虧不可。」

陸建瀛說：「下官已經知會宣化府趕造二十位五千斤海防大炮。」

琦善嗟歎，「遠水不解近渴啊！」他再次端起千里眼眺望著海面，八條英國兵船和運輸船像上門尋釁的強寇，其中有一條艨艟巨艦，載兵之多、載炮之眾，令人驚駭，還有一條火輪船，高聳的煙囱冒著黑煙，兩舷飛輪激水旋轉，順水、逆流行駛自如。這些怪異剽悍的水上巨怪，絕不是等閒之物！

不久，一條小船離開英國艦隊，朝河口划來，船上掛著三角龍旗。陸建瀛道：「白含章回來了。」

白含章奉命去夷船交涉會談的時間和地點。《巴麥尊外相致中國宰相書》說，大清曾在廣州羈押過英國職官，為了安全起見，英國使臣不宜上岸與清廷職官會談，請朝廷派秉權大臣赴英國兵船會談。道光擔心本朝使臣被英夷扣押，指示琦善不得赴英國兵船會談，讓英國使臣登陸議事。而白含章這趟，便是專門為此事去英艦商議。

白含章上岸後，三步並作兩步登上炮臺，足音跫跫來到琦善跟前。他三十出頭，白淨臉皮，五官端正，頭腦機敏，辦事利索，乍一看就像京戲裡的玉面小生，很得琦善的賞識。白含章是六品千總，琦善擔心英夷嫌他官小而藐視他，臨時讓他換了五品頂戴，以守備銜赴夷船交涉。

琦善問：「事情辦得如何？」

白含章打千行禮，「都辦妥了。卑職告訴夷酋，本朝沒有宰相。您不僅是直隸總督世襲一等侯，還是東閣大學士，職同宰相。囿於天朝體制，本朝官員不能赴夷船議事，請英國使臣登岸議事，本朝優渥遠夷，確保使臣的人身安全。經過商議後，他們答應派副使義律登岸與您共同議事，時間定在明天上午。英軍統帥懿律要派一支一百人的儀仗隊隨行護衛，卑職以為，依照本朝的規定，以您堂堂爵閣部堂之尊只能帶三十二人的儀仗隊，英國使臣帶百人儀仗隊，豈不是喧賓奪主？卑職不同意，堅持英使的隨行儀仗隊不得超過二十八人，他們同意了。」

琦善非常滿意，「辦得好！夷船上的炮械兵力如何？」

「卑職特別留意英夷的船炮和兵力，但不露絲毫豔羨，只是靜觀。英夷船堅炮利，不是虛傳，其大號兵船有三桅九篷、兩層半炮艙，每層炮艙有三十位炮。據夷官馬儒翰說，最大火炮的射程可達二十里，炸力可入地三尺。」

陸建瀛不信，「吹牛吧？本朝的八千斤巨炮才能打二里，他們有何訣竅，能打二十里？」

白含章委婉回答：「夷人的話不可全信，也不能不信。依卑職的見識，本朝師船如果安放如此多位巨炮，卯榫板釘勢必震裂，夷船能載七十多位巨炮，船體必然十分堅固。」

琦善又問：「大號夷船上有多少夷兵？」

「據夷官馬儒翰說，英國艦隊是由五條軍艦、兩條運輸船和一條火輪船組成的。卑職估計大號兵船至少載兵六百，小號兵船也載兵一至三百不等，總兵力起碼在兩千以上。」

琦善與陸建瀛對視一眼，他們明白，大沽口有炮臺無水師，大沽營只有幾條巡緝哨船，每條哨船額設水兵二十二人，配備一位千斤小炮，根本無力與夷船爭強鬥狠。

琦善最想瞭解火輪船，「火輪船是如何驅動的？」

「馬達加斯加號」火輪船逡巡遊弋，行駛如飛，煙筒冒煙，水輪旋轉，琦善從來沒見過這種船，猜不出它有什麼奧秘機關，特意囑咐白含章要探問明白。

白含章道：「咱們講究國之利器不輕易示人。卑職要求登火輪船看一看，本以為會遭到拒絕，沒想夷酋居然應允了，用舢板把我送到火輪船上。」

事實上，英軍本就欲炫耀武力，不戰而屈人之兵。白含章的要求與他們的目的恰好契合，自然不會阻攔。

白含章接著道：「英夷的火輪船兩側安有蹼輪，艙內設有一個火池（鍋爐），上面安有風斗（蒸汽機），火乘風起，煙氣上熏，水輪就能自動旋轉，無風無潮、逆風逆水都能行駛，撤去風斗，水輪就停止轉動。據夷酋懿律說，這種船主要用於投遞文書和拖拽兵船。」

他不懂機械原理，描述得並不清晰，琦善沒有親自登上夷船近距離觀看，聽得似懂非懂。

陸建瀛道：「夷人船堅炮利不假，但是，他們若敢捨舟登岸，恐怕就像熊羆離巢穴，野狼出山林，沒多大威風。我軍調來的援軍都是虎狼之師，足以將他們悉數殄滅！」

陸建瀛滿腹經綸，空口談兵，有點兒不著邊際，白含章卻是軍旅出身，他仔細觀察過英軍的船械槍炮，深知兩軍差距巨大。但他官小位卑，不便反駁。

琦善說：「自從本朝斷絕英夷貿易以來，該國臣民無以為生，所以才鋌而走險，犯上作亂。皇上以為只要英夷痛改前非，本朝即可俯順夷情，行羈縻之策，和平解決爭端。

「陸大人，明天上午，英國使臣義律要登岸會談，我要好好款待他們。你派人去天津，叫獨一味飯莊的趙老闆帶上全體廚子和炊具，星夜馳赴大沽口，備下拿手好菜。再派人到附近村莊收購二十頭牛和二百隻羊，送到英夷兵船上，以示天朝懷柔遠夷的氣度。」

陸建瀛答應一聲「遵命」，轉身下了炮臺。

琦善道：「白含章。」

「在！」

「本省弁兵要嚴肅防維，內緊外鬆。直隸沒有水師，不能出海迎剿，要是夷船膽敢攏近口岸，我軍唯有槍炮齊發，縱火焚燒，杜其上岸。你到各兵營，知會直隸督標、正定鎮標與河間協標的守備以上軍官，到本爵閣部堂的行轅會議，你也一塊兒參加。」

「遵命！」白含章一擰腳，足音蹬蹬地走了。

第二天，「馬達加斯加號」火輪船載著義律等人駛向白河口。由於擔心擱淺，火輪船停在河口外二里遠處，幾人換乘舢板。二十幾個水兵喊著號子，蕩著船槳，把舢板划得像賽艇一樣快，不一會兒就划到水門寨前。

琦善站在水門寨門口迎接英國使臣。他穿了一套嶄新的八蟒五爪湖綢官服，肩披錦繡端罩，足踏黑緞面白底官靴，大帽子上綴著一顆亮晶晶的紅寶石頂戴，後面拖著一根翠生生的三眼花翎。三十二個親兵擎著兩柄綾羅傘蓋和一長串皮槊兵拳雁翎刀，五塊官銜牌一字排開。

為了彰顯大清的威儀，琦善調來一百名全副武裝的八旗兵，他們頭戴纓槍鐵盔，身披牛皮鎧甲，腰懸箭壺，背著硬弓、挎著軍刀，威風凜凜，三步一崗，五步一哨，昂首收腹，英姿颯爽，釘子一般站成兩列。

相形之下，英軍的小型儀仗隊只有一名軍官、五名鼓號手、二十二名士兵。軍官頭戴圓筒帽，身穿海軍呢，腰間懸一柄西式戰刀，旗手擎著一面米字旗，鼓手和士兵們抖擻精神，整裝列隊，昂首挺胸，但效果卻差強人意。清軍人多勢眾，相比之下，英軍儀仗隊不僅展示不出異國雄師的整肅軍威，反而顯得有點兒單薄。

大沽口難得有夷人造訪，弁兵們頭一次看見外國人和西洋景，全都睜大眼睛、張大嘴巴注視著夷兵。金髮赬顏、高鼻深目的夷兵們也同樣好奇，瞪大眼睛觀看黑頭髮、黑眼珠、黃皮膚的中國兵丁和他們的奇裝異服。最惹人眼的是馬儒翰，他又肥又胖，戴黑禮帽，穿白襯衫，外套一件黑色燕尾服，走路一搖一擺，像隻碩大的南極企鵝。

義律一眼看出清方擺出一副內緊外鬆的架勢。水門寨距大沽炮臺僅一箭之遙，炮臺上兵甲林立，垛口上架著二十位大炮，炮口全都朝向水門寨。琦善也看得清楚，洋面上有五條火力強大的英國兵船，所有炮窗洞開，擺出嚴陣以待的架勢。這是一場火藥桶上的談判，一不小心擦槍走火就會引燃一場熊熊戰火，後果不可預料。

義律在廣州曾遭遇過清軍軟禁，知道清軍不會動武，氣定神閒地走著。他在中國工作了多年，夢寐以求的就是與清國大臣平等往來，英軍先打舟山後談判的方略一舉成功，公文不加「稟」字，琦善並未駁回，朝廷也予以認可，這隱含著大清的讓步。

琦善對義律拱手行禮，講一口地地道道的京腔，「本官乃大清國一等奉義侯、文淵閣大學士、直隸總督琦善，謹奉大皇帝之命，歡迎英國使臣義律閣下。」

普普通通的開場白立馬難住馬儒翰。他能講流利的粵語，卻不會講北京話，粵語和北京話都是漢語，發音吐字卻判若兩樣，差異之大，不亞於英語和法語。

琦善講得堂堂正正，馬儒翰只聽懂一半，好在他頭腦聰敏，猜出琦善是在自報家門，靈機一動化繁為簡，譯成「His Highness is the viceroy of Chili province and royal commissioner」一句。

義律遵照西方禮節，向琦善行脫帽禮，「本人是大英國全權公使兼駐華商務監督署領事查理·義律。」

馬儒翰用粵語譯完後，琦善同樣似懂非懂。一個直隸總督，一個英國公使，外加一個蹩腳的通事，把如此重大的會談變成一場聾啞會，半個聾子猜啞謎，半個啞巴打手勢，場面相當尷尬。

義律原以為要搞一場閱兵式，沒想到英中兩國的禮制大相徑庭。大清儀仗隊是由開道鑼、清道牌、官銜牌、綾羅傘、皮槊、兵拳、雁翎刀等組成，意在彰顯官員的地位，不搞佇列表演。英軍的儀仗隊是由軍旗、樂隊、士兵和燧發槍組成，檢閱時要奏樂升旗唱國歌，做佇列表演。由於沒有事先議妥，雙方沒有檢閱儀仗隊，琦善叫白含章把英軍官兵直接帶到小帳篷裡休息。

琦善喜歡獨自辦差，不喜歡別人參與。他叫陸建瀛負責監視英軍動向，白含章負責招待英軍儀仗隊，自己則與義律邁進中央大帳，陪同他們的只有馬儒翰。

滿洲人有脫鞋上炕的習俗，小帳篷裡沒有桌椅，只有氈毹和蒲團，英軍官兵只好盤腿而坐。差役們端上美味佳餚、時令鮮果，外加燒牛肉、烤羊腿、燉乳豬和海鮮魚翅。英軍士兵在海上漂泊了大半年，天天喝雨水、吃醃肉、啃麵包乾，嘴裡能淡出鳥來，見到如此豐饒的大餐，口水立馬流得汪洋恣肆。但中國廚子不懂外國人如何吃飯，只備了筷子，沒準備刀叉。英軍士兵不會用筷子，向端盤送盞的中國僕役要刀叉，僕役們聽不懂，英軍抓耳撓腮沒有辦法，索性用手抓，不一會兒就吃得滿手滿臉油光鋥亮。僕役們看見他們胡吃海塞的模樣掩口偷笑，英國士兵也覺得自己的吃相十分滑稽，跟著傻笑。

小帳篷裡吃得熱鬧，炮臺上的清軍和兵船上的英軍卻緊張得如臨大敵，隨時準備動刀動槍。牛皮大帳裡則是另一種景象，琦善和義律正在艱難地討價還價。

琦善道：「貴國乃海上牧民，以懋遷販運為營生。天朝地大物博，無所不有，貴國販來之貨，並非內地民人所必需，而貴國採辦之貨，實為貴國所必需。本大臣聽說，自從本朝中斷貿易以來，貴國國民無以為生。大皇帝撫有萬邦，體恤天下民人，上年林則徐未能仰體大皇帝聖意，辦事操切，致使貴領事負屈。承蒙浩蕩皇恩，本朝將派欽差大臣去廣東專程查辦，為貴領事申雪冤抑。只要貴國恭順如常，大皇帝即可恢復貴國貿易。」

天朝大國的觀念深入琦善心脾，他的言談舉止無不流露出一種盲目的優越感。義律與行商們交往多年，深知這種觀念根深蒂固，不是能夠立即改變的，他以務實為要，聽之任之，並不反駁。

馬儒翰聽北京話相當吃力，雙方的會談很不流暢，琦善不得不借助紙筆，不斷重複和解釋，可馬儒翰依然不能全部領會。義律把《致中國宰相書》的條件逐一闡述，琦善按照道光皇帝的旨意逐一回答，會談時斷時續，不斷發生大大小小的誤會。三個人時而輕聲細語，時而談笑風生，時而沉寂無語，時而高聲爭執。

陸建瀛一直在大帳外面隔著帷幄偷聽，他聽不懂義律的話，但能聽懂馬儒翰的話，誤以為馬儒翰是主談。

「貴國地大物博，出讓一座小島供我國商人寄居，於貴國乃九牛一毛，對我國卻大有裨益。」

琦善質問：「你們國主可曾將領土贈予別國？」

義律講了幾句夷語，馬儒翰譯答道：「縱觀歷史，所有國家的版籍都會有所變化，時而大，時而小，大都因為戰爭、繼承或歸順。以貴國為例，元代、明代和清代版圖變化之大，恐怕不是三言兩語能說清的，此乃歷史之常態。大英國的疆域不以英倫三島為界，也不止於一塊特定的土地，我們的疆域遼闊無比，遍及四大洋、五大洲，我們的國主也會因時因勢割讓或贈予某塊領土。」

琦善哂然一笑，「天朝尺土俱有版籍，疆址森然，即使島嶼、沙洲亦必劃疆分界，各有專屬，貴國不能乞求過分之恩。而且，天朝從無贈予國土的先例，本爵閣部堂不便准行。貴國水陸官兵佔領舟山是不友好之舉，理應及早歸還。」

一陣夷語之後，馬儒翰接著翻譯：「我軍無意久居舟山。歸還不難，但煙價必須賠償。大英國遠征軍跨萬里征途前來貴國討要公道，資費不菲，這筆兵費也請貴國支付。」

琦善覺得這種要求近於荒誕，「鴉片乃違禁之物，具已銷毀，無可賠償，至於賠償兵費，更是無稽之談。貴國耗費兵餉，是自取虛糜，我軍增兵防守，也多費餉銀，難道也要向貴國索取嗎？」

馬儒翰譯答道：「閣下，貴國不賠償煙價和兵費，我軍便不能退還舟山，否則，義律公使大臣無法向本國國主覆命。」

聽到這裡，陸建瀛不由得義憤填膺，恨不得闖進去痛斥義律和馬儒翰。儘管琦善不肯採納把大沽會談變成鴻門宴的計劃，陸建瀛猶不死心，思量片刻，覺得再不下手就會錯過大好時機，想著白含章是琦善的親信，不妨讓他再次提議。

陸建瀛立刻轉身去了小帳篷，見白含章正與英國官兵虛與委蛇，暗暗打了個手勢叫他出來，「白大人，我剛才在大帳外面偷聽一會兒，義律是個無賴賊臣，他居然要本朝讓出一座海島，還要本朝支付兵餉和煙價！不藉此時機除掉這個傢伙，日後必是大患！琦爵閣信任你，你進去勸一勸他，務必痛下決心，把義律和隨行的鬼子兵們悉數拿下，以他們為人質，逼迫逆夷歸還舟山[13]！」說到這裡，從箭袖裡抽出一張紙條，上面寫有「鴻門宴」三個小字。

白含章一臉難色，「陸大人，最好您親自說與他。」

「你是琦爵閣寵信的人，你說話比我管用。」

白含章無奈，只得接了紙條，猶猶豫豫地走進大帳。陸建瀛則暗中調來一百弁兵，要他們藏在圍欄外面，只等白含章傳話，把鬼子兵悉數拿下。

不一會兒，白含章從大帳出來，隔著好幾丈遠朝陸建瀛打手勢，示意琦善不同意。陸建瀛氣得直跺腳，像洩了氣的皮球一樣滿心沮喪，一揮手把弁兵撤了。

琦善與義律唇槍舌劍了整整六個小時。琦善打開懷錶一看，已是下午酉時，「本朝以恩義之心撫御外夷，各國如能恭順，無不曲加優待，以期盼共樂昇平。本爵閣部堂既為天朝計，也為貴國計，讓貴領事面見國主時覆得了命。但賠償煙價和兵費，茲事體大，不是本爵閣部堂一人能夠擅定的，必須請旨。請貴領事暫行回船，恭候聖命。哦，還有一件事，貴國水陸官兵既然來到天朝水域，就是天朝的客人，大皇帝視天下人為一家，本爵閣部堂擬贈送二十

13 陸建瀛建議扣押英國使節，在今天看來不可思議，但實有其事，載於《清史列傳》卷四十〈琦善傳〉。

頭閹牛、二百隻山羊和兩千顆雞蛋，以為犒賞。」

犒賞興師問罪的英國官兵？義律有點兒不相信自己的耳朵。他懷疑是馬儒翰翻譯錯了，因為馬儒翰的官話講得佶屈聱牙，夾雜大量俗俚粵語，字詞晦澀、疵類多端，致使誤會連連。他再次確認，「馬儒翰先生，你沒有譯錯嗎？」

「沒有。」

義律依然半信半疑，「琦爵閣，你的意思是賣給我軍閹牛、山羊和雞蛋？」

琦善糾正，「不，是犒賞。中國是禮儀之邦，大皇帝誠心誠意化干戈為玉帛，與貴國友好交往。」

馬儒翰對義律道：「中國風俗與我國風俗南轅北轍。這表示中國人願意和平解決爭端，我們不妨入境隨俗，收下為妥。」

義律站起身來，鞠了一躬，「大英國臣民深愛和平，但凡與別國發生齟齬，以友好協商為上策。本使臣謹代表大英國水陸官兵感謝大皇帝陛下和閣下的饋贈。」

琦善也站起身來，「本朝官紳也深愛和平。本次會談，有若干事項未能達成一致，本爵閣部堂將盡快把貴領事的乞恩之詞上奏朝廷，請恭候恩旨。」說罷一展手，引著義律出大帳。

等義律和英國官兵乘船離去後，陸建瀛才問：「琦爵閣，談得如何？」

連續會談六小時，琦善口乾舌燥、一臉倦容，「英使義律貪得無厭，獅子大開口，提的要求有八條之多！對情理可通者，本爵閣部堂詳為指示，以解其愚蒙，制度攸關者，嚴加辯駁，以杜其希冀。真正達成意向的只有三項，一是懲辦林則徐和鄧廷楨，二是恢復通商，三是兩國職官平等移文，廢止『諭』字和『稟』字，改用『照會』。其餘事項各執一詞，無法談攏。但是，本次會談，透露了兩件朝廷不知曉的大事件。」

「哦，什麼大事件？」

琦善道：「一是英夷曾在廈門和浙江投遞《致中國宰相書》，兩次都被拒收，以致於貽誤了重大軍情。二是廣州十三行欠英國商人三百萬鉅款，惹得英夷帶兵上門討債。」

陸建瀛大大吃驚，「什麼！三百萬？夷人的話可信嗎？」他的眼珠子差點兒瞪得掉出眼眶。

「本爵閣部堂不能偏聽偏信，但是既然英夷打上門來討說法，本朝就不能不詳加調查。」琦善長長地吐了一口氣，「陸大人，你當了多年天子近臣，對地方政務知其然不知其所以然，各級官員都有一些事情隱匿不報。」

說著，從箭袖裡抽出寫有「鴻門宴」三字的紙條，在陸建瀛眼前一晃，「陸大人，春秋大義不殺行人（使者）。我要是把義律扣作人質，既失了道義，又激怒英夷，兩軍一俟大動干戈，局面就難以收拾。你呀，太書生氣，太書生氣了！」

拾壹 紅帶子伊里布

在大洟江上，一條小船在前面開道，船上的差役把銅鑼敲得鏘鏘作響，餘音嫋嫋，「欽差大臣出行，民船、漁船避讓！欽差大臣出行，民船、漁船避讓！」

船民們聽到鑼聲如聞警號，趕緊搖櫓蕩槳讓出水道。

半里遠處，一條雕樑畫棟的官船徐徐而行，船舷上插著兵拳旗槍雁翎刀，船艙頂上插著五面寶藍色鑲紅邊官銜旗，旗面上有「欽差大臣」、「協辦大學士」、「兩江總督」、「兵部尚書」、「右督御史」字樣，官船後面跟著三條哨船，載著隨行的幕僚和親兵。

船工們邁著弓步，悶聲不響地用長篙撐船。大洟江水擦著船舷淙淙潺潺，與槳聲、櫓聲混合成不疾不徐的樂曲。兩岸的田野平坦豐腴，農夫們割了莊稼，留下了星星點點的稻穗，栗子樹下有散落的墜果，為田鼠和麻雀提供了免費的盛宴，牠們呼朋引伴前來覓食，像敗家的闊少一樣狂吃痛飲，上好的稻穗、肥碩的栗仁，牠們只啃一半就丟棄到一旁，又去糟蹋別的秋實。

這麼豐饒的宴席不能由牠們獨享，猛禽也來湊熱鬧。小巧玲瓏的菊花鵰和遊隼在空中不緊不慢地飛翔，銳利的目光掃視著地面，說不準什麼時候一個猛子紮下，用鋒利的鉤爪結果獵物的性命。秋天的原野貌似平靜，卻蘊藏著無限殺機。

伊里布坐在艙窗旁，手中拿著一本《全浙沿海險要圖說》，靜靜地望著岸上的村莊和田疇，不時搖一搖手中折扇。伊里布年近七旬，眼角延伸出幾條淡淡的魚尾紋，下巴蓄著一尺長的雜色鬍鬚，略微乾澀的臉上散佈著十幾顆細小的老人斑。身穿一件洗得發白的仙鶴補服，腰繫一條紅帶子，紅纓官帽後面拖著一支翠生生的雙眼花翎。

伊里布的家系源遠流長，可以上溯到努爾哈赤的爺爺覺昌安。覺昌安共有兄弟六人，俗稱「六祖」。按照大清皇室的定制，努爾哈赤的父親塔克世一脈稱「大宗」，其後代稱「宗室」，腰束黃帶子以示尊貴，其他五兄弟的後裔稱「覺羅」，腰束紅帶子。伊里布是塔克世第五子巴雅爾的後代，本應列入宗室，但他的五世祖拜音圖與多爾袞過從甚密，受到順治皇帝的猜忌，降為覺羅。

伊里布和道光皇帝是隔了七代的遠親，皇家的旁系血統傳到他父輩時，他家已是無權無勢的普通旗民。但是伊里布天資聰穎、學習刻苦，嘉慶六年（一八〇一年）以二甲進士步入官場。愛新覺羅氏的後人中當官的不少，憑自身功力考取進士的卻是鳳毛麟角。伊里布從七品通判做起，累遷至封疆大吏，是覺羅裡的佼佼者。

伊里布在簽署奏稿和諮文時，總要寫上「紅帶子伊里布」六個字，以示自己血統高貴。儘管如此，他實是個秉性謙和的人，並不因為血統高貴而睥睨旁人，也不因為血脈疏遠而仰視宗室權貴。

英夷突然佔領定海，朝廷飭令他掛欽差大臣銜兼管浙江防務，他接到廷寄後立即乘船來到浙江。

幕賓張喜提著一把大銅壺朝前艙走去。他是天津人，五十歲上下，中等身量，不蓄鬍鬚，戴一頂六合一統瓜皮嵌玉小帽，穿著輕薄竹布涼衫。他是伊里布的機要幕僚，剛接觸時平淡無奇，交談久了就會察覺他是個很有見識的人，胸襟和視野遠在一般人之上。

他挑簾進了前艙，舉手投足雍容自然，「伊節相，喝茶嗎？」

伊里布從沉思中醒過神來，「哦，喝。坐這兒，有件事我正要請你幫我斟酌一下。」

張喜為伊里布斟了茶，也給自己倒了一杯，這才撩衽坐在杌子上，身子微微前傾，以示恭敬。

伊里布道：「英夷犯我海疆，鬧成這個樣子，依你看，最終如何了局？」

張喜搓著手指關節，語氣平靜，「武力促和。」

伊里布也作如是猜想，卻沒把握，「何以見得？」

張喜回答：「在下以為，本朝官兵以陸戰見長，不習海戰。英夷以船炮見長，他們像海上鯨鱷南北竄犯，登陸襲擾，打了就跑，故我軍不能像陸戰那樣窮追不捨，將他們悉數殄滅，只能七省戒嚴，沿海營縣全力防維，動靜很大，收效卻小。

「我揣測，皇上聖心仁厚，不肯輕易累民。他繼承大統時曾經曉諭天下永不加賦，只要不加賦，國家的財力就不足以打一場大仗，這是其一。其二，英夷竄犯本朝是為了通商。皇上意在禁煙，不在禁止貿易，只要英夷承諾不販運鴉片，皇上就會曉之以理、恫之以威，恩准通商。如此一來，戰火自然消弭於無形。」

伊里布直起身子，啜了一口茶，「皇上的諭令卻是克期規復舟山。」

張喜謹慎回覆：「伊節相，在下沒有經歷過海戰，拿不出規復舟山的主意，待會兒到了鎮海，您與浙江官員們商議一下，聽聽他們如何說。」

伊里布的仕宦生涯大半是在雲南和貴州度過的，雲貴兩省是苗夷居住之區，大小土司們擁有世襲特權，經常豎旗杆占山頭，拉幫結派，像山大王一樣桀驁難馴，致使雲貴兩省成了事端多、叛亂多、綏靖難、治理難的省分。伊里布為政寬和，想方設法化解官府與苗夷之間的矛盾，也因此，他當雲貴總督期間，雲貴兩省出現了少有的安定和靜謐，道光多次給予他褒獎和優敘。

幾個月前，朝廷調他出任兩江總督。伊里布甫一上任，英夷就佔領了舟山。他獲悉後，反應極快，立即調一千二百安徽兵、八百漕標和六百河標馳赴長江口，部署在寶山和崇明島一線。還調了一千江西撫標趕赴蘇州籌建營務處，從江蘇藩庫和運司抽出四萬兩銀子暫充軍費，備足軍資火藥，飭令轄區內的所有府縣整飭驛遞，確保文報暢通無阻。他本人則立即從蘇州啟程，趕赴吳淞口，親臨一線就近指揮。

這番應變措施得到朝廷的擊節讚賞，皇上認為如此精幹的封疆大吏必須用在刀刃上，遂授命他為欽差大臣，兼理浙江事物，克期規復舟山。

但如何規復，卻是一個天大的難題。

船行一個時辰後進入鎮海縣域，能夠看見招寶山和金雞山。招寶山與金雞山襟江抱海，兀然而起，從遠處看就像守衛國門的哼哈二將，雄赳赳、氣昂昂地峙立在大浹江兩側，鷹睨虎視著港灣內的大小漁船。人們只要看一眼斷層山壁、石砌堡壘、鑄鐵大炮和崗哨旌旗，立馬就會明白什麼叫銅牆鐵壁，什麼叫鐵血雄關，這些穿透紙背的貼切漢字，讓人望之見景，凜然生畏。

鎮海碼頭聚著一大群迎迓的人。當官船駛向棧橋時，張喜道：「伊節相，鎮海官紳和駐防營兵們好像傾城出動了，恭候著您呢。」

伊里布身居高位卻不喜歡排場，認為那是種趨炎附勢、迎風拍馬的公開表演，明知無用，卻不得不應付的程序。他淡淡道：「繁文縟節積年故習，徒耗人力和時光而已。我改變不了官場規則，只好順勢而為，承受人家的虛禮。」

福建提督余步雲、革職留用巡撫烏爾恭額，以及鎮海縣知縣葉堃等大小官員傾巢出動前來迎迓。五百綠營兵挺胸凹肚站成兩列，排釘似的齊整。當地保甲組織了上千百姓淨水灑街、黃土墊道，在鎮海城南門至碼頭的大道兩側設案焚香，披紅掛綠，打出「恭迎欽差大臣」的條幅和彩旗。

當地百姓很少見到伊里布這樣重要的人物，村夫村婦和光屁股小孩兒們前呼後擁地來看熱鬧，竟然把鎮海碼頭擠得水泄不通。

余步雲年過花甲，臉膛微黑，嘴唇厚實，鬍鬚疏朗，眼角上堆著斷線似的魚尾紋，紅纓大帽上綴著一顆亮晶晶的紅珠頂戴，翎管後面拖著一根雙眼花翎，袍服外面罩著黃馬褂。他的親兵們舉著四塊官銜牌，分別寫著「太子太保」、「一等輕車都尉」、「乾清門侍衛」、「福建提督」，顯示出他的赫赫武功。

他是四川人，年輕時加入鄉勇，參加過平定川、陝、黔白蓮教起義，積功升至重慶鎮總兵。道光七年（一八二七年），他率軍進入新疆，參加了平定張格爾叛亂，連克喀什噶爾與和闐（今日的和田縣）兩城，擒獲敵酋玉努斯，獲銳勇巴圖魯[14]勇號，晉升為貴州提督。為了紀念那次勝利，九名功臣獲得紫光閣繪像的殊榮，余步雲便是其中之一，道光更親筆為他的畫像題寫贊詞。

道光十三年（一八三三年），湖南苗民和廣東瑤民先後叛亂，他又兩次帶兵出征，跨省作戰。因為功勛卓著，賞穿黃馬褂，戴雙眼花翎，加太子太保銜。在大清的頭品武官中，他的聲望和功勞僅次於果勇侯楊芳。伊里布當雲貴總督時，余步雲任貴州提督，他對伊里布十分尊重。一年多前，余步雲調任福建提督，英夷佔領舟山後，朝廷飭令他馳赴浙江，與伊里布共同規復舟山。

伊里布一下船，余步雲就趿著腳，笑咪咪地迎上去，拱手行禮，一口四川話講得抑揚頓挫，「伊節相，我以為咱們天隔地遠再難見面了，沒想到天地這麼小，又碰在一起了。我本應出廓百里迎迓，無奈老毛病又犯了，只好就地候著，還請你見諒啊。」

伊里布知道余步雲的腳板上長雞眼，剜了長，長了剜，無窮無盡，走路經常腳痛。他從

14　巴圖魯是蒙古語，意思是英雄。

隨員手中接過兩個紙包，「余宮保[15]，我給你帶了點兒雲南白藥和田七。試一試，或許有用。」

余步雲笑著接下，「伊節相，你這麼細心，連我這點兒小毛病都惦記著。還吹簫嗎？」

「每天忙得七葷八素，哪有那種閒情逸致。」伊里布自幼喜歡音樂，能照著工尺譜吹管子。他在雲南時曾請余步雲等人到家裡共度中秋，在海棠樹下吹過一曲《陽關三疊》，吹得如怨如訴，余步雲記憶猶新。

說了幾句閒話後，余步雲指著身後一位官員介紹道：「這位是烏爾恭額大人。」

「久仰久仰。」伊里布一面拱手一面打量這位倒楣的前浙江巡撫。

由於新任巡撫劉韻珂還未到任，烏爾恭額代行巡撫之職。他五十多歲，穿著二品官服，大帽子上卻沒有頂戴，那是受了處分的象徵。他的精神有點兒萎靡，「早就聽說您是本朝重臣，胸中有十萬雄兵，每逢出現危局，您都當機立斷，迅速形成對策，思緒周全、辦事俐落。只是天隔地壤，我無緣目睹您的容顏呀。」

伊里布謙虛回答：「烏大人，我也是吃五穀雜糧的，沒那麼大道行。這次英夷突襲舟山，

---

15 宮保是對有太子太保和太子少保榮銜者的尊稱。

舉朝震驚，皇上要我和余宮保聯手規復舟山。我是外來人，不瞭解浙江的物理人情，更不懂水戰，許多事還得請你贊襄啊。」

一番寒暄後，伊里布準備登上招寶山巡視海防，馬夫牽來一匹全身烏黑四蹄雪白的川馬。余步雲道：「伊節相，我有腳疾，行走不便，只好騎馬上山。我備了肩輿，你坐肩輿吧。」言罷，一招手，四個轎夫抬過一乘輕便肩輿。

余步雲在雲貴山區剿土匪、打蟊賊時練就一套騎行絕技，能在崎嶇的山道上騎馬行走，那匹川馬是他從貴州帶來的。

伊里布對他知根知底，「你騎馬上山吧，我想體驗一下徒步登高的樂趣。」

烏爾恭額在一旁勸：「伊節相，招寶山雖然不高，卻有三百二十個臺階，您老七十歲了，還是乘肩輿吧。」

伊里布擺了擺手，「我不老，腿腳還利索。既然來了，就徒步登山，省得弁兵們說欽差大臣吃不得苦，連上山都要人抬著。」

余步雲沿著馬道騎馬上山，伊里布與烏爾恭額等人步行上山，一群官員和親兵們擎著旌旗節鉞前呼後擁。

伊里布走得慢，邊走邊問：「烏大人，聽說你們捉了一些英俘？」

「是，捉了二十幾個。」

「怎麼捉的？」

「不是一次捉的。前幾天，有一條夷船在崇明島附近觸礁沉沒，十幾個英國鬼子搭乘舢板在海上漂了兩天兩夜，漂到慈溪附近。他們沒吃的沒喝的，不得不登陸覓食，被當地鄉勇們捉了。鄉勇們把他們捆得米粽子似的，押到寧波府，沿途百姓比看社戲的還多，投果皮的、揚沙子的、甩大糞的，打得那群鬼子滿身汙濁，臭氣熏天。還有名叫安突德的，是個軍官，是舟山義勇捉的，用漁船送到寧波。寧波大獄給他們戴了大號木枷，每天給點兒豬狗食爛菜葉，有兩個番鬼不堪磨難，瘐死獄中。」

伊里布眉頭微微一皺，「哦，審了嗎？」

「審了。舟山義民還捉了一個叫布定邦的漢奸，是個廣東買辦，懂夷語。那傢伙助夷為虐，為英軍效力，本該按漢奸罪處死，但是咱們浙江沒人懂英語，英國鬼子又不懂漢話，我審問俘虜時只好臨時起用布定邦當通事。」

伊里布搖了搖頭，「布定邦這種人沒心沒肺、背祖背德，心甘情願為逆夷效力，只可暫用，不可長用，最終還得依律處置。」

「是。我已經向廣東巡撫怡良發了諮文，請他盡快物色兩名懂英語的通事，迅速派往浙江效力。」

伊里布停住腳步，撐著膝頭，不疾不徐地道：「烏大人，與夷人打交道要有胸襟，要有諸葛孔明七擒孟獲的心懷，德馭天下。這些夷俘手無寸鐵，不能再害人，善待他們才能彰顯大清的仁德。」

烏爾恭額卻是另一種想法，「英國鬼子是打上門來的寇仇，不僅占了舟山，還襲擾大陸。下官以為，對待夷俘，不必講什麼仁德。」

伊里布既不反駁，也不發劍拔弩張的遑遑大論，他扭頭朝後面看了看，對一個師爺模樣的人道：「張先生，依你之見，兩國交戰應當如何處置俘虜？」

張喜緊登兩步，攀到伊里布跟前，「伊節相，您的意思是，應當優待還是虐待？」

「是這個意思。」

張喜的天津話吐音清揚，暢如流水，「虐待俘虜是洩仇、洩憤、洩恨；優待俘虜是德化、教化、感化。在下的見識是，霸國戰勇，王國戰智，帝國戰德。對待俘虜，優待勝於虐待。」

寥寥幾句話把一個有爭議的問題講得清澈透明，烏爾恭額不由得仔細打量這位師爺。此人五十上下，面孔白皙，寬額廣顙，長眉細眼，頭戴一頂嵌玉小帽，手拿一柄斑竹折扇，身穿灰色竹布涼衫，體貌英挺，氣質雍容。

伊里布介紹道：「這是我的西席張喜先生。」

各級衙門事務繁雜，官員們不得不聘用幕賓和師爺幫辦政務[16]。每逢議事之時，官員坐在東面，幕賓坐在西面，幕賓視官員為東家，稱「東席」，官員視幕賓為幕友，稱「西席」。但是，有「西席」之稱的幕賓不是普通人，而是頭號股肱，負有出謀劃策、撰寫奏稿、草擬飭令之責。

伊里布官居一品，能給他當西席的絕不是等閒之輩，烏爾恭額立馬掂量出張喜的分量，拱手行禮，「久仰久仰。」

伊里布依舊語氣平和，「我在雲南做了二十多年官，治理南疆的強悍苗夷。苗夷是夷，英夷也是夷，雖說此夷非彼夷，但與夷人打交道，以德報怨總比冤冤相報好。

「嘉慶二十二年，我在雲南當通判，有個叫高羅衣的窩尼（哈尼族）人扯旗造反，掛起『窩尼王』的大旗。對這種人，朝廷向來不予寬容。我軍在順寧之戰將高羅衣擒獲，但武弁們貪功，殺了許多窩尼民眾邀功請賞。當時的雲貴總督柏玉亭要我審訊高羅衣等人，我只判

---

16 據郭松義等撰寫的《清朝典制》，道光朝總計有文武官員兩萬六千七百三十二人，其中文官一萬一千三百一十六人，其餘是武官。道光朝共有十八省、一百八十七府、一千四百三十六個州縣。以萬餘文官管理這麼多衙門和三億多人口，根本不可能，非得雇用幕賓胥吏幫忙不可，但幕賓的薪水不在國家預算內，出自官員的養廉銀。

高羅衣死刑，把其餘人放了。武弁們結夥到總督衙署控告我，柏玉亭大人亦怒氣衝衝地質問我說『老夫竭力擒捕巨盜，你卻放縱歸山，讓老夫如何向將弁們解說』。

「我答道『我雖然官小位卑，但身為職官，就得替皇上著想、替百姓著想，不能殺戮無辜，更不能驕下媚上。為官者要執以中庸，衡以大道。高羅衣是首犯，依律治罪，但窩尼部眾是無知無識的民眾，只求安居樂業，寬待他們是不二之選。經卑職教誨後，他們不會繼續與朝廷作對。如有再叛，我願以命殉職。有些武弁縱凶殃民，以殺人求升遷，這種事我不幹，就是升我做雲貴總督也不幹』。我以為柏玉亭大人會降黜我，沒想到他升我做騰越同知。」

儘管伊里布東拉西扯，講的是與規復舟山不相干的話題，但經過這番譬講，烏爾恭額頓時明白伊里布是個秉性寬厚的人。在下者，觀風言事是官場規矩，他立即改口：「伊節相高瞻遠矚，我這就派人去寧波大獄，叫牢頭去掉木枷和鐐銬，改善伙食。」

伊里布終於邁上三百二十級臺階，登上招寶山。山上有一座威遠炮城，駐有一百二十名弁兵，炮城四周安設四十位海防大炮。弁兵們聽說欽差大臣要來視察，一大早就把官廳、兵房、伙房、庫房、神堂和火藥庫打掃得纖塵不染，大炮擦拭一新，炮城上旌旗招展，弁兵們佩刀齊整。

在余步雲和烏爾恭額的陪同下，伊里布登上瞭望臺，峨峨高山、泱泱海水盡收眼底。瞭望臺建在陡峭的懸崖上，懸崖宛如刀削一般直上直下，崖縫裡長滿了萋萋青草。大浹江水渾似泥湯汩汩東流，把肥沃的土壤沖入大海，渾黃的江水與湛藍的海水交會在一起，形成一圈圈洄流，延展成釃釃濁濁、漫漫蕩蕩的汪洋。在海風的吹拂下，長長的海濤席捲而來，撞在硬朗的崖岸上，發出響亮的濤聲。站在招寶山上觀海，會給人一種思接千載、視通萬里的感覺。

但眼下，伊里布沒有這種閒情逸致。他端起千里眼朝遠處望去，一條英國兵船在江口逡巡，像隻怪異的惡犬，把上千條中國漁船和商船封堵在大浹江口內。

英夷攻佔定海後，大批難民乘船逃難，致使大浹江裡漁船倍增，檣桅林立、帆影如梭。為了不讓他們流離失所，寧波府和鎮海縣撥出一大筆銀子，在大浹江兩岸搭蓋篷場，讓難民們有棲止之所，查明戶口，酌配口糧。為了防止敵船闖入，鎮海營的弁兵們用巨石壓艙，在入海口處沉下八條大船。

那條英國兵船比清軍師船大得多，但由於距離較遠，伊里布看不清爽。他放下千里眼，問道：「舟山還有本朝官員嗎？」

烏爾恭額答：「有，沈家門巡檢司還在。舟山雖是海島，卻有二百里之廣。夷兵雖眾，難以處處環繞，遑論全部佔領。巡檢徐桂馥仍在堅守，還有少數汛兵化整為零，隱藏在民間。」

「好！有本朝官員在島上就能收攏民心，獲取逆夷情報。」

「不過，這個徐桂馥被皇上罷了官，不知什麼原因。由於沒有官員在島上堅守，我沒撤換他，要他戴罪立功。英夷在島上的活動都是他稟報的。」

這時，一個守兵登上瞭望臺稟報：「有人求見烏大人。」

「誰？」

「葛雲飛。」說著，守兵遞上一份名刺。

嘉慶廿四年武舉人，道光三年武進士，在籍士紳葛雲飛。

烏爾恭額道：「叫他來，就說我們在這兒候著。」接著，轉手把名刺遞給伊里布和余步雲，「葛雲飛是軍中才子，暢曉軍務，帶兵有方，兩年前擢拔為定海鎮總兵，可惜剛上任就因為母親去世，回鄉丁憂，朝廷才改派原臺灣鎮總兵張朝發接替。英夷攻佔定海後，張朝發傷重身亡，水師營的三個遊擊全被罷黜，我無人可用，只好派人去他的老家，請他來軍中效力。」

伊里布猛然想起他在船上翻閱的《全浙沿海險要圖說》，書封上印著葛雲飛的名字，「葛雲飛就是寫《險要圖說》的那個人？」

「正是。葛鎮台文武兼資，不僅著有《全浙沿海險要圖說》，還撰寫了《製械要言》、《製藥要言》和《水師緝捕管見》，本省水陸軍官中，數他的學問大。」

「哦，我們缺的就是這種人。」

不一會兒，衛兵引著葛雲飛來到瞭望臺。葛雲飛朗聲通報：「原定海鎮總兵，在籍士紳葛雲飛，拜見浙江巡撫烏大人！」他是浙江蕭山人，一口浙江話講得柔中帶剛。

烏爾恭額拱手還禮，「我們都盼著你來帶兵殺敵呢。」

葛雲飛見他的官帽上沒有頂戴，猜出他被免職，「烏大人，朝廷罷黜您了？」

烏爾恭額道：「定海丟了，我成了罪臣，等新任巡撫劉韻珂到任後，我就得去北京聽候處置。不提這事了，來，見一見新來的欽差大臣兩江總督伊節相，還有太子太保福建提督余步雲。」

伊里布和余步雲打量著葛雲飛。他穿一件灰布長衫，身量不高，臉龐瘦削，臥蠶眉，八字鬍，一對三角眼炯炯有神。

伊里布道：「我聽說你是投戈講藝、息馬論道的本朝儒將。這兩天，我一直在拜讀你的《全浙沿海險要圖說》，受益不淺。我以為你是個淵渟岳峙、身高馬大的人物，沒想到是個瘦骨人。」語氣隨意，官場上的莊肅氣氛立即化解成一團和氣。

葛雲飛謙虛地說：「在下才疏學淺，不當之處，請節相大人斧正。」

伊里布笑言：「你是武進士出身，武進士功名是極難拿的，不僅要考刀馬弓矢和十八般武藝，開一百八十石硬弓、舉三百斤石鎖，還要考《孫子》、《吳子》、《司馬法》、《尉繚子》、《李靖問對》、《黃石公三略》和《姜太公六韜》，不是文武雙全的人，絕不敢問鼎武進士。凡能考取武進士的，就不是等閒之輩。」

余步雲說：「我是行伍出身，仗沒少打，但沒打過海仗。論海仗，恐怕還得聽一聽你的高見。」

葛雲飛道：「余宮保，在下頭一次見您，但早就聽說您是屢立戰功的本朝名將，在下能於您的麾下效力，可謂三生有幸。」

伊里布微微一笑，「見面都說奉承話，說得大家歡天喜地、心曠神怡，但皇上派我和余宮保來浙江，不是觀海景說開心話的，而是規復舟山。可惜的是，我屬雞，沒下過水。余大人屬蛇，南征北戰打遍天下，卻是條旱蛇，規復舟山，還得靠浪裡白條和海中蛟龍。葛鎮台，你丁憂未滿就碰上英逆犯境，我們只好請你戴孝出征。」

葛雲飛頷首，「國家有難，匹夫有責。在下深受皇恩，理當生死報效。」

說話間，炮臺南面突然人聲鼎沸，兵弁們像看見天外奇物似的發出嘖嘖咂咂的驚歎聲。

伊里布眉棱骨一翹，「怎麼回事？」

烏爾恭額習以為常地說：「估計是看見英夷的火輪船了。」

眾人繞過石牆，到炮臺南面一看，果然有條火輪船朝大浹江口駛來。伊里布等人全都端起千里眼眺望著海面。火輪船的航速比帆船快得多，它的兩翼有蹼輪轉動，高大的煙囪噴出黑煙，在海風的吹拂下時聚時散，就像什麼東西著了火，卻沒有火光。葛雲飛聽說過火輪船，卻是頭一次看見，他端著千里眼看得十分仔細。

伊里布問：「葛鎮台，你說，火輪船為什麼冒煙？是什麼東西在拖拽兩翼的蹼輪旋轉？」

葛雲飛的臉上浮起一片陰霾，「在下也是頭一次看見，不懂它的原理。」他答不上來，別人更答不上來。

伊里布的擔憂越發濃重，「皇上飭令我們克期規復舟山。葛鎮台，你有什麼建議？」

葛雲飛見伊里布、余步雲和烏爾恭額全都盯著自己，意識到自己肩上的擔子極重，不由得猛生風標崖岸、暴雨將至之感。

他思量半晌才道：「鎮海與舟山隔著幾十里寬的海峽，渡海作戰並非易事。海上作戰，一靠船械，二靠兵勇，三靠天時。英夷生於海島，素習水戰，定海鎮的師船大都被他們摧毀，現有師船和哨船僅能巡洋緝私、追捕海盜，無法與夷船匹比，不可貿然虛擲在海上。

「規復舟山，至少需要具備兩個條件。其一，添造四十條大號師船，每條船上安放八位火炮。其二，鎮海水師額定兵員兩千六，而盤踞舟山的夷兵有四五千之眾。我軍要收復舟山，至少得調集等量水兵，外加五千陸營官兵。

「在下的想法是，首先增募三千水勇，反覆演練近戰、夜戰，拋火球、擲火罐、施放火箭噴筒、爬桅跳船、短兵格殺，待大船造好後，藉夜幕出海，奇襲舟山，用火筏封堵敵人的碼頭，放火延燒敵船。在這兩個條件具備前，我軍只能相度機宜，在舟山四周各島多設疑兵，以分夷眾，陰派間諜，以敗其謀，攻其分居之區，以孤其勢，襲擾其屯聚之處，以潰其心。」

伊里布又問：「打造四十條大號海船、每船配備八位火炮，需要多少銀子？」

葛雲飛算得極快，「依照《工部造船則例》，每條大號海船額定工料銀三千八百兩，共需銀十五萬二千兩，四十條海船共需配千斤炮三百二十位，大約需銀十二萬多兩。下官以為，最重要的是要修改《工部造船則例》，造更大的兵船。」他把「更大的兵船」說得極重，因為英國兵船桅高艙深、火炮眾多，清軍最大的戰船也無法與其直接對抗。

余步雲插口問：「造船、募勇、訓練水兵，需要多少時間？」

葛雲飛鄭重其事地回秉：「訓練水勇需時半年，想造出四十條大號戰船，最快也得八個月。」

伊里布的臉上烏雲密佈，憂心忡忡地道：「我怕皇上等不及呀！」

拾貳 過境山東

琦善剴切規勸英國使臣去廣州談判，英夷居然同意了！他們在大沽口羈留月餘後返棹南下。道光聞訊後，認為琦善是處理夷務的能手，頒旨罷黜林則徐，命令琦善掛欽差大臣銜馳赴廣州，署理兩廣總督，與英國使臣商談收復舟山和恢復通商事宜。

琦善乘驛船沿大運河南下，七天後抵達山東省濟寧府。山東巡撫托渾布聽說琦善過境，專程趕到濟寧迎迓。琦善下了驛船，與托渾布連袂朝白馬驛走去。

托渾布是蒙古人，兩眼的間距稍寬，瞳仁微黑。兩道淡眉從中間剔起，眉梢下垂，《麻衣相書》裡把這種眉毛叫「鷹翅眉」，是貴人騰達之相。果不其然，嘉慶己卯年，他考中進士，一級一級地晉升為直隸布政使，一年前，琦善保舉他出任山東巡撫。

托渾布比琦善年長十歲，卻視琦善為老上司和大恩主，「琦爵閣，濟寧府比不了保定府，白馬驛有點兒寒磣，我只能將就著招待您。」

琦善道：「哪裡話，托大人，本爵閣部堂也是從微末京官做起的，替皇上走南跑北這麼多年，再寒磣的驛站都住過。白馬驛緊傍微山湖，地處魚米之鄉，是拿得上檯面的驛站。直隸的懷萊驛、撫遠驛、行唐驛在山區，前不著村，後不著店，要水沒水，要人沒人，像塞外戈壁灘一樣荒涼，比白馬驛差多了。」

走到驛站門口，琦善一眼瞥見大門兩側的黑底泥金楹聯：

滿眼盡窮民，何忍多用一夫，誤他舉家生活？
兩頭皆險路，何不緩行幾步，積君無限陰德？

再看落款，是東閣大學士軍機大臣王鼎題寫的。

琦善微微一笑，「我帶了兩個隨員、六個長隨、十二個轎夫，還有十二個親兵，走到哪個驛站都得耗費不少錢糧啊。看來，白馬驛的驛丞是個聰明人，拿王閣老當擋箭牌。」

托渾布笑道：「這副楹聯不是針對您的。前年穆彰阿大人的師爺從廣東辦事回京，過境山東時住進這座驛站。那傢伙狐假虎威，濫用驛夫，無償調用了四乘抬轎、十二匹驛馬和四十多名扛夫，不僅透支了驛站費用，還弄得驛戶們叫苦連天。驛站是個上官如雲、過客如雨的地方，費用有限，超支後無處下帳，驛丞又是個雞毛小官，惹不起那傢伙，一肚皮苦水沒處倒。幾天後，王鼎大人南巡過境，這位驛丞借機大訴其苦，王閣老聽罷，一聲不吭，寫了這副楹聯，叫他掛在門口。」

琦善和托渾布知道驛丞的活兒不好幹。濟寧位於大運河上，是南北要衝，過境的文武大員一撥接一撥，人人帶有一群隨從，隨便來個官兒就比驛丞高一截。要是過境高官不知檢點，肯定會弄得驛丞十分為難——招待太殷勤，費用不夠花；招待不周詳，又要挨責罵。這副楹聯等於給過境官員立了一條規矩，它出自王鼎的手筆，王鼎是道光皇帝的老師，當朝一品，位極人臣，誰也不敢將它摘去。不過，托渾布預見到，只要王鼎一退位，它就會像多情騷客在粉牆上題寫的打油詩一樣被塗抹得一乾二淨。

琦善與托渾布抬腳邁過石階，進了驛站，迎面吹來一陣小風，夾雜著濃烈的燉肉味兒。琦善朝西面瞥了一眼，大伙房門前支著一口大鐵鍋，翻花大滾的湯水裡燉著一隻褪毛豬頭。他雖沒說話，托渾布卻洞見入微，主動提起，「那鍋肉是給您的隨從燉的，您的伙食另有安排。」

琦善微微一笑，「豬頭肉燉爛了，也很可口嘛。」

托渾布說：「您是貴客，我哪能用豬頭肉招待你，要是用了豬頭肉，滿官場的人都會風傳『山東的托渾布是摳門兒巡撫，堂堂文淵閣大學士、奉義侯琦善大人過境，他請人家啃豬頭肉』！我這張老臉就沒處擱了。但皇上宣導節儉，明令接客時以四菜一湯為上限，我也不敢破例。」

說話間，二人進入大伙房。托渾布一展手，「請。」引著琦善來到雅間。

驛丞接到滾單後把接待事宜安排得井井有條，驛卒、役夫們把客房打掃得窗明几淨，纖塵不染，連大門兩側的牛角燈籠也換成新的，伙夫和廚子們擔水、燒鍋、殺魚、燉肉，忙得不可開交。

琦善和托渾布分賓主入席，一個役夫端上四道菜，分別是東坡咕咾肉、微山湖紅鰭鮊、菱角藕蓮蓬水八仙、龍口粉絲豆花羹，還有一道龜湯。托渾布介紹：「琦爵閣，您是貴胄，滿漢全席都吃過，不過這四道菜可是本地特色。只有龜湯是海鮮，是我叫人專門從登州府送來的。」登州離濟寧有五百里之遙，托渾布命令手下人騎馬送來一隻海龜，以示對老上司的敬重。

琦善搖手，「什麼滿漢全席，那是老皇曆了。乾隆朝時有幾次重大的喜慶活動，朝廷搞過大宴席，御膳房的廚子們花裡胡哨地做了十幾道南北大菜，外加滿洲餑餑，自吹自擂稱之為滿漢全席。其實哪道菜是滿漢全席裡的，連他們自己也說不清。當今皇上是天下第一節儉人，不喜歡鋪張，自他繼承大統以來，我去過紫禁城多次，從來沒見過滿漢全席。前些日子我進宮請訓，皇上和軍機大臣與我一直談到中午。皇上留我用膳——那是御膳，你猜吃什麼？」

托渾布眨了眨眼睛，「不知道。」

琦善的話音裡帶著揶揄，「炸醬麵！還是素的，用燻豆腐乾代替肉丁，外加一碟鹽水拍黃瓜和一碟糖醋蒜。」

托渾布呵呵一笑，「琦爵閣，您去過多次紫禁城，沒弄明白御膳房的炸醬麵為什麼不放肉？」

「哦，為什麼？」

「你看皇上的臉頰——縮腮，對不對？」

「嗯，是。」

「皇上不到五十歲，牙口就壞了，咬不動肉，這是其一。其二，皇上信佛，不殺生，吃素。紫禁城裡以皇上之口味為口味，皇上吃素，誰敢吃葷？所以御膳房才用燻豆干代替肉丁。」

「哦，原來如此。」琦善邊說邊伸筷子夾起一片鰭鮊肉片，嚼了嚼，「你這兒的魚肉比御膳房的炸醬麵好吃多了。」

托渾布說：「四菜一湯是朝廷定的，名稱一樣，本色卻不同，既可以是清湯寡水老鹹菜，也可以是時令水貨名貴海珍，還可以是珍珠翡翠白玉湯。」

琦善一愣神，「什麼叫珍珠翡翠白玉湯？」

「你沒聽說過？」

「沒有。」

托渾布詳細講解：「珍珠翡翠白玉湯是前明皇帝朱元璋的叫法。朱元璋是討吃鬼出身，當了皇帝亦不忘民間疾苦。有一次大宴群臣，他搞了場『憶苦思甜宴』，叫御膳房熬一大鍋珍珠翡翠白玉湯。珍珠就是大米粒兒，翡翠就是白菜葉兒，白玉就是老豆腐片兒，用湯水一攪和，成了國宴名菜。」

琦善笑道：「要是珍珠翡翠白玉湯成了國宴名菜，大清朝的臣民還不天天過神仙日子？我常去紫禁城辦差，在御膳房吃過多次飯。御廚們給菜餚起的名字花裡花哨，能把外人說暈了。比如，油煎豆腐片叫金鑲白玉板，鹽水拌菠菜叫紅嘴綠鸚哥，連玉米面窩窩頭也有一個好聽的名字，叫鏤空黃金塔。」

托渾布說：「御膳房的東西名不副實，我這裡卻是實實在在的美食。龍口粉絲配微山湖蓮藕，很有滋味。您嘗嘗。」

琦善搛起一筷子藕片，嚼了嚼，「嗯，脆，很不錯。」

托渾布舀了一勺龜湯，「琦爵閣，您別看我是蒙古人，卻是儒家信徒，連吃飯都講求中庸。」

「吃飯如何講求中庸？」

托渾布戲道：「佛家因為追求出世而戒葷腥，少吃了許多美味，道家因為講求登仙而服用丹藥，多吃了許多垃圾，唯有儒家講求中庸，有葷有素，介於油膩與清淡之間。」

琦善又被逗樂，「這個比喻好，有趣味。」

兩人端起酒杯對飲一口後，托渾布道：「琦爵閣，英夷北上白河口，要不是您折衝樽俎，恐怕大沽口就成第二個定海了。」

琦善語氣略帶得意，「我當時雖苦口婆心勸說英夷卷甲回戈，但並無把握能說服他們。本以為即使不大動干戈，也得真刀真槍地比畫兩下，沒想到他們那麼恭順，居然遵旨返棹。皇上確信撫夷之策初見成效，飭令我署理兩廣總督，掛欽差大臣銜辦理夷務，還要我離任前把大沽口和天津的防兵分別撤去，以節糜費。」

托渾布道：「英夷雖是海上鮫鱷，畢竟是番邦小國，跨幾萬里重洋發來區區幾千人馬，後路勢必應援不及，要是真打起來，他們能支持多久？他們占了定海，能分出多少兵力打天津？遑論打北京！」

琦善道：「但英夷要價不菲。義律吹噓他們國家拓土開疆二百年，在五洲四海轄有二十八個領地、二億人口，是天下第一強國。」

托渾布不信，「牛皮吹得山響，任他吹，反正吹牛皮不上稅。」

「你不信，我也不信。話雖如此，但前明倭寇侵擾海疆，釀成幾十年的倭患。前明將領俞大猷和戚繼光費了好大力氣才殄滅他們。我朝歷來重視陸師，不重視水師，要是英夷挾船炮之利，一月一小擾，兩月一大擾，打了就跑，終歸是朝廷的心病。義律返棹時經過山東的登州府，你跟他們打過交道。依你看，英夷水師好不好對付？」

托渾布咂了一下嘴，「我沒登過夷船，只在岸上用千里眼瞭望過。說實話，英夷戰船又高又大，鐵炮環列，帆篷高張，迅駛如梭，要是動起手來，我朝水師肯定不是對手。」說到此，怕有替敵人揚威之嫌，又謹慎地補了一句，「不過，要是英夷登岸，與我朝在陸地上刀對刀、槍對槍地開打，則是兩說。」

琦善沒吭聲。他與義律談判時，目睹了英軍的槍械軍裝、鼓號儀仗，上岸的英軍只有二十八人，但動作之齊整，軍紀之嚴明，給他留下深刻的印象，相比之下，大沽口的清軍則像散兵游勇一樣稀鬆。

托渾布搛了一片魚放入口中，「英夷告御狀，林則徐大人和鄧廷楨大人恐怕要倒楣。」

琦善惋惜道：「林、鄧二位是能臣，可惜辦事操切，禁煙太銳、求治太急，把英夷惹急了。《致中國宰相書》指責他們虐待英商，要我朝嚴懲，否則拒不撤兵，也不歸還舟山。皇上想息事寧人，只好委屈林則徐和鄧廷楨。一年半以前，林則徐去北京向皇上請訓，皇上要他祛除鴉片務必根除淨盡，但不能挑起邊釁，說實話，這是個兩難全的差事。不嚴禁不起作用，禁嚴了又會惹起邊釁。我也為林、鄧二人惋惜。哦，英夷經過登州時有什麼舉動？」

托渾布回答：「十幾天前，八條夷船返棹南行，三條走砣磯島與長島之間的水道，五條從登州府前駛過。那天偏巧，風高浪急，夷船在砣磯島泊了一天。因為風大浪高，海礁利刃割斷了一條夷船的纜繩，船撞到礁石，貨物被海浪沖上砣磯島。夷酋不肯捨棄，派人打撈，在砣磯島蹉跎了整整七天。夷酋義律乘舢板駛至登州府的水城門，請求購買食物和蔬菜。我接到軍機處的廷寄，說您在大沽口奉旨撫夷，軍機處要沿海各省在英夷南行期間妥為撫馭，只要他們不登岸滋事驚擾民人，不得開槍開炮，也不准夷船傍岸與民人私相交易。我見夷酋義律情詞恭順，尚屬曉事，叫當地官弁採辦了牛羊蔬菜，酌量賞給。英夷想以洋銀支付貨值，我命令不得收取。泱泱大清，捨出這點貨物還要錢，豈不是太小家子氣。」

琦善舀了一勺湯，「你送他們多少東西？」

「一百五十頭牛、二百隻羊，還有三千多斤時令蔬菜。」

「你夠慷慨的！」

托渾布無奈道：「說實話，這是送瘟神。只要他們不在我的轄區裡瞎折騰，平平安安地滾蛋，我就阿彌陀佛燒高香了。」

琦善突然問：「英夷不通漢話，你不懂夷語，你是怎麼和他們交流的？」琦善沒有通事，在大沽會談時全由馬儒翰居間翻譯，頗覺彆扭。

托渾布回：「說來湊巧。我去登州府前經過濰縣，濰縣的知縣招子庸是廣東人，他有個親戚叫鮑鵬，通曉夷語。鮑鵬來山東做生意，我臨時請他居間翻譯。」

琦善一聽托渾布手下有懂英語的人，立馬來了興趣，「這人好用嗎？」

「好用，四十多歲，捐過從九品頂戴，熟悉官場禮儀和規則，是個精明曉事的人。」

琦善面露喜色，「皇上差我去廣州辦理夷務，我正苦於沒有居間翻譯的通事，你借我用一用可好？」

托渾布開玩笑地說：「在山東，知曉夷語的人通常派不上用場，但碰上英夷過境這邪門兒事，沒這種人還真不行。我的地面就這麼一個知曉夷語的，您要是帶走了，夷人再來襲擾，我可就抓瞎了。」

琦善調侃道：「山東物華天寶、人傑地靈，招子庸能給你物色一個通事，李子庸、張子庸就能給你物色第二個，甚至第三個。本爵閣部堂辦的是急差，跟你要個人，看你小氣的。」

托渾布笑著拱手，「言重了。琦爵閣，您看中的人，我哪敢不給。明天我就叫鮑鵬去見您。」

窗外突然傳來一陣喧譁，一個粗嗓門惡聲惡氣地罵道：「娘希匹，你往哪兒走！那是你去的地方嗎？」接著是一聲清脆的鞭響。

另一道聲音怒氣衝衝，「我就是罪孽深重，也用不著你來教訓！」

「嘿，你還嘴硬！你以為你是執掌三軍的營將？一團臭狗屎而已！」

琦善和托渾布不由得朝窗外望去，只見幾個衙役押著四名囚犯，正在拐角處鬥嘴。衙役頭目揚鞭指著為首的犯人道：「別把你自己當成什麼大人物，老子想教你吃皮肉苦，一句話而已！」說著，掄起鞭子就抽。

那囚犯五十出頭，卻反應極快，手銬上的鐵鍊向上一舉，恰好攔住鞭梢，鞭梢打了圈兒，死死纏住鐵鍊，囚犯順勢一拽，把衙役頭目拽了一個大馬趴，摔得滿嘴是泥。

看熱鬧的人群爆出一陣喝彩聲：「好！」

恰巧這時一個夫役端著湯盆進來，琦善便問他：「什麼人在驛站裡喧譁？」

「回大老爺話，是浙江送往北京的欽犯和押送他們的差役在鬥嘴。」

驛站是個大雜院，皇親國戚、封疆大吏、公車舉人、府縣公差、革職官員、欽定要犯，甚至刑部調審的疑案死囚，都可以在這裡落腳。因此，驛站一般分割成幾個小院，西院是驛丞的辦事衙門，東面是接待三品以上文武大員的客房，普通官員住東二院，無官銜的公差住東三院，在押囚犯住緊挨馬廄和草料房的西三院，那裡的房子最差，是竹篾泥牆刷白灰的茅草房。那幾個欽犯可能走錯路，誤入東院，被衙役罵了個狗血淋頭。

琦善眉毛一揚，「浙江送往北京的欽犯？」

「是。是定海水師鎮的軍官，打了敗仗，皇上調他們入京，交刑部大堂審訊。」

琦善正想瞭解浙江敵情，「你告訴驛丞，就說我要借用他的衙門，詢問浙江戰事，叫他把那幾個欽犯帶過去。」

「喳。」夫役放下湯盆，狗顛屁股似的出去了。

一刻鐘之後，琦善坐在白馬驛衙門的正堂裡，托渾布坐在旁邊，四個欽犯一字排開，跪在青磚地上。

琦善慢條斯理地問：「你們叫什麼名字？」

為首的欽犯右臉有一條刀疤，像隻小蜈蚣。他不認得琦善和托渾布，卻認得仙鶴補服和錦雞補服，猜出問話的是總督和巡撫，「回大人話，我們四人是定海水師鎮的軍官，我是前中軍遊擊，叫羅建功。」

其他三人依次回答：「我是前定海鎮左營遊擊，叫錢炳煥。」

「我叫王萬年，是前定海鎮右營遊擊。」

第四個人答道：「我是定海縣前守備龔配道。」

「如此說來，諸位是定海鎮總兵張朝發麾下的營將。」

「正是。」

琦善又問：「羅建功，你臉上的刀疤是什麼時候落下的？」

「回大人話，是二十多年前圍剿海匪蔡牽時落下的。」蔡牽之亂是嘉慶朝最大的海疆叛亂，朝廷動用四省水師，耗時五年才將其平定。

琦善道：「如此說來，你立過功？」

「是，在下立過功。」

「定海鎮有水師官兵兩千六，何以一敗塗地？」

羅建功答道：「回大人話，定海鎮額設兵員兩千六，可舟山有八百里水域，大小島礁近千座，岱山、嵊泗諸島都得分汛把守，因而英夷突襲時，定海縣實有兵員方一千二。張朝發大人接到英夷說帖，要我軍獻城投降，張大人立即妥為佈置，率兵迎敵，我等將弁奮力效命。無奈敵人的艨艟巨艦火炮齊發，力能及遠，聲如驚雷，勢若雷霆，我水師鎮戰船中炮後立即四分五裂。如此炸力，實屬見所未見，聞所未聞。

「我軍與海匪作戰，向來以短兵搏擊決定勝負。此番與英夷交手，刀矛弓箭和鐵炮抬槍全都派不上用場，夷炮能打七八里遠，我們的船炮只能打一里遠，我軍還未與敵人照面，就被炸得檣倒楫歪、人仰馬翻，實在出乎預料。張總兵中炮受傷，腿骨炸斷，被⋯⋯送到鎮海，無奈傷勢太重，熬了二十多天，還是歿了，殊為可惜。」羅建功辯解完後歎了口氣，差點掉淚，「這是奇邪啊！」

琦善疑惑，「為什麼叫奇邪？」

羅建功是見過場面的人，「大人，你知道秦朝的李斯吧？李斯年輕時是看守糧倉的小吏，後來青雲直上做了宰相，沒想到一個蹉跌被捕下獄，判五刑加腰斬、劓鼻、割舌、剁肢、笞殺、腰斬，慢慢碎屍，三親六戚一律斬首。大福之後突然遭受飛來橫禍，就叫奇邪。」

托渾布插話道：「自古以來，世人以成敗論英雄，朝廷也以成敗定賞罰。張朝發一仗敗北，失船失地失國威，罪有應得。你們四人是營將，也負有不可推卸的責任。」

琦善想了想，「要是給你們機會戴罪上陣，你們能不能打敗英夷？」

羅建功等四人見證過英夷的堅船利炮，不由得面面相覷，過了半晌，羅建功才道：「回大人話，若以刀槍對刀槍，弓箭對弓箭，我軍不會敗。我軍敗，敗在船小炮陋，器不如人。」

琦善和托渾布分別在大沽口和登州府見過英夷戰艦，雖然沒有交手，卻認定羅建功所言不虛。

琦善接著問：「方才你們與衙役們吵什麼？」

同樣是羅建功為代表，「回大人話，那衙役見我等是落難之人，貪圖我們隨身攜帶的銀兩。我們已經給了不少，他們依然貪得無厭，曲意勒索，恨不得把我們搜刮殆盡。我們不願，他們就尋機刁難，濫發淫威，讓我們挨餓、不給水喝。」

琦善聽了心生三分同情，「如此說來，小人得志便倡狂。你們起身吧。」

四個欽犯站起身來，垂手立在一旁。

琦善轉臉叫過驛丞，「你去把押送欽犯的衙役頭目叫過來。」

不一會兒，衙役頭目進了堂屋，見兩位高官在上，立即跪在地上，「小人給二位大老爺請安。」

托渾布知道琦善是個慈心人，不願唱黑臉，他就主動拉下臉來，一拍驚堂木，生冷硬朗地質問：「你叫什麼名字？」

「敝人叫陳二。」

托渾布的眼睛一瞇，眸子裡閃著陰暗的幽光，聲調嚴厲得令人發瘆，「陳二？我看你是渾二！你知曉法度嗎？」劈頭蓋臉一聲喝問，把陳二愣住了。

托渾布疾言厲色地大喝：「《大清律》明文規定，押送犯有公罪的七品以上文官、五品以上武官不得用枷鎖。你用鐵鍊押送欽犯，是違法！他們雖然打了敗仗，卻為朝廷出過力。在刑部定讞罪狀前，容不得你隨意喝斥辱罵，更容不得你肆意虐待！你要是狗膽包天，乘人之危，肆意勒索，當心我扒了你的皮！」

他雖然並非陳二的直接上司，卻是威風凜凜的山東巡撫，收拾一個衙役就像拍死一隻蒼蠅。陳二嚇得臉色僵紫，呆偶似的跪在地上，兩條腿抖得像篩糠，頭也不敢抬。

托渾布發完脾氣，琦善才指著幾個欽犯對陳二道：「他們落難前在疆場上螻蟻喋血，拚死拚活掙下功名，有罪也是公罪。罪於公錯，罪於天時，在事有罪，於己無私，失於覺察，失於誤判。你也不撒泡尿照照自己的猢猻相，就你這副德行也敢勒索他們！先掌自己十個嘴巴，然後去大伙房燒熱水，親自給他們洗腳吧！」

拾參 癘疫風行舟山島

舟山成了英軍的基地。經過簡單修葺後，原定海水師鎮的衙門變成英國公使大臣懿律和義律的臨時下榻處。他們從大沽口返回後立即召集會議，通報會談的情況。參加會議的有陸軍司令布耳利及團以上軍官、海軍的辛好士爵士、各艦艦長，和臨時政府的知縣郭士立等。

辛好士爵士年過六旬，銀髮銀鬚，鼻樑骨又高又直，臉上的線條硬挺堅毅，剛刮過的兩腮和下巴泛著黢青，深藍色的海軍服上別著一枚漢諾威騎士勛章和一枚巴思勛章，那兩枚勛章充分說明他是久經沙場、戰功赫赫的人物。

他年輕時在西印度群島艦隊效力，參加過加勒比海大海戰，而後調轉地中海艦隊，參加了特拉法加大海戰和英美海戰。英王威廉四世對他的評價極高，說他是最聰明、最勇敢、最敏捷、最博學的艦長，並親自提名他為爵士。

他率領「伯蘭漢號」戰列艦和四條運輸船從英國啟程，在英軍佔領定海後的第二十二天抵達舟山，他的到來，意味著遠征軍集結的結束。

從英國政府發佈動員令之日算起，東方遠征軍的集結總共耗時八個月又二十八天，大家都認為辛好士會被任命為遠征軍的艦隊副司令，但命令遲遲未到。

大家入座後，義律開始介紹大沽會談的情況，「我依照《巴麥尊外相致中國宰相書》向琦善提出了質詢和要求，目前看來，僅有三項條款口頭上達成一致。其一，懲辦廣東官憲；其二，恢復通商；其三，兩國平等往來，我國職官遞交中國官憲的公文不再使用『稟』字，中國官憲致我方的公文不再使用『諭』字，統稱『照會』。還有一項要求可能達成一致，即三百萬商欠的清償問題。中國大臣琦善表示，商欠發生在廣州，如果調查屬實，朝廷絕不姑息，將督促行商如數清算，但是，商人的事情應由商人處理，朝廷不會替商人承擔這筆費用。」

布耳利問：「請問公使閣下，哪些事項沒有達成一致？」

「我方要求中國增開通商碼頭或出讓一座海島，賠償煙價和兵費、明定稅則等事項，都沒有達成一致。此外，清政府敦促我國禁絕鴉片。我則明白表示，我國歷來尊重中國法律，嚴禁我國商人向中國內地輸入鴉片。」這是一句標準的外交辭令，其潛臺詞是英國的既定政策不變，鴉片在英國是合法商品，英國政府依然默許商人在公海上販賣鴉片。

坐在布耳利身旁的辛好士爵士道：「據我所知，《致中國宰相書》是談判的基礎，但他在第三號訓令中做了增補，把對華要求擴大至十五項，不知公使閣下是否向中國人提出全部要求？」

義律搖頭，「沒有。我以為，與中國人談判不能急於求成，如果把十五項要求和盤托出，不僅解決不了問題，反而會增加談判的難度。英中之間的問題很多，不是一朝一夕就能解決的，分次分批提出，比一次性提出更合適。與中國人談判需要時間和耐心。琦善要求我們去廣州會談，我與懿律公使商議後，決定接受他的建議。」

軍官們交頭接耳地議論起來。布耳利對辛好士爵士耳語：「我覺得兩位公使犯了一個策略性的錯誤。」

辛好士點頭附會，「我也有同感，這會拖延解決問題的時間。或許義律公使久駐廣州，丟掉了盎格魯—撒克遜民族的果斷與剛強，學會了中國人的拖沓和陰柔。」

蒙泰聽見布耳利和辛好士的議論，站起身來直言不諱，「義律公使，恕我直言，我以為，撤離大沽是不恰當的。我們應當派一支部隊在大沽登陸，建立一個灘頭陣地，在艦炮的支援下，全中國的軍隊都無法趕走我們。大沽距離北京僅一百多公里，我軍駐紮在那裡，中國皇帝連覺都睡不安生，為了讓我們走開，他什麼條件都會答應，我們很快就能完成使命。我擔心中國人其心狡詐，玩弄緩兵之計。」

懿律不得不替義律辯解：「蒙泰中校，我欣賞你的勇氣，但是你們陸軍不瞭解海軍。海軍的行動受制於天氣、水流和季節。直隸灣的緯度偏北，是一個半封閉的內海。據當地人講，九月開始颳西北風，用不了多久就會陰風怒號、寒風凜冽，海水將結冰，我們的分艦隊稍有疏虞，就可能凍結在海上，陷入苦境。我和義律公使再三斟酌，才決定返棹南行，在廣州與中國人會談。」

義律跟著解釋：「扣押我國僑民之事發生在廣州，沒收我國商人財產之事發生在廣州，商欠案也發生在廣州，但是，廣州官憲多有粉飾，沒有把實情報告給朝廷，朝廷根本不知道商欠案。我們提出賠償要求後，中國皇帝要派欽差大臣去廣州調查取證，我們應當給他們時間。」

「蒙泰中校，外交不是軍事，是慢功細活，容不得速戰速決。我們佔領了舟山，它是個很有分量的質押物，中國人不接受我們的條件，就無法索回舟山。在大沽會談期間，中國官憲頭一次與我們平起平坐，它標誌著我國外交事業上的重大突破，雖然距離我們的目標還很遠。戰爭不是遊戲，是痙攣和痛苦，是流血和犧牲，是傷殘和死亡，是提心吊膽和忍饑挨餓。我寧肯慢一點兒，也不想拿士兵的性命當賭注。」

蒙泰很不服氣，「但是，延宕會使我們付出更多鮮活的生命。」

懿律問：「哦，你是什麼意思？」

蒙泰語氣悲涼，「你們離開時，軍隊就有疫病的苗頭，現在已經擴散開，速度驚人。天花、瘧疾、紅熱病、痢疾、斑疹傷寒和敗血症接踵而來，它們像鬼影一樣糾纏著我們。到昨天為止，我軍病倒了一千三百多人、死亡一百五十人，野戰醫院人滿為患。」

懿律和義律的臉色頓時陰沉下來。軍隊遠征異國他鄉，經常因為水土不服或飲食不良而患痢疾，死人的事情經常發生，但很少出現天花。

懿律細加詢問：「我軍怎麼染上天花的？」

蒙泰解釋：「或許我們不該倉促進城。二十六團進駐定海後，住進民房裡。沒想到定海在鬧天花，這是一種烈性傳染病，一傳十，十傳百，勢不可當。得知我軍半數士兵沒有接種過牛痘後，我已立即派船去加爾各答取牛痘疫苗，但是遠不濟急。」

郭士立忍不住抱怨，「軍隊攻克定海後，我曾提議不要急於進城。但你們不聽，結果鬧出一場瘟疫。」

蒙泰怒道：「郭士立牧師，你在放馬後炮。你反對軍隊進城不是因為疫情，是出於宗教的考慮。」

布耳利開口：「幸虧隔離及時，天花僅限於二十六團，沒有波及其他團隊。但是，瘧疾和痢疾氾濫成災，舟山成為病魔的道場，兵營裡鬼氣森然，病號與日俱增，士兵們面黃肌瘦，眼眶塌陷成黑窩窩，慘不忍睹。」

懿律眉頭緊皺，「瘧疾為什麼如此嚴重？」

布耳利推論：「我估計是水。舟山人在稻田裡使用過量的人糞畜尿，瘴氣瀰漫、異味撲鼻，由於我軍官兵無法忍受這種氣味，我不得不下令把兵營四周的水田全部抽乾。」

懿律又問：「海軍的疫情嚴重嗎？」

辛好士答道：「還好。海軍住在船上，僅少數人患有痢疾。陸軍暴發疫情後，我果斷採取措施，嚴禁官兵們上岸遊觀。」

懿律轉頭問郭士立：「綏靖政策的效果如何？」

「教會醫院的創辦為安撫人心起了重要作用。我們力圖恢復秩序，招商開市，綏靖政策初顯成效。定海縣原有居民兩萬五至三萬之間，經過安撫，目前已經有萬人左右返回家園。但是，一部分舟山人像土耳其人一樣愚頑難馴，他們有強烈的排外意識，表面上順遂，暗地裡搗鬼，我軍派到鄉下採購糧食和蔬菜的士兵多次遭到中國人伏擊。」

布耳利在旁補充，「中國義勇身穿便衣，埋伏在山林石叢或村鎮路口，我們很難分清他們是兵還是民。炮兵上尉安突德在青林嶴附近測繪地圖時，遭到孬徒綁架，我雖馬上派兵包圍青林嶴，逮捕了八名嫌疑犯，但嫌疑犯們串通一氣，講的話真假難辨，我們至今仍沒有捉到真正的兇手。」

辛好士道：「我向浙江官憲發出一份照會，要求他們釋放安突德和所有遭到綁架的英印士兵。欽差大臣伊里布回函說，我軍歸還定海，他們才肯交還男女俘虜。」

義律相當詫異，「還有女俘？」

辛好士點頭，「是的，是『風鳶號』運輸船的隨軍眷屬，拿布夫人。『風鳶號』隨同『康威號』和『阿爾吉林號』去長江口執行封鎖任務，遇到風暴擱淺在海灘上，船員棄船逃生，被中國人俘虜了。」

蒙泰補了句：「還有一個叫布定邦的通事，是我們在廣東雇的，懂英語。他是第一個主動為我軍效力的中國人，如今落入敵人手中，不會有好下場，我們要是不營救，恐怕會給投靠我們的其他中國雇員留下惡劣印象，他們就不願為我們盡心效力。」

懿律對此表示同意，「我們必須營救所有俘虜，包括布定邦，一個都不能少。」

義律說：「中國皇帝希望以和平方式解決爭端，琦善已經諮會沿海各省不得襲擊我軍。我們不妨借此機會去一趟寧波或者鎮海，與浙江官憲交涉，索要俘虜，並要求他們停止一切敵對行動。」

懿律道：「在那之前，我們應當關懷一下病號。哪個團的野戰醫院離這兒最近？」

「二十六團。」

懿律兩手支著膝蓋站起來，「布耳利將軍、辛好士爵士、諸位軍官們，你們諸事繁忙，不用奉陪了，我和義律公使去二十六團的野戰醫院看一看。」

二十六團的野戰醫院設在定海城南門外，懿律、義律在幾個士兵的陪同下出了城。繞過一片竹林，就能看見奧格蘭德的墓礅，墓礅後面豎起一百五十個十字架，劍柄一樣齊刷刷地插在地上。石砌的墳塋方方正正，像一群士兵匍匐在死去的將領身後。他們全都倒在異國他鄉的土地上，未戰而亡。

一隊士兵抬著一具棺材朝墓地走去，打頭的是一個隨軍牧師，那具棺材裡躺著一個剛病死的士兵。牧師將要為他主持一個簡短的安葬儀式，念禱詞、唱安魂曲。

兩個多月前，英軍以摧枯拉朽之勢擊潰了清軍，頗有一種打遍天下無敵手的豪邁氣概。現在他們像中了魔法，豪邁氣概蕩然無存，士兵們瘦骨嶙峋、目光呆滯，就像遭到嚴霜摧殘的草木。癘疫是無形刀、斷魂槍，說不準什麼時候就會突然狠毒刺擊，讓人們猝不及防。

二十六團的野戰醫院位於樹林和竹林之間。在海風的吹拂下，細密的竹葉像一片片裹屍布，頑強地掛在竹竿上晃來晃去。樹葉開始發黃，零零落落地飄到地上，來不及下葬，呈現出秋天的敗局。

三十多頂帆布帳篷排成兩列，依偎在山腳下，四周圍了一道馬馬虎虎的竹籬笆。籬笆前有一片荒棄的農田，田主不知逃向何方，無人整理的粗硬雜草濫生濫長，雖然有點枯黃，但很搶地力，遮蓋住一半莊稼。農田對面有一排豬圈和熬豬食的大鍋，豬早就沒了，只留下成堆的豬糞，風一吹，難聞的臭味便飄散開來。

籬笆門上插著一面二十六團的團旗，當值的哨兵腰板筆直，風紀釦繫得一絲不苟，從頭一直綳到腳，就像釘在地上的大頭針。但是，五十米外亂象叢生，病號嘔吐的穢物、尚未清洗的紗布和帶有血漬的手紙引來成群的蒼蠅，牠們嗡嗡嚶嚶，亂飛亂舞，好像在享受一場盛宴。

軍醫加比特上尉聽說兩位公使前來視察，趕緊鑽出帳篷，向他們敬禮並快速遞上口罩，「二位公使閣下，很抱歉，疫情很嚴重。這裡是隔離區，請你們戴上口罩。」他看上去四十多歲，穿了件白大褂，一副筋疲力盡的模樣。

懿律戴上口罩，話音有點兒發悶，「軍中流行什麼時疫？」

「天花、赤痢、瘧疾和黃熱病。」

「有多少病號，多少人死去？」

「本團共有兵額六百餘人，但入院達七百人次，有人兩次甚至三次入院，目前已有八十多人死去。」

懿律意識到，一百五十十座墳塋裡多半是第二十六團的官兵。

加比特軍醫解釋：「水土不服、營養不良、腐殖物散發的瘴氣、不潔的水源，蝨子、跳蚤、蚊子和老鼠，都可能是致病媒介。這兒的蝨子個兒大勁健，跳蚤捷足利齒，蚊子毒性十足。我軍攻打舟山時，定海居民大部分都逃走了，留下無人照料的病號。中國人的醫術落後，不懂得如何預防天花和瘧疾，居民很窮，沒錢治病，我軍誤入民居，倒了大楣。哦，還有氣候，舟山的夏天溽熱難耐。我曾向布耳利將軍提議，不要為了軍容齊整犧牲士兵們的健康，士兵站崗時不必繫緊風紀釦，否則會增加患黃熱病的機會。但是他不聽。」
義律擔憂地問：「加比特軍醫，有什麼補救辦法？」
「我們的藥品在印度起作用，在這兒卻不然，眼下沒有特效藥。我們人手嚴重短缺，必須把一部分人轉移走，不然死亡率會更高。」
「轉移到什麼地方？」
加比特說：「最好轉移到加爾各答，但路途太遠，病號可能在途中死亡。我建議轉送到馬尼拉，那兒是西班牙的殖民地，有條件較好的醫院。」
「需要轉走多少人？」
「至少一千，多多益善。」
懿律沒說話，他想進帳篷看一看，不過被加比特制止，「公使閣下，為了你的健康，請不要進去。你一定要看的話，請從紗窗窺視。」
兩位公使不得不服從勸告，改而走到一頂帳篷外，隔著紗窗向裡窺視。
只能容納八人的帳篷裡擠了十人，士兵們躺在髒汙不堪的草蓆上，一個挨一個，連插腳的地方都沒有。鮮活的生命在瘟疫的折磨下像活鬼一樣觸目驚心，病號的身上長著疥瘡，臉上有充血斑丘，人人都在死亡的邊緣上苦苦掙扎，發燒、噁心、嘔吐、寒顫、高燒、背痛、腿痛、鼻衄、耳鳴、譫妄、狂躁、昏迷，煩躁不安、眼球充血、劇烈頭痛，不一而足。有人遍體潰爛，渾身上下散發出濃濃的異味，隔著口罩都能依稀聞見。

帳篷中央吊著一盞烏裡烏塗的桐油燈。不難想像，夜幕降臨後，只要點燃它，就會招來成群的蚊子和飛蛾，牠們的翅膀一不小心就會觸及燈焰，像被子彈擊中的飛鳥墜落到燈下。懿律和義律看著蜷曲在血汙中的傷兵，觸及他們可憐哀哀的眼神，聽見他們淒涼的呻吟，心頭一陣陣發緊。

一個隨軍眷屬在給病號餵水，那病號顯然患上天花，臉上和手臂長滿水泡，有的水泡已經破裂，流著帶血絲的濃液。

女人一面換藥一面用生硬的英語安慰道：「堅持，會好的。」懿律聽出她講的不是純正英語，帶有捲舌音。

病號輕輕抬起頭來，「達吉，我好像看見了邱吉爾勛爵和……奧格蘭德將軍的陰影……大軍未戰，將領先亡……它是一種預言，一種詛咒，一種宿命，像鬼魅一樣……糾纏著我軍。」

女人溫聲勸慰，「比爾，別胡思亂想，一切都會過去的。上帝會保佑你的。」

另一個病號掙扎著坐起身來，他被疫病折磨得像具活屍，腦袋如同骷髏，風言冷語，音調古怪，「這叫邱吉爾－奧格蘭德詛咒，上帝在詛咒為鴉片而戰的軍隊。」他的話像讖語一樣令人心驚，義律腮上的筋健不由得微微一動。

骷髏的話讓女人一悸，她轉過頭，正好瞥見紗窗外的懿律。懿律看清了，她是一個黑頭髮、棕皮膚的印度人或孟加拉人，眉心有顆紅砂痣，眼睛像黑色的水晶，噙著亮晶晶的淚珠。她戴著口罩，但體態柔弱、疲憊不堪，一副忍辱負重的模樣。

懿律頓生狐疑，「那個女人叫什麼名字？哪兒來的？」

加比特上前一步回答：「是廚師長比爾的女人，叫達吉。」

懿律立時怒氣湧上心頭，「那個違反軍規私帶眷屬的！我不是說過把她送回加爾各答嗎？」

加比特解釋：「二十六團只有三十八名隨軍眷屬，病倒一大半，死去兩個，卻有幾百病號，我們人手不夠，這才把她留下。」

懿律語氣堅定，「同情心代替不了軍規。有運輸船返回加爾各答時，必須把她送走！」

加比特行了一個軍禮，「遵命。」

由於擔心傳染，懿律和義律草草轉了一圈就離開野戰醫院。

懿律摘除口罩，對義律道：「我戎馬半生，從來沒見過這麼嚴重的疫情。我軍攻佔定海時無人傷亡，亨利．士密在澳門關閘打了一仗，僅四人受傷。但是，『麥爾威裡號』遭受重創，『風鳶號』船毀人亡，一條運輸船在砣磯島沉沒，現在又遭逢如此嚴重的瘟疫，非戰鬥減員大大超出預料。查理，我不怕敵人，敵人打不敗我們，但是，遠征軍可能敗於癘疫。」

義律的心境同樣灰敗，「喬治，我們在執行一件艱巨的任務，用一支小小的遠征軍挑戰近四億人口的東方大國，它的戰略縱深，堪比整個歐洲。」

懿律道：「巴麥尊勛爵命我們向中國人索要一座海島，你看中了舟山，但我覺得舟山不合適。這座島太大，人口太多，居民極端仇視外國人，保衛它至少需要三千士兵。」

義律點頭道：「是的，守衛它的確需要大量人力和物力，恐怕我國政府抽不出這麼多兵力。」

懿律停住腳步，「你比我瞭解中國。能不能換一個較小的島，一個五百士兵就能守衛的小島？」

義律用腳尖搓著地上的浮土，思索一會兒，「舟山瘴氣很重，我軍嚴重水土不服，讓中國皇帝割讓這麼大的島嶼也有難度。我們需要一個比澳門稍大的地方，香港或許更合適。不過，佔領舟山是巴麥尊勛爵指示的，要變更的話，必須獲得他的批准。」

懿律考慮過後說：「我們聯名給他寫一份報告，說明變更的理由。哦，還有一件事，我們得盡快安排兩條船，把重病號送到馬尼拉。我還要給奧克蘭勛爵寫一封信，請他增派醫生，最好增派一條醫療船。」

拾肆　浙江和局

天妃宮位於鎮海碼頭的北面，是座歷史悠久、規模宏大的寺廟。天妃又名媽祖，是漁民和海商的保護神。海上氣象萬千，風雨難測，漁民和海商出海往往命懸一線，家裡人全都提心吊膽。為了消災禳禍，每年魚汛到來前，漁公漁婆們都要聚在這裡舉行盛大的祭海儀式，懇請媽祖保佑親人平安。當親人們歸來後，人們又到媽祖的神像前還願，致使天妃宮香火旺盛、善款盈多，得以不斷擴建，經年累月之後，成為鎮海縣最有規模、最氣派的寺廟。

伊里布正與義律在天妃宮的偏殿裡會談。宮牆外面警衛森嚴，一隊帶刀弁兵咋咋呼呼地驅趕圍觀的百姓，但百姓們愛看熱鬧，不論怎樣斥罵就是賴著不走，致使鎮海碼頭至天妃宮一帶熙熙攘攘，人頭攢動，比趕大集觀社戲還熱鬧。

這也難怪，義律乘坐的「皇后號」火輪船靠在鎮海碼頭的棧橋旁，那是一條排水量七百六十噸的明輪船，比清軍的大號戰船大三倍，高聳的鐵煙囪、突突作響的蒸汽機、旋轉的蹼輪、前突的沖角、複雜的帆篷、五顏六色的旗幟、烏黑發亮的槍炮、蛛網似的帆纜索具等等，每一樣東西都是當地百姓沒有見過的。

英國兵船封堵大浹江口兩個半月，幾千條漁船和商船密密麻麻地擁擠在大浹江裡，即使魚汛到來，也沒人敢出海打魚，更不敢出海貿易，人們乾著急沒辦法。面對製造精良、奇形怪狀的外國火輪船，人們的心情極為複雜，驚歎、好奇、羡慕、妒忌、無奈、憎恨……可謂百感交集，議論聲嗡嗡不斷。

「真威風！」

「別他娘的長夷人的志氣，滅自己的威風！」

「好神奇！比東海龍王的船都大！」

「你懂個屁，東海龍王住在水晶宮裡，不坐船！」

「奶奶的，狗強盜們跑到咱們家門口耀武揚威！」

「皇后號」火輪船開進大浹江口，大浹江口外面還有三條英國兵船，它們不即不離，炮窗洞開，擺出一副能隨時應變的架勢。清軍將領也各司其職，余步雲監視海上敵情，葛雲飛留在棧橋旁，名義上維持秩序，實際是想仔細觀察火輪船的構造。

伊里布端坐在偏殿中央，烏爾恭額陪坐在一側，張喜坐於一張小桌旁，手握筆桿做記錄。張喜不是職官，為了便於辦差，伊里布要他暫戴六品頂戴，假冒職官參與會談。義律頭戴黑色禮帽，身穿黑色燕尾服，喉結處打了一個黑緞帶蝴蝶結，大翻領裡露出雪白的襯衫，腳上蹬著油光鋥亮的黑皮鞋，猛一看就像是黑羽毛白胸脯的雨燕。他的左腳搭在右膝上，神態自然。通事馬儒翰也是同樣打扮，他的膝頭上放著一本紙簿，肥胖的手指握著一支鵝毛筆，時而低頭速記，時而開口翻譯。

伊里布的語速中庸，「貴國稱兵犯順，占我城池、傷我官兵。你們還到大沽告御狀，訴冤乞恩。大皇帝不予計較，已屬格外施恩，何況允准你國通商，可謂聖恩優渥。不啻天高地厚，你們將如何報答聖恩？」伊里布的頭腦被「中央之華，四夷來朝」的觀念主導，擺出中央大國俯瞰番邦的姿態。

義律拒不承認大清對英國有恩，校正道：「貴國與英國乃是平等之國，通商不只對我國有好處，對貴國也有好處。何況我們不是專為通商而來，是為傷國威而來。你們傷我們的船、傷我們的人，貴國官憲所作所為，應當有個了結的辦法。」

「林則徐和鄧廷楨辦差不力，大皇帝俯順夷情，將他們二人罷黜，難道還不夠嗎？」

「罷黜他們是貴國的事，與我們不相干。」

意外地，伊里布接到廷寄，朝廷告訴他談判由琦善負責。伊里布道：「解決兩國爭端，大皇帝飭令琦爵閣部堂與你們在廣州商辦。本大臣不宜多加議論。」

義律道：「有些事情可以在廣州解決，有些事情應當在這裡解決。中堂大人，英中雙方都願意罷兵修好。我們有一名軍官，叫安突德，一個月前被貴國誘捕，還有多名水兵和一名女眷被貴國俘獲，全都關押在寧波。請問中堂大人，既然雙方願意以和平方式了結爭端，能否將他們交給我帶回？」

伊里布搖頭道：「我方擒獲了安突德等二十七名夷官和水梢，包括一名女俘，貴國如能奉還舟山，我國當然不會羈押。」

義律道：「我方可以停止封鎖大浹江口，讓貴國漁民和商戶各安其業，以此交換我方俘虜。」

伊里布趕忙阻止，「皇帝有旨，交地退兵應當與釋放俘虜等量齊觀。貴軍不交地，本大臣就無法將俘虜釋放與你，無法向皇帝交差。此事不是本大臣能夠擅自作主的。」伊里布熟知道光的秉性，道光皇帝事必躬親，任何事情不合他的心意都可能招來天怒。

義律道：「中堂大人不能釋俘，能否允許我們看望他們，以安其心？」

伊里布搖頭道：「見也無益，不見為好。」

「我軍在廣東雇用了一個叫布定邦的通事，也被貴軍俘虜，能否將他釋放？」

伊里布道：「布定邦是中國人，理應依照《大清律》處置，不能交給貴國。」

「既不釋放，又不允許看望，能否好生優待？」

伊里布道：「本大臣仰體大皇帝中外一家之意，對俘虜優加豢養，並無絲毫傷害，對有病之人，亦派醫生治療。貴國軍隊佔領了舟山，也請好生對待舟山商民。」

義律意識到索要俘虜是不可能的，「兩國打仗，不應當傷害無辜人員，我方將優待舟山的貴國百姓，讓其安居樂業，以求和平解決爭端。本公使大臣還有幾項要求，請中堂大人給予考慮。」

「請講。」

「現在兩國意在修好，我方應大皇帝的要求前往廣州，與琦爵閣會談。在達成協議前，我們雙方應當中止敵對行動。」

「如何中止法？」

「為了防止兩軍擦槍走火爆發衝突，我們不妨暫時劃一條界線，以崎頭洋和金塘港為界，互不越界，息兵罷戰。」

「劃一條楚河漢界，息兵罷戰……這不失為一種權宜辦法。待本大臣奏請皇上後，即與你們細加商議。」

「貴國官憲曾經發佈文告，懸以賞金，鼓勵舟山百姓襲擾我軍，請貴大臣發佈一份文告，命令舟山百姓停止襲擾，我軍也承諾不傷害貴國商民，兩相其便。不知貴大臣意下如何？」

伊里布道：「中國有句老話叫『以和為貴』。本大臣寄厚望於廣州會商，只要貴軍在舟山不擾民，本大臣將滿足貴公使的要求。」

義律道：「我國兵船來到貴國水域，在大沽，琦爵閣贈以牛、酒，在山東登州，托渾布大人贈以雞鴨牛羊。但當時我沒有攜帶禮品，不能禮尚往來。今天，我特意帶來兩匹英國布料和兩箱英國好酒，請中堂大人收納。」

說著，一個英國軍官抱來兩匹做工精細的印染花布。

義律指著布料道：「這是我國曼徹斯特紡織廠生產的染色花布，物美價廉。」他既在還禮，也在借機展示英國的紡織品，為洞開中國市場作鋪墊。

英國紡織廠用機器作動力，織出的布料細緻均勻，比中國的手紡布好得多，印花工藝更是精湛無比，伊里布不由得暗自稱奇，但臉上不露痕跡，「貴國官兵不遠萬里梯航而來，大皇帝視為遠客，琦爵閣和托渾布大人都以牛與酒犒賞，本大臣也視貴公使為遠客，準備派人渡海，贈送牛、酒。」

該講的都講了，伊里布起身送義律和馬儒翰出天妃宮，烏爾恭額和張喜跟在後面。義律道：「我國與貴國通商二百年，二百年來和睦平安。但願兩國繼續和睦相處。」

伊里布點了點頭，「講得好。你即將去廣州會談，本部堂預祝會談順利，簽訂一份百年和好條約。」

義律等人走後，一個師爺送來封火漆密封的廷寄。伊里布撕開信套，取出信箋，是軍機處轉發的上諭：

英夷前在浙江投遞字帖，懇請轉奏，烏爾恭額接受夷書時，並不將原書呈奏，遽行擲還，以致該夷船駛往各處，紛紛投訴，實屬昏瞶謬誤，致誤機宜。烏爾恭額著即行拿問，著伊里布派委妥員，速行解京，交刑部訊明治罪[17]。

伊里布抬起頭，見烏爾恭額正與張喜說話，便揮手招呼道：「烏大人，有諭旨，你來看一看。」

烏爾恭額撩衽進入偏殿，接過上諭一看，頓時臉色煞白、腿腳發軟，手指微微打顫。英夷突襲舟山後他被罷官，但朝廷給他的處分是「革職留任，戴罪圖功，以觀後效」，這意味著他被降職，依然是官，甚至代行巡撫之職。這份上諭卻要將他「交刑部訊明治罪」！一個「罪」字，命運立馬截然兩樣，這意味著他已成為階下囚！

烏爾恭額覺得彷彿有坨鳥糞從天而降，正好砸在頭頂上。他困惑道：「皇上如何知曉這件事？」

17 《上諭》，《籌辦夷務始末》卷十五。

張喜分析：「夷酋義律在大沽與琦爵閣會談，或許是他對琦爵閣講了這件事，轉奏朝廷的。」這是個相當合乎情理的推測。

烏爾恭額滿臉，委屈嗟歎，「真是天威難測，聖心難度呀！」他像洩了氣的皮球，說話亂了方寸，舌頭繞不過彎來，「沒想到，沒想到，真……沒想到。朝廷明文規定，域外各國投遞夷書，必須在信套上加寫『稟』字，在廣州投遞，各省封疆大吏不得……不得接受夷稟，違者治……治罪。英夷佔據定海後，放了一名陳姓商人，要他將《致中國宰相書》投到……我的巡撫衙門，我要是接了，是違制，只能將夷書擲還。伊節相，要是您是當事人，該……該如何處置？」

這是一個無法回答的問題。

伊里布只能溫聲說：「烏大人，本朝的仕途是可進可退、可榮可辱之途，升降沉浮往往身不由己，途中人、途中事往往對錯難判。」

他拉著烏爾恭額坐下，不疾不徐地寬慰道：「我比你虛長二十歲，經歷過不少波折，但只要心靜氣和，也不會壞到哪裡去。當年我在雲南當通判，因為被人誣告罷了官，沒了俸祿，窮得沒辦法，想求巡撫大人撥一點兒盤纏，攜帶眷屬回京。巡撫衙門的司閽見我是革員，沒錢通融，不肯通報，經我懇求再三，才讓我在西偏房裡候著。那時西偏房裡還有六七個官員等著接見。司道官員進去，出來了；府縣官員進去，出來了；佐貳雜官進去，也出來了。眼見著輪到我，司閽突然說撫台大人累了，要我暫且回去，明天再來，我只好回去。第二天我再去求見，在西偏房屏息枯坐，窮極無聊，為了消磨時光，只好仰頭默數房頂上的椽木，再數地上的方磚，如此往返三天都沒見到撫台大人。

「雲南離北京有六千里之遙，無奈之下，我只好把妻子和兒女留在當地，孤身一人回京，向親友借貸，以便讓家屬回京。北京的親友們聽說我罷了官，見到我就繞道走，沒有一人問寒問暖。幸好朝廷有規定，宗室覺羅因公罷官，可以請求覲見，向皇上申訴。有一個人曾在我手下做過事，對我說『您都窘迫成這個樣子，不如送點兒錢給宮廷侍衛，看他們能不能幫你通融，要是皇上召見你，說不定有轉圜的餘地』。

「我想，反正山窮水盡了，不如孤注一擲，或許有一線希望，便下了狠心，把僅剩的一點兒錢全送給侍衛。算我運氣好，皇上正掛念著雲南局勢，聽說我從雲南來，立即召見我詢問情況，我借機講述了自己的委屈。皇上聽後，命令我官復原職，仍然回雲南當差。

「幾個親屬聽說我官復原職，立即向我慶賀。後來，我正準備出京赴任，皇上突然越級提拔我為郡守，消息一傳出，向我慶賀的親屬多得不得了，有建言獻策的，有送錢送物的，還生怕我不收。那種冷暖陰晴，實在一言難盡！回到雲南再見妻子兒女時，真是恍如一夢。

「第二天，我去謁見撫台大人，在衙門口當值的還是那位司閽。他見了我，立即換上一副討巧嘴臉，主動招呼，立即通報。我進去後，撫台大人和顏悅色道『你大概不知道，昨天皇上的諭旨到了，晉升你為雲南按察使』。兩年後，我當了雲南巡撫，再次進西偏房，房頂的椽木和地上的方磚歷歷在目，回想起當年在那兒苦等苦挨、徒勞無助，與官場上的人情薄厚，心裡難免唏噓一番。」

雖伊里布娓娓而談，如對老友，烏爾恭額依舊心情抑鬱，提不起精神，「伊中堂，您是紅帶子覺羅，與皇家血統一脈相承。我出自鑲黃旗富察氏，沒有您那麼高貴的血統。我擔心皇上一怒之下，罪我父母、罪我眷屬、罪我子女呀！」

伊里布拍拍他的肩，「碰到這種事，千萬別著急，越心急越容易胡思亂想，越容易鑽牛角尖。唯有靜下心來，把一切置之度外，才能坦然應變。烏大人，上諭命令我把你『速行解京』，我不敢違旨，只好委屈你，請你回府收拾東西，安排好眷屬子女。明天一早，我派船送你去北京。」

烏爾恭額滿身晦氣地走了。他離開後沒一會兒，余步雲和葛雲飛進天妃宮。

聽了伊里布的簡述，葛雲飛如釋重負，「如此看來，我們不必武力規復舟山了。」

伊里布問：「葛鎮台，你怕打仗嗎？」

葛雲飛苦澀一笑，「不，不怕打仗，下官自從戎之日起就立下精忠報國之志，以馬革裹屍為榮。但是伊節相，打仗畢竟不是兒戲。您與夷酋會談時，我上了夷船，仔細看過。」

「哦，夷兵讓你上去了？」

「是的。」葛雲飛覺得無法理解，「我是一肚皮的疑問。比如，夷船上有火池（蒸汽機），用煤炭把火池燒熱，水氣帶動彎曲的鐵柄，再推動蹼輪旋轉，道理何在？再比如，咱們的桅杆上只掛一面四角桁帆，夷船的桅杆卻掛多面帆，縱帆、橫帆、三角帆搭配組合，航速比咱們的快，轉向比咱們的靈活，我也沒看懂。咱們的抬槍擱在牆角就生鏽，擦拭完過幾天還生鏽，人家的燧發槍卻烏黑鋥亮，一點鏽跡都沒有，這是什麼道理？俗話說『知己知彼，百戰不殆』，人家把東西展示給你，你卻看不明白，這種敵人才是最強大、最可怕的！」

余步雲也有同感，「我在岸上調度弁兵，沒上夷船，但也觀察得十分仔細。大浹江口外的大號兵船有七十多位火炮，小號兵船有十七八位。咱們的大號戰船只有八位炮，小號戰船只配一位炮，鎮海水師營的全部船炮不及敵人一條大號兵船的炮位多。英夷的火炮安放在炮艙裡，夷兵藏身其中，不易被炮火擊中，咱們火炮安放在甲板上，炮弁無處藏身，一俟開仗，很容易被打中。咱們的戰船是按《造船則例》打造的，而《造船則例》是康熙朝頒發的，樣式和造價一百多年不變，承造商只能依例打造，不能獨出心裁，另起樣式。這些年來物價騰昂，但《造船則例》的鐵板定價不能變，承造商無利可圖，為了少賠錢，只能偷工減料，打造的戰船板薄釘稀，禁不起敵炮的轟擊。」

兩個領軍人物把清軍的船炮說得一無是處，說得伊里布心境灰暗，「如此看來，武力規復舟山竟然是辦不到？」

葛雲飛也很無奈，「是的。伊節相，舟山與鎮海只隔一道海峽，一葦可航，但英夷的兵船如同海上大鱷，他們一攔，海峽就成了難以跨越的天塹。軍機大臣們沒打過仗，不懂戰爭的殘酷和無情，以為打仗像《說岳全傳》和《楊家將》一樣生動，卻不知曉那是說書藝人的勾當。只有帶過兵的人才知曉打仗不是兒戲，是血流遍地、屍骨如山，一個舉措不當就會葬送萬馬千軍。」

伊里布嗟歎一句：「是啊，我在雲南剿苗夷，剿一次就是一大片血肉模糊。秦樓笙管、野寺梵鐘不是毀於戰火就是毀於窮極無賴。每打一次仗，我作夢都不安生，彷彿看見成群的老婦少妻追在我屁股後面要丈夫、要兒子。我是滿心希望和平解決爭端的。」

葛雲飛問道：「伊節相，皇上有何想法？」

「皇上的想法與我們差不多。與英夷鬧得勢不兩立，本朝也不會安生，除非萬不得已，不開釁端。英夷是水上鯨鱷，來去無定，一俟開仗，本朝勢必七省戒嚴，臨海郡縣俱當有備。以陸上之師強擊海上寇仇，無法犁庭掃穴，只是徒然消耗內地之兵民和國家之財富。好在夷酋義律意在通商，也想和平了結爭端。皇上派琦爵閣去廣州與英夷商辦，我們才能借勢維持浙江和局。哦，夷酋義律提議以崎頭洋和金塘港為臨時分界線，兩軍互不越界，互不侵擾，允許漁船和商船謀求生業。我看此議可行，余軍門、葛鎮台，咱們一塊兒研究一下，看看如何劃界，議妥後，叫張喜渡海與夷酋簽一份臨時協議。」

武力規復舟山難於登天，卻出乎預料地化解於無形之中，伊里布大大鬆了一口氣。吃罷晚飯，他脫去官袍、摘去官帽，換上一身灰布長衫，獨自一人到大浹江畔散步。

他到浙江一月有餘，苦思冥想、心計用爛卻一籌莫展，與義律會談後，他真心感受到解脫。

伊里布走到一片田地裡展目四望，在瑟瑟秋風的吹拂下，大浹江水汩汩流淌，夕陽像一片橘子糖，一寸一寸地落下去，暗紅的晚霞暈染半邊天，落日熔金般輝煌。收工的農夫們在歸途蹣跚，回巢的烏鴉在空中呀呀盤旋，晚炊的輕煙裊裊升起，擁塞在江中的幾千條漁船上，漁公漁婆們點起船燈，燈光像一長串密集的螢火蟲，幽幽冥冥閃著磷光，從遠處看就像閃爍的星空映照在水中。

伊里布踏著越拉越長的身影踽踽而行。他喜歡獨自漫步，體驗一種風走荷林蛙不鳴的情愫，一種雪落大地了無痕的寧靜，一種雨打窗臺洗晴空的意韻。直到天完全黑了，他才返回駐地。

僕人端來一盆燒好的洗腳水，他把赤腳踏進盆裡，取出竹簫，吹了一曲《夜深沉》。簫聲嗚嗚咽咽、悠悠漫漫，像溪水在月光下淙淙流淌。

張喜住在臨近的耳房裡，與伊里布的房間只隔一道牆。他側耳聆聽，在蕭蕭的、緩緩的、如怨如訴的樂曲聲中，聽出伊里布如釋重負的心境，也聽出了一種淡淡的遠憂。

拾伍 琦善查案

琦善出京後，車馬舟楫，星奔夜馳，走了五十四天就抵達廣州，比林則徐南下快了兩天。琦善是滿洲親貴，比林則徐多了「文淵閣大學士」和「一等奉義侯」的榮銜，歡迎的場面更加隆重。天字碼頭旌旗招展、禮炮隆隆，一隊八旗兵身披鎧甲、背負箭壺、腰懸配刀，排釘似的列隊迎候。當地百姓烏烏壓壓圍在四周，眼睛裡透著對權貴的羨慕和敬畏。

船夫把船板放平穩後，蝦著腰退到一旁。琦善邁開矜持的步子，在萬眾矚目之下平步青雲地踩過去，既沉穩又虛榮，白含章和鮑鵬等隨員跟在後面。

廣州將軍阿精阿、巡撫怡良、粵海關監督豫堃、水師提督關天培、副都統英隆等文武大員依照官階高下排成一列，在接官亭前迎候。錢江站在佇列末尾，抱著一只木匣子，裡面裝著兩廣總督的大印，木匣子外面包了一塊起明發亮的黃綢。

琦善與文武大員們一一行禮寒暄，走到佇列的末尾，見錢江捧著印盒上前一步，立刻認出他來，「喲，錢江，你不是在林部堂麾下效力嗎？林部堂怎麼不來？」

錢江膝頭一屈，跪在地上，雙手托起印盒，苦著臉道：「世伯，林大人被罷黜了，心情不好，他要卑職把總督大印交給您。林大人是個好官，小侄請世伯為他說幾句公道話。」錢江猜出琦善負有調查林則徐的職責，借機為林則徐求情。

琦善轉頭問怡良：「林部堂現在做什麼？」

怡良回答：「他革職後搬到鹽務公所，閉門不出，關起門來寫字，寫『浩然正氣』，寫『精忠報國』，寫『千秋功罪』，寫完了燒，再寫，再燒。」

琦善歎了口氣，「這也難怪，誰被罷了官，心境都不會好。」他從錢江手中接過印盒，「起來吧，有話以後再說。」隨即轉身把印盒交給白含章，而後走到當地縉紳的佇列面前虛應場景。

錢江退回佇列，不一會兒就站得單調乏味，左顧右盼看熱鬧，不經意瞥見琦善的隨員中有個白臉胖子，似乎在什麼地方見過。忽然猛地一拍腦門，這不是梅斑發嗎？對，就是他，在揚州驛見過！再一想覺得不對，梅斑發說過他是廣州知府衙門的，怎麼成了琦善的屬員？如此看來，梅斑發竟然是瞎胡謅！

鮑鵬經托渾布保薦，從山東跟隨琦善來到廣東。他也看見錢江了，不由得心頭一動，這不是在揚州驛見過的布德乙嗎？對，就是他！大清的天地說大很大，說小很小，天涯海角，陌路殊途，說不準在什麼時候、什麼地點就能碰上什麼離奇人或稀罕事。鮑鵬曾對布德乙謊稱自己在廣州知府衙門辦差，今日意外重逢，不免擔憂被揭穿。但轉念一想，布德乙那天晚上喝得酩酊大醉，不一定記得他。他打定主意，要是布德乙前來相認，他就假裝糊塗，打個馬虎眼矇混過去。

迎迓儀式完畢後，文武官員們或乘轎或騎馬逶迤離開。錢江緊趕腳步追上琦善的隨員隊伍，大聲招呼：「梅斑發，梅斑發！」

鮑鵬假裝沒聽見，繼續朝前走。

錢江又追了幾步，從後面拍了拍他的肩頭，「梅兄台！」

鮑鵬比泥鰍還油滑，一張胖臉像簾子布似的，說捲起就捲起，說放下就放下。他冷不丁一回頭，白了錢江一眼，「喲，不認識。請問您有何貴幹？」

錢江懵了，莫非看走眼了？但此人分明長著一張胖臉，嘴巴左側有顆黑痣，一說話就微微動彈，講了口粵音極重的官話，韻調聲頻與梅斑發的一模一樣，絕不會錯！

「你不是梅斑發嗎，怎麼，不認識了？」

鮑鵬故作詫異，擺出拒人於千里之外的姿態，「對不起，您認錯人了，我不姓梅，姓鮑，叫鮑鵬。」

錢江再次怔住。此人分明是梅斑發，但人家不認，你有什麼辦法？錢江眼睜睜看著梅斑發在人流中漸行漸遠，不由得一肚皮疑團，這傢伙半年多前跟他同住一室，開口就能套近乎，媒婆似的巧嘴，端著酒杯就能「感情深一口悶」，怎麼轉臉就成了陌路人？

錢江自言自語地喃喃念著：「鮑鵬……鮑鵬？鮑鵬！」他像被電光石火擊中似的，猛然想起觀風試的檢舉名單中有這個名字！

琦善到了兩廣總督衙署後立即召集會議，與廣東的文武大員們互通情報。

林則徐被罷黜後，怡良署理兩廣總督，他首先介紹廣東的敵情，「禁煙讓英夷賠了一筆天大的銀子，連血都吐出來了，他們豈肯善罷甘休。皇上頒旨停止英夷貿易後，粵省海疆萬分緊張，大小衝突一直沒有消停過。英國兵船封了珠江口，不僅不許我國漁船和商船出入，連美國、法國、荷蘭等國的商船也不許出入。現在的黃埔碼頭一派蕭條，像座死碼頭。林大人卸任前，徵招了五千壯勇，督率他們晝夜巡防，沿海弁兵枕戈待旦，隨時準備擊殺登陸夷兵。關軍門生怕出紕漏，天天巡視，夜夜難眠，人都瘦了一大圈。」

琦善問道：「英夷有何動向？」

怡良回答：「出了幾個小事端。因林大人懸賞英夷，有澳門義民抓了個叫斯坦頓的，是名傳教士。因為這事兒，英夷前來報復，開炮轟擊關閘汛地，我軍奮起抵抗，雖然小有損失，但仍把英夷掃數驅回大海。」

琦善的心咯噔一下，「哦？你們在澳門關閘打了一仗？」

關閘之戰沒有奏報朝廷，關天培擔心怡良不小心說漏嘴，立即掩飾，「英夷雖然刁蠻頑橫，卻不敢深入內陸，他們派小股人馬騷擾關閘汛地，我軍僅有很小的損失，但重創了英夷。」寥寥幾句話把關閘之戰掩蓋過去。

怡良繼續講述情況，「七天前，一條英國兵船掛著白旗駛到珠江口。沙角和大角炮臺的守兵發炮轟擊，迫使它退去。幾天後，夷酋懿律和義律通過澳門同知衙門轉來照會，我方才知曉，那條船是信船，通知我方英國使臣已經抵達澳門，準備與您約期會談。」

琦善道：「如此說來，夷酋比我快一步到廣東。皇上明發上諭，飭令沿海營縣不得開槍開炮，除非夷兵主動襲擾。難道沙角和大角防兵不知道？」

怡良和在座的官員都不吭聲。沙角和大角炮臺轟擊夷船，就是因為怡良和關天培沒有及時把皇上的旨意傳達到那裡。

琦善問道：「誰駐防大角炮臺和沙角炮臺？」

關天培回秉：「三江協副將陳連升。琦爵閣，您的意思是懲罰他們？」

下車伊始還未照面先懲罰前敵將領，這不合琦善的秉性，他搖了搖頭，「不。未問明來由就開炮轟打，未免失之孟浪，但眼下正值夷兵雲集、諸事未定之時，我們理應激勵士氣以壯聲威，若因偶爾失誤處分前敵守將，只會傷了他們的守禦之心。皇上定下羈縻之策，不論剿擒還是威撫，都得以武備為後盾。但必須告訴陳連升，大局未定之前，不得惹事生非，貪功誤事。傳教士斯坦頓在廣州嗎？」

怡良點頭，「在，關在南海縣大獄裡。」

「你們沒虐待他吧？」

「義民們在抓捕他時難免相互扭打，他受了點兒傷。送到廣州後，林大人不僅下令不許虐待，還派了一名僕役侍候他。」

琦善鬆了口氣，「把他放了，送回澳門去。」

阿精阿的眉棱骨一動，「放了？」

琦善說：「阿將軍，捉放夷俘要隨剿撫之策的改變而改變。捉他有當時的情勢，放他有現在的情勢。」

阿精阿不是很滿意，「英夷兵船一直在珠江口遊弋，上千英國兵在九洲島豎旗堅守，談判沒有結果前先放俘虜，是不是有點兒早？」

琦善溫聲勸：「阿將軍，自從釁端開啟以來，沿海七省大警不斷，調令頻仍，耗了多少民力和財力？英夷利炮堅船，如同鯨鱷一般來無影，去無蹤，本朝水師卻無力在汪洋大海上與他們格殺，與其徒耗國帑，不如稍作遷就。好在英夷告發林、鄧，意在通商，所以皇上才決定暫時委屈林、鄧二位大人，恢復通商。如此遷就是迫不得已，咱們做臣子的得體諒皇上的苦衷。再說，斯坦頓也不是什麼了不起的人物，不值得拘押，放他，卻能緩和對峙的空氣。」

怡良不確定地問：「琦爵閣，英夷肯就撫嗎？」

琦善道：「我在大沽口與義律會談時定下了調子。英夷所求頗多，大體有這麼幾項。一為訴冤，罷黜林、鄧，二為恢復通商，三為平等行文，四為清理商欠，五為賠償煙價，六為索要兵費，七為索要一座海島供英商寄居，八為增開碼頭自由貿易。本爵閣部堂赴京請訓時與皇上和軍機大臣們議論過，一、二、三項可以允准。而商欠一項，我們不能僅聽英夷的一面之詞，大清朝講信譽，如果確有其事，當清欠就得清欠，絕不含糊；如果沒有，則要向英夷解說清楚。賠償煙價不可接受，索要海島不能允准，至於賠償軍費，更是無稽之談。但是，如果給予少量路費，英夷便肯捲甲回戈，稍作遷就也未嘗不可，只是數額不可多。有了這些舉措，想來英夷也該知足。據我看，夷酋義律不是不曉事的人，懂得適可而止的道理。」

豫堃一直沒說話，聽到「商欠」二字，心裡猛地一跳。他和鄧廷楨收了十三行的封口費，一直捂著蓋著、藏著掖著，沒想到義律在大沽口告御狀時把商欠案捅到天頂上。他立即忐忑不安起來，搜轉著肚腸，思忖是否有應對的辦法。

副都統英隆的手從來不閒著，握著一對山核桃，但沒旋轉。他插話道：「英夷居然覥顏索要煙價和兵費，還要罷黜林、鄧二人？這豈不是說我朝禁煙禁錯了？」

琦善看了他一眼，「英大人，我朝沒有禁錯，鴉片依然要禁。連夷酋義律也承認朝廷有權禁煙，夷商應當入境問禁。他對我說過，英國政府嚴禁英國商人把鴉片輸入中國。」會有這樣理解上的誤會，是因琦善沒有辦理過夷務，沒有悟透這句冠冕堂皇的外交辭令。

他繼續傳達朝廷的旨意，「本爵閣部堂在京請訓時，皇上說，恢復通商可以增加稅賦，於英夷有利，於本朝也有利。英夷不肯使用『稟』字，無非是要爭個光鮮面子，那就給他們面子，改稱『照會』。至於大動干戈開邊釁，則要萬分謹慎。孫子兵法云『主不可以怒而興師，將不可以慍而致戰』，所以朝廷決定採用羈縻之策，只要英夷還我定海，卷旗返棹，我朝可以酌量犒以牛酒，以示天朝懷柔遠夷的胸襟。」

講到這裡，琦善轉臉問豫堃：「豫關部，據夷酋義律說，十三行欠了英國商人三百萬貨款，久拖不還。這事你可知曉？」

短短幾句話時間，豫堃已經想好如何應對，他表情坦然地說：「曉得，有這事，但數額恐怕沒有這麼大。」

琦善道：「夷酋懿律和義律要約期會談，本爵閣部堂也想早日了結此事，但在會談前，必須查明商欠數額和原因。豫關部，明天一早請你叫十三行的總商與我細說此事。」

「喳。」

第二天一早，豫堃帶著伍紹榮和盧文蔚一起來到總督衙署。豫堃的臉色十分凝重，他作夢也沒想到三百萬商欠竟然成為英夷打上門來的理由之一。此事已經暴露，很可能成為驚動朝野的潑天大案！

十三行歸粵海關管轄，他絕對脫不了關係，因此昨天的會議一結束，他立即造訪萬松園，與伍秉鑒父子商議對策。

伍紹榮和盧文蔚聽說後更是忐忑。歷任欽差大臣到廣州，他們都得去天字碼頭迎迓，裹挾在官員和縉紳佇列裡充數應景，但沒有哪個欽差大臣高看過他們，僅僅與他們打了個花胡哨。他們在碼頭見過琦善，與上百縉紳一起向他行禮，而後散去，打道回府，連個說話的機會都沒有。

雖然豫堃與他們議過此事，統一了問答口徑，但琦善是什麼秉性？為人寬和還是嚴厲？像雷公電母一樣大發脾氣，還是像觀音菩薩一樣溫風細雨？會不會索要封口費？索要多少？如此等等全是未知數。

三人惴惴不安地在門政的引領下進入西花廳。

豫堃是二品大員，琦善依例賞座。伍紹榮和盧文蔚的官秩較低，垂手站在一旁，等候琦善問話。

琦善聽說過伍秉鑒，知道怡和行是大清朝最富有的皇商，沒想到面前站著一個年輕人。

他問伍紹榮道：「你今年多大了？何年接管十三行？」

伍紹榮一蝦腰，恭敬回答：「回爵閣大人話，卑職二十九歲，因為父親年老體弱，七年前接管怡和行。」

盧文蔚不待問話，自動回答：「卑職虛活四十九年，五年前出任總商。公所事務向來由伍總商拿主意，卑職僅是贊參。」

琦善有點詫異，盧文蔚年長，相貌比伍紹榮老成，卻自稱參贊，外洋行公所的當家人竟然是個年輕人！

他話音溫和地問：「有件事我想打問一下，請你們據實回話。三個月前，我在天津大沽口與夷酋義律會談，他提出了幾項指控，事涉你們十三行。」

伍紹榮抬眼瞥了琦善一眼，旋即低下。他知道琦善要查問此事，雖然有所準備，還是有點兒緊張。

琦善不像林則徐那樣嚴厲，說話不緊不慢，「英夷在大沽口投遞《致中國宰相書》時說，朝廷限定各國夷商與你們行商做生意，但有多家行商相繼倒歇，致使英國商人損失甚重。義律還說，十三行欠英國商人三百萬元鉅款，他受國主之命，替英國商人催討。這究竟是怎麼回事？」

伍紹榮小心斟酌著字句，「回爵閣大人話，廣州貿易數額巨大，盈缺靡常，因為生意虧折掛欠銀兩的事情，中外商人彼此都有。義律所謂的商欠，實有其事，但演算法不同，英夷說是三百萬，依照我們的演算法，只有二百四十多萬。俗話說九層之臺起於壘土，冰凍三尺非一日之寒，這筆款項不是一朝一夕欠下的，是十多年的積欠。家父曾經親自處理過此事，與英商達成協議，掛帳停息，分期償付。」

豫堃心知肚明，在這件事，他與十三行是一條線上的螞蚱，十三行被追究，他也不會有好下場，忙跟著辯解道：「生意上互墊款項的事，華夷雙方都有。商欠一事，原本不必驚動朝廷，沒想到林部堂燒煙後，英夷不肯簽署甘結，事情越鬧越大，致使皇上頒旨停此英國貿易，十三行積壓了九十萬擔茶葉無法脫手。只要恢復通商，商欠是可以分期清償的。」

寥寥幾句話，就把巨額商欠說成是很快就能清理的款項。琦善沒做過生意，品味不出其中的奧妙，「伍紹榮、盧文蔚，你們二人說一說，哪些行商有商欠？」

盧文蔚苦澀著臉道：「啟稟爵閣部堂大人，卑職的廣利行有商欠，總計三十六萬餘元。嚴啟昌的興泰行欠帳最多，達一百二十餘萬，梁承禧的天寶行有八十餘萬商欠，其餘各家沒有商欠。義律所謂的三百萬，是加了利息的。」

琦善又問：「十三行是經朝廷備案的官商，一舉一動涉及朝廷臉面。嚴啟昌欠帳如此之多，純屬乏商，早該封門抄產予以斥革。為什麼不早斥革？」

伍紹榮道：「嚴啟昌不堪重負，懸樑自盡了，即使抄產入官，也沒什麼家產。」

琦善突然問豫堃：「什麼叫行傭？」

豫堃有點緊張，「行傭？哦，說起來是沒由頭的費用。海關衙門有自己的苦衷，行商有行商的苦衷。粵海關的稅收一半上繳內務府，一半用於本地官府的度支。當今皇上甫一登基就佈告天下永不加賦，但廣東的軍費、賑濟、剿匪、路橋、水災、旱災等都需要銀子，與年俱增。逢年過節，海關衙門總得給後宮的娘娘、嬪妃，與京城的王爺們送點冰敬、炭敬、年敬之類的零碎銀子，這筆錢，海關衙門出不起，只好向十三行攤派。說句不中聽的話，十三行虧損倒閉，半數由於經營不善，半數與攤派過度有關。」

琦善明白了，他止住豫堃的話頭，「據義律說，十三行在貨物正價上加徵六厘行傭，也就是說，一年三千萬的出口貨值上額外增加了一百八十萬元的費用，難怪英夷怨氣沖天，要求自行選擇交易商，廢除行商壟斷。此事，林、鄧二位大人可知曉？」

豫堃竭力把自己撇清，「知曉。分期清償商欠和增加行傭，是鄧大人在位時酌定的。林大人接任兩廣總督後說，既然是鄧大人批示過的，他不宜逆著鄧大人行事。」

琦善追問：「鄧大人、林大人和你隱匿不報，有什麼顧慮？」

豫堃道：「朝廷認為，如果行商欠夷商款項不及時清還，不僅要遭夷人恥笑，還有損天朝尊嚴，故而明令行商不得與夷商通款。道光十一年，麗泉行、西成行、同泰行和福隆行累積欠付夷商貨款一百四十五萬多兩，欠稅銀六十八萬兩，數額之大，舉國震驚，皇上頒旨嚴行查辦，抄封了四家行商的店鋪、棧房、私宅和田產，折價折賣，四行的主人及其家眷發往新疆，男人充軍，女人給披甲士為奴。廣東的督、撫、府、縣四級掌印官和海關監督全都受了處分。有了前車之鑒，即使出了商欠，行商們也不敢輕易透露，地方官憲亦不願把事情演繹成軒然大波，張揚得天下人都知道。」幾句話便把商欠的起因、歷史、後果和處分全都交代清楚了。這是一個老掉牙的故事，但對琦善來說卻是舊事新說。

琦善久任封疆，對官場弊端洞若觀火——官員們普遍好大喜功，畏懼懲罰，好事邀功請賞，壞事隱匿不報。商欠案顯然是逐漸形成的，由於害怕受到嚴懲，先由個別行商隱瞞，漸由十三行公所隱瞞，進而擴大至粵海關監督，最後連兩廣總督也不得不隱瞞包庇。此事不僅涉及十三行和豫堃，涉及林則徐和鄧廷楨，搞不好還會牽扯出更多人物來，一個處置不當，就可能把整個官場攪得天翻地覆。

琦善深知此事不宜立即表態，他拿起一支毛筆擺弄了片刻，「欠帳還錢，天經地義。你們先回去，想辦法湊足三百萬。要是因為這筆款子誤了撫局，你們是吃罪不起的。」

雖然他不像林則徐那樣拍驚堂木發狠話，但伍紹榮和盧文蔚全都掂量出「吃罪不起」四字如巨石壓頂，其重難當！

等琦善查問完後，豫堃才說：「琦爵閣，前些天我接到家信，母親去世了，我已經奏報皇上回家丁憂。海關事務，您看誰署理合適？」

琦善甫一上任，豫堃就請喪假，他不便攔阻，「毋逝奔喪，合於情理。粵海關事務繁雜，你先耽擱幾天做些安排，辦完交接後再啟程。哦，到時候我也要送一份喪敬。」

等豫堃、伍紹榮和盧文蔚三人離去後，錢江夾著一沓卷宗來到花廳西門口，探頭朝裡面瞟了一眼，琦善正在伏案寫字。他隔著門檻叫道：「琦爵閣，小侄有要事稟報。」

琦善抬起頭，見是錢江，慈眉善目地道：「有什麼事？進來說話。」

琦善初來乍到，總督署的佐貳雜官全是鄧廷楨和林則徐留下的舊員，一個都不熟悉，他只認識錢江。

錢江行了禮，走到條案前，輕聲道：「世伯，您身邊有個叫鮑鵬的，是吧？」

「有這麼個人。」

「他是林大人通緝的在逃案犯！」

琦善嚇了一跳，臉色頓時嚴峻起來，「錢江啊，這可不是你和我兒子關起門來戲說百事、臧否人物，官衙裡面無戲言哪！」

「小侄哪敢戲說。您看。」錢江把卷宗放在條案上，封皮上寫有「道光二十年廣東科場觀風試檢舉名錄」，裡面記錄了一百零六個被檢舉人的姓名、年齡、籍貫、住址、職業和揭發事由等，「去年七月，林大人在廣東貢院搞了一場觀風試，要本地三大書院的廩生們匿名檢舉走私販私之徒，鮑鵬的名字恰在其中。」又把卷宗翻到第十七頁，指著一段文字給琦善看。

鮑鵬，又名鮑亞聰，南海縣人，道光二年捐納從九品頂戴，在油欄門外開辦隆興牙行，有勾串販賣鴉片之嫌[18]。

錢江詳細補充，「鮑鵬本是居間說合的掮客，自出資本與夷人交易，由行商代其納稅。朝廷明令禁止這種交易，但上有國法，下有對策，資本消乏的行商不出錢，不擔風險，還分利抽頭，所以這種事明禁暗不禁，只要當事人不言聲、別人不告發，誰也查不出來。林大人本欲傳訊鮑鵬，但他消失得無影無蹤，林大人簽發了海捕文書，要各府縣營汛抓捕。」

琦善皺眉看了會兒，「錢江，檢舉名錄裡有一百多人，你如何單單記住鮑鵬？」

錢江答：「海捕文書是小侄親手抄錄的，所以記得這個名字。」接著把自己與鮑鵬在揚州驛相遇，在天字碼頭相逢不相認的事情講了一遍。

琦善不便立即表態，「鮑鵬捐買從九品官銜，是否有案可查？」

18 鮑鵬實有其人，實有其事，是林則徐通緝的逃犯，也是琦善起用的通事。其經歷載於《軍機處訊鮑鵬供詞》，收在《中國近代史料叢刊．鴉片戰爭》第三冊，第252頁。

錢江分管機要文檔和卷宗，早已查清，「有。他確實出資二百兩銀子捐買過從九品頂戴，署裡有檔可查。」

琦善嚴鎖眉頭，「鮑鵬是山東巡撫托渾布保薦的，從濟寧跟著我一路南下。此人見多識廣、辦事認真，不像孬徒，更不像逃犯，不然，他怎敢回到廣東？再說，這份名錄上說他『有勾串之嫌』，僅僅是嫌疑，不是定案，判定他是在逃案犯為時尚早。現在鮑鵬和白含章去了澳門，與夷酋約期會談，我無法對證。不過，你講的事兒也不是空穴來風，待我查清楚再說。」

他明白，如果鮑鵬是在逃案犯，自己就犯了誤用匪人之罪，就算皇上不追究，也會貽笑官場。他把話頭岔開，「哦，錢江，你跟林部堂多久了？」

「快三年了。」

「你在他麾下做什麼？」

「掌管機要文書，代擬政令文牘和奏稿。」

「既然你熟知機要文書，還做老行當，代我草擬政令文牘和奏稿。」

錢江不由得滿心高興，「是。世伯，林大人有點兒冤枉，您能不能在皇上面前替他美言幾句？」

琦善翻著眼皮看他，「你小子倒是挺念舊主子的。你替我告訴林大人，皇上的諭旨寫得明白，對林大人的處置是『備查委任』，也就是說，罷官是暫時的，查明後還得起復。他是國家重臣，朝廷不會把他置於閒廢之地。你告訴他，我現在太忙，等有了空閒就去拜訪他。還有，鮑鵬在我手下任通事，你在我手下任知事，現在是同僚，事情沒查清前，不要鬧生分。」

官場同僚因為個人義氣相互中傷的事情層出不窮，琦善百務纏身，不想節外生枝，要錢江把這樁小事放一放。錢江見沒告倒鮑鵬，悻悻離去。

錢江出了衙署走到大照壁前，頗覺糾結。鮑鵬十分可疑，卻受到琦善的庇護，這傢伙分明是騙子，不將其告倒，唯恐上害國家，下害地方，弄不好還會害了琦爵閣本人。思索片刻，他突然想起巡疆御史，御史是監察官，有聞風奏事權。眼下於廣東巡察的御史叫高人鑒，與錢江在國子監讀書時認識。他靈機一動，決定把這事捅到御史臺，非把鮑鵬這傢伙扳倒不可！

拾陸　鐵甲船與旋轉炮

珠江口外的大小島礁星羅棋布，不可勝數，廣東水師管不過來，葡萄牙殖民政府無權管，便成了蜑戶們的棲息地和海盜們藏垢納汙的天然場所。

九洲島位於澳門東北十餘里的海面上，長不足二里，寬不到半里，從地圖上看，像一顆彎曲的蠶豆，彎曲處恰好圍成避風海塘。九洲島面積雖小，卻淡水豐沛，還長了大量杉樹、榕樹、木麻黃、細葉桉、龍眼樹和芭樂。英軍的珠江口分艦隊很快相中了它，孟加拉志願團的士兵們率先登島，搭建帳篷，巡邏守望。「都魯壹號」、「海阿新號」、「拉恩號」、「哥侖拜恩號」以及「進取號」火輪船經常開進海塘躲避風浪。被英軍拘押的十幾條鹽船也停在這裡，它們被卸去船舵，無法航行，船工們被羈留於島上，只能就地搭建篷寮，煮水燒飯，苟且度日。

一千多英軍和二百多中國船工囤聚在九洲島上，每天都得吃喝，蜑民們立即嗅到了商機。他們是海上慣竊和江洋大盜，沒有戶籍、沒有祖國、沒有忠君體國的信念，沉溺在他們心底的是生存意志。

這些天不管、地不收的棄民們拖家帶口，在中國和越南之間的海面上遊弋繁衍，採牡蠣、捕魚蝦、販賣鴉片、走私鹽米，在風欺雨凌之下，變得堅韌無比、野性十足，具有極強的破壞力。對他們來說，綁票索贖、聚眾殘殺如同家常便飯。

對於肯出高價購買食物和淡水的武裝商船或過往兵艦，他們能笑臉相迎，笑臉相送，甚至能運來成船的妓女；對於不肯交納過境費的外國商船，他們立馬能夠聚集起上百條小船，四面圍堵，八方兜擊，男女老少齊上陣，其戰鬥力之強，令廣東水師都悚然心驚，輕易不敢招惹。

他們一日之間能在天涯孤島建起一座簡易的村莊，第二天一早能把所有篷寮拆得片板不留，揚帆遠去。蜑民們不僅組織嚴密，而且神通廣大，與內陸的三教九流聯繫密切。他們視大清為天敵，巧於窺視，長於偵察，不僅能刺探沿海營汛的消息，連總督衙署的公文和邸報都能偷出來。他們是沿海生態鏈上的寄生物，經過數百年的磨礪，具有頑強的生命力。

英軍很快發現蜑民有極高的利用價值。他們像歐洲的吉卜賽人一樣，困頓時肯於傭工力作，危險時勇於相互提攜，閒暇時喜歡吹飲賭博。他們是最好的採購隊和運輸隊，能從陸地弄來大批蔬菜和肉蛋，倒賣給英軍。英軍在珠江口駐紮了七個月，竟然沒有供應不足之虞。英軍認可了他們的存在，允許他們在島上劃地而居，於是，巴掌大的九洲島成了華夷混雜的熱鬧地方。

舟山發生疫情後，上千病號被轉運到馬尼拉，英國陸軍兵力大減，奧克蘭總督不得不派馬德拉斯第三十七步兵團增援遠征軍。這個團沒去舟山，留在珠江口。與他們同時到達的還有美洲兵站派來的六級炮艦「加略普號」和「薩馬蘭號」。緊接著，「硫磺號」和「司塔林號」測量船也來到中國水域，於太平洋執行測繪任務。

為了給廣州會談壯聲威，懿律和義律只留下陸軍跟少數兵船據守舟山，率領主力艦隊南返廣東。戰列艦「麥爾威厘號」、「威裡士厘號」、「伯蘭漢號」，六級炮艦「前鋒號」、「摩底士底號」，以及火輪船「皇后號」等相繼返回珠江口，致使麇集在中國南疆的英軍達五千之眾。九洲島太小，承載不了如此眾多的人口，懿律和義律不得不另覓一座叫作三角洲的海島，把部分人員安置在那裡。

在與清方會談前，「復仇神號」鐵甲船開到了九洲島，它的到來，可謂是一件轟動性的大事件。「復仇神號」是英國著名機械工程師歐利教授為內河作戰設計的平底鐵甲船，集最先進的機械工藝、造船工藝和軍事工藝於一身，堪稱英國軍艦史上的傑作。它是第一條使用水密艙技術的兵船，即使被敵炮擊穿一兩個艙室，依然不會沉沒。全長五十六米，吃水一點八米，排水量六百三十噸，裝有兩臺六十馬力的臥式蒸汽機，分別帶動兩舷的蹼輪，另安有兩根大桅和六個帆篷，故而，它既可以用蒸汽機驅動，也可以藉海風行駛。前後甲板各有一位大型旋轉炮，能夠發射三十二磅炮子，船體中部安放了一個康格利夫火箭發射架。

由於設計合理，「復仇神號」大大節省了人力。一條同等噸位的三桅炮艦起碼得配備一百六十名乘員，「復仇神號」的戰時額定乘員卻僅需九十二人，在和平時期，六十人就能駕駛它遠渡重洋。

「復仇神號」是第一條繞過好望角進入印度洋和太平洋的鐵甲船，不要說亞洲人，連多數英國人也沒有見過鐵甲船和旋轉炮。當它在莫三比克和馬爾地夫補充淡水和食物時，圍觀的人群如牆如堵。

今天是檢閱「復仇神號」的日子，九洲島上人頭攢動，人人都想目睹一場海上奇觀。查理·義律和伯麥爵士準備搭乘「硫磺號」測量船觀瞻表演，而懿律則因病無法到場。

「硫磺號」艦長卑路乍陪同他們進入駕駛艙。卑路乍個子不高，圓臉，體魄結實，出身自加拿大的名門世家，祖父當過加拿大新斯科細亞省（Nova Scotia）的總督，父親是大法官，因此卑路乍受過良好教育，興趣廣泛。

最近兩年，他一直率領「硫磺號」和「司塔林號」在南太平洋從事測繪工作。著名生物學家達爾文在加拉帕戈斯群島考察期間收集了大量動植物標本，那些標本便是由卑路乍送往倫敦的。他的艦長室裡擺滿了珍稀動植物標本，有曬得乾癟而輕薄的地龍、毒蠍和斑蝥，有不同植物的根、莖、葉、籽，皆被乾乾燥燥地存放在不同的小盒子裡。他還喜歡寫作，把所見所聞寫成《海上考察論》，這本書為他贏得了博物學家的美稱。

義律道：「卑路乍艦長，你來得非常及時。我們準備挑選一個海島，一個供商人寄居和存貨的地方，從長遠角度看，它應會成為我國在東亞的前哨。我覺得香港比較合適，馬地臣和顛地等商人也這樣看，可惜我們對它知之不多。你是優秀的測繪專家，我想請你對香港及其周邊水域做一次全面勘測。如果可能的話，對島上的居民、自然環境、農作物和動植物也做一下調查。」

「島上有沒有清軍駐防？」

「據說有幾十個汛兵。」

伯麥一揮手，作出驅逐的動作，「如果他們敢於抵抗，就把他們消滅掉！」

義律微微一笑，「恐怕用不著消滅。你一上島，他們就逃之夭夭了。」

伯麥一本正經地說：「卑路乍艦長，地圖和海圖是我軍的行動指南。中國海疆對我們來說是一片陌生的水域，我們缺少精確的海圖，遠征軍因而損失了兩條船和十幾條性命，還有不少人由於沉船淪為俘虜。香港離大陸很近，地圖務必要精確。」

「明白，我將對香港島做一次全面考察，繪製出詳細的地圖。」

「硫磺號」從「司塔林號」跟前駛過。它太小了，像一只海上玩具。伯麥打量著「司塔林號」，對卑路乍道：「你真了不起，居然敢駕駛這麼小的測量船在太平洋上逡巡。」

「司塔林號」是一條單桅縱帆船，艦長十九米，排水量一百零七噸，額定乘員三十人，配有四位小型卡隆炮，僅能發射六磅炮子。乍看像條普通河船，要不是停在中國海疆，誰也不相信它竟然敢在大西洋、印度洋和太平洋上長年遊弋，經歷過無數次滔天巨浪。

卑路乍驕傲地說：「伯麥爵士，你別小看它，它可以深入到中型艦船無法駛入的淺水區，最適合進行內河測量。萬一與中國人大動干戈，『硫磺號』無法駛入的水域，它都能進去。」

說話間，「復仇神號」的馬達發出突突突的聲響，緊接著，煙筒裡冒出一圈圈黑煙，旋轉的蹼輪激起弧形水花，迅速駛出海塘。所有英國官兵都在岸上或甲板上觀看表演，數百蜑民也聚在海灘上圍觀。

「復仇神號」的艦長威廉·哈爾中尉出足了風頭。他年近四十，非常注意儀容，上衣口袋經常放著一把袖珍牛角梳子，好隨時拿出來疏理鬍鬚，兩鬢和唇口的濃髯精心裁剪得像頭海獅。

他是個喜歡表演的人，觀眾越多，他越來勁兒。在眾目睽睽之下，哈爾的情緒高漲，手握輪舵，開足馬力繞九洲島航行一圈，把尾隨的風帆戰艦遠遠地拋在後面。九洲島周邊有八座海礁，「復仇神號」閃避自如。若是風帆戰艦，完全靠水流和氣流驅動，絕沒有「復仇神號」那麼機動靈巧。

哈爾一手掐懷錶，一手拿喇叭，連珠炮似的發佈命令：「橫帆五度，縱帆七度五！前炮仰角十六度，左旋十八度！後炮仰角十六度，右旋十一度！」

帆兵們動作嫻熟，炮兵們推動三噸重的巨炮俯仰旋轉，瞄向一塊海礁。

哈爾大吼一聲：「預備——放！」

砰！砰！兩聲巨響，兩顆炮子先後衝出炮膛，飛向海礁。海礁上插了一面紅旗，紅旗立即被炸飛，看得圍觀人群爆發出一片歡呼聲。

哈爾不斷重複著命令，「復位！填彈！調整射角！預備——放！」

義律和伯麥掏出懷錶，一面觀看表演一面掐時間。風帆戰艦使用側舷炮作戰，一側火炮施放完畢後船體旋轉一百八十度，換用另一側火炮。為了快速轉動船體，需要很多帆兵。「復仇神號」無須旋轉船體，只需旋轉火炮，大大提高了射擊的速度和精度。

伯麥讚歎道：「看來，我們的風帆戰艦和側舷炮很快就要過時了，海軍將進入鐵甲艦和旋轉炮的時代。」

義律也異常興奮，「『復仇神號』機動靈活無與倫比，戰鬥力頂得上兩條三級戰列艦！我們應當派它去虎門，在清軍水師面前展示威力，以期收到不戰而屈人之兵的效果。有了這樣的戰艦，中國人只有一種選擇——屈服。伯麥爵士，據說哈爾中尉到過中國，是嗎？」

伯麥點點頭，「是的。二十多年前，我國政府派阿美士德伯爵出使北京，與中國皇帝洽談建立外交關係事宜，但是中國的嘉慶皇帝妄自尊大，稱阿美士德伯爵為貢使，要他行三叩九拜大禮才予接見。阿美士德伯爵不肯受辱，嚴詞拒絕，被中國人驅逐出境。哈爾中尉那年十四歲，是見習水手，他對我國使臣受辱一事耿耿於懷，這回主動要求來中國。」

「聽說哈爾是個機械迷？」

「是的，不僅是機械迷，還是個不折不扣的機械狂。你把一塊打簧錶交給他，他能在兩分鐘內拆解得七零八落，然後在五分鐘內組裝起來，完好如初。他對蒸汽機、鐵工和鉚焊工藝瞭若指掌，力學和機械學知識堪比一流的工程師。」

義律疑惑，「一個四十歲的老軍官，服役二十六七年，通常應當晉升為少校，起碼是上尉。他怎麼還是中尉？」

伯麥回答：「哈爾雖然有才華，卻恃才傲物，藐視同級、頂撞上司，若不是受海軍部的威廉·巴克將軍欣賞，早就被革除軍籍了。」

「這麼說來，威廉·巴克將軍慧眼識才？」

伯麥的眼睛閃爍著俏皮的光芒，「是的。哈爾中尉在此次對華戰爭中扮演急先鋒的角色，不過我敢打賭，他將戰功赫赫，但是剛愎自用的老毛病不會改變，戰爭結束後，他依然是個不得志的悲苦英雄，功過相抵，屈居在中尉的軍階上。」

「悲苦英雄，是嗎？」

伯麥露出充滿信心的笑，「是的，不信你等著瞧。」

表演完畢後，義律和伯麥換乘舢板，回到「威裡士厘號」上，進了喬治．懿律的臥艙。

懿律在舟山患上瘧疾，而後心臟病復發，在疾病的反覆蹂躪下，體力急遽下降。他披著藍色的海軍呢大衣，撐著身子坐在床沿，臉色蠟黃，眼睛失去了光澤，一副勞神苦形的模樣，「查理、伯麥爵士，我的身體壞極了，無法繼續履行全權公使兼遠征軍總司令的職務。我思慮再三，決定接受醫生的勸告，辭去一切職務，乘『窩拉懿號』回國。」

義律安慰道：「喬治，我軍攻克定海，重創關閘清軍，這兩次戰役給予中國人深刻的教訓，只要再堅持半個月，我們就能與中國人簽署和約，圓滿完成外交使命和遠征任務。你最好等到大功告成之日再回國。」

從舟山返回澳門後，義律發表了一次樂觀的演講，他預言最遲在一八四一年新年到來前，英中兩國就會簽署一項協定，恢復通商，遠征軍的將士們將踏上歸程。他的演講經《中國叢報》和《廣州報》報導後，僑居澳門的英、美、法、荷等國商人大受鼓舞，紛紛函告歐洲、美洲、印度、馬尼拉和爪哇等地的分行和辦事機構，為恢復貿易作準備。查頓－馬地臣商行的兩條快速帆船率先從馬尼拉駛至伶仃洋，準備捷足先登。

伯麥爵士同樣這麼認為，「懿律將軍，我也以為你應當堅持下去。你的身體不適，可以在艙中休息，具體事務由義律公使和我辦理。」

懿律依舊堅定地搖了搖頭，「我不想貪天之功為己有。從南非出發時，我就覺得身體不適，懷疑自己能否堅持到底。我不瞭解中國，而查理你不同，你在中國待了多年，這次遠征，大事由你拿主意，簽署條約也應當歸功於你和全體遠征軍將士。」

他從小桌上拿起一份委託書，遞給伯麥，「依照軍規，司令官因故不能履行職務時，必須把權力移交給指定人選。我決定把印度兵站司令和遠征軍總司令的權力移交給你。」

伯麥接過委託書，粗讀一遍，知道懿律去意堅決。他鄭重地敬了一個軍禮，「我將不辜負你的委託。」

懿律對義律道：「查理，依照政府的章程，只有外交大臣才有權任命駐外公使。我將推薦伯麥爵士與你共同擔任公使，但在政府批准之前，公使之職只能由你一人履行。你負責外交，伯麥爵士負責軍事。談判就要開始了，我好像看見了勝利的曙光。

「我最遺憾的是舟山癘疫，它奪走了大批官兵的性命，而且至今沒有趨緩的跡象。政府將派一個特別法庭調查此事。他們很快就到了。我身為總司令，責有攸歸。」

義律道：「我們的官兵背井離鄉踏浪而來，沒人想死在異國他鄉。但是，癘疫像可怕的詛咒糾纏著我軍，但願上帝保佑，讓他們平安回家。」

一個士兵進來稟報：「總司令，加比特大軍醫把一個叫達吉的印度女人送來了。」

「嗯，叫她進來。」懿律扣緊了大衣上的銅鈕釦，他不想在陌生人面前顯得衣冠不整、無精打采。

達吉步入司令艙。懿律把十指叉在一起，仔細打量著她。她皮膚黝黑、身體瘦弱、神情疲倦、面有菜色，就像大病初癒一樣。身穿一件舊軍裝，沒戴帽子，軍裝上沒有肩章和衣花，但洗得很乾淨。懿律曾在二十六團的野戰醫院見過她。那時她頭戴圍巾和口罩，只露出兩隻黑黝黝的眼睛，眉心有一顆暗淡的印度紅。

懿律問道：「妳叫達吉？」

女人點了點頭。

「妳多大了？」

達吉的英語回答很簡短，「十七。」但她看上去至少有二十歲。或許她的眼睛曾經明亮而美麗，可如今在野戰醫院裡待了五個月，過度的疲勞使那雙眼失去了光澤。

懿律問道：「妳是廚師長比爾的妻子？」

她有點兒膽怯，「不，我們沒有結婚。」她的英語帶有印度人的捲舌音。

「是比爾把妳藏在船上的？」

「不，是我自己偷偷上船的，藏在水櫃後面。」

懿律聽了有點兒吃驚，這是一個被慾火燒得發燙的多情種，一個為了愛情甘冒任何風險的癡情女，一個置狂風暴雨和烈火寒冰於不顧的率性人，一個敢於把愛情的蠱惑拴在飛奔戰車上的女人。但現實把她的美夢和奢求打得粉碎。懿律不由得同情起她來，話音變得柔和，「我聽軍醫說，妳護理過幾百名士兵，挽救了許多人的性命。」

達吉沒說話，只是僵硬地站著。

義律插話道：「達吉女士，妳為我們的軍隊做出傑出貢獻。全體官兵都感謝妳。我將給國防大臣寫一封信，為妳頒發一枚聖．喬治銀十字軍功章。」

達吉不懂聖．喬治銀十字軍功章有什麼價值，臉上露出困惑。

懿律又說：「我將給殖民大臣寫一封信，保薦妳加入英國籍，這樣，妳就可以名正言順地隨軍了。」

聽到「隨軍」一詞，一股酸楚的淚水湧上達吉的眼眶，「比爾死了。」

義律感到很意外，聲音很輕，「病死的？」

「因為我，他受了鞭刑，傷口感染，化膿……是我害了他！」

司令艙裡靜悄悄的，靜得能夠聽見艙外的海浪聲，它像誰的輕聲細語，帶著自然的本色和野性，講述著一對軍中情侶的故事。

鞭刑的命令是懿律下達的，他誤認為比爾將這個印度女人悄悄帶到中國，沒想到冤枉了一個死去的魂靈。他內心頗為自責，意識到自己扮演了摧花辣手的角色。過了許久他才抬起頭來，「妳有什麼要求，我會盡量滿足。」他想給達吉一點兒補償，哪怕對那份悲傷來說是多麼微不足道。

達吉神色迷離，若有所思，彷彿在回味不堪回首的往事。她突然蹲下身子，渾身發抖，嗚咽抽泣，「我恨戰爭，我不想再見到疾病和死亡。我想回加爾各答，回到父母身旁！」一串淚水滴落在地板上，洇濕了一大片。她像清水一樣單純，既不懂政治，也不懂軍事，更不懂英國式的榮譽。為了愛情，她獨自離家，藏身於運輸船上，鬼使神差地來到中國。但是她的愛情沒有結果，反而讓她經歷了終生難忘的恐怖和瘟疫。

她親眼看見鐘靈毓秀的土地一片片破碎，鮮活的生命一個個死去。她分不清正義與非正義，只看到勝利者與失敗者全都不幸，只看到戰爭製造出廢墟、迷惘、困惑和絕望。傷兵和病號們的哀號牽動了她的惻隱之心。她晝夜操勞，護理了幾百名病號。對她來說，歷歷往事成為懊悔不及的故事。病號們感謝她，稱她是「印度來的天使」，要求給她記功、嘉獎她，但她不要，只想回家。

懿律掏出手帕，擦了擦額角上的細汗，「我會滿足妳的要求。」他叫來勤務兵，命令道：「領達吉小姐洗個澡，換一套新衣服，給她在『窩拉懿號』安排一個單間。任何人都不許騷擾她，違者軍法處置！」

一個士兵再次叩門稟報：「二位公使閣下，廣東官憲派信使來了。」

懿律、義律和伯麥三人出了船艙，手搭涼棚朝北眺望，果見一條清軍哨船駛出伶仃洋，向九洲島駛來，船上插著一面白旗——那是義律和琦善約定的信使旗。

在一條英國炮艦的監視下，哨船不疾不徐地朝「威裡士厘號」駛來。懿律、義律和伯麥端起千里眼，看見了站在船艄的白含章跟鮑鵬。

拾柒　十三行籌資還債

萬松園的大客堂中央掛著一幅橫軸，上面有「三餐不易，一粟難得」八個大字，字體略顯樸拙，不是出自名家手筆，而是出自伍秉鑑的父親。這幅字掛在別人家裡尚可，掛在伍家的豪門大宅裡卻顯得十分突兀。它像道光皇帝的補丁褲子，是矯情還是虛偽？是裝窮還是撙節？是提倡節約還是故作姿態？但不論怎麼說，它在伍家的大客堂裡掛了幾十年，常客們司空見慣，把它視為一件有紀念意義的老古董。

廣利行的盧文蔚、同孚行的潘紹光、中和行的潘文濤、仁和行的潘文海、東興行的謝有仁、孚泰行的易元昌、順泰行的馬佐良相繼來到伍家，與伍紹榮和伍元菘圍坐成一個圈，等著開會。

潘紹光輕輕拉了拉伍紹榮的袖口，「五爺，聽說義律想撇開十三行，自選牙行代理貿易，有這事嗎？」

伍紹榮點頭，簡單地回答：「有。」

「琦爵閣怎麼說？」

「他不會答應，但是人家抓住咱們的小辮子，說朝廷指定的行商資本不實，無力承擔大宗貿易。」

謝有仁嗟呀道：「聽說義律要求增開廈門、福州、寧波和上海為通商碼頭，是嗎？」

伍紹榮道：「是。」

謝有仁皺著眉頭，「增開碼頭，廣州的生意就會分流，十三行吃獨食的日子就沒了。」

伍紹榮無奈地說：「謝老爺，增不增開碼頭不是我們作得了主的，連琦爵閣也作不了主，得由朝廷決定。」

不久，同順行的吳天垣和天寶行的梁承禧一前一後進了大客堂，與大家寒暄幾句後入座。

伍紹榮見人到齊，清了清嗓子，「今天請諸位老爺來，想說一說商欠案。英夷到大沽口告御狀，告倒了林大人和鄧大人，也捎帶著把我們告了。昨天琦爵閣把豫大人、盧老爺和我叫到總督衙門，專門詢問事由。」

行商們心頭一悸，大客堂的氣氛立馬陰暗得如同烏雲壓頂，眾人耳邊彷彿聽見隱隱雷聲，看見當年西成行等四家行商倒閉的魅影。

潘紹光歎息，「紙終究包不住火。商欠案，鄧大人是知曉的，你父親伍秉鑒老爺與夷商簽訂掛帳停息分年償還的協議，也是鄧大人允准的。這件事我們沒有隱瞞，是鄧大人怕朝廷懲罰過重，沒有奏報。這筆錢無法按期償還，純屬事出有因，朝廷停了英商貿易，九百萬擔茶葉積壓在手中，我們拿什麼還？」

就在大家會議時，伍秉鑒拄著拐杖進入側室。他像隻輕手輕腳的老貓，無聲無息地坐在一把花梨木椅上，隔著窗縫洗耳聆聽，行商們都沒察覺到隔牆有耳。

伍紹榮道：「這事不能完全歸咎於鄧大人。我們使了銀子，求他為十三行保存體面，他才瞞了朝廷。要是細細追究的話，我們有賄賂公行之嫌。但是，義律帶兵闖到大沽告御狀，把事情捅到天頂上，商欠案成了潑天大案。琦爵閣勒令我們限期還錢，立即拿出三百萬。」

潘文濤一肚皮怨氣，「嚴啟昌一家就欠一百幾十萬，占了一半，他死了，由我們代償，我們倒成了冤大頭！」

伍紹榮道：「潘老爺，《大清律》是統攝天下的大法，士農工商連保連坐。外洋行公所的章程也寫得明白，全體行商連保連坐，一戶有欠全體代償。嚴啟昌死了，只能由大家分攤。」

梁承禧一臉苦相，「我撐不住了。原本有九十多萬商欠，指望著承攬幾筆大生意，分年清償。沒想到去年禁煙，我們天寶行積壓了七十萬擔茶葉，這批貨要是出不了手，我就得緊步嚴啟昌的後塵，要麼上吊，要麼等著朝廷抄家清產，發配新疆。」

謝有仁一樣面有難色，「我也積壓了四十萬擔，就算今年恢復貿易，英商也不肯吃虧。去年的頭等茶葉今年得壓價出售。」

馬佐良怒氣沖天，用手指篤篤篤地敲著桌子，「我說句大實話，要是沒有那麼多捐輸，十三行不至於走到今天。賑濟、修路，助軍、剿匪，沒完沒了的攤派，誰敢抗？誰能抗？宗人府、粵海關和各級衙門的規禮，誰敢不送？冰敬、炭敬、壽敬、喪敬，誰敢不敬？這些銀子啊，是壓在我們頭上的大山，峰連峰，谷連谷，延綿不斷。去年停止英商貿易，那不過是最後一根稻草，壓彎了駱駝的腰！我沒錢，只有積壓在手的陳貨。嚴啟昌死了，死得乾淨，再也不用委屈地活著！」

易元昌火上澆油，「今日之天下，做官人收名利而人心趨之，經商人受讒謗而人心戒之。從外洋行公所設立算起，迄今一百二十年，先後有六十多家殷實商戶受命充任行商，現在僅剩在座十家，其餘的都垮了。朝廷停了英商貿易，義律就來邪的，你不讓英國貿易，他就不讓所有國家貿易，派兵船封了珠江口。除了伍家財大氣粗禁得起打熬，哪家熬得起？說實話，要是再不恢復貿易，我們孚泰行非倒閉不可。到那時，用不著朝廷抄家清產，我自個兒找根麻繩兒，把老婆兒孫穿成一串，一了百了！只怕我們家敗人亡後，朝廷再也找不到十三戶殷實商家充當行商。十三行啊十三行，是不折不扣的殺豬行！只要進了十三行公所的大門口，多肥的豬也得落個屍骨無存！」這是泣血之言，說得大家啞口無聲。

伍紹榮不願聽於事無補的廢話，神色莊肅地放下狠話，「剛才易老爺說十三行是殺豬行，這個比喻好！但是，發牢騷歸發牢騷，還錢歸還錢，錢與命孰輕孰重，請諸位掂量清楚。大清王法森嚴，三百萬商欠事涉國家體面，搞不好就會引起一場中英大戰，戰火一燒，天塌地陷，諸位的財富都得付之東流！在這種事兒上，我勸諸位老爺仔細思量，千萬不要糊塗一時，後悔一世。此事已經捅到天頂上，請大家議出一個立即還款的方案，要是拿不出錢來，琦爵閣一怒之下派兵抄家清產，後悔就來不及了！

「我不得不把醜話說到前面。廣利行和天寶行的商欠自己清理，盧老爺和梁老爺，你們二位賣茶山、賣老宅、賣倉房、賣貨棧，砸鍋賣鐵、賣兒賣女，也得籌齊欠款，否則後果自擔！嚴啟昌死了，興泰行的一百二十多萬元商欠和二十多萬利息，總計一百五十萬，由全體行商代償，各位老爺分擔多少，今天就報個數目，三天內交錢。」伍紹榮的話陰冷生硬，說得大家全都臉色發暗，心頭一陣緊過一陣。

盧文蔚再也抑制不住悲慟，摘下官帽、擰下頂戴，往桌上啪地一拍，一字一頓地道：「十三行啊十三行，有多少人為了頂戴和虛榮，掉進這口陷阱。這個總商，我是當不起了，也不配當！我賣祖宅、賣茶山、賣倉房、賣貨棧！」

梁承禧的眼圈紅了，兩團淚水在眼眶裡打轉，「我們梁家三代人當行商，累積捐輸的銀子不下四五十萬兩。可是，當我家有難時，朝廷怎麼就不肯通融一下，拉一把？」他突然捶胸頓足，啼號起來，滂沱的哭聲像大悲咒，咒得大家心血凝固、神經打顫。

一個時辰後，行商們議定了籌款數額和繳款時間，但傾眾商之力也無法填充興泰行的大窟窿。眼見著再也擠不出油水來，伍紹榮才說了幾句寬慰話：「眼前是一道坎。恢復通商指日可待，只差琦爵閣與英夷簽一紙條約，恢復通商後，諸位就有死裡逃生的希望。請諸位老爺估量局勢，該備貨的備貨，該加工茶葉的加工茶葉，不要到時候抓瞎。」

他雖然這麼說，但心裡清楚，只有三四家行商挺得過這場大難，多數行商回天乏力，熬不到死灰復燃的時候。

全體行商離去後，伍紹榮才發現父親坐在側室，「爹，您都聽見了？」

伍秉鑒患有風濕病，用拳頭輕輕捶著膝頭，老聲老氣地道：「聽見了。」

伍紹榮坐在他對面，「興泰行的商欠還差八十七萬，要是籌措不來，琦爵閣恐怕會下令抄產清算。」

伍秉鑒老成持重，不緊不慢地說：「我們要是不出手，十三行就在劫難逃了。那八十七萬，由我們家墊付吧。」

伍紹榮像被人從身上割去一塊肉，「爹，太多了！咱家再富有，也不能把這麼大一筆錢不當錢！」伍家捐資雖多，但每年都控制在十萬左右。

伍秉鑒道：「人生在世，不能做一個除了錢什麼都不要的富豪。爹也知曉，這八十七萬是肉包子打狗——有去無回。但是，富本身就是一件讓人眼紅、遭人忌妒的事情。我們年年捐資，一半是為了慈善，一半是為了散財消災。商欠數額如此巨大，亙古未有。你是總商，皇上要是認真追究起來，下死命令逼迫封疆大吏，封疆大吏就會下死命令逼迫我們，一層壓一層，越壓越重、越壓越狠，我們躲不開、逃不掉，最終是要成為替罪羊的。」這話極有分量，就是要提醒兒子，威脅已在眼前影影綽綽地晃動，稍微處置不當，就會飛來一場橫禍！

伍紹榮愣怔片刻，「出錢得有個名目吧？」

伍秉鑒點頭，「是要有個名目。不要用墊款的名義，用捐資助軍的名義，換取個『公忠體國』的好名聲。」

伍紹榮雖然不情願，但父親的一番話讓他心旌動搖，「兒子明白。」

伍秉鑒繼續開導，「天下財物天下有，天天都在暗中流變，今天歸你，明天歸他，後天不知道歸誰。英夷封鎖珠江口九個月了，十三行的生意也停了九個月，人吃馬嚼的，哪家行商都消耗不菲。據我看，除了咱家和潘紹光家，其餘八家的油水已經擠乾了，再擠就會把他們的骨頭擠成酥粉，要是我們不拉扯一把，十三行恐怕只剩下兩家。朝廷絕不肯讓兩家商戶獨控廣州生意，很快就會逼著別的商戶充任行商。但是，除了鹽商，廣州城哪裡還有殷實商戶？就算有，一入十三行就像嚴啟昌那般，被各級衙門剝玉米皮似的剝得精光，開張之日就是消乏之時。唇亡齒寒的道理，我不說你也明白。盧文蔚支撐不住了，你借他一筆錢，別讓他垮了。」

伍紹榮十分不情願，「爹，盧家雖是親家，卻到了山窮水盡的地步，再借，也是泥丸入水，有去無回。」

伍秉鑒歎了一口氣，「別把錢看得太重，兩個總商比一個好。要是只剩你一人獨撐大廈，你會被壓扁的！只要盧家不倒，倒楣的事兒就有人分擔，多一個肩膀，多一分力量，多一點兒迴旋餘地。借他三十萬是雪中送炭，說不準什麼時候，我們也有求於人家。」

一次性拿出八十七萬墊款和三十萬借款，就像抽去一根支撐大廈的柱子，伍紹榮勉強點頭，「兒子明白。」

伍秉鑒抬起眼皮，「聽說要議和，能成嗎？」

伍紹榮答：「據琦爵閣說，能成。恢復通商不僅對英商有好處，對朝廷也有好處。十三行周匝那幾條商業街門庭冷落，連鳥都不願飛過來。再看店主們焦灼疲倦的臉，與其說是做生意，不如說是在堅守、在期盼。」

「澳門那邊有什麼消息？」澳門是各國夷商的寄居地，英軍封鎖了珠江口，但十三行與各國商人的資金結算和帳目往來仍在進行。怡和行派了兩個帳房先生常駐澳門，順便打探軍情和商情。

伍紹榮道：「英國封鎖珠江口後，美國、法國、荷蘭和西班牙等國的商人非常不滿，紛紛到英國商務監督署，要求義律盡快和談，早日恢復貿易。義律說，西曆新年前，也就是十幾天內，便會簽訂和約，恢復通商。」

伍秉鑒點了點頭，拄著龜頭拐杖站起來，蒼老昏花的眸子裡有抹不安在閃動，「林則徐還在廣州？」

伍紹榮哼了聲：「在。他罷官那天，我真想敲鑼打鼓、放八百響鞭炮，好好慶賀一番。」

伍秉鑒對林則徐又恨又怕，但搖了搖頭，「使不得，萬萬使不得。我聽說皇上要他『備查委任』，表示其有復出的可能。他在官場上人脈豐厚，我們還是敬而遠之的好。別人是冒險求利，以性命換金錢，我們家則應當反其道而行之，用金錢換平安。」

林則徐一到廣州就懷疑伍家人私心向外，販賣鴉片，把伍紹榮關進大牢，又命令年高體弱的伍秉鑒戴著鎖鍊去商館辦差，在鴉片繳清前不得回家，致使他們父子戰戰兢兢、提心吊膽，連家都不敢回。經歷了這番挫辱，伍家人的自尊心大受損害，但在林則徐主政期間，伍家人既不敢怒，又不敢言，天天強顏作笑、虛與委蛇，心中的積恨卻在不斷發酵，積累成無法化解的怨毒。

林則徐被罷官後，伍秉鑒父子如釋重負，但一提起他的名字依然心口疼、腦仁痛。

伍紹榮咬了咬嘴唇，陰森森地道：「人世間最痛苦的就是笑臉相迎心裡最憎恨、最厭惡的人。我與他強顏作笑是迫不得已，心裡實則恨之入骨。君子報仇，十年不晚。這仇，遲早是要清算的！」

伍秉鑒的眸子裡露出一絲不安，嗔怪道：「難道你想讓一家老小捲入是非的漩渦嗎？」

伍紹榮明白父親最大的願望是安度晚年，不惜花費重金避禍禳災。他的聲音又深又沉，「不，我說的是十年後，也可能更久遠，不會牽連您老人家。」

伍秉鑒盯著他，伍紹榮那對深不可測的瞳仁隱含一種只可意會不可言傳的意念，如鐵一樣堅定。他似乎在告訴父親，他會一忍二忍三忍，但父親一過世，他便另有打算！

伍秉鑒沉默良久才補充一句，「被恨的人是沒有痛苦的，去恨的人卻可能傷痕累累。」

第二天，白含章和鮑鵬帶著會談紀要回到廣州，立即向琦善稟報。白含章雖然是琦善的心腹，但不懂英語，鮑鵬順勢而上，越俎代庖，化為琦善的傳聲筒，白含章反倒成了陪襯。

鮑鵬道：「啟稟爵閣大人，我和白大人一起見義律，商討約期會談事項。義律交給我們一份書面草約，總計十四條。這是記要，請您過目。」他把一只大信套恭恭敬敬遞上。琦善取出記要細讀：

一、保護英商身家安全，如有英商受到虐待，准許去天津投訴。

二、賠償煙價和兵費兩千萬元。

三、行商所欠舊債，由官憲代償。

四、中國人走私販煙，不得累及外洋（公海）的英國商船。

五、英國文書封口直接遞送大清皇帝，不經官憲代轉。

六、給予一島供英商寄居，效仿澳門豎旗自治。

七、在沿海增開六處通商碼頭。

八、在北京開設英國公使館，在通商口岸增設領事館。

九、英國人在中國犯法，由英國官員審判。

十、允許英國教會在通商口岸設堂傳教。

十一、允許英國商人攜帶眷屬入境。

十二、廢除行商貿易體制。

十三、協定關稅，不得隨意加減[19]。

十四、取消船鈔。

19 《英國對琦善提出之十四條要求》，載於《中國近代史資料叢刊．鴉片戰爭》第三冊，第431頁。以上不是原文，經過作者壓縮。巴麥尊勛爵第三號訓令有十五條要求，但中文底稿只有十四條，作者推測這十四條可能是鮑鵬的會談記要。但究竟是鮑鵬漏記了，還是義律有所合併，不得而知。《英國對琦善提出之十四條要求》與巴麥尊勛爵第三號訓令的原文有不小差異。

琦善讀罷，大為詫異，「大沽會談時義律提出八條要求，怎麼到了廣州就變成十四條？」

鮑鵬道：「義律說，大沽會談時他只談了重要事項，現在補加一些小事項，請您一併妥議。」

琦善的臉色十分難看，但他不是衝動之人，即使滿腔憤恨也不願大發雷霆。他悠著調子道：「你們二位代朝廷傳話，應當知曉朝廷的底線。《致中國宰相書》曲意誇大事態，抨擊林、鄧扣押夷商財產並虐待英商，無非是想讓皇上懲辦林則徐和鄧廷楨，以洩其憤。林、鄧二人燒煙並無大錯，只是辦事操切。英夷要求恢復通商，皇上聖德涵容予以允准。英夷不肯用『稟帖』與朝廷換文，皇上也默認了。朝廷如此施恩，英夷本應感恩知足，他們卻貪得無厭，生出更多苛求來，把一樁本來容易處理的事情變得複雜萬端。最可惡的是，這十四條竟然不含『罷免林、鄧』和『恢復通商』兩條，『平行移文』被篡改成英國文書直接遞交大皇帝，是可忍孰不可忍！」

他原以為只要稍作讓步就可以簽約，沒想到義律變本加厲，提出更多要求，如此一來，距離簽約竟然還有萬里之遙！琦善站起身來，蹙著眉頭繞室而行，花廳裡靜得只有厚底官靴擦地的蹬蹬聲。白含章見他心煩意躁，想說點兒什麼，猶豫一下，還是嚥了回去。

鮑鵬是個乖巧人，懂得在什麼場合說什麼話，「琦爵閣，據卑職看，國家談判與商人談判沒多大區別，無非講個『利』字。英國是重商之國，利字當先。商人談生意，一方出價，一方還價，總要有所妥協、有所讓步才能談成。既然義律採用商人手段，他漫天要價，咱們就地還價，往低壓，使勁壓，壓得低低的，反覆幾次才能見分曉。」

琦善停下腳步，「義律索要兩千萬，我豈能答應！」

鮑鵬道：「兩千萬是他的開價。他說，如果朝廷在其他事項有所讓步，可以酌減。」

「義律想要哪座海島？」

「他中意香港，意思是用香港換舟山，以小換大。」

琦善的怒氣稍息，「鮑鵬，你在山東登州與義律打過交道，這次在九洲島又與他打交道。據你看，義律是什麼秉性？我的意思是，他是善人還是惡人？是得勢不饒人的強梁惡霸，還是吃軟不吃硬的義士？是見利忘義的小人，還是富貴不能淫的君子？」

夷風夷俗跟是非標準與中國大相徑庭，琦善是用中國眼光衡量夷人，有點兒不著調。鮑鵬當了二十多年買辦，比較瞭解夷俗，「琦爵閣，咱們中國人看人查物用的是二分法，講究善惡忠奸、賢愚勇怯，小蔥拌豆腐青白分明。這就好比戲劇臉譜，張飛是黑臉，關公是紅臉，曹操是白臉，周瑜是玉面小生，不論京劇還是評劇，都這麼勾畫。英夷則不然，他們是一勺燴，小蔥和豆腐攪和在一起，混而不分。他們認為，人既有神佛的善性，也有魔鬼的惡性，善中有惡，惡中有善，賢中有愚，愚中有賢。就說義律吧，他是忠臣還是奸臣，是豪霸還是義士，是小人還是君子，我說不清。此人善中有惡，惡中有善，既有小人之心，也有君子之腹。」

琦善換了個說法，「據你看，義律是不是一言九鼎之人？我的意思是，他是否有專權，獨自一人就能決定軍隊的進退？」

鮑鵬道：「義律不懂漢語，事事由馬儒翰居間翻譯，馬儒翰才是義律的主心骨。打個不成體統的比方——皇上的國策出自宰相，宰相的謀略卻可能出自幕賓，幕賓的計謀卻可能出自老婆。」

琦善頷首一笑，「這個比方有趣，有三分道理。」

「據卑職看，馬儒翰生在澳門，對中國的民風民俗、吏治軍情知之甚詳，許多事情都是他在拿主意。」鮑鵬明裡高抬馬儒翰，暗裡抬舉自己，因為他的身分與馬儒翰相仿，也是通事。

琦善深深吐了一口氣，「義律說變就變，大沽口的八條突然變成珠江口的十四條，婪索無度、不知饜足。這些要求都與本朝體制相左，根本不可能談成。」

鮑鵬提醒：「琦爵閣，義律漫天要價，咱們也可以大幅砍價，咬住大沽會談的條件不鬆口，充其量出少許銀子，讓他們體面撤兵，其餘的一律駁回。」

琦善暗自驚異鮑鵬比白含章有頭腦，但沒有表露，「約期會談是約不成了。你們二人先回去休息，容我想一想，明天一早你們再來見我。」

白含章和鮑鵬行禮後轉身離去。

他們走到儀門口，琦善突然叫了一聲：「鮑亞聰！」

鮑鵬嚇了一跳，立即回頭。白含章也停住了腳，不明白是怎麼回事。

琦善道：「白含章，你先回去，我有話與鮑鵬說。」

白含章滿頭莫名其妙，但還是抬腳登上石階，出了儀門。

鮑鵬像泥鰍一樣圓滑，很快鎮靜下來，白淨面皮堆著笑容，「琦爵閣，您知道卑職的商名？」

琦善背著雙手，「豈止知道，還知道你上過林部堂的海捕名單！」

鮑鵬滿目驚詫、嘴巴大張，「卑職上過海捕名單？」林則徐到廣州前，鮑鵬就離開了，他確實不知道此事，否則，就是給他換一顆老虎膽也不敢回廣州。

琦善遊著步子，「你在廣州當了二十多年買辦，在華商和夷商之間充當掮客，有這事吧？」

鮑鵬思路敏捷，老於世故，眼珠子一轉，旋即停住，「卑職的確是買辦出身，做過居間說和的營生。買辦嘛，就是替中國商人尋找買家，替外國商人尋找賣家，牽線搭橋。鮑亞聰是卑職在總督衙門註冊的商名，本地商家無人不曉。至於上了林大人的海捕文書，卑職還是頭一次聽說。」

琦善凝視著他，「你沒為走私鴉片從中撮合？」

鮑鵬撒謊從來不臉紅，微微一笑，矢口否認，「這種既壞良心又違禁例的事，卑職從不染指的。」表情鎮靜得如同寺廟裡的羅漢，話講得滴水不漏。

聽了錢江的揭發後，琦善調閱過卷宗。鮑鵬於道光十二年花二百兩銀子捐買了從九品官銜，在總督衙署註冊過商名和官名，上過林則徐的海捕文書。若在平時，他絕對會繼續追查，但鮑鵬是托渾布保薦的，從山東一路跟到廣州，琦善對其印象不錯，且頭腦清晰、辦事乖巧。

此外，鮑鵬還有一個別人不具備的優點——琦善位高權重，所到之處前呼後擁，人人卑躬屈膝、奴顏相向，很少講實話，連官場同僚也是人心隔肚皮，致使他有種高懸於霧靄之中的寂寞感。鮑鵬是商人秉性，說話辦事很務實，虛套子少。眼下夷務艱巨，正是用人之時，臨時換人既誤時又誤事，於是琦善道：「過去的事兒，本爵閣部堂不計較，只要你把差事辦好。即使以前有小疵小眚，也可以將功抵罪。」

鮑鵬懸起的心終於落了下來，「喳。」

鮑鵬走後，琦善回到臥室，躺在床上輾轉反側，思索多時才坐起身來給義律寫覆函，告訴他約期面商必須以大沽會談的條件為基礎，不得額外索求，否則免談！

拾捌　艱難抉擇

琦善接到關天培稟報英國兵船麇集伶仃洋，很可能是為廣州會談壯聲威後，意識到英夷貪慾無饜，羈縻之策有可能落空，如果應對不當，邊釁在所難免。想起道光諭令他上不可失國體，下不可開邊釁，這才隱隱察覺，這道諭令是一對反鎖釦，打開一釦，必然鎖住另一釦，無法兩全。為了防止釁端，琦善決定親自到虎門視察戰備情況。

在關天培的陪同下，他視察了靖遠、威遠、鎮遠、橫檔山炮臺和攔江排鍊，然後乘船去沙角山。琦善視察時，攔江排鍊久浸水中鏽跡斑斑，其中一段鏽蝕得很厲害，守排弁兵轉動棕纜轆轤時，排鍊竟然斷了！琦善對排鍊的效果深表懷疑。關天培大丟顏面，十分懊喪。

三江協副將陳連升聽說琦善要來視察，立即到小碼頭迎候。陳連升已經六十六歲，但不顯老，步履依舊矯健，身手依然靈活，棕黑色的鬍鬚不摻雜色，猛一看像五十多歲的人。一個中年軍官率領一百二十名藤牌兵在小碼頭列隊迎候，藤牌手們頭戴虎紋帽、身穿虎紋衣，雄赳赳、氣昂昂，排釘似的站成兩列，頗有一副百戰雄師的模樣。

關天培和陳連升陪同琦善從佇列前走過時，一個軍官發出口令：「立正——敬禮！」全體藤牌兵唰的一聲，從皮鞘裡抽出明晃晃的鋼刀，托在右肩上，所有面孔莊嚴肅穆、目光炯炯，就像從一個模子裡翻製出來的。

琦善檢閱過不少督標、撫標和河標，很少見到如此齊整的隊伍，他滿意地打量著帶隊軍官。那人四十多歲，面色微黑，青腮幫子，粗黑的眉毛下目光炯炯，身穿五品繡熊補服，大帽子上綴著一顆亮閃閃的水晶頂子。

琦善問道：「你叫什麼名字？」

「回稟爵閣大人，標下姓陳名長鵬。」

「有功名嗎？」

「有，標下是道光六年的武舉人。」

關天培介紹：「琦爵閣，他是陳連升的兒子，從小在兵營裡長大，耳濡目染的全是金戈鐵馬、刀槍火炮。他七歲練武，十四歲從軍，二十四歲考取武舉人，與他爹同在軍營中效力，去年晉升為守備。」

「好！打仗親兄弟，上陣父子兵。有你們父子帶兵守衛國門，皇上才能睡安生覺。」

陳連升道：「謝爵閣部堂大人誇獎。」

琦善走到一個兵丁前，那個兵丁昂首挺胸、目不斜視，雕塑似的一動也不動。琦善問：

「你叫什麼名字，是哪裡人？」

兵丁的嗓門大，「回大人話，標下叫李常今，番禺人！」

「要是英夷動武，你們能打敗敵人嗎？」

「能！」李常今的聲音十分響亮。

琦善略感意外，他在大沽口見過英軍堅船利炮，確信清軍不是對手。白含章上過英艦，稟報說英軍武器精良、軍威盛壯，舟山的敗將羅建功也說英軍勢不可當。沒想到沙角炮臺的兵丁信心十足，開口就是個「能」字，毫不含糊。

他又問：「說說看，你如何能打敗英軍？」

那兵丁站得筆挺，像背誦操典似的答道：「逆夷是海上鮫鱷，我軍應揚長避短，不在海上與他們爭勝負。但是，逆夷不善陸戰，他們渾身裹束、腿腳僵直，一旦仆倒，不能爬起。他們要是膽敢登陸，我軍就將他們堅決殄滅！」

陳連升解釋：「琦爵閣，三個多月前，肇慶協和前山營在關閘與英夷打了一仗，英軍出動了七八條兵船，狂轟濫炸蓮花莖，還派大股夷兵登陸。我軍將士奮力反擊，僅用半個時辰就把英軍掃數趕回大海。」

蔣立昂和多隆武為了減輕罪責，不惜捏造謊言，不僅誇大了英軍的數量，還把英軍主動撤離說成是收復失地。林則徐和關天培明知情實不符，但大敵當前，士氣可鼓不可洩，索性將錯就錯，藉機宣講英軍不善陸戰，結果竟使這種謬論一傳十、十傳百地擴散開。

不過，琦善不是三言兩語就能被矇蔽的。在大沽會談期間，他親眼看見英軍士兵腿腳利索、動作齊整，絕沒有「一仆不能復起」的跡象。但他沒說話。檢閱完後，沿著山道，朝沙角山頂走去。

陳連升一邊走一邊介紹防禦工事，「沙角炮臺分為沙角山炮臺和臨海炮臺兩部分。沙角山炮臺長四十丈，臺基、垛口、炮洞全用花崗岩砌成，有九個炮洞，每個炮洞安放一位大鐵炮，重量從四千斤到六千斤不等，四千斤炮射程一里，六千斤炮射程一里半。臨海炮臺是露天炮臺，配備了十九位一千至兩千斤不等的小炮。」

琦善沿著巷道進入炮洞，看見炮口塞著防水木塞，大炮旁邊整整齊齊碼放木箱，木箱裡面擺置烏黑滾圓的炮子。從炮洞朝外看，兩座炮臺間有四條縱橫交錯的巷道和塹壕，每隔二十丈有一個藏兵洞，塹壕的石牆上有射擊孔，射擊孔後面架著抬槍，那是為阻擊敵人登陸設計的。巷道外面的山崖海灘和草叢間散佈著梅花坑和鐵蒺藜，有些地方插著身著號衣的稻草人。從遠處看，兩座炮臺旗槍林立、鐵壁森嚴，彷彿駐有數千人馬，實際兵力不足一千二。

琦善問道：「沙角山炮臺與對岸的大角炮臺是什麼時候建的？」

關天培回答：「是嘉慶元年建的。由於兩臺相隔七里半，海防大炮封鎖不住水面，只能用作信臺。承平時期，沙角炮臺安放八位炮，駐兵三十人，大角炮臺安放十位炮，駐兵五十人。虎門銷煙後，兩座炮臺成了禦敵前沿，為了防止英夷登陸，我把三江協調在這兒，挖塹壕築工事，增設了炮位。」

琦善出了巷道，朝瞭望臺走去。瞭望臺是用圓木搭建的木臺，三丈高，建在沙角山的最高處。他攀梯而上，關天培和陳連升跟在後面。

當值守兵遞給琦善一架千里眼，琦善舉起千里眼掃視海面，沙角和大角間距很寬，是珠江與伶仃洋的分界處。船舶從這裡進入珠江就像進入一個牛鼻孔道，越走越窄，故而人們把這片水域叫穿鼻洋。沙角炮臺北面是晏臣灣，灣裡泊著十三條清軍戰船，它們是水師營的全部家當。英國艦隊封鎖海口後，廣東水師不敢出洋巡哨，被迫收帆下碇，靜靜地泊在港灣裡。

今天的天氣格外好，海面上一碧如洗，七里遠的龍穴島清晰可見。伶仃洋散泊著幾十條外國商船，英國的米字旗、美國的星條旗、法國的三色旗和西班牙的紅黃雙柱旗花裡胡哨，雜相交錯。義律預言恢復通商指日可待，澳門的新聞紙把他的話傳到四面八方，各國商人聞風而動，紛紛駕船駛至伶仃洋。成群的黑浮鷗、信天翁、軍艦鳥和白尾海雕繞船翱翔，不時斂起翅膀，箭一樣俯衝而下，追逐著船上拋出的殘羹剩飯。

琦善指著伶仃洋問：「南面怎麼有這麼多外國商船？」

關天培對珠江口的情況瞭若指掌，「各國夷商駐在澳門，他們耳目靈通，皇上允准恢復通商的消息前腳傳到廣州，後腳就能傳到他們耳中。」

琦善歎了口氣，「可惜呀，義律貪求過多，否則，恢復通商條約不是難事。」接著又問：「我聽說十幾天前英夷派船投遞照會，船上掛著白旗，被你們開炮打跑了，有這事吧？」

陳連升臉色微窘，「有，是守臺弁兵喜事貪功，下官處分過了。」

琦善道：「現在是關鍵時刻，英中兩軍相安無事，全在等待商辦的結果。你們千萬不要擦槍走火，把小誤會鬧成大衝突。」

關天培聽出弦外之音，擔心地問道：「會不會談崩？」

琦善說：「我是實心求和。英夷有無饜之求，我當有不虞之備。關軍門，你在虎門經營多年，萬一釁端再起，你能不能守住虎門？」

關天培有種山雨欲來風滿樓的危機感，他不敢吹牛皮說硬話，「琦爵閣，我說句實心話。八年前，英將馬他倫率領兩條兵船闖入虎門，直抵廣州城下。當時虎門有六座炮臺、二百多位大炮，我接任後，又增建了三座炮臺，是按照三條外國兵船闖關籌劃的。要是英夷只來三條兵船，我關某人就是豁出性命也要把它們擋在國門之外！但眼下伶仃洋上泊著十幾條英國兵船……我是器不如人哪。」雖然講了軟話，卻是大實話。

琦善道：「邊釁一開，虎門首當其衝。只要英夷打不進虎門，任憑他們在海上鬧翻天，大清也能沉住氣。反之，要是虎門有個閃失，後果就不可逆料了，不僅廣東人心大震，朝廷也會萬分驚愕。」

關天培沒有說話。

琦善扶著木梯，滿心憂慮地下了瞭望臺，關天培跟在他的後面。陳連升父子把他們二人送到船上。

琦善踏上顫悠悠的船板，向陳連升父子拱手道別，「陳協台，沙角是虎門九臺的第一臺，嚴肅紀律、整軍備戰是當前的緊要之事。英夷若是膽敢進犯，不得示弱。拜託了！」

小船揚帆行駛，滔滔江水經過穿鼻灣流入大海，琦善坐在艙中默默無語，出神地凝視著水花，思忖著如何向道光奏報最新情況。

義律的十四條要求大大超出預期，只要把它們奏報給朝廷，道光很可能勃然大怒，改撫為剿。但是，廣東水師與英夷對仗並無勝算，只要戰敗，琦善就難辭其咎。

「琦爵閣，您在想什麼？」關天培把琦善從沉思中拽了出來。

琦善打了一寒顫，「哦，我在想，林則徐和那個兵丁都說夷兵渾身裹束，一仆不能復起，你信嗎？」

關天培苦笑，「琦爵閣，自古以來，治民之道在於『民可使由之，不可使知之』。治軍之道大同小異，兵可使由之，不可使知之。你要是告訴弁兵們夷兵既善水戰又善陸戰，軍心就無法拾掇了。」

琦善恍然大悟。為了保持高昂的士氣，關天培把敵弱我強的觀念灌藥似的灌給下屬，迷惘了軍官，灌醉了兵丁，效果卻十分可疑。兩軍一俟交手，清軍會不會突然坍塌，一敗如洗？

琦善盯著關天培的眼睛，「關軍門，要是會談破裂，英夷動武，你能守住虎門嗎？」

這是第二次追問，容不得絲毫含糊。一絲不安在關天培的眸子裡一閃即逝，「軍中無戲言，我只有三分把握。」

高第街鹽務公所是廣東鹽商的會所，一座規模宏大的五進大院。林則徐被撤職後準備進京聽候部議，可他剛要動身就接到廷寄，朝廷要他「折回廣東，以備查問差委」，於是他又不走了，借宿在鹽務公所的西院。

執掌兩廣總督大印時，林則徐一天到晚忙得七葷八素，沒完沒了的喧譁，沒完沒了的嘈雜，沒完沒了的事務，現在無官一身輕，沒人來曲意邀寵，沒人來吹牛拍馬，日子反倒過得閒適自在。

這日，一乘綠呢大官轎來到鹽務公所大門前，門政見隨行人員舉著「欽差大臣」官銜牌，知道是琦善造訪，忙狗顛屁股似的跑下石階，畢恭畢敬地迎迓聽命。琦善是來看望林則徐的，他貓腰下轎，跟著門政朝西院走去。

琦善走到西院門口時看見兩側廂房的滴水簷下擺了幾十塊頌牌，寫著「威懾重洋」、「德敷五嶺」、「煙銷瘴海」、「廉潔威嚴」、「民沾其惠，夷畏其威」、「勛留東粵，澤遍南天」等頌詞[20]，道：「看來林公的人緣不錯，居然有這麼多人為他歌功頌德。」

門政低眉頷首，恭敬答道：「林大人罷官後，本省官員和縉紳們辦了一場公餞，這些頌牌是大家送的。」

琦善沒說話。林則徐雖然被罷官，但任何人都能掂量出他功大於過，說不準什麼時候就會重返官場。在官撫民、民畏官的天朝，送這種東西並不奇怪——在別人倒楣的時候贈送頌牌是最能討巧的。琦善三十四歲當河南巡撫，屢次調轉，數次升降，每次離任時都有地方縉紳饋贈頌功牌或萬民傘之類的東西。但是，這麼多頌牌還是讓他大吃一驚，顯然林則徐的清明仁恕給廣州紳民留下了深刻印象。

林則徐聽說琦善來訪後立即更衣，剛出房門就見琦善進了西院，緊走兩步施禮，「廢員

---

20 根據道光二十年十月初二的《林則徐日記》，他被罷官後，廣州人總共贈送了五十二塊頌牌，大部分是商戶送的。林則徐把贈送者的姓名和頌牌上的文字詳細記錄下來。作者發現，沒有一塊頌牌出自行商，更沒有出自伍家的。

則徐不知爵閣部堂大人登門造訪，失迎失敬了。」

琦善見林則徐的鬢角滋生出絲絲白髮，比在肅安驛相見時蒼老了許多，拱手還禮道：「少穆兄，一別兩年，你怎麼滿臉滄桑了？」

林則徐苦笑一聲，「我是傷弓之鳥，落掛之人，唯有閉門思過，掃地焚香，懺除宿孽而已。」言罷，展手道了一聲「請」，引著琦善進了正屋。

二人分主客落座，家僕送上茶盞。

琦善道：「這兩年，你在廣東，我在直隸，雖然沒見面，但我收到你簽發的多份諮文，可謂見字如見面。」

林則徐說：「你到廣州那天，我本應去天字碼頭迎候。但我是廢員，既不能站在官員佇列裡，又不能與本地士紳同伍，去了反而尷尬，請你體諒我的苦衷。」

琦善不以為意，「在那種場合，是不大便當。我早該來看望你，但皇命在身，一直沒有閒暇。」

琦善與林則徐雖無深交，也無芥蒂。他吹了吹盞中浮茶，「少穆兄，我去了一趟虎門，水陸營寨的員弁們對你是交口稱讚。」

林則徐謙虛道：「那是虛誇。我林某人的本事不大，只為加強海防，盡了綿薄之力而已。」

琦善放下茶盞，「您熟悉廣東的物理民情，還熟悉夷情。我初來乍到，兩眼朦朧，是專程向你請教的。」

「我林某人辦砸了差事，應當向你請教才對。」

琦善安慰道：「少穆兄，我在京請訓時，與皇上和軍機大臣們議論過《致中國宰相書》，那份夷書對你和鄧大人有汙蔑之詞。英夷要求罷免你和鄧大人，恢復通商、賠償煙價。我和軍機大臣們都覺得你和鄧大人冤枉，但朝廷有朝廷的苦衷，要是不忍一時之憤大動刀兵，勢必七省戒嚴，徵調頻仍，銀子就花海了。朝廷想大事化小，既然要大事化小，就得稍作遷就。撤你和鄧大人的差，無非是作個姿態給英夷看，勢頭一過，朝廷會另有安排的。」

林則徐歎了口氣，「全國一盤棋，皇上是棋手，我們是棋子，捨小卒保大車，升黜降罰，都是皇恩。」

琦善聽出林則徐有怨氣，解釋道：「皇上撤你的差是權宜安排。你是有用之才，皇上不會把你置於閒廢之地，風頭一過，還會起復的。」

林則徐忍不住訴苦，「從禁煙時起，我就宵旰操勞、通盤籌劃，沒有一天消停過。但有那麼一幫子人喜歡說三道四，在皇上耳邊吹冷風，說廣東省的大小監獄人滿為患，關押的煙販煙客多得數不勝數，還說我苛察罡厲，就差說我虐待小民了。但我心正無邪，頂住流言蜚語，堅決要把煙毒肅清。只是萬萬沒想到，禁煙會引出一場邊釁。」

琦善說：「少穆兄，你燒煙是不錯的，皇上也說你燒得好，廷臣們也說燒得對，只是邊釁一起，銀子就得花得像大河流水。」

林則徐道：「一個巴掌拍不響，打仗是兩國之事，我不想挑起邊釁，但義律要挑起邊釁。面對外侮外辱，我們只能強起應戰。」

「少穆兄，當今皇上寧肯把銀子用於賑災恤民修黃河，也不肯用於打仗。你在京請訓時，皇上給你的旨意是鴉片要根除淨盡，邊釁不可輕開。我在京請訓時，皇上給我的旨意是隨機應變，上不失國體，下不開邊釁。可見，他最擔心的就是邊釁。」接下來，他把大沽會談的八條和義律剛提出的十四條細細說給林則徐聽。

林則徐聽罷，思索一會兒，「依照大沽會談的條件，還有討價還價的餘地。按照現在十四條的價碼，恐怕談不攏。」

琦善一臉莊肅，「少穆兄，你替我拿個主意，既能羈縻英夷，又不起邊釁。」

林則徐依稀窺見了戰爭的陰影，「這是兩難全的事。要是我主持粵省軍政，只能一口回絕，作好開釁的準備。」

琦善無奈，「回絕容易，上嘴唇一碰下嘴唇就回絕了，但回絕後勢必邊釁再起，皇上會怪罪的。」

林則徐站起身來，「對兵臨國門的英夷折衝樽俎，既禁煙又不起邊釁，難！既不動干戈又讓其退兵，更難！答應英夷的條件，皇上不幹；不答應，英夷不會善罷甘休。琦爵閣，你的差事比我的更難辦。」

琦善問：「少穆兄，依你看，萬一咱們與英夷兵戎相見，廣東水師行不行？我的意思是，關天培行不行？」

林則徐堅定地說：「英夷是海上鯨鱷，打海仗，關天培不行；打陸仗，關天培行！虎門和珠江兩岸炮臺林立、兵甲麇集，英夷是遠來之師，人地兩生，我方以逸待勞，足以抗拒。英國弁兵渾身裹纏、腰腿僵硬，一仆不能復起，登岸之後無他伎倆，不僅陸營弁兵可以斬殺，就是鄉間平民也足以置其於死地。英夷異言異服，眼鼻毛髮與我們中國人差別極大，要是他們膽敢登岸，我朝軍民立即就能辨識。只要軍民上下齊心，斷無不勝之理。」

林則徐深信英夷不敢深入內地作戰，琦善的看法卻截然相反，他懷疑清軍能否在陸上擊敗英夷，「避免動武、力保和局才是上策。」

林則徐道：「琦爵閣，我與英夷打了兩年交道，英夷欺心狡詐、貪得無厭。義律貌似溫文爾雅，實則包藏禍心，你只要稍作讓步，他就蹬著鼻子上臉。」

顯然，林則徐與琦善意見兩歧，一個主戰，一個主和；一個低估英軍，一個低估清軍，竟然是話不投機。

琦善搓了搓手，「少穆兄，剛強容易妥協難，玉碎容易瓦全難啊。」

林則徐覺得不宜與琦善唱反調，緩下聲來，「俗話說，不在其位者不謀其政。官場如戲臺，皇上如班主，讓我登臺，我就演好一個角色；不讓我登臺，我就靜靜地當一名看客。你若問我有什麼建議，我只有一個想法——即使成了撫局，也得以武備作後盾。」這個道理人人都懂，等於沒說。

琦善道：「我是武力防備，實心求和，可我擔心撫局難成啊！」

兩個人不再說話，過了良久，琦善才問：「伍紹榮這個人怎麼樣？可用嗎？」

林則徐對伍家人的成見極深，「伍家人長袖善舞，富得不可思議。他們亦官亦商，挾官以凌商，挾商以矇官，兩頭相欺，在朝局、干戈、蕭牆、水火之間遊刃有餘，其本事不可低估。伍紹榮是傀儡，真正主事的是他爹伍秉鑒。伍秉鑒名義上休致在家，實際上將十三行玩弄於股掌之間。我懷疑他們裡通外國，但拿不住把柄。他們手眼通天，每年往內務府送的節敬、冰敬以萬兩計，北京的幾個親王都庇護他們，說他們年年捐輸，於國有功，我才放他們一馬。」

琦善到廣州後聽說伍紹榮的英語最佳，想用他替換鮑鵬，聽了林則徐的話，便打消了這個念頭。

拾玖 互不相讓

軍機處接到琦善的五百里加急奏折後立即呈報給道光。琦善說，他派人與義律反覆交涉，往返換文十餘次，才把二千萬元賠款壓到六百萬，包括三百萬商欠。但英夷節外生枝，要求「給予一島或增辟通商口岸」，二者必居其一。還奏稱，如果不作退讓，邊釁難免，撫局難成。最後筆鋒一轉，寫了他對廣東水師的評價：

……即水師營務，微特船不敵夷人之堅，炮不敵夷人之利，而兵丁膽氣怯弱，每逢夷師船少人稀之頃，喜事貪功，迨（一）見來勢強橫，則皆望而生懼。

……即前督臣鄧廷楨、林則徐所奏鐵鍊，一經大船碰撞，亦即斷折，未足抵禦，蓋緣歷任督率（帥）皆文臣，筆下雖佳，武備未諳。現在水陸將士中又絕少經歷戰陣之人，即水師提臣關天培亦情面太軟，未足稱為饒（驍）將。而奴才才識尤劣，到此未及一月，不但經費無出，且欲製造器械、訓練技藝、遴選人才，處處棘手，緩不濟急……

道光越讀越不對味兒，啪的一聲把奏折拍在炕几上，怒氣衝衝地道：「林則徐說廣東水師軍威盛壯足可禦敵，琦善卻了無信心，同一支水師在兩人眼中竟然是判若兩樣，真是咄咄怪事！」他抬頭一看，才發現屋裡沒人，自己是在隔空喊話、自言自語。

他提起嗓音，「張爾漢！」

張爾漢挑簾進了東暖閣，「奴才在。」

「傳軍機大臣！」

張爾漢哈腰問道：「皇上，傳哪位？」

「都來。」

張爾漢喳了一聲，撅著屁股退出東暖閣。

外面的天氣很冷，東暖閣的大火炕卻燒得暖洋洋的。道光把屁股挪到炕沿，想趿鞋下炕，但沒下，望著水磨磚地沉思。他依稀覺得琦善有言之未盡之處，卻說不清哪個地方沒有講透。

不一會兒，穆彰阿、潘世恩和王鼎魚貫進入東暖閣，打下馬蹄袖行禮。

道光抬起頭，「朕原以為罷了林則徐和鄧廷楨、允准通商、平行移文、查明商欠，英夷就該知足。沒想到英夷獅子大開口，索要兩千萬天價！琦善反覆打壓，才降到六百萬。要是僅此六百萬，朕也忍了。但義律反覆鴟張，不僅要賠款，還索求沿海島嶼一處，仿效澳門豎旗自治，或者增開四至六處碼頭。經琦善反覆辯詰，才減為福州和廈門兩處。看此光景，英夷貪得無厭，難以理喻！你們說說，該如何辦理？」

三個軍機大臣都讀過琦善的奏折，開始輪番表態。

穆彰阿道：「義律貪索無厭，我們越讓步，他越囂張。如此看來，威撫之策恐怕無效，唯有武力痛擊，揚我天朝國威！」

潘世恩講一口吳儂軟語，「田莊農夫都懂得紮緊籬笆關緊門的道理，否則野狗就會隨意闖入，賊盜就會生覬覦之心。大清的萬里海疆不能四敞大開，聽任夷人到處設立通商碼頭，否則域外不肖之徒就會混入內地，無事生非。臣下以為，鑒於眼下情勢，唯有諭令琦善一面說理，一面備戰，多方羈絆，待其稍形疲憊，乘機剿洗。」

王鼎沙著嗓子道：「朝廷江山廣袤，不缺偏隅尺土，但是，本朝要是允給一座海島，聽任英夷仿效澳門寄居自治，他們必然結黨成群、建臺設炮，進而滲透到內地，貽患將來。福州和廈門不可聽任夷人通商，那裡地勢散漫，無險可扼，防守尤難，斷難容留夷人。」

道光問：「王閣老，戶部有多少儲備銀？」

王鼎是分管戶部的軍機大臣，「戶部現有儲備銀一千零三十萬兩。」

道光喟歎道：「朕有近四億位臣民，卻只有區區一千多萬兩儲備銀！朕不肯將全國臣民上繳的血汗錢虛於一擲，是擔心一俟出現天災人禍沒有財力應付。但是，英夷欺人太甚，該花的銀子就得花！」

潘世恩道：「臣擔心，一俟大動干戈，所有儲備銀都得用罄。」

王鼎建議：「皇上，要是動武，恐怕得起用林則徐這樣的人。林則徐性情果斷、雷厲風行，是主剿的；琦爵閣性情溫和，是主撫的。」

道光再次低頭盯著水磨磚地面，凝思片刻，伸腳要穿靴子，又縮回去，依舊坐在炕沿上，「我朝二百年來聲威遠震，四夷臣服。朕繼承大統後，柔恤外夷，無微不至，但逆夷自外生成，逞其犬羊之性，妄肆鴟張、恣意妄為，實屬神人所共憤，天理所難容！若不痛加剿洗，其勢斷難懾服，即或朕施以寬大，也必先使其畏威，方可冀其懷德。朕決心宣示國威，革除後患，不能讓英夷小覷了大清。潘閣老，你代朕擬一份諭令，告訴琦善，朝廷決定棄撫改剿，要他厚集兵力，大申撻伐，所需軍費，無論地丁關稅，准予酌量使用，作正項報銷，如有不敷，隨時奏聞請旨。」

道光終於趿上靴子下炕，指著炕几道：「潘閣老，上氈墊，我說你記。」

潘世恩見皇上要發口諭，脫去靴子，坐在炕几旁，蘸筆濡墨。

道光每次發佈口諭都有一種居高臨下，俯瞰九州，號令全國的氣概，今天也不例外。他雙眼虛視前方，腦袋輕搖輕晃，脫口吐出一道天憲：

逆夷要求過甚，情形桀驁，既非情理可諭，即當大申撻伐。所請給予一島寄居，廈門、福州兩處通商，及給還煙價銀兩，均不准行。逆夷再或投遞字帖，亦不准收受，並不准遣人再向該夷理諭。

琦善現署總督，兩廣陸路水師皆其統轄，均可隨時調撥。第念該省陸路兵丁未必盡能得力，朕降旨湖南、貴州兩省各備兵丁一千名，四川省備兵兩千名，聽候調遣。著琦善一面多方羈絆，一面妥為豫（預）備。如該夷桀驁難馴，即乘機攻剿，不得示弱[21]。

潘世恩的筆桿搖得飛快，筆端在玉板宣紙上磨出清晰的窸窣聲。

道光見他收了筆，神態莊肅地道：「此諭由六百里紅旗快遞發出！」

他向來惜用驛馬，很少使用六百里驛遞，也不許臣工們輕易使用，這是他發出的第一道紅旗諭令。三個軍機大臣意識到，戰爭開始了。

穆彰阿提醒：「皇上，琦善沒打過仗，要動武，恐怕得另派暢曉兵法的人。」

21 《廷寄》，《籌辦夷務始末》卷十八。

道光沒吭聲，看了潘世恩一眼。潘世恩會意過來，提議：「皇上，楊芳如何？」楊芳是本朝名將，在平息張格爾叛亂時戰功彪炳，封二等果勇侯。五年前，他以年老體弱為由，請求休致頤養天年，皇上允准了。沒想到他剛回貴州老家，湖南就出了匪亂，朝廷要他再次出山，他奉旨帶兵剿匪，僅用一年就平息了亂局。目前他依然留在湖南提督任上。

穆彰阿擔心楊芳年高體弱，勝任不了，「楊芳年近七旬，有點兒眼花耳聵。叫奕山去廣州可好？」

奕山是道光的侄子，也參加過平息張格爾叛亂，事平後留在新疆，晉升為伊犁將軍，去年奉旨回京，任領侍衛內大臣兼御前大臣。他剛滿五十歲，正是年富力強之時。

道光思量片刻，「奕山雖然參加過新疆平叛，但那時他是三等侍衛。朕派他出征，意在歷練，他並無獨領大軍的經驗。」

潘世恩轉而建議：「皇上，不妨任命奕山為靖逆將軍，楊芳任參贊大臣，共同出征。」

道光還有些顧慮，「這個主意好是好，只是我擔心老神仙的體力跟不上。」三十年來，楊芳每戰必勝，故而道光戲稱他為老神仙。

潘世恩道：「楊芳腿腳不便，不能衝鋒陷陣，當個諸葛亮參贊軍務還是行的。」

道光點了點頭，「那就讓老神仙參贊軍務準備出征。不過，還得派一個主管糧臺的。」

王鼎道：「臣以為，隆文可以勝任此職。」

隆文是戶部尚書，在平息張格爾叛亂時分管糧臺，是個辦事縝密的人。

穆彰阿點頭贊同，「這是一個三套車的格局。有奕山的尊貴，有楊芳的謀略，還有隆文的思慮周全。」

道光在水磨磚地上踱了幾步，「選派三軍統帥不是小事，朕要親自與奕山、隆文談一談。潘閣老，你再起草一份諭令，飭令欽差大臣伊里布團練鄉勇嚴拿漢奸，相機收復定海。」

潘世恩重新蘸了墨汁，聽道光皇帝背著手，一字一頓地發佈第二道諭令：

……著伊里布遵照前旨確切偵探，遇有可乘之隙，即行剿辦……現在鎮海一帶存兵九千八百餘名，自已足敷調遣……該大臣務須計出萬全，一鼓作氣，以褫夷魄而伸（申）國威。免之，望之[22]。

潘世恩筆端一挫，準備下炕。

道光擺手止住，「哦，還有一件事。剛才王閣老保舉林則徐出山，朕允准。你再草擬一

---

22 摘自《著欽差大臣伊里布相機收復定海並團練鄉勇嚴拿漢奸等事上諭》，《鴉片戰爭在舟山史料選編》，第 167-168 頁。

份上諭，飭令林則徐掛四品卿銜在廣州幫辦軍務。」

「喳。」

道光二十年十二月八日是西曆一八四一年一月一日。內地的中國人對這個日子沒什麼感覺，但澳門的聖保羅大教堂敲響了年鐘，當地的葡萄牙人沉浸在新年的氣氛中，街頭巷尾不時響起劈劈啪啪的爆竹聲。

但是，各國商人焦躁了起來。英國全權公使大臣查理·義律曾經言之鑿鑿，新年到來之前，英中兩國一定會簽署恢復通商的條約，商人們歡欣鼓舞，從世界各地調來商船，截止到除夕，已有三十六個外國商行的七十九條商船駛入伶仃洋，六千多商人和水艄在澳門上岸，致使彈丸之地房租飛漲、物價騰昂。

然而，大家的預期全落空了，恢復貿易成了一廂情願的空想。各國商人大發牢騷，痛斥義律愚蠢輕信，舵工水艄們則使用既骯髒又粗野的字眼咒罵義律，說他是「放屁蟲」、「屎殼郎」、「受騙的烏鴉」、「自作聰明的傻瓜」。時間就是金錢，商人們的損失不言而喻，因為商船必須借助信風行駛，誤了風期，所有人員都得滯留在澳門，白白耗損人力、物力和財力。

義律為此承受著巨大壓力。他相信琦善，這才力排眾議，從大沽口撤軍返回廣州，信誓旦旦地告訴各界人士，恢復通商指日可待。沒想到琦善以各種理由迴避面談，只派鮑鵬和白含章來回傳話。他意識到，把巴麥尊的第三號訓令和盤托出，極大地刺激了琦善，為了盡快簽約，他退回到大沽會談的基礎上，但依然毫無進展。對他來說，新年的鐘聲是一種強烈的刺激，他彷彿聽見商人們的抱怨、軍人們的嘲諷和水艄們的謾罵。他終於決定動用武力，逼迫琦善就範！

吃罷早飯，他坐在商務監督署的辦公室裡，等候伯麥爵士和辛好士爵士。

這時，一個印度僕人送來郵件，是特別調查法庭從舟山發來的。義律一面喝茶一面閱讀特別法庭的報告，報告說，舟山的疫情非常嚴重，三千多駐島官兵中有五千五百餘人次住院，四百三十二人病亡。

任何研究過英－印軍事史的人，只要給予足夠的重視，都能發現一個無須證明的現象——缺乏清晰、明確的軍事醫學知識，就會屢次犯下嚴重、致命的錯誤。在不宜紮營的地方紮營，在錯誤的地點搭建營房、設置哨位，讓士兵置身於汙穢的空氣中。許多指揮官熱衷在不利於健康的時間進行操練、體罰士兵等等，由此造成的死亡數字令人驚駭，刀劍的殺戮和毀滅性的瘟疫也無法造成如此重大的傷亡。這些原因，以及類似的原因，導致了生命的無謂犧牲和金錢的過度支出，想起來就令人痛心。幾千人的生命取決於發佈命令的人，他們只要稍微動一動腦筋，多費一點力氣，完全可以控制住疫情[23]。

報告沒有點明，矛頭卻直指陸軍司令布耳利。迄今為止，遠征軍沒有一人陣亡，癘疫的屠刀卻殺死了四百三十二名官兵，這是一個十分可怕的數字。看完報告，剛巧馬儒翰走進辦公室通報：「義律先生，伯麥爵士和辛好士爵士到了。」

「請進。」

伯麥和辛好士一前一後進入辦公室，神態莊肅。他們是從九洲島趕來的。

幾句寒暄後，伯麥抱怨道：「公使閣下，你曾經滿懷信心地告訴大家，新年到來前就會簽約，官兵們可以高高興興踏上回國的旅程。但是，如今新年已經到了，官兵們很失望。」

辛好士有些氣憤地說：「公使閣下，中國欽差大臣琦善欺心狡詐，把我們耍弄了！」

義律的藍灰色眸子閃過一絲難為情的微光，「是的。我們不得不考慮動用軍事手段。」

辛好士爵士道：「公使閣下，在大沽會談期間，你和懿律公使應當把第三號訓令的所有要求和盤托出，不必有所隱瞞。中國大皇帝不接受的話，我軍可以直接在大沽動武。」

---

23 作者轉譯自 D.Mcpherson 所著的《在華二年記》（《Two Years In China：A Narrative Of the Chinese Expedition》，P.54-55）。D.Mcpherson 是馬德拉斯第三十七步兵團的助理軍醫。

面對如此直言不諱的批評，義律不得不辯解：「《致中國宰相書》的條款有可能實現，第三號訓令則是巴麥尊勛爵的一廂情願。他不瞭解中國，想把我們的政治信念、商業慣例和貿易制度一股腦地強加給一個東方專制大國。它觸及大清帝國的立國之本，將會引發翻天覆地的變化，這種變化，大大超出了中國皇帝的容忍度，需要幾十年，甚至上百年才能實現。我們的兵力有限，承擔不起這麼繁重的任務。中國皇帝已經作出讓步，不再盛氣凌人，同意平行移文，這是一種緩和的趨向，我們應當因勢利導，而不是挫敗它。」

伯麥爵士的聲音低沉有力，「公使閣下，即使你回到大沽會談的基礎上，琦善依然拒不約期會談。依我看，琦善在耍花招，在拖延時間，在愚弄我們。他讓我們從大沽口跑到珠江口，暗自竊笑我們是傻瓜。」

辛好士爵士道：「從廣州到北京，中國的飛馬驛遞需要十幾天時間，一去一回，耗時一個月。琦善只要找一個藉口，說某個條款需要呈報皇帝允准，我們的數千官兵就得陪著他虛耗時間。公使閣下，我們不能這樣無休無止地耗下去，必須動用武力，督促琦善盡快簽約！」

義律道：「我與你們一樣，有受騙上當的感覺。這不僅是我個人的恥辱，也是大英國的恥辱！現在是動武的時候了。請問二位，作好戰鬥準備需要多長時間？」

「一天。」

義律點頭，「我看，不妨讓士兵們好好過一個年。我想請你們用軍事長官的名義給琦善發份照會，給他最後一次機會，要求他五天之內確定面談的日期和地點，否則我們就動武。」

伯麥爵士從皮包裡取出一份擬好的作戰計劃，「這是我和辛好士爵士共同商定的，一俟動武，我軍將分三步給清軍以毀滅性打擊。第一，我軍將佔領沙角炮臺和大角炮臺，消滅晏臣灣裡的廣東水師。第二，我軍將攻佔威遠、靖遠、震遠和上橫檔炮臺。第三，我軍將攻克珠江沿岸的所有炮臺，兵臨廣州。如果琦善依然拒不簽約，就佔領廣州城。公使閣下，請你過目。」英國政府是文官政府，依照規定，海外駐軍的所有軍事行動必須得到公使的批准。

義律速讀了一遍作戰計劃，抬起頭來，「我辦事講求理性和忍耐。廣州乃中外觀瞻之所系，打爛廣州、逼走商民，既不利人又不利己，還會損害第三國的利益，搞得怨聲載道。前幾天，美國駐澳門代理領事多喇納先生與我會面，要求我軍不要攻打廣州。昨天，法國兵艦『達納德號』開到澳門，羅薩梅爾艦長來到我的辦公室，代表法國政府請求我軍不要攻打廣州。我國商人，還有美國、法國、荷蘭和西班牙商人，紛紛要求我優先考慮商業利益，萬一動武，不要摧毀黃埔碼頭上的商業設施。你們看看伶仃洋，那裡泊著七八十條各國商船，而且與日俱增。各國商人和水艄是來做生意的，他們的眼珠子瞪得溜圓，生怕打仗。

「我同意你們的方案，但不想惹起國際爭端，所以要補充兩點，第一，軍事行動要為政治談判服務，只要琦善同意約期會談，軍事行動應當立即中止。第二，軍隊攻入內河後，不得破壞黃埔島和扶胥碼頭的商業設施，不得破壞沿江兩岸的茶葉作坊和倉庫。」

伯麥爵士皺著眉頭，「公使閣下，你出了一道難題。戰火一起，清軍必當奮力抵抗，誰能擔保中國商民不逃跑？誰能擔保珠江兩岸沒有瘡痍？誰能保證我們的槍炮不傷及無辜？」

「請你務必保全黃埔島和扶胥碼頭的所有商業設施，要是打爛了，恢復通商就會遙遙無期。」

「我們只能盡力而為。」

義律把作戰計劃放在辦公桌上，「伯麥爵士，你現在是印度兵站司令兼遠征軍總司令，有件事我想請你考慮一下。」他把特別法庭的調查報告遞給伯麥。伯麥摘下帽子低頭速讀，半禿的腦門油光鋥亮。

義律道：「舟山大疫讓我軍付出了慘重代價。特別調查法庭說第二十六團損失最重，該團從加爾各答出發時有九百多人，三個月內減員三分之二強，現在只有二百九十一人能持槍上崗。中國人有為老年父母打造棺材的習俗，我軍佔領定海時發現民居裡有許多棺材，一開始認為沒用，士兵們把棺材當作柴劈來生火做飯，但死人太多，郭士立牧師不得不下令把所有棺材集中起來統一調配。現在，當地的棺材用完了。我軍只好用軍毯裹住死者的屍體草草埋葬。」

辛好士爵士道：「舟山癘疫讓我想起沃什倫會戰，那是一八〇九年的事情。我當時是中尉，在『海神號』戰列艦效力。我軍出動了四萬水陸官兵、一萬五千匹戰馬，在沃什倫登陸，準備進攻尼德蘭。在那場會戰中，我軍僅陣亡一百零六人，卻慘遭癘疫的殺戮。由於指揮官缺乏醫學知識，讓士兵駐紮在蚊蠅彙聚、空氣汙濁的地方，一萬五千多官兵感染了斑疹傷寒和瘧疾，四千多人病亡，致使一場策劃周密的戰役半途而廢。舟山癘疫不啻是沃什倫醫學災難的重演，只是規模較小。誰該為這場醫學災難負責？」癘疫只在陸軍中傳播，海軍沒有一人病亡。

義律回答：「陸軍司令布耳利少將難辭其咎。」

伯麥問：「特別法庭要撤換他嗎？」

義律搖搖頭，「調查報告沒有點名，但說他缺乏起碼的軍事醫學常識。我認為，陸軍司令應當換人……哦，我只是提議，陸軍司令的任免得由奧克蘭勛爵決定。」

伯麥又問：「換誰？」

「我想徵求你的意見，推薦一位能與你合作的人。」

伯麥思索片刻，「我提議郭富爵士。」

義律知道其人其事，郭富是年過六旬的陸軍少將，在拿破崙戰爭期間晉升為團長。他參加過比利牛斯半島之戰和巴羅薩之戰，而後被派往南非，參加了好望角之戰，接著去美洲，參加了西印度群島之戰和蘇利南之戰。他兩次負傷，勇冠三軍，目前正在印度的麥索爾省擔任師長，是不折不扣的百戰名將。

義律說：「好吧。我將把特別法庭的調查報告和你的建議，一塊郵寄給印度總督奧克蘭勛爵。」

作戰計劃商議完後，伯麥和辛好士連袂出了商務監督署。

辛好士諷刺道：「伯麥爵士，查理·義律猶豫軟弱、顧慮重重，讓遠征軍聽命於他，就像讓一群雄獅聽命於一隻溫吞的貓。」

廿 激戰穿鼻灣

伯麥向琦善發出了最後通牒，先是指責琦善處處相欺，而非誠心締結和約，後限令他在十二月十四日（西曆一月七日）前約期會談，否則將依照兵法行事！

這是一份嚴厲的挑戰書，時間和地點講得清清楚楚，字裡行間透著對清軍的藐視。

琦善立即意識到大事不妙，他急火攻心，迅速從肇慶協調來五百兵丁增援虎門，從督標、順德協標和水師提標抽調出一千三百兵丁，分別派往總路口、大濠頭、沙尾和獵德，叫他們準備三十條滿載石頭的大木船，隨時準備沉入江底堵塞航道。

關天培也馬上率領虎門九臺的全體弁兵進入戰備狀態。大角和沙角炮臺地處海疆前沿，陳連升更是不敢存有絲毫怠慢之心。

十二月十四日過去了，只要海上沒有風暴，英軍很可能在第二天發起攻擊。

十五日黎明，陳連升早早起床，用鹽水漱了口，與陳長鵬和三個親兵出了行轅，沿著山間小道朝瞭望臺走去。天色昏暗，草葉上掛著露珠，樹林間懸著薄靄，炮臺兵房、塹壕巷道全都浸在濕潤的空氣中，朦朦朧朧，模糊不清。珠江口的冬天不像北方那樣白雪皚皚，冰封千里，只是陰冷。當值的哨兵穿著薄棉衣、挎著腰刀，斜倚在石壁上打盹，當他聽到橐橐的腳步聲後立即警醒，本能地挺直腰板，雙腳立正。

「有敵情嗎？」陳連升的聲音沉悶，像從井底發出的。

哨兵趕緊回答：「沒有！」他瞭解上司的習慣，陳連升父子黎明即起，查完哨後才叫號弁吹響操練螺號。但是，今天他們起得格外早。

陳連升端起千里眼掃視著海面。太陽即將升起，天際線上有一抹淡紅，海面上風平浪靜，有輕薄的晨霧，但是，那種霧不會盤桓很久，太陽一出來就會消散。如果沒有霧，應能看見伶仃洋上的點點燈光——為了避免碰撞，那裡的外國商船全都掛著紅燈。不過現在能見度很低，什麼都看不清。

他轉頭回望晏臣灣，晏臣灣距離較近，能看見星星點點的船燈，廣東水師的十幾條戰船靜靜地泊在那裡，像擠在一起安睡的小狗。他放下千里眼，環視著沙角山，山上山下坑道縱橫，石壁垛口架著抬槍，槍架旁有身著號衣的稻草人，從遠處看有一種防衛森嚴的氣象。沙角山下有成片的兵房，它們依然在睡夢中，靜謐無聲，只有大伙房的視窗燈光如豆。伙夫們起得較早，已經開始生火做飯。

陳連升對陳長鵬道：「這種天氣很適合打仗，不出意外的話，今天就會開仗。」

陳長鵬道：「爹，英夷太小看咱們了，居然把開仗的時間告訴我們。」

「敢於下戰書的敵人，都是自信的強敵！」

「爹，您估計是炮戰還是登陸戰？」

「炮戰。他們不敢輕易登陸。」

陳連升一直苦心孤詣地經營著沙角和大角。弁兵們在山下設置鹿角柵、插滿竹尖樁、遍佈鐵蒺藜。他督率弁兵們反覆操練，把士氣調整得嗷嗷叫。他堅信三江協是大清的虎賁之師，弁兵們訓練有素，完全可以阻擊英軍登陸。

太陽出來了，冉冉地、緩緩地、一厘一寸地上升，升出海平面時騰地一跳，紅彤彤地浮在海平線上，天空霍然敞亮。號弁鼓腮吹響螺號，弁兵們像被按動機簧似的衝出兵房，集合聲、報數聲、口號聲、刀槍碰撞的鏗鏘聲響成一片。

等各路弁兵集合好後，陳連升一步跨上點將臺——所謂點將臺就是一塊稍加修整的大石頭。他清了清嗓子，「弟兄們，幾天前，夷酋伯麥給琦爵閣和關軍門下了戰書，這傢伙口出狂言，要我大清接受他們的無理條件，否則就在今天動武。沙角山和大角山地處前沿，今天是諸位弟兄為國效力的日子。怎麼打、如何打，我已交代給各級軍官，不在這兒囉唆。打仗要賞罰分明，現在本協台重申紀律。兩軍一俟開仗，擊傷夷兵一人者，賞十元！擊殺夷兵一人者，賞二十！擊殺一名夷官者，賞五十！擊沉雙桅夷船者，賞一千！擊沉三桅夷船者，賞兩千！反之，遷延觀望、不聽號令者，斬！蠱惑軍心、臨陣潰逃者，斬！自傷自殘，編造偽證者，斬！製造內訌，趁亂搶劫者，斬！好舌利齒、妄為是非者，斬！挑撥弁兵，令其不和者，斬！聽明白了嗎？」

「明白！」弁兵們的回答如同虎嘯，震得周匝的樹枝、樹葉發出一陣颯颯聲。

陳連升將旗一揮，「今天的早飯由大伙房送到陣地上。各就各位！」

炮兵們迅速跑步進入炮洞，拔去炮栓，將鐵丸子裝入炮口，動作嫻熟得如同穿衣吃飯。抬槍兵、弓箭兵和藤牌兵同樣快步進入塹壕、巷道或預定戰位。

與此同時，英軍也開始行動了。

「復仇神號」鐵甲船、「皇后號」火輪船、「硫磺號」和「司塔林號」武裝測量船組成第一分遣隊，開到沙角山前面，從左翼轟擊沙角山炮臺。

「加勒普號」、「海阿新號」和「拉恩號」組成第二分遣隊，從右翼轟擊臨海炮臺。

運輸船把一千四百多名步兵運到穿鼻海灘登陸，繞到後面攻擊沙角炮臺。隨隊而行的還有幾百蜑民，英軍高價雇用他們充當嚮導和隨軍工役，他們身穿統一的黑布號衣，替英軍搬運炮子彈藥。

「都魯壹號」、「薩馬蘭號」、「摩底士底號」、「哥侖拜恩號」和海軍陸戰隊組成的第三分遣隊攻打大角炮臺。

「麥爾威厘號」、「威裡士厘號」和「伯蘭漢號」戰列艦吃水較深，不宜在淺水區作戰。伯麥率領它們駛至穿鼻水道，專門攔阻清軍的增援部隊。

在薄霧的掩護下，運輸船隊神不知鬼不覺地繞了一個大彎，把步兵運送到距沙角山八里遠的海灘上，一千四百多英印步兵搶灘登陸，沒有遇到任何抵抗。同時登陸的還有一支炮隊，他們攜帶了一位榴彈炮和兩位推輪野戰炮。榴彈炮能發射二十四磅炮子，足以摧毀清軍的堅固工事。推輪野戰炮能發射六磅葡萄彈，用於驅散步兵。

八點三十分，所有戰艦進入預定戰位，在海面上下錨。第一分遣隊率先向沙角山開炮。海面上炮聲隆隆，黑煙滾滾，浪靄四起。施拉普納子母彈在空中開花，鐵丸子漫天飛舞。康格利夫火箭低空躥行，一支接一支飛向清軍陣地，打在兵房的門楣和房梁上，扎在樹木和草叢間，引燃了一串又一串山火。

沙角山炮臺和臨海炮臺開炮還擊，炮子在敵艦附近打出一個又一個水柱。但是，兩座炮臺很快陷入被動挨打的境地，被炸得石屑亂飛、黑煙四起。

三江協是從內地調來的，陳連升的戰鬥經驗僅限於剿山匪、打蟊賊、追逐江河水盜，使用刀槍劍戟、弓箭抬槍，依靠近戰取勝，他根本沒有想到敵人會繞行八里從背後抄擊。他把全體弁兵配置在沙角山前沿，只派了四十名惠州兵在東側二里處守望。惠州兵們被隆隆的炮聲吸引，臥在山丘上，烏龜似的引頸觀戰。

登陸的英軍步兵像出巢的螞蟻一樣沿著溝壑、樹林逶迤潛行。林間小道蜿蜒曲折，地面上積有厚厚的枯枝敗葉，踩上去吱吱作響。炮兵們壓低嗓音，嘿喲嘿喲地喊著號子，奮力推動三位火炮，驚得山雞、松鼠四處亂竄。但是，這麼大的動靜全都被樹林與草葉吸納了，沒有引起清軍絲毫的警覺。

經過一小時跋涉，步兵推進到距沙角山二里遠的山包腳下，直到此時，駐守那兒的惠州兵才發現背後有敵軍。他們架起抬槍、拉開弓箭倉促應戰，一面報警，一面奮力抵抗。英軍在距離山包一百多米遠處展開佇列，隨著軍官的口令舉槍瞄準，打出一排又一排槍彈。英軍人多勢眾、槍炮靈捷，惠州兵勢單力孤、武器窳陋，十幾個惠州兵轉瞬間倒在血泊中，其餘的倉皇潰逃。

英軍迅速佔領山包，將清軍兵營納入視野之下。炮隊把榴彈炮和野戰炮架在山脊上。

陳連升正在沙角山指揮作戰，突然聽見北面山包上傳來隆隆炮聲和劈劈啪啪的槍響。他手搭涼棚回頭一望，就見惠州兵丟盔棄甲，喪家犬似的末路狂奔，陣地已被英軍佔領，山包上飄著一面刺目的米字旗。

敵人竟然從後路襲來！陳連升大吃一驚，揚聲吼道：「陳長鵬！」

「有！」陳長鵬一頭鑽出巷道。他與藤牌兵躲在巷道裡，安然無恙地躲過了炮擊。

陳連升的臉膛被火藥熏得烏黑，指著山包，露出一嘴白牙，「夷兵從後面抄來，惠州兵的陣地丟了。你立即帶人把夷寇打回去！」

「遵命！」陳長鵬抄起一塊藤牌，一招手，「全體藤牌兵，起立！」

塹壕裡響起刀槍碰撞的鏗鏘聲。

陳長鵬發出命令，「一隊沿左塹壕前進，二隊沿右巷道前進，三隊跟著我從中路進攻！」

沙角山的塹壕三橫二縱，士兵們操練過多次，閉著眼睛都不會搞錯。他們動如脫兔，分三路向北運動。

發現一百多藤牌兵躍出塹壕發起反擊，發出震天的吶喊，英軍排成橫隊開槍射擊。藤牌兵們見敵人擺出射擊姿態，立即下蹲，用藤牌護住身子。但是他們搞錯了，藤牌能擋住抬槍的鉛砂，卻擋不住英軍的子彈。英軍的槍彈洞穿了藤牌，衝在前面的藤牌兵發出慘烈的呼號，在地上翻滾蠕動、掙扎呻吟。

陳長鵬被眼前的景象震得一凜，燧發槍的射程和穿透力大大超出他的想像，唯有短兵相接、貼身肉搏才能揚長避短。他來不及細想，在瞬間作出抉擇，唰的一聲抽出腰刀，嗓子眼裡冒出金屬撕裂的聲音，「第二隊，給我上！誰要是孬種，我宰了他！」他圓睜怒目，身先士卒，領著第二隊藤牌兵向前衝去。

又是一陣排槍，幾十塊藤牌被打爛，幾十個兵丁血沃沙場。陳長鵬被兩顆槍子擊中，一顆鑽入右肋，一顆擊中下腹。他撲倒在地上，打了一個滾。好不容易緩過神來，用藤牌撐著身子，一使勁，單膝跪起。剛要喊「衝」，又是一陣爆豆般的槍響，他再中一彈，正好打在胸口上，濃濃熱血一噴而出，他的身子晃了晃，終於像伐倒的樹樁，永久地歪倒在地上。

藤牌兵們遭到無情的殺戮，僅兩個回合就死傷過半，他們驚慌失措，拋下屍體和傷兵，沿著塹壕和巷道倉皇逃遁。

英軍炮隊架好了野戰炮，開始從後路轟擊沙角山炮臺和臨海炮臺。沙角山三面環海，兩面受敵，清軍像置身於湯鍋鼎沸中一樣無路可逃，聽任敵人的炮火狂轟濫炸，成群的兵丁被炸倒，陣地上屍骸狼藉、血肉模糊。半小時後，沙角山炮臺與臨海炮臺被徹底摧毀，兵房和帳篷冒著黑煙，樹林和草叢烈火蒸騰，兵丁們橫七豎八地倒在地上，炸爛的胳膊大腿像被野獸撕裂的碎肉一樣拋撒得到處都是。

英軍吹響了銅號，大小軍鼓嗒嗒作響，分成七列縱隊對沙角山發起總攻。他們頻頻射擊，不給清軍絲毫貼身肉搏的機會。清軍縮在巷道裡，像被趕進屠場的羊群。

陳連升左臂受傷，烏黑的臉上被劃開一道血口子，是讓崩裂的石片劃傷的。他撐著膝蓋爬上山頂，山頂有一塊突起的巨石，它是沙角山的制高點，下面是十多丈深的懸崖。他俯視著陣地，臺基、垛口、炮洞、塹壕和山坡上，到處都是清軍的屍體、破碎的藤牌和折斷的刀槍。少數清軍仍然在負隅頑抗，多數兵丁已經喪失抵抗的意志，龜縮在巷道裡，上天無路，入地無門，無可奈何地舉手投降。

戰鬥，已經勝負分明！

陳連升從軍四十多年，很少遇到挫折，但英軍與清軍的船艦槍炮相差懸殊，戰略戰術判若兩樣，致使戰場成了血腥的剁肉板，英軍是刀俎，清軍是魚肉。在異域強敵面前，一支百戰協標竟然迅速殂謝！

陳連升的眼珠子佈滿了血絲，痛心地看著手下殘兵末路狂奔。一群英軍在追趕一個兵丁。那兵丁跑得極快，迅速遁身於一座石庫，將門反鎖。英軍包圍了石庫，吶喊著要兵丁投降，但那兵丁拒不投降。英軍不曉得石庫是火藥庫，裡面貯藏了七千斤炸藥，其中一個軍官朝石庫門裡打了一槍，轟的一聲爆出足以讓耳鼓全毀的巨響，巨大的氣浪把成噸的石塊掀上天空，分崩離析，周匝的英軍來不及躲閃，墜落的石塊把他們砸得頭破血流。

陳連升掏出銅殼懷錶，指針對著「10」字。從戰鬥打響到全軍崩潰僅僅一個半小時！他自知回天無力，掄起臂膀，把懷錶狠狠摔在石頭上，破碎的錶盤、螺絲、彈簧濺起老高。他踉蹌著步子朝瞭望臺走去。瞭望臺已被炸塌，旁邊躺著兩具屍體，其中一具的眼睛尚未合上，彷彿遺恨未消，手裡還緊抓著三江協的大纛。陳連升認得那是哨兵的遺體，他早晨還在瞭望臺上值守，現在已命殞沙場。陳連升眼睛一酸，蹲下身子，伸手把他的眼睛合上，從他手中抽出大纛。黃底紅邊的龍紋大纛撕裂了一個口子，旗面繡著斗大的「陳」字，沾黏著兵丁的凝血。

十幾個英兵沿著山道衝上山頂。陳連升身處絕境，舉步是懸崖，回頭是豺狼。他把頭抵在被千年海風磨礪得粗糙不平的岩石上，自歎一聲：「皇上，為臣的無能，唯有一死報國！」說罷，用大纛裹住身子，走到石崖邊，閉上眼睛，縱身一躍，像石頭一樣墜下去，沒幾秒，山崖下的尖利竹樁刺破青天似的扎透了他的肉體。

沙角山與亞娘鞋相距九里，中間隔著晏臣灣。關天培在武山上用千里眼眺望著沙角山，由於距離過遠，看不真切，但能聽見沉悶的炮聲，看見沙角山上火光蒸騰、黑煙蔽天。

「英軍果然如期開仗了！」關天培自語道，牙齒不由自已地咬得咯咯響。他雖然作了打仗的準備，卻沒有什麼好辦法，不過，此時此刻，他是斷然不能退縮的。他厲聲命令道：「掛信旗，命令水師營增援沙角！」

平心而論，他不願下達這道命令，因為他深知，水師營的十三條戰船根本不是英國艦隊的對手，要是被殲滅，廣東水師就成了沒有牙齒的老虎。

號弁吹響了螺號，管旗拉動繩索，升起一面綠旗。水師營參將李賢看見信旗後，率領船隊出動了。

但是，三條英國戰列艦封堵了晏臣灣。用十三條戰船攻擊三條戰列艦就像驅使十三隻小狗攻擊三頭雄獅，不僅沒有勝算，更是自取滅亡！

李賢既不敢向前，又不能後退，領著艦隊在晏臣灣裡兜圈子，企圖誘使英軍的艨艟大艦駛入晏臣灣。晏臣灣水淺，戰列艦吃水深，一旦駛入就可能擱淺。戰列艦的任務是阻止清軍增援，伯麥不肯踏入歧途，他按兵不動，靜靜地監視著清軍水師營的行動。

沙角炮臺陷落了，大角炮臺也進入收官階段，那兒有二百多弁兵，由一個千總帶領，他們禁不起敵艦的狂轟濫炸，只好棄臺逃命。半個小時後，「復仇神號」、「加勒普號」、「硫磺號」和「司塔林號」相繼駛入穿鼻水道，進入晏臣灣。「復仇神號」是平底鐵甲船，其餘三條是輕型兵船，適合在內河行駛。

李賢不敢輕易應戰，指揮船隊向上游撤去。他與關天培商議過，十三條戰船不能虛擲，只能誘使敵船進入淺水區，在晏臣灣裡與敵船打蘑菇戰。晏臣灣上游的水底佈滿了尖樁，彎曲處埋伏著火筏，水師營的戰船能避入其中，然而英軍的大型戰艦一旦進入，就可能擱淺。

但是，李賢估算錯了，「復仇神號」是專門為淺水作戰設計的。它率先闖入晏臣灣，緊跟其後的是單桅帆船「司塔林號」。「司塔林號」的排水量只有一百零七噸，與清軍的大號戰船大小相仿。「加勒普號」和「硫磺號」是雙桅兵船，也可以在內河作戰。

晏臣灣是英軍從來沒有涉足的水域，連一張航道圖都沒有。「加勒普號」和「硫磺號」小心翼翼駛至晏臣灣邊緣，卻不深入，它們用滑輪吊車放下四條舢板，每條舢板載著二十多名水兵和一位小炮，四條舢板跟在「復仇神號」和「司塔林號」後面，追入晏臣灣。

「復仇神號」就像一隻鐵甲怪物，猙獰可怖、兇悍無比，迅速朝水師營迫近。李賢本以為它會擱淺，沒想到它在淺水處行駛自如，水師營反而陷入絕境！反擊是找死，坐等是待斃，與其任人宰割，不如奮力反擊！

李賢露出了軍人本色，心一橫，牙一咬，下達了作戰命令。「虎字二號」率先掉轉船頭，船主是張清齡，他因為「鑿山鼠」和「瞎胡添」偷盜鴉片受了降職處分。此時他一馬當先，橫過船體，準備用側舷炮轟擊英艦。其餘師船跟隨而動，旗手變換旗幟，帆匠拉動帆索，次第掉轉船頭，軍鼓金鑼響成一片，十三條戰船分兩隊迂迴包抄，準備殊死一拚。

面對清軍的回馬槍，哈爾毫無懼色，緊握輪舵，全速迎擊。他堅信「復仇神號」是一條打不沉、擊不垮、炸不爛、戳不穿的黑金剛，整個大清水師都奈何不了它。

在距離清軍船隊五百米處，哈爾下達了命令：「準備火箭！」

炮兵把一支十八磅康格利夫火箭推到發射架上。

隨著哈爾大吼一聲：「點火——放！」

火箭嗖地騰空而起，拖著長長的火尾飛向「虎字二號」，恰好擊中火藥艙。火藥艙裡有三千斤火藥，頓時引發轟的一聲巨響，一團火球猛然躥起，直沖雲霄，騰起的蘑菇雲又黑又濃，「虎字二號」頃刻斷成兩截。巨大的氣浪把檣桅、索具、官兵、槍炮高高掀起，又重重拋下。張清齡還沒反應過來，就被巨大的氣浪掀到半空，一個倒栽蔥跌入水中。「虎字二號」

像在烈火黑煙中掙扎的小龍，粉碎，浮揚，散落。當濃煙散去後，水面上浮著一大片爛板殘片和支離破碎的屍體。

「虎字二號」是清軍最大的戰船，如今被敵人一箭摧毀，清軍全都驚呆了！

清軍戰船相繼發炮，一顆炮子打在「復仇神號」的側舷上，只炸出一個微不足道的小坑，另一顆炮子打到甲板上，一崩兩瓣，卻沒爆炸。連續兩炮不能傷其筋骨，李賢錯愕無語，他覺得自己彷彿是在同一個金身不壞的妖魔打仗，他趕緊轉動帆篷向後撤退。而「復仇神號」就像一條嗜血虐殺的怪獸，窮追不捨。

晏臣灣就在武山腳下，上千名清軍躲在山石後面觀戰。他們頭一次看見鐵甲船和旋轉炮，作夢也沒想到「復仇神號」蠻力巨大，竟然能夠拖拽四條舢板逆水而行，而且迅駛如飛。最令人驚駭的是旋轉炮，鐵甲船上的兩位旋轉炮靈捷兇狠、威力超群，僅在半個小時內就打沉了五條清軍戰船，李賢的座艦「虎字一號」也被炸翻在水中。武山上的清軍看著這一幕幕，卻只能乾著急沒辦法，因為他們的火炮抬槍和弓箭短刀全都派不上用場。

其餘戰船掉頭向北倉皇潰逃，「復仇神號」突突作響，鼓輪追擊，不停地開槍開炮。清軍戰船全靠風帆驅動，航速較慢，無法逃脫它的魔掌，哈爾盡情享受著殺戮的快感，追打清軍的戰船就像在追打玩具。

很快地，又有幾條戰船被相繼擊中，兩條戰船擱淺在岸旁，船上的水兵奮力逃上岸。「司塔林號」和英軍舢板衝上前去，放火燒毀了擱淺的戰船。

「復仇神號」在晏臣灣裡橫衝直撞，如入無人之境，逆水上行連追七里，越追航道越窄，直到在太平墟附近，哈爾發現水道兩側有尖樁，水草歷歷可見，這才不得不恢復小心謹慎的戰術，停止了追擊。

至此，水師營幾乎全軍覆沒，只有兩條戰船僥倖逃離虎口，踉踉蹌蹌朝虎門寨駛去。在武山上，關天培和清軍將弁目睹了整個過程，眼睜睜地看著水師營桅檣灰飛煙滅[24]。他們看清了，兩軍船炮的差距如天如地，根本無法同台較量，只能悲憤無語。

---

24 根據琦善的《陣亡受傷及因傷亡故水陸將弁兵丁簡明清單》（《籌辦夷務始末》卷二十三），在穿鼻之戰中，清軍陸師陣亡軍官六人、兵丁兩百人，受傷軍官十九人、兵丁兩百五十五人；水師陣亡軍官三人、兵丁八十一人，受傷軍官十六人、兵丁一百七十五人，失蹤三人。根據英軍 A.B.Stransham 少校編制的傷亡清單（載於 D.McPherson 的《在華二年記》附錄Ⅱ，第266-267頁），英軍無人陣亡，海軍受傷八人，陸軍受傷三十人。

廿壹 武力催逼

戰鬥結束了，義律和馬儒翰乘「路易莎號」來到沙角山旁的小碼頭。英軍攻打沙角和大角時，他們一直在船上觀戰。

清軍的傷兵和屍骸偃臥在山道、炮臺和塹壕裡。馬德拉斯步兵開始打掃戰場，蜑民們開始挖坑埋屍。義律抬眼四望，沙角山炮臺和濱海炮臺被炸成瓦礫，山頂上插著花裡胡哨的英國旗、陸軍旗和海軍旗。小碼頭附近的樹蔭下，二三十個英軍傷兵坐在地上，他們的頭部、眼睛、胳膊、大腿等處包著繃帶，繃帶上有洇出的血漬。他們是與死神擦肩而過的人，驚魂未定卻暗自慶幸。

有兩名士兵的傷勢十分嚴重，一個炸斷了腿，一個炸碎了胳膊。斷腿和碎臂與肢體血肉相連，必須馬上切除，否則會潰爛化膿，殃及性命，大軍醫加比特決定與兩名助手當場為他們做手術。由於沙角山的所有兵房都被炸塌，醫生與助手們在背風牆根底下圍了一圈布簾，手術就在露天進行。

助手把其中一個傷兵抬到戰地手術床上，用止血繃帶紮住斷臂，給他服用一小杯鴉片酊。待鴉片酊發揮效力後，加比特用一把醫用鋸條把胳膊上的破碎骨頭鋸掉，吱吱吱的拉鋸聲鑽心入耳。傷兵疼得號啕大叫，要不是被皮帶緊緊綁在手術床上，他恨不得翻身打滾。

加比特手法嫻熟，僅用四十多秒就把胳膊鋸掉，助手迅速包紮傷口。軍醫與助手都因為過度緊張和勞累而汗流浹背，大口大口地喘著粗氣。這是一場血淋淋的手術，驚心動魄！不僅傷兵渾身是血，醫生身上也沾滿了血。劇痛過後，傷兵的啼號聲漸弱漸息，就像經歷了一場酷刑。

幾百名清軍俘虜集中在碼頭右面的空地上，周邊是荷槍實彈的馬德拉斯士兵。俘虜們三人一組坐在地上，呈品字形，辮子拴在一起，打成死結。他們灰眉土眼、無精打采，粗布軍裝沾滿了泥塵。

俘虜的旁邊有數百傷兵，戰爭損毀了他們的軀體，有的炸斷了腿，有的炸壞了胳膊，有的打斷了腳掌，那些破碎的肢體、斑斑血跡，慘不忍睹，觸目驚心。清軍的三個軍醫獲准救助傷兵，他們用棉花球蘸上烈酒擦拭傷口，用紗布當引流條。傷兵們疼得大汗淋漓，像蟲子一樣在地上扭動呻吟，偶爾發出撕裂肺腑的慘叫。

卑路乍把一百多位水師俘虜押送到沙角碼頭，打頭的人絡腮鬍子麻殼臉，是水師營參將李賢。他光著腦袋，渾身濕透，像一隻落湯雞。他的戰船被「復仇神號」擊碎，他因而跌落到水中，被英軍俘虜。

卑路乍對一個通事講了幾句英語。那通事是澳門人，狐假虎威，吹鬍子瞪眼，用粵語方言喝道：「你們坐下，三人一組，不許亂動！」

幾個馬德拉斯步兵走過來，又蹬又踹，又斥又罵，讓他們三人一組，把辮子打成死結。李賢原本是聲嚴色厲、叱吒兵營的人物，現在是虎落平陽任犬欺，只能逆來順受，老老實實地坐在地上。

義律正與馬儒翰說話，卑路乍興高采烈地朝他們走去，「公使閣下，你看看我的戰利品。」他遞上一頂紅纓官帽，上面有亮晶晶的紅珠頂戴和一支孔雀羽毛。

義律道：「頂戴是中國人的官銜，相當於我軍的肩章和領花，這是一個中國上校的頂戴。誰的？」

卑路乍指著李賢，「他的。」

李賢不懂英語，不知他們在說什麼，依然低著頭，神情沮喪地坐在地上。

義律拿起孔雀羽毛看了看，遞給馬儒翰。馬儒翰解釋：「中國人把孔雀毛叫作花翎，分單眼花翎、雙眼花翎和三眼花翎。這是一支單眼花翎，相當於我們的巴斯軍功章。」

卑路乍道：「如此說來，我俘虜了一個大官。」

「是的，很可能是廣東水師的艦隊司令。」

卑路乍笑開了花，「我要把頂戴花翎當作紀念品帶回國去！」

哈爾也走過來，歪戴著海軍帽，身披一面清軍船旗，像隻凱旋的鬥雞。右手提著一支抬槍，左手托著一顆炮子，那顆炮子像烏黑的鐵香瓜，「敵人的炮子打到我的甲板上，沒炸。我拔去引信，倒出火藥看了看。他們的火藥與我們的一樣，都是用硝、硫和木炭製成，效力卻差之千里。我們的火藥有嚴格的配方和製造流程。硝、硫、碳按74.84%、11.84%和11.32%配比。藥料用鼓輪機粉碎攪拌，壓製成均勻的顆粒，再用加熱機烘乾，用磨光機把藥粒磨光，除去氣孔，降低吸濕性。

清軍火藥是按照8：1：1的比例調製的，含硝量高，工藝毫不講求，容易吸潮又不易貯存。他們的火藥只配做煙花和鞭炮，炸不死人，除非打在你身上。」哈爾不愧是軍工專家，張口閉口全是數字，精確到小數點後兩位。

伯麥爵士誇讚道：「哈爾中尉，你今天大出風頭，單船追入晏臣灣，廣東水師差一點兒讓你全打光了！我要給你記大功，報請海軍部，授予你巴斯勛章！」

卑路乍也說：「今天『復仇神號』占盡了風光，橫掃千軍如卷席，其餘各艦成了收拾殘局的輔助艦。」

哈爾舉起抬槍，「你們看，清軍竟然用這種老傢伙和我軍打仗，真可笑！」

那支抬槍是種老式火繩槍，槍機由蛇形杆和扳機構成，蛇形杆的末端夾有一根火繩，火繩像鞭炮撚子。扣動扳機時蛇形杆撞擊藥引，點燃火繩，延遲兩三秒後才能引爆炸藥，將彈丸射出。碰上陰天下雨或火繩受潮，根本打不著火，形同廢物。

義律問：「我軍的傷亡情況怎樣？」

伯麥道：「初步統計，沒人陣亡，但有三十多人受傷。不是傷於戰鬥，而是傷於事故。一個清兵逃進一座石庫，我軍包圍了石庫，朝裡面打了一槍，沒想到那是座火藥庫，引爆了成噸的炸藥，致使三十多人受傷，有兩人可能終生殘疾。」

「真遺憾。清軍傷亡如何？」

「初步估算傷亡六百人以上，還有四百多名俘虜。」

四百多俘虜烏烏壓壓地坐了一大片。

辛好士爵士道：「沒想抓了這麼多俘虜，公使閣下，如何處置他們反倒成了難題。」俘虜的處置是一個十分麻煩的問題。

義律道：「清軍在浙江俘虜了我軍二十七名官兵，包括一名女眷，至今尚未釋放。我與伊里布約定，雙方都要善待俘虜，饑給飯食，傷給醫療。我要派軍醫給他們療傷，派傳教士宣講上帝的福音和大英國的殖民政策，再讓他們於甘結上簽字畫押，宣誓永不再戰，然後放掉。」

辛好士哼了聲：「公使閣下，你有傳教士的慈悲心腸，只是便宜了這群俘虜。我以為，釋放前應當把他們的辮子剪掉，以示羞辱。」

義律搖了搖頭，「不要羞辱他們，對於放下武器的敵人要施以慈悲，以便為和談留下餘地。善待他們，利大於弊。」

伯麥道：「公使閣下，我提議一鼓作氣攻下虎門，打爛廣州，再與中國官憲計較。」

義律不同意，「戰爭的最高境界是不費一刀一兵盡得風流。我認為，這一仗足以讓中國官憲清醒。我們不妨給他們三天時間考慮，要是他們不肯屈服，我軍再攻虎門不遲。現在，我們應當挑選一個俘虜，給關天培捎信，要他放棄抵抗。」

俘虜們表情麻木、目光呆滯，由於辮子拴在一起，無法走動。有三個人在給傷兵包紮傷口，他們的衣花與普通兵丁不一樣，有黃條格。

義律問：「那三人是什麼人？」

伯麥道：「是清軍的軍醫，我們允許他們救死扶傷。」

義律看了片刻，發現其中一人有點奇特，右手留著長長的指甲，便對馬儒翰道：「你把那個人叫過來。」

不一會兒，馬儒翰把那人帶到義律跟前。那人四十多歲左右，留著山羊鬍子，臉色灰白慵倦，因為吸煙，牙齒微黃。身穿一套粗布軍裝，胸前的補子上有個大大的「兵」字。他誠惶誠恐地控背弓腰，戰戰兢兢給義律打千行禮。

義律第一次看見中國人向自己行跪禮，遂以居高臨下的姿態俯視著他，尤其是他的長指甲，「你叫什麼名字？」

聽了馬儒翰的翻譯，那人答道：「回大人話，在下叫何以魁。」聲音明顯在打顫。

義律又問：「你是軍醫？」

「是，我是剃頭匠兼軍醫。」

義律愣了一下，先是不解，而後哧哧地笑起來，周邊的軍官們也笑得前仰後合，全場唯有何以魁一臉莫名其妙地呆站著。

卑路乍知識淵博，「如此看來，中國的醫術僅相當於我國中世紀的水準。十五世紀以前，我國的行業分工比較粗簡，理髮師與外科醫師屬於同一個行會。理髮師不僅理髮，還兼營拔牙、鋸骨和切除壞死的皮肉。那時沒有鴉片酊，鋸骨和切除壞死皮肉是一件血淋淋的事情，無人願幹。直到十七世紀，外科醫師行會才與理髮師行會分開。」

義律斂了笑容，繼續問：「你如何當上軍醫？」

何以魁的腰彎得像一張弓，謙卑得像一隻小蝦，「回大人話，在下的醫術是祖傳的。」

義律拿過他的藥匣子朝裡面看了看，裡面有調好的藥膏，黑乎乎的，「你用什麼給他們敷傷？」

「回大人話，金瘡膏、田七和雲南白藥。」

義律對中國草藥一竅不通，沒有追問，「你是軍官還是士兵？」

「是兵。」

「你留這麼長的指甲做什麼？」何以魁的無名指和小指的指甲長得驚人。

他小心答道：「是給人挖耳屎的，方便。」

伯麥道：「醫學是一門高級、複雜、深邃的學問，在我國，沒上過醫學院的人不准行醫。我們的軍醫屬於軍官序列，沒想到中國的軍醫竟然屬於士兵序列！」

馬儒翰解釋：「中國沒有醫學院，他們把醫學視為普通、簡單的工作。」

義律問何以魁：「想救你的同胞嗎？」

何以魁眨了眨眼睛，提著膽氣，怯生生地回答：「醫士以救死扶傷為本業，想救。」他把自己抬到「士」的地位，但英國人不理睬這種微妙的差別。

義律與伯麥等人用英語交換了意見，最後伯麥道：「何醫生，我是英國遠征軍總司令伯麥。我給你一個機會，讓你把你的同胞救走。」

何以魁將信將疑，「在下何德何能，能救全體同胞？」

伯麥道：「你給關天培捎一封信，並帶回他的回信即可。」

何以魁恍然大悟，「在下願意效勞。」

卑路乍的好奇心極強。他拿來一個畫夾子，取出一張紙，放在一塊石版上，「何醫生，我很欣賞你的手，你的手指甲獨一無二，世界罕見，我要把它畫下來，收入我的回憶錄裡。請你把手放在紙上。」

何以魁惶惑不安，但依舊聽話地蹲在地上，把手放在紙上，手指微微顫動。

卑路乍笑道：「別怕，我雖然是你的敵人，卻心地善良，不會把你的手剁下來。」他一面安慰一面用鉛筆描出何以魁的手形，再用筆尖細細地勾畫出指甲。

整整一天，關天培和千餘弁兵一直在武山上觀戰，晏臣灣就在武山腳下。英軍的鐵甲船單船突進，似鬼似妖，似魔似怪，橫衝直撞，如入無人之境，接連打沉九條戰船，燒掉兩條擱淺的戰船，而後揚長而去。關天培眼睜睜地看著水師營檣櫓灰飛煙滅，不由得痛心疾首，卻一點兒辦法都沒有。弁兵們則像蝦兵蟹將目睹了齊天大聖，一個個惶悚顫慄，驚恐之心霍然而生。

當天傍晚，何以魁捎來了伯麥的照會。關天培與各臺將領商議過半個時辰，也無法定下該如何答覆。

天擦黑時，關天培回到官邸。家僕孫長慶在門口候著，他是關天培從老家帶來的長隨，即當伙夫又當雜役。關天培說了一聲「水」，孫長慶立即從水缸裡舀起一瓢水，遞上前去。

待關天培「咕咕咕」一口飲盡，孫長慶才說：「老爺，夫人來了。」

關天培一個愣怔，「她來幹什麼？」

關夫人叫趙梅娘，聽見丈夫的話音，走出房間。她體態微胖，穿一條南通細布繡花長裙，額頭上有抹淡淡的老年紋，端莊的臉龐有點兒憔悴，不過透過歲月的年輪，依然看得出她年輕時的風韻和秀美。她出身自武官世家，祖父當過副將，父親當過參將，在這種家庭長大的她像京戲裡的穆桂英，讀得詩書，使得棍棒，上得廳堂，下得廚房，有一股辣椒性子。她十六歲出嫁，與關天培是結髮四十年的老夫妻。

關天培有點兒生氣，「妳來幹什麼？武山是軍事重地，閒雜人等不得進入。」

趙梅娘雖然年過半百，嗓門依然像銀鐘一樣清脆響亮，「天培，打了一天炮，一家老小怕你有個三長兩短，我不放心，來看看。」

虎門寨與武山相距六里，隔一條小河，虎門駐軍的眷屬多數住在虎門寨。晏臣灣的隆隆炮聲驚天動地，牽扯著眷屬們的神經，各個心焦如焚，紛紛跑到太平墟和三江口，站在岸上遙望戰場。他們親眼看見沙角山硝煙蒸騰，英軍的鐵甲船衝進晏臣灣，像殺人機器似的勢不可當，打沉了十一條清軍戰船。少數敗兵僥倖鳧水上岸，被他們簇擁著逃回虎門寨。敗兵們把兩軍的大戰渲染得可驚可怖，一萬多眷屬惶惶不安，有人慟號，有人痛哭。

武山是軍事禁區，他們不敢去，於是成群結夥湧向關天培家，捶胸頓足、哭天抹淚，央求趙梅娘去武山探問家人的生死。關天培明令眷屬不得過河，但趙梅娘是一品誥命夫人，兵丁們不敢強行攔阻，他們曉得，關天培管得住三軍，管不住夫人。

孫長慶端上晚飯，一盤筍片燉豆腐、一盤炒雞蛋、一碟鹽水豆、兩碗米飯，後點上痳油燈，便回伙房去了。

趙梅娘一面吃飯一面講述眷屬們的心情。關天培聽罷，道：「逆夷不待琦爵閣回文便突襲我軍，我軍敗了。夷酋伯麥放回一個叫何以魁的，捎來一封稟帖。據何以魁說，陳連升父子戰死沙場，李賢被俘，水師死傷了好幾百名弟兄。」

趙梅娘聽了臉色陰陰的，她知道，陳連升通曉兵法，堪稱驍將，三江協亦是赫赫有名的虎賁之旅，沒想到被英夷風捲殘雲似的殄滅了。

舟山之敗尚有託詞，因為定海駐軍毫無準備，穿鼻之敗則不同，關天培準備了很久，投入巨大的人力、物力和財力。

關天培不願渲染戰爭的殘忍，話語不多。趙梅娘也很鎮靜，「夷稟怎麼說？」

「要我軍各炮臺降下軍旗，換上白旗，三天內給予回話，否則就要攻打虎門。」虎門九臺全靠旗鼓鑼號聯絡，降下軍旗意味著各臺不能互通消息。

趙梅娘放下碗筷，盯著丈夫，「你換旗嗎？」

「不換。」

「能扛住嗎？」

關天培在弁兵面前從不講洩氣話，但在夫人的追問下，不得不講實話，「扛不住。」

房間裡很靜，只有麻油燈在吱吱作響，晚風鑽進門縫和窗縫，吹得燈光搖搖閃閃，關天培的影子在牆壁上虛虛晃晃。過了許久，他才說：「妳出嫁前我就說過，從戎者，生活在刀刃上，九死一生。」

趙梅娘的眼眶濕潤了，「全家三代十幾口子，都盼著你安生。沒別的指望嗎？」

「除非接受他們的條件。」

「不能談嗎？」

關天培把筷子放在桌上，「沒人生來愛打仗，沒人願意在炮火下呼吸。我已經派人去廣州，把戰況稟報給琦爵閣，請他通盤考慮，以免虎門九臺全線崩潰。要是英夷把國門打爛，和談的本錢就沒了。」他親眼見證了穿鼻大戰，對兩軍差距之懸殊心知肚明。抵抗意味著玉碎，戰敗意味著恥辱，唯一的出路，就是和談。

一陣沉寂後，關天培道：「琦爵閣與義律互換十餘份照會，一方要價高，一方還價低。義律大動干戈，無非是武力催逼，並非必戰不可，只要琦爵閣再退讓一步，或許能把死棋走成活棋。」

趙梅娘的眼中閃出一線希望，「琦爵閣能退讓嗎？」

「難，他得聽命於皇上。我無權決定戰和，但能預見結局。要是談不成，我只能殺身成仁。我死後，拜託妳，把我的遺體送回老家。」關天培語調悲涼，聲音沉重得像灌了鉛。他預感到一個天大的厄運在前方等候著。

趙梅娘在丈夫沉靜的面孔中窺見他心底的憂慮和掙扎，她差一點兒哭出聲來，掏出手帕輕拭淚水，「幾十年了，你領兵參加過多次剿匪，我也經歷過多次生離死別。每次打仗，弁兵們的眷屬都在痛苦、驚懼和提心吊膽中淒淒不安。我嫁入你家門時就曉得關家人世世代代以忠良傳世，眼下我只能求祖先在天之靈保佑了。」她放下手帕，「我想去武廟，給祖先燒一炷香。」

關天培點了點頭，「我也去。」他點燃一支蠟燭，插到燈籠的底座上，與趙梅娘一起朝武廟走去。

朝廷以文經武緯治理天下，在各地普建文廟和武廟，文廟供奉孔子，武廟供奉關羽。關羽是關天培的祖先，功略蓋天地，神武冠三軍。康熙皇帝欽封他為武聖，經康熙、雍正、乾隆、嘉慶和道光五代皇帝的追封，成了擁有二十四字謚號的神明——仁勇威顯護國保民精誠綏靖翊贊宣德忠義神武關聖大帝。

關天培出任廣東水師提督後，把武山的關帝廟修葺一新，親自撰寫一副黑底泥金楹聯，掛在武廟兩側的立柱上：

兄玄德，弟翼德，德兄德弟；

師臥龍，友子龍，龍師龍友。

關羽的鍍金泥塑安放在蓮花座上，丹鳳眼臥蠶眉，手執青龍偃月刀，威武雄壯。關天培夫婦跪在神像前，一臉正色燃香禱告，懇請祖先保佑大清，保佑虎門無恙，他們的心像燃燒的香火一樣灼燙。香煙裊裊上升，彷彿把他們的心願送上天庭。待香火燃燒殆盡後他們才站起身來，心事重重地返回官邸。

關天培坐在條案旁，望著麻油燈苦苦思索。關夫人亦睡不著，坐在床沿望著丈夫。過了許多，關天培才提筆給伯麥回函。他心思淆亂、猶豫徬徨，寫了撕，撕了寫，直到三更才寫成。

……本提督現已差官趕緊赴省，呈催琦爵相迅速奉覆……兩國和好二百年，公事一經說明，則彼此和好如舊矣。本提督安心和好，並無歹心……可否再為商議……緩商辦理，未有不成之事[25]。

這是一封委曲求全、延緩戰爭步伐的照會，飽浸了辛酸與無奈，糾結與屈辱，忍耐與期盼。他把照會放進一只大信套，壓在鎮尺下。

25 引自佐佐木正哉的《鴉片戰爭の研究（資料篇）》，第54-55頁。日本學者左左木正哉從英國國家檔案館中抄寫了全部中文公函，整理出版。

廿貳 虎門炮臺臨戰換旗

虎門的軍旗沒有降下，更沒有換白旗。威遠、靖遠、鎮遠、上橫檔島、永安、鞏固和大虎山炮臺旌旗飄飄，鉦鼓金鐸絡繹不絕，大小火炮的炮口高揚，仍然是嚴陣以待的模樣。

但是，在此光鮮的表面下，猶如破棉敗絮一樣不可拾掇。穿鼻之戰打掉了軍威，打散了士氣，廣東水師人心動盪、軍心飄搖。關天培命令弁兵們登臺戍守，但兵丁們畏敵如虎，圍住提督行轅吵吵鬧鬧，不肯就位，連一部分軍官也隨聲附和，呈現出譁變之勢。為了穩住軍心，關天培不得不將家中衣物和值錢的東西送入當鋪，換回銀圓賞給兵丁，他們方勉強入臺戍守。

關天培從外面反鎖住炮臺的大門，依然有人在天黑後越牆而逃。關天培明白，軍心已經破碎到無可挽救的地步。

虎門寨的景象同樣令人氣餒。義律把俘虜和傷兵放了回去，立即收到攻心之效——俘虜們帶回了英軍不可戰勝的神話和驚天噩耗，這戰有三百多位兄弟殞命，四百多人受傷，大批弁兵下落不明。

虎門寨像遭到雷擊閃電的摧殘，幾百戶人家在門前掛起白幡，闔家老少披麻戴孝，寨裡寨外白汪汪一大片，到處是老弱婦幼們的啼哭聲和敲打棺材板的叮噹聲。

虎門距離廣州只有一天水程，關天培和弁兵們翹首期盼著琦善，夢想著他在關鍵時刻突然到來，扼住戰爭的咽喉。但一天過去了，兩天過去了，三天過去了，琦善沒有來。時間越來越緊，緊得讓人懸心難耐，戰爭的陰雲越壓越低，壓得人們精神惶惑。弁兵們的臉色在變，心境在變，意志在變。

戰爭機器重新啟動了，第四天上午，英軍兵船開始編隊，準備攻打虎門。

潮水的漲落受制於月亮的引力，每天的潮汐相差四十八分鐘，義律和伯麥耐心等待。中午過後，東風漸起，潮水來臨，伯麥發佈了進攻令。辛好士爵士指揮一梯隊，「伯蘭漢號」位居中央，「復仇神號」和「皇后號」位於兩翼，「硫磺號」、「加勒普號」、「海阿新號」與「拉恩號」緊隨其後。其他戰艦組成二梯隊，與一梯隊拉開距離。它們形成兩個明顯的陣列，浩浩蕩蕩駛離伶仃洋，向虎門挺進。

英國兵船逆水上行，速度不快，虎門的清軍卻緊張到了極點。關天培在武山上用千里眼掃視著穿鼻水道，他的後背被汗水洇得透濕。多隆武、班格爾馬辛和李賢在他身邊。多隆武在關閘吃了敗仗，降為遊擊，調到虎門戍守。李賢淪為俘虜，被英軍釋放，依照軍法應該受到嚴厲處分，但是關天培沒有降下處分，因為他目睹了晏臣灣之戰。水師營器不如人，即使他親自率軍迎戰，同樣在劫難逃，更何況李賢的打法是與他反覆商定過的。將佐中，只有班格爾馬辛沒與英軍交過手。班格爾馬辛是威遠炮臺的守將，威遠炮臺緊臨晏臣灣，他目睹了水師營的覆滅，知道清軍不是英軍的對手。

李賢勸道：「關軍門，虎門七臺禁不住敵人的狂轟濫炸。好漢不吃眼前虧，換旗吧。」這個曾經豪情滿懷的威武漢子被打得靈魂出殼，所有勇氣都塞進棺材裡，他徹底服輸了。

關天培依舊猶豫不決，瞥了多隆武一眼。多隆武明白關天培要他發表意見，便開口：「關軍門，我軍將無戰心兵無鬥志，一俟接仗……」他欲言又止，目光裡流露出膽怯。

關天培轉臉看班格爾馬辛，班格爾馬辛的態度十分勉強，「關軍門，標下以服從命令為天職。」

明智的將領應審時度勢、進退有據，不計生死、硬打硬拚的戰鬥只發生在極端情境，成為《楊家將》等小說裡的動人故事。關天培和三個將佐皆是帶兵老將，全都意識到清軍距離崩潰只有一步之遙，英軍一俟開炮，弁兵們就會棄臺逃生，虎門將不戰自亂。關天培的臉漲得通紅，國法軍規不允許他後退半步，換旗意味著屈服和投降，這道命令一出口就罪不可逭！

他再次回首眺望珠江，望眼欲穿地期盼著琦善的到來，但江面上沒有官船。關天培無法獨自承擔換旗的責任，心旌搖晃，左右為難。

一個女人的身影倏地閃現，他轉過頭定睛一看，是趙梅娘！她提著裙角，沿著石版道向山上攀行。兩個哨兵在攔阻她，但不敢硬拽，只好一前一後苦口相勸，長隨孫長慶悶頭跟在後面。

關天培怒火中燒，隔著老遠吼道：「梅娘，妳來幹什麼？這不是女人待的地方！」

趙梅娘掬著碎步朝山頂攀登，仰臉衝他喊：「天培，你不能把虎門寨的五千將士拿去餵狗，他們的家人盼著安生哪！」

關天培喝道：「胡說！妳要是不回去，我派兵把妳綁走！」

她不吭聲，擰著勁兒朝山頂登，尖著嗓子發出女人特有的訴求，「天培，你要是把虎門的將士毀了，皇上會殺你，虎門寨的一萬多眷屬會詛咒你，罵你沒德行、沒天良！」

關天培怒不可遏，「妳女人家頭髮長見識短！我要是丟了虎門，皇上不僅殺我，還會株連三代，連妳和兒孫們都得流徙三千里！」

趙梅娘像被電光石火擊中似的，不勝其寒地打了一個噤。女人的良知和男人的良知迥然有異。她氣喘吁吁地走到關天培跟前，咽了一口吐沫，「我求你換旗。一換旗，虎門就有救了！」

關天培的臉色青紫，「妳要我投降嗎？」

「不，是緩兵之計，緩兵之計呀！」

她的話音剛落，一顆炮子拖著黑煙呼嘯而來，打在威遠炮臺的石壁上，砰的一響，天崩地裂似的炸開，震得武山瑟瑟顫抖。附近的兵丁們像兔子聽見獅吼，臉色唰地黯淡下來，有人開始溜號。

待爆炸餘音消散後，李賢才斗膽勸道：「關軍門，夫人說得對，不是投降，是緩兵之計。換旗吧，否則虎門就完了！」虎門苦撐到了極致，不當機立斷，很快就會崩潰。

一支火箭從敵船上騰空而起，像條火龍，拖著火亮的尾巴在低空躥行，一眨眼工夫，鋒利的箭頭扎到一棵老樹上。老樹顫顫巍巍地燃燒起來，燒得劈啪作響。

趙梅娘急了，像一隻雌鷹發出臨危自救的絕叫：「天培，你給伯麥的信為什麼不發？」

關天培以吼叫對吼叫：「來不及了！敵人打上來了！」

趙梅娘不管不顧地道：「來得及，我去！」

此話有點兒匪夷所思，冒著槍林彈雨給敵人送信，隨時可能被炮火打成齏粉。關天培不信她有這個膽量，「妳敢嗎？」

「敢！」趙梅娘的聲音尖銳刺耳——那是另一種良知，支撐她的是一萬多眷屬的悲情，與精忠報國的正統法理格格不入，但是，一個「敢」字，剎那間撼動了關天培的抵抗意志。

他彎下腰，從靴葉子裡抽出信套，在她眼前一晃，「妳真的敢？」

趙梅娘的辣椒秉性被啟動了，她滿臉通紅，揚手奪下信套，「敢！老孫，跟我走！」她頭也不回，掬著碎步朝山下快行疾走，像一隻雌鷹展翅俯衝，臨危救雛。孫長慶像條忠實的老狗緊跟在後。

李賢突然想起什麼，手忙腳亂地從旗箱裡翻出一塊白綢，追下去，「關夫人，信旗，別忘了掛上！」

小碼頭就在武山腳下。關天培兩腿發軟，心口怦怦狂跳，鼻孔裡發出咻咻的出氣聲，眼睜睜看著她跳上一條小船。孫長慶解開船繩，搖動船櫓，朝敵人的艦隊划去。

關天培咬牙發出了命令，「換旗！」

管旗聞聲即動，急急匆匆扯動旗繩，降下了提督大纛，升起一面白旗。

在海風的吹拂下，白旗呼啦啦地響。虎門各臺看見令旗，相繼降下龍旗，換上清一色的白旗，所有金鐸鼙鼓不再敲擊，千軍齊喑。

各臺弁兵們斂氣收聲，懸心盯著迎敵而上的小船和關夫人。穿鼻水道風搖波湧，水旋浪騰，誰都說不清那條小船將被打沉還是被撞碎。

英軍艦隊逆流而上，行速緩慢，小船順流而下，像一支小小的箭鏃。趙梅娘忘卻個人安危，像燈蛾撲火一樣義無反顧，她站在船艄心急如焚，一手高舉信套，一手搖著白旗，聲嘶力竭地呼叫：「照會——照會——！」

但是，她的聲音細若游絲，淹沒在滔滔激水的轟響中，沒人聽得見。小船在風浪中一起一伏，她的身子也一起一伏。

義律和伯麥在「皇后號」上看見了這場奇觀——一隻小船、一個搖槳老翁、一個手無寸鐵的老太太，迎頭攔住荷槍實彈破浪前進的龐大艦隊！他這才發現，虎門七臺全都換了白旗，這是屈服的信號。

「皇后號」升起了「暫停前進」的信旗。

一個不可思議的女人，做出一個不可思議的舉動，全權公使和司令發佈了一道不可思議的命令，若不是親眼看見，誰都以為是天方夜譚！

英國官兵們吃驚、不解、惶惑，但命令必須服從，各艦相繼拋錨降帆，停在距離武山六百米的水道上。

一番周折後，小船終於划到「皇后號」火輪船的旁邊。水手們放下舷梯。

孫長慶生怕女主人出事，叮嚀道：「夫人，千萬別說妳是關軍門的內人。」

趙梅娘應了一聲：「知道了。」把白綢往船上一丟，提著裙角，沿著舷梯上了敵船。

英國水兵好奇地打量著這位膽大無比的中國老太太，她也警惕地掃視著周邊的夷兵和設備。冒煙的鐵殼煙筒，複雜的纜繩索具，奇形怪狀的槍炮。但她沒敢細看，這裡畢竟是敵船，不是可以隨意觀覽的地方。

一群夷兵簇擁著馬儒翰迎上去，她一聲不響，遞上關天培的照會。

馬儒翰問道：「妳是什麼人？」

「我是關軍門派來的信使。」

事關重大，馬儒翰不敢馬虎，領她進了司令艙。司令艙很小，一張桌子和兩張固定在艙壁上的長椅占了大半空間。義律和伯麥並排坐在長椅上，打量這位膽大包天的老太太，卻沒有請她坐。趙梅娘站在夷酋面前，此時她才有點兒心虛。

馬儒翰把照會逐字逐句譯成英語。義律聽罷，對垂手而立的趙梅娘道：「本公使大臣願意用政治手段解決爭端，只要貴國實心求和，可以延期等待，但有條件——關提督必須停止一切軍事活動。除了降旗外，不得使用金鑼鼙鼓，不得修築掩體，不得擴建炮臺、增加炮位。」

伯麥補充道：「我軍攻打虎門易如反掌，但我們不過度依靠武力。本司令提出幾項條件供關提督考慮。第一，廣州必須盡快開埠貿易。第二，關提督必須停止擴建炮臺，不得另行武備。第三，琦善必須就賠款和增開口岸、讓渡海島事項作出明確的答覆，否則，本司令立即下令攻打虎門，絕不寬貸！」

當馬儒翰把義律和伯麥的話譯成漢語後，趙梅娘才意識到她無職無權，代表不了琦善和關天培，更代表不了國家，她什麼都不能應承，也不敢應承。她緊張得額頭沁出細汗來，緊繃著臉皮不說話。

義律見她緘口不語，無奈地聳了聳肩，嗔怪道：「老夫人，請妳回去告訴關提督，派人傳話要派明白曉事的人，一個有辦事權力的人，不要派一個女人。我方將派一名軍官與妳一起走，與關提督面談停戰事宜。」

趙梅娘不知曉應當如何告辭，猶豫了一下，屈膝蹲了一個萬福，這才轉身邁出司令艙，沿著舷梯回到小船上。

始於衝動，終於後怕，此時此刻，她才發覺自己的內衣被汗水浸透了，兩條腿像麵條一樣軟。她一屁股坐在船板上，「老天，我在刀口上滾了一回，嚇死了！」

辛好士爵士一直在「伯蘭漢號」上等待命令，他煩躁不安地踱著步子，皮鞋在甲板上踩出鐘擺似的篤篤聲。當「皇后號」升起「全軍回撤」的信旗後，他氣得恨意咄咄，當著全體水兵的面大發牢騷，「公使閣下真他娘的是女人心腸，他居然讓一個老太太攔阻在征途上！這不是打仗，是玩打仗遊戲！」

水兵們應聲起哄，肆無忌憚地發洩不滿，有人吹口哨，有人吼叫，有人跺腳，跺得甲板砰砰亂響。

下午酉時二刻，一條樓船和兩條隨行護衛的師船沿江而下，琦善終於姍姍來遲，鮑鵬和白含章等人也同船趕到。他們老遠就看見武山、鎮遠、靖遠、威遠、上橫檔島等炮臺全都掛上白旗，穿鼻水道有英軍兵船在活動。琦善嗅到了濃烈的失敗氣味，若不是虎門危在旦夕，關天培絕不可能懸掛白旗。

琦善上岸後，與關天培等人商議了整整一夜。

第二天一早，白含章和鮑鵬奉命去沙角交涉。他們乘師船駛過晏臣灣時看見灣裡一派狼藉，斷桅爛板被江水沖到岸旁，水面上漂著幾具屍體——他們沉入水底，經過幾天浸泡才浮上來，散發出腐敗的氣味。數百隻軍艦鳥、短尾信天翁和白尾海鷲在空中盤旋，為爭搶浮屍腐肉呀呀怪叫。牠們相互威脅，大打出手，像一陣又一陣白色的旋風。

再往前行駛，他們看見沙角山頂有英軍哨兵，旗杆上飄著米字旗。對岸的大角炮臺被夷為平地，英軍棄而不守，成群的流民乞丐像嗅到異味的蒼蠅一樣紛至沓來，東一夥西一叢，在廢墟上搜尋可以利用的破爛。

鮑鵬沒打過仗，頭一次見到這麼慘烈的景象，不由得像秋風寒蟬一樣膽顫心驚。白含章是行伍出身，他默不作聲，滿腔悲涼。

會面安排在一頂臨時搭起的帳篷裡。帳篷外是炸毀的炮臺、傾圮的巷道和石庫，它們被硝煙戰火熏得烏裡烏塗，旁邊的樹林和草木被燒成炭灰。白含章和鮑鵬委屈地坐在一起，表情呆滯得像兩根枯木。義律和伯麥坐在對面，舉手投足顯示出勝利者的驕矜和得意。馬儒翰居間翻譯，他身軀肥胖，稍一動彈就把木凳壓得吱吱作響。

義律以不容置疑的口吻指責：「貴國欽差大臣琦善閣下到廣州三十八天了，對本公使大臣提出的條件久議不決，我國水陸官兵忍無可忍，只好武力敦促。經貴國水師提督關天培請求，本公使大臣同意休戰三天，但是，你們遲遲不到。你方是不是故意怠慢本公使大臣？」

白含章回答：「義律閣下，一切都是誤會。貴公使大臣提出的所有條件，琦爵閣都仔細斟酌過，但事關重大，不是他一人能夠作主的，得奏請皇上施恩允准。廣州與北京距離遙遠，即使我方用六百里紅旗快遞，一去一回也得二十八天，而貴國官兵不待回文即大動干戈，實在有傷天和。」

義律道：「如此說來，大皇帝沒有授予琦善閣下簽約之權，是嗎？」

伯麥厲聲說：「要是琦善閣下沒有簽約之權，所謂談判就是虛耗時間。我方將攻佔虎門和廣州，然後再等待貴國皇帝的旨意。」

如此一番威脅，氣氛頓時嚴峻起來。

鮑鵬的腦筋轉得極快，「不。欽差大臣代行天子之權，與貴國的全權公使一樣，是有簽約權的。」他雖然聰明，卻不熟悉官場章程，沒意識到這種解釋會惹出什麼麻煩。

義律道：「既然有簽約權，本公使大臣將重述我方要求——貴國應當把香港讓予我國，並開放廈門、福州、寧波和上海四個口岸，貿易通商。貴國賠償兵費三百萬，歸還商欠三百萬，合計六百萬，這筆賠償費是不容討價還價的，否則，我國水陸官兵明天就攻打虎門，直逼廣州！」

白含章的臉色煞白。「琦爵閣委派我們轉告閣下，他同意給予香港一處讓貴國商人寄居，但要求貴國商人依照黃埔貿易章程交繳稅費。」

這是一個重大的妥協和讓步。馬儒翰把白含章的話譯成英語：「Imperial Commissioner Keshen agrees to cede Hong Kong Island to the British Crown. All just charges and duties to the empire upon the commerce carried on there to be paid as if the trade were conducted at Whampoa.」

義律灰藍色的眸子閃過一絲喜悅。讓渡一座海島是英中雙方談判的最大難點，穿鼻之戰把琦善打清醒了，他沒有什麼討價還價的本錢，被迫屈服。

但是，義律根本沒有想到，馬儒翰把「給予香港一處寄居」譯成「cede Hong Kong Island to the British Crown」，這一譯法並不準確。偏巧鮑鵬只會講二混子英語，能夠應付生意上的事情，卻不足以承擔國事翻譯的重任，他甚至不曉得「cede to」的準確含意。由於他沒有提出異議，當事雙方稀里糊塗把一樁南轅北轍的棘手大事辦得出乎預料地順利。

白含章道：「琦爵閣說，一次增開四處碼頭，大皇帝很難允准，如果只開放兩處，琦爵閣才便於奏明大皇帝，請公使閣下體諒琦爵閣的難處。」

巴麥尊要求義律在索要一座海島和增開碼頭之間二選一，既然清方同意讓渡香港，在增開碼頭事項上自然可以再退一步。

義律點點頭，「本公使大臣同意將貿易碼頭減為兩個，定為福州和廈門。」

白含章說：「貴國先占舟山，又占沙角和大角，琦爵閣請求貴國將它們交還我國，他才好向大皇帝解釋。」

義律道：「貴國有句古話，識時務者為俊傑。琦爵閣明白曉事，在關鍵時刻作出了明智的選擇。貴國既然同意我方提出的條件，我方當然可以歸還舟山、沙角和大角。」

鮑鵬得寸進尺，「琦爵閣說，貴國若先行歸還舟山，他才便於給予讓貴國商人在香港寄居，不然的話，他不好向大皇帝解釋。」

義律搖頭否決，「我方不能將上述三地先行交還貴國，接收香港與交還上述三地必須同時辦理。」他把最後一句話說得鐵定。

伯麥道：「既然琦善閣下同意給予香港一處於我國商人寄居，和談的最後障礙就消除了，兩國的敵對狀態很快就會結束。」

義律點了點頭，「請二位回去轉告琦善閣下，為了表示我方的誠意，我將派船通知我軍撤出舟山。但我要求，我軍撤離舟山南下時，貴國水陸官兵不得攔阻和攻擊，所過之處應當供給淡水和食物，我軍將照價付款。此外，貴軍應當把拘押在寧波的全體戰俘一體釋放。」

白含章說：「我會把您的要求稟報給琦爵閣。」

伯麥補充，「英中兩國交往無多，雙方的誠信還有待驗證。此事有勞二位轉告琦善閣下，請他諮會沿海駐軍不得攔阻我軍南撤，並把同樣格式的諮文副本交給我方，以備驗證。我也將給伊里布閣下和我軍駐舟山的軍事長官寫一封信，一式兩份，一份由你方通過內陸驛遞，送交伊里布閣下，另一份由我方派船送往舟山。兩份信函驗證契合，方才有效。」這是敵對雙方驗證互信的好方法。

白含章道：「承蒙閣下美意，本官回去後就把您的意思稟報給琦爵相。」

義律又說：「依照我們歐洲國家的慣例，條約的底稿由勝利者起草，簽約的時間和地點由你方確定。我將盡快草擬一份條約，暫定名《穿鼻草約》，譯成漢字，一式兩份，一份由琦善閣下呈報貴國大皇帝，一份由我呈報我國政府，具有同等效力。我提議琦善閣下盡早簽約，以便結束敵對狀態。」

說到這裡，他指著帳篷外面的洋面，「你們看一看，伶仃洋上泊著那麼多商船，各國商人眼巴巴地期盼著恢復通商，把貴國的茶葉和絲綢銷往世界各地。通商的鑰匙，就掌握在琦善閣下手中，只要他簽約，英中兩國便會和好如初。貴國有一句老話，忍一時風平浪靜，退一步海闊天空。」

鮑鵬說：「我們來前，琦爵閣特意交代，條約文字宜粗不宜細，宜簡不宜繁。」

義律同意，「我贊同琦善閣下的意見，條約文字宜粗不宜細，宜簡不宜繁。」

這次會商暢如流水，義律、馬儒翰、白含章和鮑鵬都有種戰爭一爆即止的感覺，誰都沒有發現其中的紕漏。

廿參 騎虎難下

《穿鼻條約》進入文字準備階段。馬儒翰起草了英漢兩種文本的底稿，英文底稿由義律審定，漢字底稿由白含章和鮑鵬帶給琦善確認。與此同時，義律把撤軍令書寫兩份，一份由白、鮑二人捎給琦善，一份派「哥倫拜恩號」送往定海。琦善也寫了致福建和浙江兩省督撫大員的諮文，要求他們在英軍南下時不得攔阻，並將諮文繕寫一份，由白、鮑二人轉交義律。

經過協商，雙方把簽約日期定在道光二十一年正月初五（一八四一年一月二十七日），地點定在獅子洋蓮花崗，採用弭兵會盟的形式，屆時英中雙方將舉行盛大儀式和佇列表演。

兩國即將簽約的消息不脛而走，兩軍官兵和中外商民全都大大鬆了一口氣。

卑路乍完成了繪製香港地圖和海圖的任務，喜洋洋地呈報給伯麥，就像呈報一件稱心如意的傑作。伯麥仔細看了一遍，誇讚道：「你不愧是測繪高手，名不虛傳。」他拿出一支紅色鉛筆，在香港和大陸之間勾了一個圈，「我將用女王的名字命名這個海灣，叫它維多利亞灣。為了表彰你和『硫磺號』的功績，我將把香港西北面的水域叫卑路乍灣，把香港與青洲島之間的海峽叫硫磺海峽。」

卑路乍感激地道謝，「伯麥爵士，謝謝你的鼓勵。聽說戰爭即將結束，是嗎？」

伯麥道：「是的，我確信戰爭結束了。」

卑路乍喜形於色，「好極了！我與『硫磺號』和『司塔林號』的全體官兵在太平洋上連續工作了兩年，官兵們思鄉心切。」依照海軍章程，連續工作兩年的海軍官兵可以回家休假。海軍的生活空間十分促狹，多人共住一間船艙，沒有私密生活，一切都在眾目睽睽之下，家庭的溫馨像夢幻一樣遙遠而誘人。

伯麥道：「簽署完《穿鼻條約》後，不僅你們可以回家，『麥爾威厘號』、『薩馬蘭號』、『馬達加斯加號』和『皇后號』也該輪休了。它們也在海上連續效力兩年了。」

「伯麥爵士，我將把最近兩年繪製的海圖送到馬尼拉，然後去加拿大看望妻子和家人。」

伯麥頑皮一笑，「是該看一看妻子了。軍人常年離家是有風險的，萬一女人忍受不了孤獨，再有色狼乘虛而入，就可能紅杏出牆。我要是不放你走，罪過就大了。哦，過幾天我將率領海軍陸戰隊在香港登島，升起我們神聖的國旗，屆時希望你出席升旗儀式。」

卑路乍詫異道：「你的意思是在簽約前佔領香港，是嗎？」

「是的。依照義律公使和琦善的約定，接受香港與歸還舟山、沙角和大角應當在正式簽約前同時進行。我已經命令明天上午全軍撤出穿鼻水道，把沙角和大角還給清方，並舉行一場隆重的交接儀式。我將派『哥倫拜恩號』去舟山，通知布耳利將軍和胞詛艦長，把定海移交給中國軍隊。我還將安排運輸船，讓孟加拉志願團先行返回加爾各答。」

卑路乍道：「你不擔心中國人玩弄騙術？」

伯麥抬頭看了他一眼，「卑路乍艦長，你多慮了。清軍三戰三敗傷亡慘重，他們怎敢開欺天騙地的國際玩笑？」說到這，拍了拍卑路乍的肩膀，「該放鬆一下了，晚上我請你喝朗姆酒。」

琦善在虎門就近指導談判，待白、鮑二人把所有事項和簽約日程議妥後，他才返回廣州。一踏入總督衙署就接到了道光的諭旨，看完不由得大吃一驚。

> 逆夷要求過甚，情形桀驁，既非情理可諭，即當大申撻伐……逆夷或再遞字帖，亦不准收受，並不准遣人再向該夷理諭……朕志已定，斷無遊移！

一個月前，琦善將義律的十四項要求奏報朝廷，這封道光的諭旨，是對十四項要求的回應，它在路上走了十幾天，以致於今日才抵達。這一時間差，恰好置琦善於進退兩難的境地——奉旨必然違約，守約必定違旨；違約意味著戰爭，違旨意味著懲罰！

琦善看得一清二楚：穿鼻之戰敗得奇慘，敵強我弱，相差懸殊，繼續對抗下去全無勝算！但是，道光的變化十分突然，令他措手不及。如果他單獨將實情上奏，皇上必然遷怒於他，為了擺脫難局，唯一的辦法是與廣東的全體文武大員會銜上奏，懇請皇上曲意含容，作出讓步，化解危機。琦善決定第二天在將軍衙署召開緊急會議，請廣州將軍阿精阿、巡撫怡良、水師提督關天培、副都統英隆和剛被任命為軍務幫辦的林則徐出席，共同商議有關事宜。

廣州城裡丁口綿密，仕宦星稠，只有旗人的駐地比較開闊。三千六百名八旗兵和一萬七千多眷屬佔據了廣州城的六分之一，當地百姓稱他們的駐地為旗營。旗營是一片獨立天地，漢人不經允許是不能隨意進入的。

第二天，琦善最先到達將軍衙署，阿精阿陪他觀賞衙署裡飼養的梅花鹿。鹿肉是美味佳餚，鹿血、鹿茸有大補功效。宗人府在北京南苑和承德養了幾百頭鹿，專供皇室宗親們享用。這種風氣上行下效，阿精阿也在衙署後院養了幾十頭鹿，不僅自己享用，也作為禮物饋贈給本省的文武大員。

琦善一面觀賞梅花鹿一面與阿精阿說話：「八旗兵能不能分兵增援虎門？」朝廷共有二十三萬八旗兵，十三萬駐紮在北京和承德，稱為京師八旗，十萬派往全國各地，稱為駐防八旗。

阿精阿雖是武將，說話辦事卻文聲文氣，「八旗兵的職責是保衛廣州城，防止漢臣和綠營兵作亂，總督和撫巡不得調用，但這是對漢臣而言，您不在此列。您既是滿洲親貴，又是欽差大臣，還是堂堂正正的殿閣大學士，您說一句話，廣州的地面都得晃一晃，我哪能不遵命。」

琦善道：「在這種時刻，咱們得高舉滿漢一家的旗幟，不能鬧生分，更不能窩裡鬥。」

阿精阿哂然一笑，「琦爵閣，瞧您說的。自從先帝入關以來，滿漢在一個屋簷下過了二百年日子，用一把馬勺在一口鍋裡舀食吃，跟姑表親差不多，要不是朝廷嚴禁滿漢通婚，說不定有半數旗人娶了漢族大妞當媳婦。英夷在大清水域耀武揚威，滿漢就得合成一股勁兒共禦外侮外辱。」

琦善一聽「共禦外侮外辱」就知道阿精阿主戰，與自己的思路不搭調，但他還是講了一句順風話，「你這麼講，我心裡也踏實。待會兒林則徐和關天培都要來會議，共議夷務。」

阿精阿咧嘴一笑，「關軍門也來？」

「他是守衛國門的主將，當然要來。」

阿精阿道：「關軍門難得進我這座小廟，我得好好款待他。吉爾塔！」

一個親兵應聲答道：「有！」

「今天廣東的軍政大員一齊來這兒會議，你告訴大伙房殺一頭鹿、做一頓佳餚，再把窖裡那罈八年陳釀拿出來。」

「喳！」親兵轉身離去。

廣東的軍政大員都主戰，但關天培最瞭解敵情，主張化干戈為玉帛。琦善想讓他實話實說，勸大家會銜上奏，請皇上收回成命。

不一會兒，怡良、關天培和英隆先後到了，三個人把手敘舊行禮寒暄，只等林則徐一到就會議。

過了好一會兒，錢江才來到將軍衙署稟報：「琦爵閣，林大人說他病了，請假不來。」

琦善從虎門一回來就登門拜訪過林則徐，想讓他在今天的會議上表態，勸大家會銜奏請皇上多讓一步。林則徐原本說來的，事到臨頭卻稱病不來[26]。請病假是官場上通行的把戲，什麼時候生病，生什麼病，什麼時候痊癒，很有講究，在關鍵時刻「生病」既可以規避風險、逢凶化吉，也可以推卸責任，後發制人。最噎人的是，只要沒有真憑實據，誰也說不出什麼來。

26　根據林則徐寫於道光二十年十二月二十八日和二十九日（一八四一年一月二十日和二十一日）的日記，琦善召開討論夷務的會議前曾拜訪過他，他以有病為由，沒有出席第二天的會議。

琦善頗感不悅，微蹙眉頭道：「有病就算了，你叫他好生休息，現在開會。」但他心裡明白，林則徐沒病，至少沒有大病。此番舉止是因其主剿，不願附會他的建議。

五個人去了花廳，依照官秩高下入座。琦善坐在中央，講了一通開場白：「諸位是本省的頭面人物，各有專責，政務繁繁，日事勞勞，今天我不得不煩勞大家共議夷務。英夷佔領舟山後，本朝海疆風高浪急，皇上為國家計，為民生計，忍小憤而顧大局，定下羈縻之策，同意與英夷平行換文，恢復通商，派本爵閣部堂到廣州撫夷。我在大沽與義律會商時，他提出八條要求，朝廷允准一半。我到廣州後，他突然桀驁不馴，不肯就撫，變本加厲提出十四條要求。本爵閣部堂耐心開導逐條反駁，互換照會達十九封之多，才遏制住他的貪慾之心。

「十幾天前，英夷不待朝廷回文，突襲沙角和大角，殺傷我軍將士數百人，擊毀我軍戰船十餘條，種種逆行，令人髮指，經關軍門好言勸說，夷酋義律和伯麥才同意暫時息兵。這些天，我派白含章和鮑鵬往來傳話反覆磋商，義律才同意將要求減至四條，擬定一份草約，我現在給大家說一說，請大家議一議。」

說罷，取出《穿鼻草約》的底稿，把大意說給大家，「其一，將香港一處給予英商寄居，效仿黃埔方式繳納稅款。其二，賠款六百萬元，含三百萬商欠，其中一百萬立即支付，其餘部分分五年付清。其三，兩國交往平等換文。其四，十天內恢復廣州貿易。此外還有一個單列事項，義律把舟山島交還我朝，並從沙角和大角撤軍，以換取在香港寄居。請大家議一議，這些條件能否接受。」

琦善通報過大沽會談的情形，今天是他第二次通報會談情形，這些內容與大沽會談的內容相差甚遠，會場立即冷下來。

過了半晌，阿精阿才開口：「香港雖然是彈丸之地，要是允准英夷寄居，恐怕會成為藏垢納汙之所。萬一英夷得寸進尺，修築炮臺、派兵駐守，豎旗自治，香港就成了第二個澳門，此條不能接受。就算我們同意，皇上也不會答應。至於其他款項，您酌情辦理吧。」

英隆道：「給予香港一處寄居固然比割讓強，但當年葡萄牙人佔據澳門，也是先寄居後蠶食，最後豎旗自治。殷鑒在前，不能不防。」

怡良是個太平官，不求圓滿，但求無禍，從來不在官場上蹈險，「六百萬！錢從哪兒出？」

琦善道：「由十三行出，分五年支付。十三行近年疲乏至極，力有不逮。我最初主張以十年為期，陸續償還，但義律不幹，幾番討價還價，義律才同意分五年支付。」

怡良說了一句同情話：「三百萬商欠已經讓行商捉襟見肘，再讓他們承擔三百萬賠款，無異於逼上絕死之地！沒當行商的人羨慕行商，當了行商的人都想退出，十三行真是名副其實的冤大頭！」

琦善把話題引向核心，「但是，我昨天接到諭旨，皇上忍無可忍，決定對英夷痛加剿洗。」

阿精阿道：「哦，諭旨怎麼說？」

琦善取出諭旨交大家傳閱。

估計大家傳閱完畢，他才接著講：「北京與廣州天隔地限，廷寄用六百里紅旗快遞也得走十三四天，一來一回將近一個月。本爵閣部堂與義律約期在先，諭旨抵達廣州在後。不按諭旨辦理是違旨，不按期簽署條約是違約，兩種後果都很嚴重。本爵閣部堂夾在中間，進亦難，退亦難，所以，我請諸位暢所欲言，說一說如何料理眼下的難局。」

看了皇上的諭旨，會議的風向立即大變。怡良道：「琦爵閣，皇上諭令不准收受逆夷字帖，也不准再遣人向逆夷理論，煙價一毫不給，土地一寸不許，等於關了撫夷的大門。逆著朝廷的旨意辦理，恐怕不大妥當。皇上要大申撻伐，聖意難違啊。」

琦善苦著臉道：「難就難在這兒。逆夷不待回文，突襲沙角和大角，意在敲山鎮虎，厲聲恫嚇，逼我讓步。皇上遠在北京，沒有目睹戰鬥之慘烈，才諭令本爵閣部堂大申撻伐。我要是不按期與義律見面，虎門就危在旦夕，要是虎門被打爛，廣州恐怕就唇亡齒寒了。」

英隆的官銜雖低，卻是愛新覺羅氏的人，說話全無忌諱，「琦爵閣，虎門九臺是本朝第一天塹。沙角和大角丟了，但虎門還有大炮五百、雄兵八千。威遠、靖遠、鎮遠和上橫檔島地處形勝，易守難攻，總不至於像破篩子似的一捅就漏吧？再說，關軍門是何許人？是關雲長的後代！關雲長是康熙皇帝欽定的武聖，不論八旗兵還是綠營兵，都得頂禮膜拜。有關軍門鎮守虎門，我思量，英夷闖不進來！」

英隆的話漫無邊際，居然扯到一千八百年前的關雲長。不過琦善性情溫和，沒反駁他，一心一意把風頭往和談的方向引，「能否守住虎門，關軍門最知情，請關軍門說一說。」

關天培打了敗仗，不敢說硬話，「我不說大家也知道，廣東水師船小皮薄炮弱，無力與英夷對仗。夷船既有帆篷又有蹼輪，順風、逆風皆能行駛，而我軍的戰船只能順風作戰，不能逆風作戰，能馳騁江面，不能窮援港汊，一俟風急水溜，能下不能復上，勢散力單，極易受挫。虎門炮臺固然地處形勝，歷任總督和巡撫動員行商多次捐輸，虎門六臺才得以擴建成九臺，但是，英夷船堅炮利、器械優良，火箭力能及遠，火炮俯仰旋轉運作靈捷，而虎門各臺的火炮卻只能直擊，與英夷開仗，實無把握。」

英隆沒見過旋轉炮，覺得有點兒不可思議，「關軍門，一門巨炮重七八千斤，小炮也有千斤之重，能旋轉？沒有力拔山兮氣蓋世的本領，誰能讓大炮旋轉？我不信！」

關天培道：「英大人，要不是親眼所見，我也不信，但英夷的船載火炮確實能俯仰旋轉，其中的機關我還沒看透。夷船在晏臣灣擊沉我軍十一條戰船，靠的就是鐵甲船和旋轉炮。」

英隆像聽了一則天外神話，眼睛瞪得更大，「關軍門，你說英夷的兵船是鐵打的？」

關天培確信地點頭，「是鐵打的，至少有一條是鐵打的，弁兵們稱之為鐵甲妖船。」

英隆眨了眨眼睛，發出一連串問詰，「鐵甲妖船？關軍門，你不是開玩笑吧？鐵比水重，要是鐵船能浮在水上，母豬也能飛上天！」

關天培認真道：「軍中無戲言，英夷確實有鐵甲妖船！」

海疆打得如火如荼，關天培身臨其境，對敵強我弱有切身體驗，講的都是實話。八旗兵待在廣州城裡養尊處優，阿精阿和英隆從未涖臨前線，更沒見過鐵甲船和旋轉炮，對關天培的講述將信將疑。

阿精阿舔了舔嘴唇，「琦爵相，我是帶兵的，喜歡直來直去，您有什麼想法就直說吧。」

琦善放低了姿態，「皇上要撻伐英夷，我擔心的是，一俟兵戎相見，咱們撻伐不了英夷反而被英夷撻伐，到那時，大夥就罪咎難辭了。我琦某人不才，願與在座諸公和光同塵，共進共退，共榮共辱，懇請諸公與我會銜上奏，請求皇上俯順夷情，了結這次兵禍。」

琦善的想法與皇上的諭旨顯然是背道而馳。在座諸位都曉得道光皇帝天性涼薄，他認定的事，不撞南牆不死心，誰要是逆旨而動，他隨時都會重手懲罰，罰得傾家蕩產、名聲掃地。花廳裡岑寂無聲。

過了許久，怡良才慢悠悠地道：「琦爵閣，皇上的話句句是聖言，一句頂一萬句，做臣子的應當唯上是聽，以皇上之是非為是非，以皇上之旨意為旨意。皇上高瞻遠矚，改撫為剿有其道理，改剿為撫也有其道理，我們要是與皇上擰著勁兒，恐怕不大妥當。」他擺出一副難得糊塗的架勢，但這種糊塗不是真糊塗，而是在官場上修煉出來的「玄妙糊塗」。

阿精阿附會道：「琦爵閣，勝敗乃兵家常事，咱們不能因為在穿鼻吃了敗仗就氣餒，就挺不起胸、抬不起頭。虎門的兵力不夠，我的八旗兵可以聽從調遣。英夷強在海上，絕不會強在陸上。他們要是膽敢闖入內地，大清子民一人一口吐沫也把他們淹死了！」

這是毫無用處的豪言壯語，卻激得英隆來了勁兒。他從口袋裡拿出兩顆油光光的山胡桃，捏在掌心發出嘎嘎的旋轉聲，突然意識到不妥，收起來，話音裡帶著市井俏皮，「琦爵閣，我是愛新覺羅氏的人，與大清的興亡成敗相始終，只要剿夷，您下一道命令，我立馬率領八旗兵開赴虎門。至於勸皇上改弦更張，還是您自個上奏吧。當然了，皇上要是聽您的，我陪您一塊兒去撫夷。不過，說實話，我怕皇上不怕英夷。英夷打到城下，我可以戰死沙場，英夷不會株連我家。要是違旨，皇上誅殺我事小，一家老少跟著倒邪楣事大。」

這番話直白得近於無賴，卻很真實——自古以來，皇帝就被奉為真命天子，神一樣威嚴，神一樣強悍，神一樣全能。他的權威是不可置疑的，他的諭令是不可違逆的。

琦善歎了口氣，「平心而論，皇上要剿，占著法和理，是為國家著想。我們辦具體事的人，也是為國家著想，卻得順應情與勢，因勢利導。沒人願意在大敵壓境時簽訂城下盟約。但是，強敵當前，做臣子的不能不思量什麼叫明智。以局部之小損換取全域之穩定，還是毫不妥協，把國家拖入一場沒有勝算的戰爭？剿是一種策略，撫也是一種策略，二者相輔相成。撫固然有退讓的意思，卻是堅守的支撐點，臨危依託的屏障。明知打不過卻像亡命徒一樣鋌而走險，只會遭受更大的損失，於國於民於皇上，都無好處。」

琦善把心中的憂慮與打仗的危險涓涓滴滴講述出來，阿精阿、怡良和英隆卻緘口不語，場面相當尷尬。

琦善見勸不動他們，只好打錶看時間，「既然諸位不願意會銜上奏，我也不難為大家，今天的會議就到此吧。」

阿精阿站起身來，「琦爵閣，我安排了一頓鹿宴，鹿肉、鹿心、鹿肝、鹿尾、鹿血、鹿茸、鹿腦、鹿舌俱全。我去大伙房親自給你和關軍門燒一盆鹿血湯，那可是滋陰壯陽的好東西。」說罷，抬腳邁出門檻。怡良和英隆也跟著去了，只剩下琦善和關天培。

琦善呆坐片刻，才憂心忡忡地道：「關軍門，英夷咄咄逼人到此種田地，他們卻執迷不悟！你我二人會銜奏請皇上撫夷，如何？」依照朝廷的規定，提督沒有單獨奏事權，事涉軍務時可以與總督或巡撫會銜奏事。

關天培猶豫片刻，婉言推卻道：「琦爵閣，我打了敗仗，剛上折子請求處分，在這種關頭與您會銜上奏，請求簽署城下盟約，無異於在不當之時講不當之話。」

文武大員們懼怕皇上遠勝於懼怕英夷，琦善苦口婆心卻沒人附和，他陡生一種寂寞感與孤獨感。他盯著關天培的眼睛，追問道：「虎門能守住嗎？」

關天培不敢吹牛皮，「平心而論，撫勝於剿，和勝於戰。但皇上要剿，我關某人只能鞠躬盡瘁，死而後已。」他的話裡透著一種浸入骨髓的絕望。

琦善喟歎道：「慷慨赴死易，從容負重難！關軍門，我與你一樣，想拒強敵於國門之外，卻有心無力。但是，有個道理不能不堅持——做臣子的應當為皇上著想，為黎民百姓著想。勠力疆埸是公忠體國，暫時退讓未嘗不是公忠體國。剿與撫，戰與和，我思忖再三，還是撫為上，和為先！」

關天培勸道：「琦爵閣，皇上不准再接受夷書，不准再代逆夷懇請施恩，命令我們厚集兵力大申撻伐。違旨的後果，您得思量。」

琦善的眼睛微微濕潤，「內有皇上諭旨，外有逆夷強師。和有罪，戰必敗，敗了罪過更大。我命至玄關，是禍是福只能走一步看一步。關軍門，你別看我出身自世代勛臣之家，有殿閣大學士之尊，我的想法與皇上的想法隔著一道溝壑，想起來就心中悲苦。」

關天培沒說話，低頭出了會議廳，朝大伙房走去。

琦善心情抑鬱，繞室徬徨。單銜上奏與會銜上奏的分量大不一樣，但是，廣州的文武大員們居然沒有一人肯與他共進共退，自己竟然是天涯孤臣！

他沒有心思赴宴，索性打道回府，坐在轎子裡反覆思量如何把敵情和《穿鼻草約》的內容奏報給皇上。

回到總督衙署後，他立即坐在條案旁，擬了一道奏折，懇請皇上網開一面，批准草約。他生怕因言致禍，在結尾處特別申明自己的苦心：

……奴才再四思維，一身之所系猶小，而國計民生同關休戚者甚重甚遠。蓋奴才獲咎於打仗未能取勝，與獲咎於辦理之未合宸[27]謨，同一待罪，餘生何所顧惜。然奴才獲咎於辦理之未合宸謨，而廣東之疆地民生猶得仰賴聖主鴻（洪）福，藉保義安……伏望皇上軫念群黎，恩施逾格，姑為急則治標之計，則暫示羈縻於目前，即當備剿於將來也[28]。

這段話字字悲涼，句句哀痛，卻是切合實際的真話。

27 帝王的住所叫「宸」，謀略叫「謨」。宸謨即皇帝的謀略。軫，悲痛；群黎，百姓。軫念群黎即指以慈悲之心為百姓著想。

28 引自《琦善奏義律繳還炮臺船隻並瀝陳不堪作戰情形折》，《籌辦夷務始末》卷二十二。

廿肆　中英兩軍弭兵會盟

蓮花崗位於獅子洋畔，在虎門以北六十里，它的主峰高約三十丈，從西面看是綿延二里的赤岩峭壁，分成數段，就像被某位天神用巨斧凌空劈下，劈得整整齊齊，在落日餘暉映照下，赤紅色的峭壁就像一片丹霞，與蜿蜒流淌的珠江相互襯托，蔚為壯觀。

蓮花崗與珠江之間有阡陌縱橫的千頃農田，農田的東北面是烏湧炮臺。烏湧炮臺是康熙三年（一六四四年）建的，呈橢圓形，它居高臨下，控扼著珠江，是虎門與廣州之間的軍事要津。為了舉行弭兵會盟儀式，清軍在蓮花崗炮城前面搭起一長排麒麟帳，兩座大帳篷是供琦善和義律使用的，小帳篷是為兩國隨員準備的。帳篷裡面擺了香蕉、鴨梨、葡萄、橘子等窖藏水果，帳篷外面豎起三丈高的黃龍大纛。

為了款待英國人，琦善依照大沽會談的規格，從廣州聘了幾十個廚子烹飪魚翅、燕窩等珍稀佳餚，還有雙皮奶、煲仔飯等地方名吃。在大沽會談時，他不知道英國人使用刀叉，這一回他讓人準備了全套西式餐具。

為了弭兵會盟，英國人提前一天出發。查理·義律乘「復仇神號」鐵甲船駛入穿鼻水道，「馬達加斯加號」火輪船、「加勒普號」和「拉恩號」雙桅護衛艦尾隨其後。全體英軍官兵換了嶄新的軍裝，所有槍刺擦得鋥光閃亮。當艦隊駛過虎門時，關天培率領數千清軍整整齊齊排列成行，站在威遠、靖遠、震遠、上橫檔島和大虎山炮臺的堞牆上，手持刀矛行注目禮，各臺依次鳴放三響禮炮。英軍艦隊也鳴炮回禮，軍樂隊輪換演奏《上帝保衛女王》和《聖派翠克的祭日》。這兩首樂曲是義律精心挑選的，第一首是國歌，意在彰顯英國的文治武功，第二首是聖樂，意在宣揚堅忍和寬容的宗教精神。

辛好士爵士是警惕性極高的職業軍人，他站在「馬達加斯加號」的船艏，藉駛入珠江的機會仔細觀察虎門各臺的構造和佈防情況。他發現，虎門要塞與地中海的直布羅陀要塞頗為相仿，山高水繞，易守難攻，所有炮臺都用粗糲堅硬的花崗岩建造，少數炮位設在露天，多數炮位設在炮洞裡，禁得起重炮的連續轟擊。如果由一支歐洲軍隊駐守，想攻克這座要塞，非得付出沉重代價不可。但是，中國的鑄炮技術和火藥技術比英國落後二百多年，致使虎門要塞徒有堅硬的外殼，缺乏傷人的鋼牙利齒。

日落前，四條英國兵船和火輪船抵達獅子洋。辛好士注意到清軍在山岩和樹叢間佈置了上百面旌旗和千餘弁兵，擺出一副內緊外鬆的架勢。為了防止突生變故，他命令水兵們備好帆索、打開炮窗，嚴陣以待，但一切都很平靜。

第二天早晨，「復仇神號」噴煙吐霧，突突突地開到棧橋旁。在碼頭當值的清軍聽說過鐵甲船，卻是第一次近距離目睹實物，他們驚訝得眼睛瞪得溜圓，就像看見天外飛來的不明怪物。

這條雙桅六篷的火輪船確實是鐵打的，船艏和船艉各有一門巨型旋轉炮，中間的煙筒冒著黑煙，兩舷的蹼輪嘩嘩轉動，前進、後退不受水流和風向的影響。哈爾中尉為了震懾清軍，命令「復仇神號」的炮兵推動火炮旋轉一圈，將炮口直接對準岸上的清軍。弁兵們又驚又懼，不由得交頭接耳地議論起來。

兩個英國水兵放下舷梯，一個身高將近兩米、體壯如牛的旗手擎著米字旗率先下船，突兀奇高的身材吸引了所有人的注意力。隨他而下的是一支二十八人的軍樂隊，他們拿著奇形怪狀的鼓號風笛，編組成隊，奏響了軍樂，樂曲節奏鮮明。義律身穿深藍色的海軍軍裝，頭戴三角帽，腰懸短劍，灰藍色的眸子閃著微芒，嘴角上掛著矜持的微笑，踩著鼓點走下舷梯。緊隨其後的是肥胖的馬儒翰和一群領頂燦爛、肩章輝煌的英國軍官。

琦善站在紫色的綾羅華蓋下面，身穿仙鶴補服，頭戴紅珠頂戴，肩披錦繡端罩，脖子上掛著一百單八顆琥珀朝珠，看上去冠冕堂皇、威風八面，內心卻像在文火上慢烤，烤得腑臟俱焚。在堅船利炮的逼迫下，琦善不得不憑藉「將在外，君命有所不受」的古訓依約會盟。他本想請阿精阿、怡良、英隆和林則徐等人一起來，但是，那些大員油精水滑，各有所想，不是推託有事，就是託言有病，誰也不肯來，連關天培也以虎門不可須臾離開為由婉辭。琦善發現自己竟然是在唱獨角戲！為了壯聲威，他只好叫廣州知府余保純，以及總督衙署、知府衙署的全體屬官到場，連十三行的行商們也被叫來充數。

義律一下船，琦善僵澀著臉皮，強顏作笑地迎上去，拱手行禮，「大清朝欽差大臣署理兩廣總督爵閣部堂琦善，問候大英國秉權公使大臣義律閣下。」

義律舉手行西式軍禮，「大英國特命全權公使大臣兼商務監督查理·義律，問候大清朝欽差大臣琦善閣下。」

依照事先的安排，兩人對參加盟會的全體中英官兵發表講話。琦善宣講中外一家，和光同塵，天佑中英，萬古長青，化干戈為玉帛。義律宣講英中和睦，互惠通商，化仇恨於無形，肇和平於永遠，開創友邦新紀元。而後，琦善引領義律進大帳篷，依照預定程序，雙方將先吃早飯，然後舉行列隊表演，舉行簽字儀式。

早餐通常較為簡單，但今天早餐出乎預料地豐盛，各種菜餚不下十幾道。餐畢，琦善請義律到另一座帳篷，那裡擺了兩張大桌，是舉行簽字儀式的地方。

義律發覺差了一項程序。在大沽會談時，他曾帶領一支二十八人的小型儀仗隊上岸，準備舉行佇列表演，彰顯大英國的威儀。但是，英中兩國對「儀仗隊」的理解大不一樣。在中方看來，儀仗隊是由綾羅傘蓋官銜牌、旗槍兵拳雁翎刀組成的，它們的出場就是佇列表演。

英方則認為甩正步、奏軍樂、升國旗才是列隊表演。

為了弭兵會盟，義律親自挑選了一批身強體健、英姿颯爽的士兵練習了整整三天，海陸兩軍的軍樂隊合練多次，自然不肯像大沽會談那樣按照清方的程序辦理，堅持採用英國程序，「琦爵閣，依照事先約定，我們應當相互檢閱對方的儀仗隊。我想請你觀看我軍的佇列表演，請閣下賞光。」

經過解釋，琦善才明白兩國的儀式有差異。他欣然同意按照英國方式檢閱儀仗隊，跟著義律出了帳篷。

英軍儀仗隊由一百人組成，包括一支軍樂隊，他們與大清的儀仗隊迥然不同，站在隊前的是身材奇高的健壯旗手，然後是六個鼓手，大軍鼓掛在胸前，小軍鼓懸在腰上，鼓面繃著亮鋥鋥的鋼絲弦子。二十幾個樂手握著大小銅號、黑管風笛，那些樂器與中國的笙管嗩吶判然不同。

一個軍官戴著雪白的手套，指揮棒向空中一揚，大小軍鼓嗒嗒作響，鼓樂聲音雄壯嘹亮，另一個軍官手持軍刀發出各種口令，六十個士兵目不斜視，舉槍托槍動作齊整，齊步正步跺腳步，左轉右轉前後轉，單行雙列交叉變換，走出的步伐和隊形萬花筒一般花哨，堪稱一場別開生面的佇列表演，具有極強的觀賞性。清軍將領曾經告訴兵丁們英軍腿腳僵直，一仆不能復起，此時他們才看清英國軍人絕不是束身束腿的蝦兵蟹將。

哈爾等二十多名海陸軍官站在義律身後，余保純等二十多位文武官員站在琦善身後。馬儒翰指著清方官員的佇列對哈爾等人道：「那位體瘦如柴的老人就是大名鼎鼎的伍秉鑒。」

一聽伍秉鑒的名字，英國軍官們如雷貫耳，不由得齊刷刷地朝他望去。到過萬松園的各國商人為伍家的豪富震得目瞪口呆，有關他的傳說不脛而走，遠播歐美，人們普遍認為伍秉鑒比英國女王還富有。

伍秉鑒身材瘦小，其貌不揚，但是華麗的絲綢朝服、孔雀補子、紅纓官帽和亮晶晶的藍寶石頂戴，大大抬高了他的身價。他神情呆板，老態龍鍾，枯木似的站在佇列裡。

馬儒翰說明：「在歐美諸國，富有的商人普遍受人尊重，甚至是青年人的夢中楷模。但在中國的『士農工商』序列裡，商人的地位低下，他們不得不花大筆金錢捐納頂戴，以求列入『士』的序列，否則，他們連乘轎的資格都沒有。」

哈爾問：「聽說虎門炮臺是伍秉鑒捐資修建的，是嗎？」

「是的。珠江兩岸的不少炮臺是他和十三行捐資修建的。哦，剛才那頓豐盛的早餐，甚至弭兵會盟的全部花銷，恐怕也出自他的腰包。」

哈爾驚歎：「真是不可思議，一個如此富有的人居然是聽任官憲們隨意拔毛的大肥鴨！」

「你的比喻非常形象。你看，他好像是在威壓之下被迫出來虛應場景的。」

琦善一直盯著英軍的旗手，那人身高奇偉，穿一套加寬加長的厚呢軍裝，鶴立雞群一樣惹人矚目。他終於耐不住好奇心，「義律閣下，貴軍旗手體壯如牛，衣服裡面是否墊了東西？」

「琦善閣下，他生來就體魄健壯，並無粉飾。我軍經常選用身材高大的士兵充當旗手，以壯軍威。」

琦善搖了搖頭，「天下哪有如此健壯之人？」

義律見他不信，微微一笑，「琦善閣下，你若不信，不妨到跟前仔細觀看。」

琦善竟然真的站起身來朝旗手走去。義律陪同上前，對旗手道：「格林中士，你寬胸闊背，非常健壯，欽差大臣不相信天下有如此厚壯之人。請你解開衣釦，讓他看一看裡面是不是襯了東西。」

旗手有點兒詫異，但服從命令，解開釦子，脫去上衣，遞給琦善。琦善彷彿要破解魔術師的伎倆，裡裡外外仔細看了一遍，看完肩章看領花，看完袖口看襯裡，卻什麼也沒看出來。他要求旗手脫去襯衣和背心，旗手遵命而行，露出又寬又厚的胸脯和矯健的肌肉，胸脯上長滿了棕黑色的毛。

周匝的兩國官兵注視著這離奇的場面，琦善卻渾身不覺。義律覺得有點兒滑稽，提出了同樣的要求，「琦善大人，外交場合禮尚往來，我也想看一看貴軍士兵的軍裝和體魄。」

琦善這才察覺自己的做法有點兒出格，但既然自己翻看了英國士兵的衣裝，只能滿足義律的要求。他叫過一個清軍旗手，「你把衣服脫下來，請義律閣下看一看[29]。」

清軍旗手面色尷尬，但不敢違令，脫去了薄棉軍裝和白布背心，遞給義律。義律也翻來覆去仔細觀瞻，那是一件手工紡織機織成的粗布上衣，胸襟前有一塊補子，上面印著「兵」字，後背印著所屬營汛的番號。清軍旗手只剩一條燈籠褲，站在英軍旗手旁邊。兩個人同樣赤條，一白一黃，一高一低，一壯一瘦。一大一小。一月的天氣較涼，清軍旗手不由得打了一個寒顫，英軍旗手也身子發冷，突然打了一個噴嚏。圍觀的人群裡有人咯咯一笑，笑聲有點兒古怪，引發了更多笑聲，最後竟然演變成為哄堂大笑，致使閱兵式如同嘈嘈的雜耍戲場一樣熱鬧。

琦善叫了一聲：「賞！」

隨即有一個親兵用大托盤送上二百枚銀圓。

---

29 琦善脫去英兵衣服，義律脫去清兵衣服的這段奇聞被馬德拉斯第三十七團軍醫 Mcpherson 記在英文版《在華二年記》第八十三頁上。這場閱兵式，中英雙方都有記載。梁廷枏的《夷氛聞記》（卷二）記錄較簡：「義律欲示其軍伍之整肅，飲已，領兵隊，攜槍炮，列陣山坡操演，請琦善出閱，欣然臨陣畢，給賞而去。」

義律大惑不解。馬儒翰解釋道：「按照中國習俗，觀看表演時，只要滿意，就應當給賞錢，不接受是不禮貌的。」

義律只好收下。接著，他轉頭讓人拿來五支嶄新的燧發槍，「這是我國製造的步槍，本公使大臣贈給貴國，以示紀念。」

琦善謝過，叫人拿來五套弓箭，「這是本朝工匠製作的上等弓箭，用料考究，工藝精湛。請公使閣下收下，以茲紀念。」這是事先擬定的程序，雙方照辦如儀。

該舉行簽字儀式了。琦善和義律重新進入中央大帳。琦善坐在左面，余保純、白含章和鮑鵬站在他身後。義律坐在右面，幾名英國軍官站在他的後面，馬儒翰居中翻譯。

義律道：「歐洲有句古老的格言，世界上沒有永遠的敵人。英中兩國通商和好二百年，以後還要通商和好。」

琦善附會道：「閣下所言極是，中英兩國還要和好一千年。」

義律道：「從大沽會談到今天，你我二人多次互換照會，終於達成協議。我方備下了《穿鼻條約》的英漢兩種文本，具有同等法律效率。你我二人簽字後，英中兩國將正式結束敵對狀態，成為和好邦國。」他把條約的英漢文本遞給琦善。

琦善鄭重其事接了條約。

中文本共有四頁，前兩頁是正文，寫得言簡意賅，第三、第四兩頁是兩國秉權大臣的簽字頁。

琦善不懂英文，直接閱讀漢字本。第一條便寫道：

將香港島及其碼頭割讓給英國主宰，所有貿易和稅費依照黃埔舊例辦理。

琦善的臉唰地騰起一片陰雲。他皺著眉頭往下讀，第二條是賠款六百萬，第三條是平等交往，第四條是恢復通商。後三條沒有歧義，第一條卻大出意料。

他抬眼瞟了義律一眼，義律正用鵝毛筆在英文本上簽字，伸出食指蘸上印泥準備打手印，彷彿大功即將告成。

琦善壓住心頭火氣，回頭叫道：「鮑鵬、白含章，過來看一看，第一條是怎麼回事！」

鮑鵬和白含章見琦善的臉色不好看，嚇了一跳，趕緊繞到條案前，拿起漢字本一看，立即傻眼。

琦善聲色俱厲，「我要你們傳遞的漢字底稿明明寫的是『給予香港一處寄居』，如何成了『將香港島及其碼頭割讓給英國主宰』？」

這是天大的紕漏！白含章慌了，灰白著臉辯解道：「琦爵閣，三尺之上有神明，卑職絕不敢顢頇唬弄。卑職傳話時，確實說的是『給予香港一處寄居』。卑職不通曉夷語，至於如何變成這種文字，得讓鮑鵬解解。」

鮑鵬憑著小聰明和耳濡目染學會了英語，但是，他既沒上過英語學堂，也沒去過英國，只會講有關吃喝拉撒、家長裡短、買物購貨的應景話[30]，對字字珠璣、一字千金的外交用語則是知其然不知其所以然。他從捐納頂戴的牙商搖身一變，成為朝廷的傳話使者，既是由於機緣，也是由於他具有非比尋常的混世能力。他擅長借力使力、順水推舟，巧妙借助馬儒翰的翻譯，把濫竽充數的把戲玩弄得惟妙惟肖，渾水摸魚達到爐火純青的地步。但是，把國家大事辦到這種田地，等於闖下大禍！

他抓耳撓腮，腦門子立即沁出層冷汗，腦筋一轉，把責任推給別人，「琦爵閣，白大人向義律傳話時，向來由馬儒翰居間翻譯，卑職只是見證和監聽。依卑職看，是馬儒翰在搗鬼。」

馬儒翰就在旁邊，譯文出了歧義，他當仁不讓，挺著肥胖的身軀與鮑鵬爭執起來，「鮑老爺，貴國呈送的底稿寫得清明『給予香港一處寄居』。何為『給予』？『給予』就是cede

30 Keith Stewart Mackenzie 中尉在《對華第二戰》（第九頁）寫道：「清方的翻譯『是一個有名的無賴，講一口英語和葡萄牙語的混雜語，十分難懂』。這個「無賴」就是鮑鵬，他的英文很差，無法勝任重大外事活動的翻譯工作。

to。何為『寄居』？『寄居』就是reside。何為『一處』？『一處』就是『一地』，指香港全島。上下融通，譯為The cession of the island and harbor of Hong Kong to the British Crown，有何不對？」

鮑鵬圓滑得像一條大泥鰍，關鍵時刻寸步不讓，「馬老爺，『給予』與『寄居』不可分割領會，『寄居』是『暫住』，『一處』是指香港一隅，不是全島。」

馬儒翰與鮑鵬雞鳴鴨叫似的比手畫腳，爭得面紅耳赤。義律知道出了大問題，直接問琦善：「琦善閣下，你對文字有異議嗎？」

琦善指著漢字文本，緊皺眉頭，「義律閣下，我讓白含章和鮑鵬傳遞的漢字照會寫得明白，本爵閣堂代你向大皇帝乞恩，給予貴國商人香港一處寄居。而這份條約卻譯成『將香港島及其碼頭割讓給英國主宰』，一句之差，南轅北轍。不知這事如何解釋？」

義律的臉漲得像盤鮮牛肉，差一點兒拍案而起。他到中國多年，一直在外交與軍事的漩渦裡驟緊驟弛，驟起驟落，如今眼見大功將告成，卻一不小心翻車翻到陰溝裡，哪個凡胎肉體受得了如此翻雲覆雨的巨變！他恨得差點咬碎銀牙，食指關節不耐地篤篤篤敲著桌子，「琦善閣下，這種玩笑是開不得的！」

琦善也急了，從卷宗裡翻出照會底稿，「本爵閣部堂豈敢開這種彌天玩笑！這是閣下去年年底發來的漢字照會，上面寫得明白：『唯求給予外洋一所，俾得英人豎旗自治，如西洋人（葡萄牙）在澳門豎旗自治無異。』」

義律也從卷宗裡翻出同一份照會的英文底稿，上面也寫得清楚，「To stipulate for the cession of a suitable site in the outer Waters, where the British Flag may fly as the Portuguese does at Macao.[31]」

一個是欽差大臣，一個是全權公使，兩人手持同一照會的兩種文字底稿，一個以漢字為依據卻不懂英文，一個以英文為證明卻不識漢字，一個強調「寄居」，一個咬定「給予」，兩人義憤填膺、怒目相視，恨不得掐住對方的咽喉狠咬一口。義律厲聲質問：「豎旗自治之地與割讓之地有何差異？」

琦善意識到「給予……寄居」的表述不夠嚴謹，耐著性子解釋道：「澳門乃大清領土，以每年一千兩銀價租給葡萄牙人寄居，並非割讓之地。所謂豎旗自治，是允准葡萄牙人像中國宗族一樣處理內部事務，重大事項仍由葡萄牙總督與本朝的澳門同知會商辦理。」

義律意識到自己粗心疏忽，引用了不當事例，但是，英文底稿上的 cession 別無他意。

31 中文源自於佐佐木正哉的《鴉片戰爭の研究（資料篇）》第四十六頁。英文則源自於 Elliot to Keshan, 29 December, 1840, （F.O.17/4）, Inclosure No.15 of Elliot's No.1 of 5, January1841。

在這種場合，誰認錯誰就得承擔責任，他咬緊牙關不鬆口，「本公使大臣一心一意用政治手段解決爭端，曲意含容，一讓再讓，從十五條讓到十二條，從十二條讓到八條，次第降到七條、六條、五條，直至四條，已經讓到無可退讓之地。穿鼻之戰後，白含章和鮑鵬傳話與我，說只要我軍歸還舟山、沙角和大角，你就將香港讓予我國。我欣然同意，並叫他們二人轉告閣下，歸還舟山、沙角和大角必須同時進行。本公使大臣言必由衷，言必有諾，當即將沙角和大角歸還你方，並派『哥倫拜恩號』駛赴定海，通知我軍撤離。沒想到你竟然無廉無恥、無信無義！你想置本公使大臣於何地？」

說到此處，悔恨交加，氣得臉都擰歪了。他退兵在先，條約卻被拒簽，這是外交和軍事上的雙重挫折和失誤，英國政府勢必給他嚴重的處分，他的外交生涯和政治前途都將毀於一旦！

琦善也感到局勢嚴重到無法承受的田地，滿肚皮的火氣一瀉而出，「本爵閣部堂實心謀和，你同意退還舟山，本爵閣部堂才敢冒違旨的罪名替閣下懇請大皇帝施恩。但大皇帝絕不會割讓尺寸國土！今天，本爵閣部堂要是簽字畫押，明天腦袋就會搬家！」

義律此時才明白，鮑鵬所謂的欽差大臣擁有議和與簽字之全權，純屬胡扯，琦善僅僅是道光皇帝的傳話使者，牽線木偶而已！他的灰藍色眼睛閃著幽暗的微光，腮間筋肉一鼓一收，「琦善閣下，戰爭必將殺人盈城盈野，交戰雙方不論勝敗，都得付出高昂的代價。你要是拒不簽字，本公使大臣只能以兵戎相見！」

琦善深知兩軍實力懸殊，不敢意氣用事，更不敢發義正詞嚴的堂皇大論，只能忍氣吞聲，「本爵閣部堂為千百萬黎民百姓著想，誠心誠意以和平方式了結爭端。這一紕漏事關重大，確實出乎預料，請公使大臣閣下海涵。」

義律冷冷一笑，「請不要玩弄欺人的把戲。貴國的軍事裝備是世界上最弱、最差、最不中用的，貴國所謂的強大是自欺欺人，一俟動武，我軍將把貴國沿海城市全都打爛！請閣下仔細掂量，不要誤判時局！」

余保純不得不站出來講幾句緩和僵局的話，「義律閣下，您能否再寬限幾天，容我方仔細考慮？有些事，畢竟得等大皇帝允准。」

義律滾燙的頭腦也稍稍冷靜，「你們一而再，再而三地要求寬限，本公使大臣等了一天又一天。我可以再寬容幾天，以示我方的誠意，但請閣下切記，任何緩兵之計都將徒勞無益，只會遭到更大的打擊！兩國一俟大動刀兵，合約的條件不能如未戰之前寬容減除，賠款數額將會更高。本公使大臣謹信辦事，曉示在先！」

簽約儀式戛然而止，弭兵會盟不歡而散。

義律和馬儒翰離去後，琦善心緒煩亂，定了半天神才對余保純、白含章和鮑鵬道：「今天的差錯事關重大，只有你們三人在場。本爵閣部堂曉諭在先，不經允准，任何人不得說出去，請諸位凜遵！」此話講得又狠又重，余保純等三人明白其中利害，全都諾諾答應。

這時，錢江突然急急惶惶地進了大帳。琦善問道：「什麼事這麼猴急？」

錢江氣急敗壞，「琦爵閣，大事不好！大鵬協副將賴恩爵派人送來加急稟報。昨天中午，夷酋伯麥率領兩條兵船在香港登陸，趕走島上的汛兵，升起了米字旗！」

琦善的臉上沒有絲毫表情，只說了一聲：「知道了。」他意識到自己身不由己地踏上一條逼仄的絕路，進退維谷，兇險萬狀！

廿伍　風影傳聞

天色剛黑，馬路上車稀人少，颼颼冷風不停地吹，兩側的大榕樹和芭蕉樹俯仰搖曳，發出嘩嘩聲響。錢江提著燈籠，肘腋下夾著卷宗，快步朝鹽務公所走去。門政認出他是林則徐的常客，放他進去了。

林則徐戴著老花眼鏡在燭光下寫日記，聽見門外的腳步聲，開口道：「是錢江吧？進來。」

錢江推門進入，吹了燈燭，把燈籠放在地上，打千行禮。

林則徐摘了老花眼鏡，「這麼晚，有什麼事？」

錢江神秘兮兮道：「林大人，出大事了！」

「哦，什麼大事？」

「琦爵閣私割香港給英夷！」

林則徐像聽到一聲旱地驚雷，「什麼？你沒搞錯？」

琦善曾經給廣東的文武大員們通報過情況，英夷將交還舟山、沙角和大角，換取在香港一處寄居。但「寄居」與「割讓」差之甚遠。

「卑職怎能搞錯呢。」錢江是總督衙署的知事，所有廷寄、奏章、諮文、回文、稟帖、飭令等都由他存檔和保管，耳目之靈捷，消息之準確，不亞於總督本人。

他從箭袖裡取出一只桑皮紙大信套，「大鵬協副將賴恩爵發給琦爵閣一份稟報，提到英軍幾天前在香港登陸，四處張貼文告，說琦爵閣已經將香港許給英夷，要駐守香港的汛兵全部撤出。他的稟文附了夷酋伯麥的照會，我抄了一份，您看。」

林則徐滿腹狐疑，接了抄件細讀。

大英軍師統帥水師總兵官伯麥為照會事：

照得本國公使大臣義（律），與欽差大臣爵閣部堂琦（善），說定諸事，將香港等處全島地方讓給英國主掌，已有文據在案。是該島現已歸屬大英國主治下地方，應請貴官將該島各處所有貴國官兵撤回，四向洋面，不准兵役艄行阻止、為難往來商漁人民……本統帥存心誠信，先應明白指示，望免爭端為美。為此照會。須至照會者，道光二十一年正月初八[32]。

32　取自《中國近代史資料叢刊·鴉片戰爭》第四冊，上海人民出版社，第238-239頁。

琦善與義律在蓮花崗會談，實為違旨之舉，阿精阿、怡良、英隆和林則徐都不肯去。琦善回來後也沒有與他們互通消息，會談時講了什麼話、辦了什麼事、簽了什麼約，外人一概不知曉。隨同辦差的余保純、白含章和鮑鵬歸來後全都守口如瓶，一個字也不吐露。

錢江繼續往下講：「據說，英軍進駐香港後升起米字旗，稱天朝百姓為英國臣民，要他們遵奉英國法律。這麼大的事兒，至少得諮會阿精阿和怡良，曉諭沿海的提鎮大員。我請書吏繕寫了八份，準備遞送，但琦爵閣要我暫不寄發。」

林則徐越發覺得蹊蹺，「香港在大鵬協的轄區內，賴恩爵怎能把香港拱手讓出？」

錢江道：「香港是彈丸之地，只有五千鄉民，賴恩爵僅在島上派駐了一百多汛兵。英夷登陸的官兵有千人之眾，他們的兵船開進九龍灣，賴恩爵只有幾條哨船，不敢硬抗，眼睜睜看著英夷占了香港。」

林則徐沒說話，叉著手指沉思。

錢江接著說：「依卑職看，有鮑鵬這傢伙參與其中，不會有好結果。」他曾把其人其事說給林則徐，林則徐的確簽發過海捕文書，但琦善重用鮑鵬，琦善兩次到鹽務公所看望林則徐，都沒有提及鮑鵬，林則徐不願惹事生非，索性緘口不語。

他摘下老花眼鏡，掏出手帕擦了擦鏡片，「鮑鵬這個人，我不宜多舌。眼下巡疆御史高人鑒在廣州，他有聞風奏事權，你不妨說給他聽。」

錢江道：「我稟報過了，高大人說他會把這事奏報朝廷的。」

林則徐嗯了一聲，不再細問。

錢江又從卷宗裡取出一份抄件，「卑職估計朝廷要換帥，琦爵閣幹不長了。」

林則徐抬頭看了他一眼，「哦？」

錢江道：「您看，這是今天驛站送來的兩份廷寄。皇上獲悉沙角和晏臣灣敗績後十分憤怒，給琦爵閣和關軍門『交部嚴加論處』的處分，還任命了三個大臣。」

林則徐重新戴上老花眼鏡，湊到燭光下細讀。

本日據琦善奏，英夷奪占炮臺難於拒守一折，又另片奏，籲懇施恩。覽奏十分憤懣。……現已降旨，授奕山為靖逆將軍，隆文、楊芳為參贊大臣，赴粵協同剿辦。又添派湖北、四川、貴州三省兵丁各一千名，迅赴廣東接應。……俟奕山等到後，和衷共濟，克復海隅，以伸天討而建殊勛[33]。

33 《廷寄》，《籌辦夷務始末》卷二十。

奕山是領侍衛內大臣，隆文是戶部尚書，楊芳是本朝名將，朝廷一次向廣東派遣三位大員，顯然有替換琦善的意思，只是沒有明說。

林則徐幽幽道：「香港雖然是彈丸之地，一俟被夷人佔據，犯法之徒難免以該島為藏汙納垢之所，鄰近各縣也將因此而不靖，大清律法將有所不行。要是夷情反覆以非禮相向，本朝就防不勝防，追悔莫及了。當臣子的必須為皇上著想，不經主子同意，豈能私割！夷情無厭，逆志殊張，琦爵閣一意孤行，一味遷就。此事不能聽之任之。走，找怡大人去！」林則徐是急性人，雖有贊襄軍務之責，卻沒有奏事權，要想對朝廷講話，只能寫成夾片，由總督或巡撫代轉。

錢江道：「我去叫轎夫。」

林則徐一擺手，「這麼晚了，轎夫都歇了，咱們走著去。」他從門後拿起一盞燈籠，插上蠟燭，打火點著，與錢江一前一後出了鹽務公所。

店鋪都準備打烊了，行人在趕腳回家。廣州府諭令酉時二刻全城宵禁，除更夫和巡夜兵丁外，普通民人不得在街上行走。

一個更夫迎面走來，一手敲梆子，一手打柝鼓，拖著長聲，喊著警號：「閒雜人等，趕快回家！防火防盜，插門上鎖！」

林則徐和錢江頭戴紅纓大帽、身穿補服，兩只燈籠上分別有「總督衙署」和「鹽務公所」

字樣，更夫和巡夜兵丁不敢當街盤查。一刻鐘後，二人來到巡撫衙門。門政認得林則徐，引著他直接去了怡良的官邸。

錢江與怡良地位相差懸殊，又無私誼，不便繼續摻和，「林大人，我不進去了。」

林則徐點頭道：「你先回吧。」

怡良剛把雙腳插到水盆裡燙腳，準備睡覺，窗外傳來門政的聲音，「怡大人，林大人來了。」

林則徐傍晚登門，必有要事，怡良趕緊用布巾擦腳，趿上鞋子開門迎客。林則徐帶進一股冷風，怡良不由得打了個寒噤，「少穆兄，宵禁之時進我的宅門，是天塌了還是地陷了？」

林則徐臉色鐵青，「出大事了！琦爵閣私許香港給英夷！」

怡良將信將疑，「哦？怎麼可能？」

林則徐不待讓座，一屁股坐在木椅上，把伯麥的照會抄件遞給怡良。怡良把抄件湊到油燈前，但油燈不夠亮，他又點燃一支大白蠟燭，細讀一遍，抬頭道：「蓮花崗會商前，琦爵閣要我、阿精阿、英隆和關軍門去將軍衙署會議，說是要給予英夷香港一處寄居，想請我們聯銜上奏，勸說皇上改剿為撫。大家都不贊同，勸他不要違旨。恐怕琦爵閣不會這麼糊塗吧？」

林則徐是個一身硬骨錚錚作響的人，「香港乃中國之島嶼，民人乃中國之民人，琦善不請旨擅自將香港許給逆夷，純屬僭位越權。怡大人，這事得上奏天聽啊！」

怡良臉皮上平靜如水，肚皮裡面卻雪亮。他明白，此事由他上奏，皇上很可能龍顏大怒，琦善的仕宦前程就會變得朦朧不清。但是，琦善是世代簪纓，皇上將其「交部嚴加論處」並不意味著罷黜。總督的地位在巡撫之上，巡撫控告總督雖有先例，畢竟不多，萬一告不倒，還可能遺患無窮。他是靜水深流的秉性，「少穆兄，你與琦爵閣有過節？」

林則徐一擺手，「哪裡話，我和他既無深交，也無私怨。我主剿，他主撫，策略不同而已。若是僅有策略的差異，也就罷了，但他私割土地和民人，這麼大的動靜，無異於把天捅個大窟窿。」他又指著抄件道：「伯麥宣稱英夷佔領香港『有文據在案』。這說明琦善的確私下應允了逆夷的無理要求！」

怡良道：「琦爵閣在將軍衙署召開夷務會議時，說過給予英夷香港一處寄居，換取舟山、沙角和大角，但我、阿精阿、關天培和英隆都不贊同。」

林則徐的怒火漸起，「他是私自拍板定案的！琦爵閣到廣州後，屢次盛言逆夷炮械兇猛，詆毀水師無用，甚至說我和關軍門修造的炮臺徒有其表，只能抵擋海匪，禁不住夷炮的轟打。如此言論，純屬長夷人之威風，滅國人之志氣！」

怡良道：「古人云慈不領兵，或許琦爵閣有點兒心慈手軟。皇上頒旨改撫為剿，得用懂兵法的人。」

林則徐繼續抒發對琦善的不滿，「兵貴嚴明，不是素有威名的臣子，難當督率千軍萬馬的主帥。琦爵閣心存畏縮，但求苟安，先是調停大沽之局，而後遷就廣東夷務，長叛國者之驕志，生漢奸之逆謀。他處理夷務、講煙價、議通商、談寄居、說開埠，心存怯懦，委屈周旋，已為英人所輕晲，致使異類肆其梟心，橫行無忌。用兵之道，有誘之以利的，有餌之以情的，卻從未有示以調停、予以酬答的。琦爵閣氣餒於平時，豈能決勝於一日！我對他大失所望。泱泱大清不能聽任浮海而來的跳樑小丑興風作浪，要是不痛加剿洗，英夷就會像前明的倭寇一樣，為害海疆數十年！」

怡良站起身來背手踱步子，腦筋卻在轉悠。巡撫與總督應當遇事協商和衷共濟，琦善有殿閣大學士之尊，在官場上樹大根深，要是上疏控告琦善，言語出格，等於在官場上樹敵。倘若皇上罷了琦善的官，那倒好說，要是皇上另有考慮，事情就會複雜萬端，形成督撫鬩牆，窩裡鬥狠的局面，這是為官者的大忌。因此，除非琦善犯有不可饒恕的重罪，他不能輕易捅這個馬蜂窩。

林則徐見他猶豫，繼續勸道：「總督和巡撫既有和衷共濟之責，也有相互監督之責。做臣子的應當有敬畏之心，敬天敬地敬皇上。私割香港是天大的事，這種事要是聽聞不奏，巡疆御史必然聞風上奏，皇上一俟怪罪下來，你也很難把自己撇清。」

話講到這種田地，怡良稍微動了心機，「少穆兄，你講得有道理。你給我三天時間，三天之內，琦爵閣要是把蓮花崗的實情諮會與我和阿精阿，我就另作考慮；要是他悶聲不響，其中就可能有隱情，到時我便依你，上折參他。」

該說的都說了，林則徐起身告辭，怡良一直把他送到衙署的大門外。

外面漫天黢黑，只有大門上掛的一盞孤燈發出熒熒微光，從遠處看，像一隻螢火蟲。天空則是水墨淋漓一般黑，黑得無涯無際。

街上遠遠傳來巡夜更夫擊打梆子的聲音，「平安無事囉——平安無事囉——！」

廿陸 急轉彎

皇上飭令琦善「大申撻伐」的同時也給浙江發來一道諭令：廣州停止和談，浙江擇時進剿，盡快收復舟山！

今天，伊里布又收到第二份諭令，皇上再次催促他「不得猥瑣觀望，坐失機宜」。與諭旨同時發來的還有一份裕謙奏折的抄件。

裕謙是江蘇巡撫，皇上派伊里布掛欽差大臣銜主持浙江防務，要裕謙署理兩江總督。裕謙是堅定的主戰人物，接連上了兩道奏折，請求皇上命令浙江清軍「潛師暗渡，據險出擊」。他在奏折中說，沿海各省都可以議守，唯獨浙江必須議戰，而且必須速戰。因為舟山谷米充裕、牲畜繁多，必然會成為英夷的飲食之源，夷兵住得越久，越容易反客為主，轉勞為逸，形成尾大不掉之勢，唯有盡快收復，才能使英夷容身無地、水米無資。

這番見識是不錯的，但裕謙對敵情的判斷全憑想像。

他說英夷「不識地利，又艱於登陟，笨於行走，不敢離城離船」，「該夷大炮不能登山施攻，夷刀不能遠刺，夷人腰硬腿直，一擊即倒」，「夷人既畏天寒，又虞水淺，是以不敢蠢動[34]」。故而，浙江清軍必能「以小船制其大船，以近攻之鳥槍制其致遠之大炮，以火攻克其水戰，以斧鑿克其舟楫[35]」。這麼一番不著邊際的議論，皇上居然信了，還把它抄發給伊里布，要他和浙軍的將領們參酌，制定出收復舟山的萬全之策。

伊里布把余步雲和葛雲飛叫到欽差大臣行轅商議收復舟山事宜。不久前，皇上頒旨要余步雲改任浙江提督，他由客軍將領變成了主持浙江防務的軍事統帥，深感肩上的擔子沉重難負。

伊里布趁余步雲和葛雲飛傳閱裕謙奏折的抄件時，背著雙手在青磚地上踱步。

余步雲讀罷抄件，啪的一聲拍在桌上，一臉不屑，「裕大人的折子合仄押韻，朗朗上口，卻是誇誇其談、大而無當的廢話！英夷不是一劈就碎的泥人木偶，是本朝從未遇過的海上強敵！」

葛雲飛問：「伊節相，裕謙是何等品性的人？」

---

34 以上言論出自《署兩江總督裕謙奏陳攻守之策事宜折》，《鴉片戰爭在舟山史料選編》，第161-164頁。

35 引自《署兩江總督裕謙奏陳戰守機宜折》，《鴉片戰爭在舟山史料選編》，第168頁。

伊里布停住腳步，「裕謙是蒙古鑲黃旗人，嘉慶朝的進士，在蒙古人裡算得上是出類拔萃的讀書人，四十多歲升任江蘇巡撫。我從雲貴總督轉調兩江總督，與他相處時間不長，但此人年輕氣盛、性情激越，辦事操切，不留餘地。」

余步雲聽說過裕謙其人，補充表示：「裕謙的祖父是乾隆朝的名將班第，因為作戰有功，封一等誠勇公。阿睦爾撒納在新疆叛亂時，他祖父受命平叛，死在沙場上。裕謙是將門之後，憑著詩書步入科場，卻喜歡談兵講武。從這份抄件看，這個裕大人是白臉書生瞎發議論，狗拿耗子多管閒事。他應當管好江蘇防務，卻把手伸到浙江來，還胡說什麼小船制大船，鳥槍制大炮，火攻克水戰，斧鑿克舟楫……虧他想得出來！英夷的艨艟巨艦能用斧子鑿沉？真是癡人說夢！」

葛雲飛深知收復舟山之難，順著余步雲的話茬道：「余宮保說得對。裕大人沒打過仗，他坐而論道，說得天花亂墜，卻不知曉我們的戰船和夷船相比如同老虎身邊的小貓。他們只要把兩條兵船在海上通道一橫，你就是有天大的本事，也渡不過去！」鎮海水師的現有戰船數量少、載重輕，率領它們收復舟山，就像率領一群蝌蚪攻擊水蛇。

余步雲放出一通粗話，「不生孩子不知道屄疼。凡是主張動武的都是迂腐秀才，不知曉打仗之難、動武之險，因為他們不操刀、不衝鋒、不流血、不喪命。凡是不願輕易動武的，都是打過仗、流過血的，經歷過大驚大險，見證過屍橫遍野，懂得什麼叫觸目驚心，什麼叫敵強我弱，什麼叫艱難竭蹶。按照裕謙的餿主意貿然出擊，非得喪兵損威不可！」

伊里布悠著調子道：「可皇上不這麼想，諭旨說我們這兒有官兵九千六百之眾，而盤踞在定海的英夷只有三千，以近萬勁旅強擊三千逆夷，不是難事。」

就在他們一籌莫展時，張喜進來了，他遞上一只桑皮紙大信套，「伊節相，琦爵閣發來的六百里快遞。」

伊里布接過信套，用小剪子挑開密封火漆，取出諮文。琦善告訴伊里布，義律同意繳還定海和舟山全島，隨同諮文一起送到的還有義律和伯麥給伊里布的聯銜照會，以及給舟山英軍的撤軍令的漢字譯本。

大英親奉全權公使大臣義（律），軍師統帥水師總兵官伯（麥），為照會事：

照得本公使大臣統帥自浙來粵，經本公使大臣與琦爵相酌商諸事。欲為善定事宜，使兩國彼此和好永久。現已結議約，將定海縣城及舟山全島即行繳還。貴大臣爵閣部堂，代為天朝接受，並將現據該地之英國水陸軍師，統行撤退，令其即速自浙趕緊旋回。

……須至照會者。右照會欽差大臣協辦大學士兩江總督部堂伊（里布）[36]。

伊里布的乾澀臉皮綻出一絲微笑，「真是山窮水複疑無路，柳暗花明又一村。琦爵閣辦成一件大好事，義律同意繳還定海和舟山了！」他把諮文和照會遞給余步雲，「余宮保，你看看。哦，葛鎮台和張先生，你們也看一看，一塊兒議一議。」

幾個人把諮文、照會和撤軍令傳閱一遍，壓在大家心頭的沉重石頭豁然釋除。

伊里布的語調輕鬆了許多，「義律和琦爵閣真有意思，居然想出這麼一個奇特辦法，所有照會和撤軍令一式兩份，由中英雙方分別持有，從海上和陸地分頭遞送，兩相契合方才有效。看來，咱們得派人渡海，與盤踞在定海的英軍統領相互驗照，不動刀兵，收復舟山。」

張喜自告奮勇，「在下不才，願意冒險去一趟。」

伊里布道：「好，你辦事，我放心。叫外委陳志剛陪你一同去，吃罷午飯，我就派船送你們渡海，與夷酋妥議交接日期和方式。」

張喜考量細緻，「恐怕英夷會要求以俘虜換定海。」

36 《義律、伯麥照會》，《鴉片戰爭在舟山史料選編》，第 534 頁。

伊里布道：「只要他們撤軍，所有俘虜可以釋回。但是，你要恪守一條原則——必須一手交俘虜，一手接定海，否則，萬一逆夷玩弄起詐術來，我們就沒有迴旋餘地了。」

張喜點頭，「在下明白。」

道光的牙病又犯了，太醫吳士襄看過後發現是牙齦腫脹，牙齒被蛀。他開了藥方，分別有雙黃連、大青葉、板藍根、蒲公英、紫花地丁、黃芩和黃檗。他告訴皇上，待牙齦消腫後，必須把左側第五顆上牙拔掉。

道光讀過《黃帝內經》和《本草綱目》，對調理陰陽扶正祛邪和藥力藥效稍有研究，便又要求加少量金銀花和枸杞，溫火慢熬。吳士襄全都點頭照辦。

還得忍受兩天痛苦才能動刀，道光疼得眼冒金星，太陽穴嗶嗶直跳，很想休息，但，他是事無巨細親裁親定的皇帝，六部三院和各省封圻的奏折、夾片和條陳雪片似的絡繹不絕，他只好歪在大迎枕上，叫潘世恩和王鼎輪流讀給他聽。

潘世恩道：「江蘇巡撫署理兩江總督裕謙又上了一道折子，是一篇兩千言的大折。他彈劾琦善議撫誤戰，要求立即出兵，收復舟山。」皇上日理萬機，要求臣工們寫奏折時言簡意賅，長事短說，三五百字最好。如果事情繁雜，非得詳述不可，可以把細節寫成夾片，附在奏折裡，兩千言的長篇奏折是比較少見的。

道光用食指關節壓住太陽穴，「你擇要說吧。」

潘世恩看了會兒，「裕謙派密探深入定海，對夷情的瞭解比伊里布詳細。他說，定海現在夷船二十餘隻，城內夷兵千餘人，島上三十六嶴均無防衛，僅岑港和沈家門有夷兵巡邏瞭望。我軍若潛師暗渡，可以藏身於三十六嶴。夷船大都聚泊在衜頭灣，本地漁船和賣菜小船出入其旁，夷兵習以為常，並不查防，我軍若趁海上有霧之時，用小船暗藏火罐、火箭、火球、火筒，潛泊灣內，趁風縱火，夷船來不及開行，可以一炬燒盡。他還說，除少數人外，舟山鄉民都是大清赤子，只要我軍出其不意，渡海攻城，三十六嶴鄉民勢必一呼百應。」

道光用胳膊肘撐起身子，看了王鼎一眼，示意他闡述意見。

王鼎頷首道：「伊里布坐守鎮海，與舟山隔海相望，裕謙坐守吳淞口，與舟山相隔三百里。兩人的見識卻大相徑庭。伊里布以兵馬未集、船炮不夠為由，託詞緩攻。裕謙則主張居間出奇，潛師暗渡，立即進攻。伊里布說夷船緊傍縣城之外，我軍陸師一俟渡海進攻，夷兵勢必蟻附登舟，開炮轟擊，我軍縱能克城，亦難守禦。裕謙則說，我軍登岸後，不但駐紮在岑港和沈家門的夷兵將被剿洗，定海城和衜頭灣的夷兵也會立制其命。這兩個人，一個畏首畏尾，一個鬥志昂揚……」

他的話音未落，穆彰阿帶著奏事匣子進了東暖閣，打千行禮道：「皇上，廣東巡撫怡良發來的六百里快遞。」

道光一手托腮，一手壓住太陽穴，「你讀給朕聽。」

穆彰阿依命打開匣子，取出怡良的奏折，不疾不徐讀出來。

……嗣據大鵬署協副將賴恩爵稟稱，英夷投遞該副將照會文一角，系收受香港地方，令內地撤回營汛等情。照抄具稟到臣，接閱之下，不勝駭異……乃英夷義律等，妄肆鴟張……指稱欽差大臣琦善與之說定讓給，實為駭人聽聞……

道光像被閃電擊中似的，騰地一下坐直身子。

穆彰阿嚇了一跳，「皇上，您……」

道光把屁股挪到炕沿，「接著讀！」

穆彰阿頷首繼續讀。

該大臣到粵如何辦理，雖未經知會到臣，然以事理度之，亦萬無讓給土地、人民，聽其主掌，如該逆夷所稱已有文據之理……臣忽聞海疆要地，外夷竟思主掌，並敢以天朝百姓，稱為英國子民，臣實不勝憤恨……今英人窺伺多端，實有措手莫及之勢。不敢緘默，謹以上聞[37]。

道光的手掌重重地拍打著炕沿，「琦善好大膽子，居然不請旨就把香港私許給英夷！我泱泱大清萬里江山，在在具有版籍，一丁一口都是中華赤子，豈能隨意許人！琦善先挫威於沙角山，又喪師於晏臣灣，朕念其舊勛，令他戴罪立功，但他置朕的諄諄告誡於不顧，反覆代逆夷乞恩，迷不知返。前督臣林則徐說廣東民眾志切同仇，人心敵愾，水陸官兵軍威盛壯。琦善卻極盡危言，說廣東地利無要可扼，軍械無利可恃，兵心不穩、民心不固，甚至編造出欺世謊言，說什麼英夷有鐵甲船和旋轉炮！鐵船怎能浮在水上？什麼人能讓數千斤大炮俯仰旋轉？琦善是用無稽之談嚇唬朕，朕不懼也！」

王鼎道：「臣想說幾句話。眼下的情況全都源於大沽辦理之不善。當時琦善以浙江洋面被夷人佔據、京畿堪虞為由，掩飾其武備廢弛之咎，而後，他以牛酒犒勞敵師，派人與逆夷談判，以大辱國體之事欺矇天聽之詞，惹得中外竊笑。林則徐和鄧廷楨主政廣東期間，剿堵

37 《英人強佔香港並出偽示折》，《籌辦夷務始末》卷二十三。

海面逆夷連連獲勝，屢燒夷船，逆夷望風，不敢窺伺，從未有從外省調兵之事，更無喪威挫銳之敗績。琦善既委曲求全，又挫軍損威，還違例擅權私許香港，更是罪無可逭！自古以來，邊患不同，示國威者皆忠義之臣，不顧國體者皆奸佞之輩，思慮久遠者皆智勇之士，苟圖眼前者皆庸懦之流！」

王鼎的話像在烈火乾柴上澆了一瓢油，道光恨得青筋暴跳，「如此辜恩誤國之人，實屬喪盡天良，無能不堪之至！著琦善革職鎖拿，押解來京嚴行訊問，所有家產抄查入官！」

潘世恩的心頭微微一顫。皇上的懲罰有點兒出格，依照《大清律》，文武官員犯有公罪，不必戴鎖戴枷，抄產入官更是絕了琦善家人的活路。

他婉轉道：「琦善所為大出情理之外，但他畢竟是世襲勛臣，將其家產抄查入官，恐怕一般官員不敢辦理。」

道光怒火沖天，刻薄本性畢露，疾言厲色道：「世襲勛臣有什麼了不起？叫吏部尚書奕經和刑部尚書阿勒清阿親自辦理。還有伊里布，此人縮手縮腳、遷延觀望、畏葸不前。逆夷編造繳還定海的流言，是真是偽尚不清楚，他就見風使舵，唯琦善是聽，卻將朕的旨意拋在腦後！他這個欽差大臣不能當了。著伊里布仍回兩江總督本任，飭令裕謙接任欽差大臣之職，馳赴浙江！」

道光皇帝一怒之下撤了兩個欽差大臣，疾如飄風，快如閃電。潘世恩想勸阻，但欲言又止。他瞭解道光的秉性，在其盛怒時諫阻不僅無益，還會受到斥罵，此時此刻他只能填漏補缺，小心翼翼提醒：「皇上，兩廣是戰略要地，不能沒有總督。」

道光趿鞋下炕，在青磚地上繞了一圈，蹦出一句話，「祁貢如何？」祁貢是刑部尚書，當過廣東巡撫，熟悉廣東的物理民情，主張對英夷用強。一個月前，道光派他去湖南和江西提調糧草調劑軍需。

穆彰阿表示贊同，「皇上聖明，讓祁中堂接替琦善比較妥善。」

道光問：「靖逆將軍奕山和參贊大臣隆文什麼時候出發？」

穆彰阿達道：「回皇上話，他們準備三天後出發。」

外派靖逆將軍與外派督撫不同。總督衙門和巡撫衙門是現成的，屬吏和屬官也是現成的，新任總督和巡撫只要帶幾個隨從就可以走馬上任。靖逆將軍是臨時差委，必須從六部三院和京城各營中遴選司官將佐，沒有十幾天無法成行。

道光道：「讓祁貢先行一步。告訴奕山，他到廣州後要嚴查琦善為何私許香港，他與義律會談時有無其他官員在場，有無私相饋贈。」

穆彰阿應聲道：「喳。還有一件事，據巡疆御史高人鑒奏稱，琦善起用了一個叫鮑鵬的人當通事。此人捐納過從九品頂戴，懂夷語，是前督臣林則徐通緝的在逃案犯。」

道光越聽越光火，「嘿，天下之大，無奇不有！林則徐視為人犯，琦善用作股肱！你們發一道廷寄，把那個叫鮑鵬的一齊押解到京！」
「喳。」
道光又問：「參贊大臣楊芳從湖南起程，理應先於奕山到達廣州。他現在到哪兒了？」
潘世恩道：「據臣推算，他應當抵達豐城了，不日即可進入廣東地界。」
道光道：「發六百里紅旗快遞傳諭楊芳，他到廣州後，不必等候奕山和隆文，立即會同怡良、阿精阿和關天培和夷商辦，全力剿洗逆夷。倘若稍涉疏虞，唯楊芳是問！」
「遵旨！」

・更多精彩內容，請看《鴉片戰爭　肆之參：海疆煙雲蔽日月》

鴉片戰爭　肆之貳：威撫痛剿費思量

作　　者	王曉秦
發 行 人	林敬彬
主　　編	楊安瑜
編　　輯	盧琬萱
內頁編排	盧琬萱
封面設計	蔡致傑
編輯協力	陳于雯、丁顯維
出　　版	大旗出版社
發　　行	大都會文化事業有限公司
	11051臺北市信義區基隆路一段432號4樓之9
	讀者服務專線：(02) 27235216
	讀者服務傳真：(02) 27235220
	電子郵件信箱：metro@ms21.hinet.net
	網　　　址：www.metrobook.com.tw
郵政劃撥	14050529 大都會文化事業有限公司
出版日期	2018年08月初版一刷
定　　價	420元
I S B N	978-986-96561-0-8
書　　號	Story-31

◎本書由四川文藝出版社有限公司授權繁體字版之出版發行。

國家圖書館出版品預行編目（CIP）資料

鴉片戰爭．肆之貳：威撫痛剿費思量 / 王曉秦著．-- 初版．
-- 臺北市：大旗出版：大都會文化發行，2018.08
400 面；　14.8×21 公分．-- (Story)

ISBN 978-986-96561-0-8(平裝)

857.7　　　　107008128

大都會文化 讀者服務卡

書名：鴉片戰爭　肆之貳：威撫痛剿費思量

謝謝您選擇了這本書！期待您的支持與建議，讓我們能有更多聯繫與互動的機會。

A. 您在何時購得本書：_____年_____月_____日

B. 您在何處購得本書：__________書店，位於__________(市、縣)

C. 您從哪裡得知本書的消息：
1.□書店　2.□報章雜誌　3.□電臺活動　4.□網路資訊
5.□書籤宣傳品等　6.□親友介紹　7.□書評　8.□其他

D. 您購買本書的動機：（可複選）
1.□對主題或內容感興趣　2.□工作需要　3.□生活需要
4.□自我進修　5.□內容為流行熱門話題　6.□其他

E. 您最喜歡本書的：（可複選）
1.□內容題材　2.□字體大小　3.□翻譯文筆　4.□封面　5.□編排方式
6.□其他

F. 您認為本書的封面：1.□非常出色　2.□普通　3.□毫不起眼　4.□其他

G. 您認為本書的編排：1.□非常出色　2.□普通　3.□毫不起眼　4.□其他

H. 您通常以哪些方式購書：(可複選)
1.□逛書店　2.□書展　3.□劃撥郵購　4.□團體訂購　5.□網路購書
6.□其他

I. 您希望我們出版哪類書籍：（可複選）
1.□旅遊　2.□流行文化　3.□生活休閒　4.□美容保養　5.□散文小品
6.□科學新知　7.□藝術音樂　8.□致富理財　9.□工商企管
10.□科幻推理　11.□史地類　12.□勵志傳記　13.□電影小說
14.□語言學習（____語）　15.□幽默諧趣　16.□其他

J. 您對本書(系)的建議：

K. 您對本出版社的建議：

讀者小檔案
姓名：____________ 性別：□男 □女　生日：___年___月___日
年齡：□20歲以下 □21～30歲 □31～40歲 □41～50歲 □51歲以上
職業：1.□學生 2.□軍公教 3.□大眾傳播 4.□服務業 5.□金融業 6.□製造業
7.□資訊業 8.□自由業 9.□家管 10.□退休 11.□其他
學歷：□國小或以下 □國中 □高中／高職 □大學／大專 □研究所以上
通訊地址：____________________
電話：（H）__________（O）__________ 傳真：__________
行動電話：__________ E-Mail：__________
◎謝謝您購買本書，歡迎您上大都會文化網站（www.metrobook.com.tw）登錄會員，或至Facebook（www.facebook.com/metrobook2）為我們按個讚，您將不定期收到最新的圖書訊息與電子報。

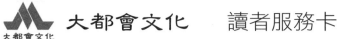

北區郵政管理局
登記證北臺
字第9125號
免貼郵票

大都會文化事業有限公司

讀者服務部 收

11051臺北市基隆路
一段432號4樓之9

寄回這張服務卡〔免貼郵票〕
您可以：
◎不定期收到最新出版訊息
◎參加各項回饋優惠活動